新潮文庫

太陽と乙女

森見登美彦著

新潮社版

11313

まえがき

ひとつ考えてみていただきたい。

眠る前に読むのはどんな本がふさわしいだろうか。

「ムツカシイ哲学書を読めば眠くなる」という意見がある。しかしこれを毎晩の習慣にするのはどう考えても無理がある。たとえばアンリ・ベルクソンの『意識に直接与えられているものについての試論』がここにあるとして、こんなものは脳天が五月の青空のごとくクリアな千載一遇《せんざいいちぐう》の好機を摑《つか》み、机に向かって修行僧のように読まなければ一頁《ページ》たりとも理解できない。そんな凄《すさ》まじい本を毎晩寝る前に読むのは苦行以外のなにものでもなく、すぐ放りだすことが目に見えている。

それならば面白い小説はどうだろう。しかしこれは誰にでも経験があると思うが、ひとたび面白い小説を読みだしたら中断するのが難しい。推理小説などは特にそうである。明日は早く起きなければならないのに犯人が気になって止《や》められず、それなのに夜更《ふ》かしの背徳感がいよいよ読書の楽しさに拍車をかけるから、もう止められない止まらない。

それなら面白くない小説ならいいのかといえば、そんな本を読むのはやっぱり苦痛だから、先ほどの哲学書と同じ結論になる。

これは意外に厄介な問題なのだ。

私が枕元《まくらもと》に置く本は長い歳月の間に移り変わってきた。高校生ぐらいの頃は星新一のエッセイ集『進化した猿たち』の文庫本全三巻が長く君臨していた。ここ数年の例を挙げるなら、岡本綺堂《おかもときどう》『半七捕物帳《はんしちとりものちょう》』やコナン・ドイル『シャーロック・ホームズの冒険』、柴田宵曲《しばたしょうきょく》編『奇談異聞辞典』、薄田泣菫《すすきだきゅうきん》『茶話《ちゃばなし》』、吉田健一『私の食物誌』、興津要《おきつかなめ》編『古典落語』……。しかし心にピッタリ合う本が思いつかない場合、寝床へ行く前に本棚の前でシロクマみたいにうろうろする。

「眠る前に読むべき本」

そんな本を一度作ってみたいとつねづね思ってきた。

哲学書のように難しすぎず、小説のようにワクワクしない。面白くないわけではないが、読むのが止められないほど面白いわけでもない。実益のあることは書いていないが、読むのが虚《むな》しくなるほど無益でもない。とはいえ毒にも薬にもならないことは間違いない。どこから読んでもよいし、読みたいものだけ読めばいい。長いもの、短いもの、濃いもの、薄いもの、ふざけたもの、それなりにマジメなもの、いろいろな文章がならんでいて、そのファジーな揺らぎは南洋の島の浜辺に寄せては返す波のごとく、やがて読者をやすらかな眠りの国へと誘うであろう。

あなたがいま手に取っているのはそういう本である。

太陽と乙女　＊目次

本文イラスト・川原瑞丸

太陽と乙女

第一章　登美彦氏、読書する

読書にまつわる文章や文庫解説を集めた。

ところで「文庫解説」ほど緊張する仕事はない。自著でいくら阿呆《あほう》なことを書いても自分が恥をかくだけだが、文庫解説は他人の作品とワンセットになって自分の文章が書店にならぶ。その傑作を読み終えた人が私の文章を読むのである。想像するだけで冷や汗が出る。

というわけで、文庫解説はいつもぷるぷる震えながら書く。全力投球で書く。もうたいへんである。

わけいっても本の山

京都の古書店が集まる「下鴨《しもがも》納涼古本まつり」は、毎夏、下鴨神社の糺《ただす》の森で開かれる。紙の薫りに引き寄せられた人々が、額の汗を拭《ぬぐ》いながら、山と積まれた古書の間を抜けてゆく。その大勢の中に私もいる。ふらふらと歩んでいく私には覇気《はき》がない。下宿から出て下鴨神社へ向かう道中で、すでに胃は鉄球を溜《た》めたように重く、足取りはあくまで頼りない。糺の森へ入って早々疲労を覚える。

南北に長い広場は、どこまでいっても鬱蒼《うっそう》たる木立《こだち》と古書ばかりだ。静かにねっとりと時は流れる。黙々と汗を拭って古書を探る人々。森の静けさに染《し》みいってくる蟬《せみ》の声。わけいってもわけいっても本の山。そうして私は古本市に苛《いら》つき始める。心安らぐのは、木陰でラムネを飲みながら涼んで阿呆面《づら》をしている時だけであって、ようするに古本市はぜんぜん楽しくない。

古本市の何が気に喰《く》わないかと言えば、本が多すぎることである。古色を帯びた本たちは、どれもひとかどの秘密を抱え込んでいるように見え、ひどく由緒《ゆいしょ》がありそうだ。目をつぶってよりどりみどり、どの一冊にせよ、ひとたび読めば我が人生に栄光の新地平を切り開く名著に見える。これを買っておけば、何か私らしくもない不朽の名作を書くきっかけになるのではないかと、不朽の名作を書くにふさわしくないちっぽけな魂を暴露しながら、無用の焦《あせ》りが募ってゆく。ああ、あれもこれも、買う必要があるのではないか。ああ、しかし、あれもこれも、強《し》いて買う必要はないのではないか。せっかくだから何か買おうと考え出せばキリがなく、買うまいと断ずれば古本市はそこで終わりだ。この苛々を飽かず繰り返す。否《いな》、とっくに飽いているのだけれども、繰り返してしまう。

麗《うるわ》しの乙女を誘って、古本市へ乗り込んだことがある。ところが彼女はたちまち古書に夢中になり、「それではそれでは」という言葉を残して姿を消した。当たり前のことだが、本は一人で探すべきものであり、二人並んで探すべきものではない。慣れぬ恋路ゆえの不覚だったが、彼女は本の山へ埋没して行方が知れず、私はまた一人で歩いていった。

ええかげん古書にも一人ぽっちにも疲れたという頃合い、福武書店刊行の『新輯内田百閒全集《しんしゅううちだひゃっけん》』を見つけた。数巻欠けているが、全三十三巻のほとんどがまだ売れ残っていて格安である。買わねばならんと思った。ところがそんな懐《ふところ》の余裕も滅多にない。資金を調達すべく、私は古書の迷宮へ消えた乙女を携帯電話で呼び出すという無粋《ぶすい》なことをして、さらに彼女から借金をして全集を買った。重い紙袋を持って帰路についた。半分は彼女が持ったのだが、途中で私はへたばりかけた。彼女の細腕の方が頑丈であった。

全集の端本《はほん》を目論《もくろ》み通り手に入れるには、長年に亘《わた》る努力を必要とする。しかし私は全集が完全に揃《そろ》っていないと夜も眠れないというような完璧《かんぺき》主義者ではないから、下宿に数冊足りない全集を安置して満足した。そうやって生半可な幸福に浸って安閑《あんかん》としている私を見て、彼女が苛立たしく思ったであろうことは想像に難《かた》くない。私の誕生日に、彼女は第六巻「北溟《ほくめい》・随筆新雨《しんう》」をくれた。誕生日ごとに、足りない一冊を贈り、七年計画で全集が完成するという未曾有《みぞう》にステキな目論みであった。というのは私の希望的観測である。

それから数年の時を経て、『新輯内田百閒全集』の空白は埋まらないままに残っている。なぜ埋まらなかったかについては御想像にお任せしたい。せめて第八巻「丘《か》の橋・鬼《き》苑横談《えんおうだん》」は贈ってもらいたかったと思う情けなさ、その他諸々の情けなさを噛みしめて渋い顔をする。

今年も京都にいるから、下鴨納涼古本まつりには出かけるだろうが、煩悶《はんもん》を生む古書の山はどこまで続いているだろう。内田百閒全集の端本を探すにせよ、そこには過去の中途半端《はんぱ》な想《おも》い出がからまっている。どう考えても、意気揚々《ようよう》というわけにはいかない。

ようするに古本市は切なきものなり。

（「本の旅人」２００５年５月号）

私の青春文学

●『一葉恋愛日記』樋口一葉《ひぐちいちよう》 角川書店

岸田劉生《きしだりゅうせい》や永井荷風《ながいかふう》の日記も名高いが、より変態的な覗《のぞ》き見趣味を愉《たの》しもうとするならば樋口一葉の日記が一番いい。日記の中の一葉は、引っ込み思案のくせに気が強く、気むずかしくて潔癖であり、思いこみが激しく猪突猛進《ちょとつもうしん》、とにかくイロイロ危なっかしい。そんな彼女の一挙手一投足をこっそり眺めていると、まるで風変わりな乙女にいつか声をかけようと、電柱の蔭《かげ》からこっそり覗いている気分になる。それなのにこちらの見ている前で、憧《あこが》れの彼女は金を借りようとアヤシゲな男の元へ単身乗り込んだりするのである。危なっかしくてヒヤヒヤするのだが、それがまたドキドキする。

明治二十五年二月四日、半井桃水《なからいとうすい》に手作りの汁粉《しるこ》をご馳走《ちそう》になった帰途、雪舞う中を人力車で駆ける一葉は桃水への想いで胸がぱんぱん、その興奮は止めようもなく、一編の小説までも思いつく。恋心に酔いしれている一葉がそのままそこにいる。日記一番の読みどころであり、はたで見ているこちらは我がことのように恥ずかしい。けれども一葉はこの上なく幸せそうだ。「青春は恥ずかし」と思いながら、覗き見趣味のワタクシは雪降りしきる街角に立ちつくし、駆けてゆく人力車を見送るのである。

●『山月記・李陵《りりょう》　他九篇』中島敦《なかじまあつし》　岩波文庫

主人公李徴《りちょう》は、誇りの高さゆえに現実を拒否し、ついに引き返し不能地点に到達して自滅する。空費された青春を回顧する李徴の畳みかけるような独白には、夢を諦《あきら》めきれなかった臆病《おくびょう》で誇り高き男の悲痛な思いが満ちている。「己の珠《たま》に非《あら》ざることを惧《おそ》れるが故《ゆえ》に、敢《あ》えて刻苦して磨こうともせず、また、己の珠なるべきを半ば信ずるが故に、碌々《ろくろく》として瓦《かわら》に伍《ご》することも出来なかった」。その臆病と驕《おご》りの狭間《はざま》で行き場を失い荒れ狂う自尊心は、やがて李徴を凶暴な虎《とら》へと作りかえ、人の世の外へ放逐《ほうちく》する。

かつて六年間暮らした下宿に挙動のおかしい古株学生がいた。彼は丑三《うしみ》つ時《どき》に独り自室で咆哮《ほうこう》し、我らの肝《きも》を冷却した。そんな彼もやがて郷里へ強制送還となり、下宿に平和が訪れたかに見えたが、ふいに私は気がついた。四畳半に寝転んで、無為に過ごした過去と見えない将来を敢えて見つめる時、今度は私が、ただガムシャラに咆哮したくなっていた。「詩人か、さもなくば何にもなりたくない」とヘルマン・ヘッセみたいなワガママを言い張れる時期があるにせよ、それに決別する頃合いを逸して迷い込んだ袋小路において、人はしばしば四畳半で独り咆哮する虎と化す。

（「野性時代」２００５年12月号）

車中の異界

　私はいわゆる「活字中毒者」ではないから、常住坐臥《じょうじゅうざが》読んでいるというようなことはない。本を読まなくても我慢できる。美女が私を羽交い締めにして、「私が許可するまで本を読んではイヤ！」と我が読書欲に水をさそうとも何ら痛痒《つうよう》を感じない。

　そういう生半可な読書家がもっとも読書に耽《ふけ》るところといえば、電車の中である。中学から高校にかけては、通学電車で推理小説やホラー小説を読んでいた。大学に入ってから読書量が期待していたよりも増えなかったのは、近所に住んで自転車で通っていたからだ。自転車で疾走しながら本を読むのはデンジャラスである。私は安全第一の人だから、そんなことはしなかった。大学を出て就職したら、通勤電車に揺られるようになったので、車中の読書習慣が復活した。

　なぜ電車は読書に良いのだろうか。通勤電車というのは、自由時間でもないし、かといって勤務時間でもない。そのぽっかり空いた時間に、本の中へふと吸いこまれてしまうという行為はよく似合っている。適度な振動が脳を活性化するような気もする。

疲れて精神的暴れん坊将軍になっているときは、通勤電車で内田百閒を読む。立ち上る異様な気配、ヘンテコな理屈、狙《ねら》われた曖昧《あいまい》さ、失われたものへの哀惜《あいせき》の念、確固たる意志のもとに貫かれる無意味。たいへん興奮し、たいへん安心する。『東京日記 他六篇』（岩波文庫）に収められた短編はどれも好きだ。とくに「長春香」は、私が言うまでもなく名作と言われている。繰り返し読むほどに、その評判の理由がなんとなく分かってくる。

（「野性時代」2007年11月号）

本を読む人、並べる人

「オフィス・モリミ」と威張るようなものでもないけれど、「仕事場を作ろう！」と決心した。集中力が途切れやすくなって、机に向かってもすぐに逃亡を図るようになったからである。自宅から歩いて数分、昭和の風情《ふぜい》漂うビルの一角に殺風景な部屋を借り、仕事にまつわるものをすべて移したら、自宅にはテレビと布団《ふとん》ぐらいしか残らなかった。

荷物の大半は本である。

私は多読家ではないし、妄想を材料にして書いているから膨大な資料も必要ない。処分するのが苦手というだけの理由で、中学校時代からずうっと溜まってきた結果が今の蔵書である。中学時代に読んだスティーヴン・キングのホラー小説から、これまでの雑多でええかげんな読書歴のほとんどすべてが現物として残っている。しかし雑多すぎるところもある。何冊もの『JTB携帯時刻表』は旅の想い出としても、『地蔵盆のしおり』や『校正必携』などは、いつ買ったものかあやふやである。

私は書棚の本の並び方をとても気にする。納得のゆく配列になっていないと苛々してくる。しかし、納得のいくように書棚に本を並べるというのは難しい。

本の大きさと内容を両方考慮しつつ、「本の関係が見てとれるように配置すべし」「頭に落ちてきたらかなわんから重い本は下に」「使用頻度の高い本は机のそばに」「見栄《みば》えの良い本はよく見えるところに」「ここには読んでもいない哲学書をさりげなく配置して知的装《よそお》いを」「大切な内田百閒は一番良いところに」「アイドルの写真集は来客から見えにくいところに」……などと考えだすと、複雑怪奇な連立方程式を解かされている気持ちになる。「この本をここに置くと、あちらで矛盾が出る」「この配置は理想的だが、大きさが不釣り合いで美しくない」とあれこれ悩む。試行錯誤が必要である。

ようやく自分の理想とする配置に本がおさまったときには、大きな充実感を味わう。それだけこの仕事は厄介なので、引っ越し以来、気になって仕方がないにもかかわらず、まだ手をつけることができない。とりあえず詰め込んだにすぎない書棚を眺めるたびに腹が立つ。

しかし、こんな贅沢《ぜいたく》を言う余裕があるのは、私がさほど本で苦労しない境遇にあるという証明でもある。ときどき、井上ひさしの『本の運命』（文春文庫）を読み返すのだが、「ついに床が抜ける」の一節を読むとき、「まさかそんな」と思ってしまう。私がそんなに本を持つことはあり得ないからである。

なぜ『本の運命』をたびたび読み返すかというと、薄くて読みやすいのもさることながら、読むたびにムクムクと読書欲が湧《わ》いて楽しくなるからだ。私は放っておくと、なんとなく本を手に取らずにボーッと過ごしてしまうことがある。それではいけない。多少強引であろうとも知的好奇心に火をつける必要がある。そういうとき、『本の運命』を読むと、もう本が読みたくてたまらなくなるのである。

「井上流本の読み方十箇条」も面白くて、読むたびに「なるほど」と思い、やってみようとするのだが、すぐに挫折《ざせつ》する。楽しそうなのだけれど、持続する知的好奇心と、根性がなければとてもできない。

私が言うのもなんだが、これはおびただしい本と取っ組み合って生きてきた「本読みの達人」の技なので、生半可な覚悟では真似《まね》できないのである。

だから私は『本の運命』を読んで、ムクムク元気を出すだけで満足する。だいたい、何万冊もの本があれば、私は「ああでもないこうでもない」と書棚の整理をするだけで後半生を棒に振るだろう。苛々し続け、本を読むことも忘れて……。


（「新刊展望」２００８年10月号）

朗読していた頃

仕事場で川上弘美《かわかみひろみ》さんの『真鶴《まなづる》』という小説を読んでいたら、「砂」というふしぎな名字が出てきた。

「おや、この名前はなんと読むのだろう？」とひっかかったとき、そういえば「中砂」という名字の読み方が分からなくて、「なかずな」と読んでいたことを思い出した。

内田百閒の短篇小説「サラサーテの盤」に出てくる名字である。

いくらなんでも「なかずな」はヘンテコだろうと思うのだが、岩波文庫ではふりがながが振られていなかったので当てずっぽうに読んで知らん顔をしていた。後になって、同作をもとにした鈴木清順の映画「ツィゴイネルワイゼン」を観《み》ていたら、「なかさご」という言葉が聞こえた。そのときにパッと記憶が結びつき、一瞬にして「なかずな」が「なかさご」に置き換えられた。

ここで問題なのは、どうして「中砂」を「なかずな」と読んでいたことを憶《おぼ》えていたのか、ということである。そもそも憶えていなければ、「ツィゴイネルワイゼン」を観て即座に結びつけられるはずがない。私は短篇小説の隅々まで憶えているほど記憶力はよくない。

憶えていた理由はカンタンで、「サラサーテの盤」を妹と弟に読み聞かせたからである。朗読をしてみると分かるが、読み方のあやふやな字というものはひっかかる。たとえ強引に音読したとしても、やわらかい「良心の呵責《かしゃく》」みたいなものが尾を引くのである。

妹と弟に本を読み聞かせていたのは中学生の頃ではなかろうか。

一番繰り返し読み聞かせたのは、柳亭燕路《りゅうていえんじ》という人の書いたポプラ社文庫の『子ども落語』という本である。こう書きながらインターネットで調べたら表紙の画像が出てきた。懐《なつ》かしくてたまらない。このシリーズは、母親の従弟《いとこ》から段ボール箱いっぱい譲られた本の中に、何冊も入っていた。落語はどれも短いし、読みやすい。コタツに入って『子ども落語』を朗読しては、妹や弟といっしょに笑い転げたものである。それはもう、今こうして書いているだけでも楽しくなってくるようなステキな過ごし方であった。『子ども落語』は朗読してみんなで笑うのが一番楽しい。

こわい話というのも、朗読するのが楽しい。というか、心底こわい、ということに気がついたのもその頃である。江戸川乱歩の「目羅博士《めらはかせ》」がたいへんこわかった。「サラサーテの盤」もこわかった。

もっとも強烈だったのはディケンズの「信号手」である。

この短篇を妹と弟に読んできかせ、いよいよクライマックスにさしかかったあたり、あまりのおそろしさに髪の毛が逆立ってきた。顔がこわばって口が動かず、恐怖に充《み》ちた文章が目の前に立ちふさがってくるような気がした。朗読している本人も、耳を傾けている妹と弟も真っ青で、みんな今にも心臓が止まりそうな顔をしていた。小説を読んであんなにコワイ思いをしたことは他にない。

たとえば映画を観るにしても、みんなでいっしょに観ると、楽しいものはより楽しく、こわいものはよりこわく感じられる。小説もそういうふうに楽しめる。というよりも、かつては「朗読」の方が一般的だった。字が読めない人も耳で楽しむことができたからだ。

かつて、ディケンズの連載小説は英国の各家庭で朗読されて楽しまれていたというけれど、家族みんなが手に汗握ってディケンズの朗読に耳を傾けるのは、想像を絶する楽しさだったことだろう。朗読を担当する人間も読み甲斐《がい》があるというものだ。連続テレビドラマだったらみんなでテレビ画面を観ているしかないが、朗読するのであれば家族がそれぞれ演じることができるのである。当時「信号手」も朗読され、クリスマスの英国の各家庭を恐怖のどん底に叩《たた》き込んだりしていたのであろう。そう考えるとひどく楽しい。

気に入った小説をさらに深く楽しむ方法として、だれかに朗読して聞かせる、というのは一つの手である。楽しい小説はもっと楽しくなるし、こわい小説はもっとこわくなる。

朗読した小説は、その状況とからみあって、深く記憶に残る。

「サラサーテの盤」を朗読したのが両親の家の二階にある妹の部屋だったことも憶えている。良心の呵責を感じながら、何度も「なかずな」と発音していたのだから、なおさら忘れられないのである。

（「本の旅人」２０１２年12月号）

あんなにどきどきしたのはなにゆえか？

あんなにどきどきしたのはなにゆえか？

以前、今日マチ子さんが『センネン画報』を出版される際、私は推薦文を依頼された。

そのマンガに最初に出逢《であ》ったとき、「美しいマンガだ」と思った。腐れ大学生が暗躍するひねくれ文章ばっかり書いている人間が推薦文を書くのは申し訳ない、と思った。しかし読んでいるうちに、なんだろうこれはたんに美しいだけではないぞ、なんだかどきどきするし、一筋縄ではいかないぞ、という感じがしきりにして、けっきょく私はありのままの感想として「こんなにどきどきするのはなにゆえか！」と帯に書いた。最後が「？」ではなく「！」なのは、身と心を弄《もてあそ》ばれてしまったような感じに対する「憤《いきどお》り」を表現するためだった。

ここで、個人的な記憶について書こう。

たとえば小学校時代、私は雨に濡《ぬ》れるのが大好きであった。学校からの帰り道、傘を忘れたにもかかわらず雨が降ってきたときは「ひゃっほう！」と思った。濡れる口実ができたからである。オトナになった今、そういう楽しみにふけることはなくなったが、靴下まで濡らして雨の中を歩いて行くときの、靴の中で足がじゃぽじゃぽと動く感触を生々しく憶えている。

また私は中学校時代、自転車で走るのが好きだった。ことに好きだったのは秋の夕暮れ、夕餉《ゆうげ》の支度が始まった頃合いの薄暗い住宅街をすいすい抜けること。そのときは半袖《はんそで》のシャツでなくてはならなかった。なぜなら、腕を撫《な》でる秋の空気の切なくなるような冷たさが気持ち良く、ぞくぞくしたからである。

また現在、私はこの原稿を書きながら、しきりに髪を引っ張っている。これは私の悪い癖である。私は癖毛なのだが、左後頭部に三次元的に独特の巻き方をしている箇所があって、そこを指でからめとるようにしていると、なんともいえない感触がする。執筆に行き詰まると、ついついそうやって左後頭部の特定の箇所を指でくるくると巻き取るようにしてしまう。

『センネン画報』において次々に現れる場面の、冷え冷えとする朝の空気の感触、ニベアの感触、風にそよぐカーテンの感触、髪がブラシにからむ感触、チューブから何かを絞り出す感触、緩衝材のプチプチをつぶしていく感触、電動鉛筆削りで鉛筆を削るときに指先に伝わってくる感触。そういったものを辿《たど》っていくうちに、具体例として先述したような、曖昧だけれども確かに身体《からだ》が憶えている感触が一つ一つ自分の中に甦《よみがえ》るのだ。

私はどちらかといえば日常の大半を机上で過ごす人間で、肉体よりも妄想に比重を置きがちな頭でっかちである。けれども今日マチ子さんの作品を読んでいると、忘れかけていた感覚がさわさわと一つずつ刺激されていき、どうにもこうにも敏感にならざるを得ないのだった。

そうして感覚を研ぎ澄ますことを余儀なくされた挙げ句、あるページで大胆に描かれた一コマ、たとえば女性のすらりとした脚がカーテンから覗いたりするところで、生々しいほどどきどきするのである。

完全に術中に落ちているのである。恐ろしいことである。

あんなにどきどきしたのは、こういう理由ではないかと思うのです。

（「マンガ・エロティクス・エフ」２０１０年11月号）

「オレンジの種五つ」と、憧れのパイプ

私が初めてシャーロック・ホームズを読んだのは、小学校の三年生ぐらいの頃であったと思う。当時母の従弟《いとこ》が読み終えた本を段ボールに何箱分もくれたのだが、偉大なる探偵の冒険譚《たん》もその段ボール箱の中に入っていた。ちなみに、私がもっとも気になるホームズ作品「オレンジの種五つ」と出合ったのもそのときである。

ゴレンジャーや宇宙刑事シャイダーや仮面ライダースーパー1が占めてきた栄光の場所を、突如シャーロック・ホームズが占拠した。かつて私は玩具《おもちゃ》屋で売られている仮面ライダーのベルトを激しく渇望《かつぼう》し、「あれさえあれば仮面ライダーに変身できるというのに、そんな出費さえ惜しむ両親はどうかしているのではないか」と本気で憤ったものであるが、もはや私はライダーベルトを夢見る年頃を過ぎており、シャーロック・ホームズが吹かすパイプにひたすら憧れるようになった。当時私の父はパイプを吸っていたので、羨《うらや》ましくてならず、自分も大人になったらパイプを吸うのだと決意した。

ちょうどその頃、テレビで放送していたグラナダTV版のドラマを両親が熱心にビデオに録画していたことも、私がホームズにのめりこむ大きな理由となった。あまりにも幼い頃に同時に刷りこまれたので、ジェレミー・ブレット演じるドラマ版ホームズと、原作のホームズが私の中では渾然《こんぜん》一体となって区別がない。

しかし年齢を重ねると、だんだん背伸びをするようになる。ホームズを卒業した気になった時期もある。ドストエフスキーやらフォークナーやら夏目《なつめ》漱石《そうせき》やら、なんだか重々しい人たちの作品を読んでいた頃などはその最たるものであろう。そういった時期を通り過ぎて、ふたたびホームズへ戻ってみると、そこにはやはり不滅の名探偵が輝きを失わずに堂々と立っていた。というよりも、以前よりも輝きを増していることに驚かされた。

「オレンジの種五つ」の冒頭部分、暴風雨の夜をベーカー街で過ごすホームズとワトソンの描写が私は大好きである。依頼人の外套《がいとう》から滴《したた》り落ちる水滴まで目に見えるようで、何度繰り返し読んでも飽きない。キャラクターはディテールと結びつき、ディテールは世界と結びつく。ロンドンがホームズを生み出すということがまざまざと感じられる名場面だと思う。ホームズのロンドンとは、コナン・ドイルが夢見たロンドンである。その妄想力があまりにも強いために、我々はドイルが夢見た世界をまた夢見る。

大学四回生の頃、研究室を逃げだしてふらふらしていたことがあり、その間に一ヶ月ほど英国へ行った。毎日妄想しながらロンドンをぶらぶらして、ホームズのペーパーバックを読み耽った。街中の煙草屋《たばこ》で、少年の頃に夢見たようなパイプを買って帰国した。

そのパイプは今も大事にしまってあるが、まだ一度も使っていない。

（「小説　野性時代」２０１５年1月号）

四畳半の内田百閒

物語みたいなものを書き始めたのは小学三年生の頃である。きっかけは何かの催しのために同級生と作った紙芝居で、彼とその御両親が絵を担当し、私が文章を担当した。

その面白さに味をしめ、母に原稿用紙を買ってもらって書くようになった。好んで読んでいたムーミン童話や宮沢賢治《みやざわけんじ》、シャーロック・ホームズも影響したはずだけれど、何が決定的だったのか、今となっては分からない。とにかく、自分の文章から別の世界が生まれてくるのが純粋に楽しいというのが私の原体験であり、青年期になって「いわゆる文学っぽい」（と自分が思いこんだ）ものに色目を使い始めて迷走したのは苦い想い出である。

大学に入学してからも京都北白川にある四畳半に立て籠《こ》もってセッセと書いた。しかし自分で満足のいく作品は書けないまま、学生時代は過ぎていく。このままでは小説家になれないだろうと諦めつつあった頃、内田百閒の作品に再会した。高校時代にも一度出合っていたのだが、その頃には面白さが分からなかったのである。京都の狭苦しい四畳半で読むと、百閒はじつに味わい深く読めた。百閒の文章さえ辿っていれば他に何もいらないという季節がやってきた。

内田百閒には、おおざっぱに言うと二つの作風がある。一つは「サラサーテの盤」や「山高帽子」に代表される、得体の知れない不安の手触りを執拗《しつよう》に描くものであり、もう一つは『阿房《あほう》列車』に代表される、しかめっ面をしたまま遊んでいるようなユーモアのあるものである。いずれの作風にしても、魅力的なのはその文章だった。

当時の私がひしひしと感じたのは、百閒が文章だけで世界を作っているということである。書きたくないものは何一つ書かないという、純粋で異様な世界であるように感じられた。それは描くべき対象と描く道具がぴったり一致した世界と言ってもいいし、文章が消えれば何も残らない世界と言ってもいい。こんなにワガママな文章は読んだことがないと思ったし、こんなふうに書きたいとも思った。百閒のように書けるかどうかはともかくとして、とにかく目指すべき方角はハッキリしたのだ。その頃から、自分が書くものが少しずつ変わっていき、初めて自分で満足のいく小説が書けた。

そういうわけで今でも書き方に迷うと、内田百閒を読んでみる。

（「小説　野性時代」２０１６年１月号）

子どもの目の開き方

——本上《ほんじょう》まなみ『めがね日和《びより》』解説

本上さんの文章を読むと、子どもの頃のことを考える。

子どもというのは、実はそれほどノンキに暮らしていない。大人と同じぐらい悩みに充ちている。今では大人になったから子どもの悩みがノンキに見えるだけで、当人は必死である。苦しいことはたいへん苦しいし、怖いことはたいへん怖い。子どもの日常というのはスリリングである。

プール開きが近づいたことを思い悩む。下校中に寄り道をして、帰り道が分からなくなって泣く。キョンシー映画の予告編が怖い。エキスポランドの観覧車に乗ったら、あまりにも高いところへ行くので怖い。妹のフランス人形が怖い。弟が可愛《かわい》がっていたピエロの人形も怖い。

怯《おび》えたり泣いたり、今にして思えば恐怖に充ちた日々だった。

それだけだと割に合わないが、その代わり、楽しいことも底抜けに楽しかった。何が楽しかったというのか、今となっては説明できないぐらい楽しいのが子ども時代である。

あれはどういう仕組みだろう。

普通の日曜日でも、朝早くから、寝床から弾《はじ》け飛ぶ豆のようにつるんと飛び出す。それで、あはあは笑っている。間違っても、ぐったりと昼近くまで寝ていたりしない。楽しすぎてジッとしていられない感じである。ピチピチと転げ回っているのである。

生きてるだけでなんとなく楽しい。

そういう境地にある子どもが、キャンプに出かける。その脳味噌《のうみそ》が沸騰《ふっとう》するような楽しさは、大人の想像を絶するものだろう。

森見家では毎年、夏に滋賀県の山奥にキャンプに出かけるのが恒例行事だった。朝早くから荷物を車に積み込んで、父が運転してみんなで出かけるのである。大阪から滋賀へ、それほどの大旅行ではないが、子どもの頃には大旅行だと思っていた。「たいへんな冒険に出かけるんだぜ」と思っていた。

今でもありありと憶えている朝がある。

私は寝床で眠っていて、蝶《ちょう》の標本の夢を見ていた。夢から覚めてパチッと目を開けた。ブラインドが朝の光に輝いている。そのとき、「今日はキャンプに出かける日だ」ということを思い出した。次の瞬間には私は文字通り跳ね起きて、隣で寝ている弟に向かって叫んだ。

「しょうた！　朝だ！」

「おお！」

私の声を聞くなり、弟も一瞬で飛び起きる。

そして、二人で部屋から飛び出していく。

子どもの頃は信じられないくらい楽しかったということを思い出すには、その朝のことを考えればいい。

この本の中に、本上さんたちがお母さんの運転する車に乗って遠路はるばる大阪から山形へ行くエピソードが出て来る。車の中にウサギの「うさんごろ」や亀《かめ》まで乗っている。そんな大冒険が子ども時代にあったら、どうなっていたことか。あまりにも楽しすぎて鼻血を噴いて倒れていたと思う。

子どもというのは食いしん坊でもある。

そして本上さんも食いしん坊である。

「メンチカツが好きさ」

この一行で始まる「大好きメンチメンチ」というお話はスゴイのである。

まず「メンチカツが好きさ」という最初の一行が恐ろしい。「アッ、やられた！」と思う。居合い抜きのようなものだ。冒頭でそう書かれてしまった我々に何が言えるだろう。ふんわりと春の空を見上げて軽くつぶやくようでありながら、その一方で有無を言わせぬ毅然《きぜん》とした感じがある。

「なるほど！」と思わざるを得ない。「メンチカツがお好きなのですね」

そして、これほどメンチカツが食べたくなる文章はないだろう。「メンチカツをいかにしておいしそうに書くか」という国家試験の模範解答みたいである。微に入り細を穿《うが》ってメンチカツの魅力を書いてあるわけではない。そもそも、微に入り細を穿って魅力を書こうとしたって、メンチカツの魅力は書けないだろう。分析すればするほどメンチカツの正体は遠ざかるのである。この本には、「メンチカツを地球上で一番うまく食べることができるのはどんな状況か」、そういうことが書いてある。

だからこれほどうまそうに感じられるのである。

「揚げたてだぞ」

おかんの妹のこの一言が、我々にとどめを刺す。

揚げたてのメンチカツを求めて町をさまよいたくなるのである。

ここで私も本上さんに対抗し、「たまごかけごはん」の魅力について熱く語るべきかもしれない。でもそういうことをして、いたずらに紙を無駄にするのはやめておこう。本上さんの「メンチカツ」という究極奥義《おうぎ》に対抗するには、もはや「たまごかけごはん」について書くしかない、という気持ちが私にはある。

食べ物であるとか、旅であるとか、動物であるとか、子どもの頃の思い出とか。

私が本上さんの文章を読んでいて思うのは、そこには「小さな世界」の楽しさが漂っているということである。頭でっかちではない世界、自分の目で見て、手で触れられる世界。

子どもがぺたぺた触れる世界に近い。

小さな世界だからといって、馬鹿《ばか》にはできない。大人になっても、そんなに遠くまで手が届くわけではないし、太平洋の彼方《かなた》まで見通せるわけではない。たとえ地球の裏側まで出かけて行ったとしても、両手を広げて届く範囲は変わらない。

身近な世界を楽しく見ようとするとき、我々は子どもの目を開いている。

もちろん我々は大人である。大人になるということは、自分の中にいる子どもの目を、とりあえず閉じる方法を学ぶことだ。子どもというやつは阿呆《あほう》だから、子どもの目ばかりで世界を見ていても、これはうまくいかない。だから我々は子どもの目を閉じる。そこであまりにもピッチリ閉じすぎて、子どもの目で世界を見る方法を忘れてしまう人もあるかもしれない。

でもたいていの人は、上手に自分の中にいる子どもの目を開け閉めする。おいしいものを食べるとき、歩いたり走ったりするとき、森を眺めるとき、猫を撫でるとき、我々は自分の中の子どもの目を開く。さすがに子どもの頃のように楽しむ、というのはムツカシイが、それでもその頃に学んだ方法は、今でも役に立つらしい。

本上さんが文章を書いているとき、彼女の持っている子どもの目がぱっちり開いているように思うのである。

（本上まなみ『めがね日和』解説　集英社文庫　２００９年10月）

深泥池《みどろがいけ》と深泥丘《みどろがおか》 ——綾辻行人《あやつじゆきと》『深泥丘奇談』解説

京都で暮らしていた学生時代、友人としばしば肝試しをした。もしそこに女性がまじっていたならば、何かの拍子に抱きつかれることを期待したり、吊《つ》り橋《ばし》効果を活用して親密な関係へ跳躍しようという意図が見え隠れするだろう。しかし我々にかぎってそれはなかった。男二人ぼっちで丑三つ時の大文字山や鷺森《さぎのもり》神社を訪ね、真っ暗闇《くらやみ》の南禅寺《なんぜんじ》水路閣上を這《は》い、夜の琵琶湖畔《びわこはん》を自転車で走り、清滝《きよたき》トンネルへ出かけてどんな人生展開があるというのか。皆無である。さらにいえば、我々は試す価値もない小ぶりな肝の持ち主であった。

北の方にある「深泥池」を深夜に訪ねたのもその頃であった。誰から聞いたのか忘れたが、「あの池のあたりには幽霊が出るよ」というイイカゲンな噂《うわさ》があった。道中友人は「この際、恋人は幽霊でもいいよ。美女ならいいよ」と言っていた。これがフィクションであれば、そんな不届きなことを口にした友人は小太りのおっさんの幽霊にとりつかれて悲惨な末路を辿るはずだが、幸か不幸か「深泥池奇談」は生まれなかった。我々はただポカンと池を眺めて、「しょうむな」と呟《つぶや》いて帰った。「深泥池」という言葉には怪しい響きがあるものの奇怪なことは何も起こらなかった。

深泥丘という地名からは、どうしても深泥池を思い出さずにはいられない。

『深泥丘奇談』の舞台となっている（らしい）界隈《かいわい》は、学生時代の私がうろうろしていたところである。

この小説を読んでいると、「この病院はあそこのことだろうか」「このQ電鉄はアレのことかな」と気づくことがある。

当時私は内田百閒の日記にあった「横町には神秘がある」という言葉をいたく気に入っており、自らもまた日常生活に神秘の気配を探していたものだが、『深泥丘奇談』を読んでいると、この小説は綾辻氏が発見した「横町の神秘」から作られているのだと感じる。

「横町の神秘」とは、乱暴に言い直せば、日常生活のすぐそばにある異世界の気配であろう。異世界というからには、そこでは我々の論理が通用しない。その世界はまったく異なるシステムで動いているはずである。

『深泥丘奇談』を読んでいくというのは、そのシステムの手触りを味わっていくことだ。最初の短編「顔」ではハッキリしないが、読み進めていくうちに断片と断片が結びつき、独自のシステムで動く世界が浮かび上がってくる。ここで肝心なのは、そのシステムの全貌《ぜんぼう》が決して分からないということである。どういう仕組みで機能しているのか分からないのだが、とにかく何か機能しているものがそこにあることだけはよく分かる。

綾辻氏がどこまでこの世界のシステムを設計しておられるのか分からない。しかし私個人の趣味としては、作中のさまざまな証拠をつなぎあわせてシステムを明らかにしようとするよりも、「嗚呼《ああ》、へんてこな世界がここにありますナア」と感じ入っているほうが好きである。

理に落ちることから逃げ続けるかぎり、この世界は無限に広がっていく。

それが肝要なのである。

この世界を動かすシステムの手触りを作り出しているものは何だろうか。

一つは独特の言葉であろう。「人文字山《ひともじやま》」「Q電鉄」「如呂塚線《にょろづか》」「徒原《あだはら》の里」「黒鷺《くろさぎ》川《がわ》」「猫大路《ねこおおじ》通り」「紅叡山《こうえいざん》」「猫目島《ねこめじま》」「水魚山《みずおやま》」「竜見山《たつみやま》」「青頭山《あおずやま》」「耳山《みみやま》」「刀山《かたなやま》」

……京都の地名を変形したものであり、ひょっとするとまた別の元ネタがあるのかもしれないけれども、こうして書き並べてみると一貫した手触りのあることがよく分かる。「六山《ろくざん》の夜」に登場する送り火の文字「人」「永」「ひ」「目形」「虫虫」もまたステキである。とくにこの「虫虫」には惚《ほ》れ惚《ぼ》れとする。そして、これらの言葉の背後には「深泥丘」という地名がぺったりと張りついている。

もう一つは「妻」である。どうやら語り手にも読者にも分からないこの世界のシステムを、妻はよく分かっているらしい。語り手はへんてこな出来事に出会ってオロオロするにもかかわらず、妻はほとんど動じない。彼女にとってはアタリマエなのだ。そのことが語り手に、そして我々に、この世界に我々の知らない確固たるシステムがあることを教える。そもそも夫にとって「妻が納得している」こと以上に強力な説得力を持つ事柄があるだろうか。皆無である。そして妻自身にとってはアタリマエのことであるがゆえに、この優しくも得体の知れない妻は決して世界のシステムを説明してくれないのである。

もう一つは病院関係者である。謎《なぞ》めいた複数の石倉医師、そして咲谷看護師。彼等もまた語り手の妻と同様、この世界のシステムについて熟知していて、それをコントロールする方法をさえ知っているらしい。そもそも患者にとって「医者がこう言っている」こと以上に強力な説得力を持つ事柄があるだろうか。皆無である、と言ってしまうのは語弊があるが、深泥丘世界においてはそうなのである。そして彼等もまた、この世界のシステムを説明してくれないのである。

『深泥丘奇談』は病気に始まり病気に終わる。語り手が謎めいたシステムの周辺をさまよい歩くという曖昧な冒険を可能にしているのは、眩暈《めまい》等の得体の知れない身体の不調である。

もし語り手が元気いっぱいで、なおかつ頭脳明晰《めいせき》であったら、この妙ちくりんなシステムに支配された世界で無事に生き延びられるとは到底思えない。この世界のシステムに真っ向から立ち向かい、巨大な虹色《にじいろ》の芋虫に脳味噌を芯《しん》から喰われるとか、へんな工場跡地の廃液溜《だ》まりに落ちて念入りに溶かされるとか、ロクな結末は待っていないだろう。深泥丘世界では「元気であればいい」というものではないのだ。これこそ「一病息災」である。

元気でないからこそ、語り手はこの世界で生き延びていくのであり、この世界は語り手が元気でないからこそ成立する。作中で残酷な出来事や怪異が起こるにもかかわらず独特のやわらかさとユーモアが失われないのは、語り手が病気であることを通してこの異常な世界と手を結んでいるからだ。自分が病気であることと世界が病気であることは一つである。短編「悪霊憑き《あくりょうつ》」では、ミステリ的な筋が展開されるが、全体を読んでからこの短編を読み返すと不思議な感覚にとらわれる。病気にかかっている世界では、ミステリ的な整合性の方がかえって物珍しく感じられるのだ。

なにしろ深泥池が深泥丘に裏返った世界である。かつて私と友人が美女の幽霊を探して真夜中に訪ね、「しょうむな」と呟いていた場所をパッと裏返せばこんな世界が現れる。

池が丘へ、外が内へ、健康が病気へ。

この世界では一切が裏返っている。

こんなふうに締めくくればいかにも解説らしくて、こうして書きながら私もウッカリ理に落ちかけたわけだが、これはいけません。

理に落ちることから上手に逃げ続けるのはかくも難しいのである。

（綾辻行人『深泥丘奇談』解説　角川文庫　２０１４年６月）

「こども」たち ——綿矢りさ『憤死』解説

かつて本書のはじめにある「おとな」という掌篇を読んだとき、「ねえ、おぼえていますよ。ほかのどんなことは忘れても、おぼえていますよ」という、あたかも異次元から聞こえてくる声のような一文に、私はまったく驚いて「うひゃっ」となってしまった。それからというもの、幾度この掌篇を読み返してみてもぞくぞくして、なにやらスベスベした純白の、それでいて不気味なカタチをした小石をソッと握らされたような気分になるのである（もし今、この「おとな」を立ち読みして「うひゃっ」と思われた方は、今すぐこの本を買いましょう）。

本書にはぞくぞくする小説しか収められていない。

私はこどもの頃から臆病《おくびょう》者であるが、いつの間にか怖い話を好むようになった。かといって怖ければいいというわけではなくて、残虐《ざんぎゃく》さが前面に出ていたり、殺伐《さつばつ》としたものは苦手である。怖い話であるからこそ繊細なものであって欲しいし、自然に読み進めさせてくれる気遣いが欲しいし、その世界の匂《にお》いをありありと感じさせるような文章であって欲しいし、クライマックスでは「うひゃっ」と思わせて欲しい。というふうにアレコレおねだりしていると、なかなか自分の好みにぴったりとした怖い話はないものだ。ところが、「トイレの懺悔室《ざんげ》」という小説は、ほとんど私の理想そのものの「怖い話」なのである。

ノスタルジックな地蔵盆の想《おも》い出話にはじまって、一気に恐怖を畳みかけるクライマックスまで、なめらかにつながった物語の隅々に、不気味な気配が充ちているのにほれぼれする。小川にかかったトタン板の橋を渡って入る家、スティーヴン・キングの小説『IT』を思わせる用水路のトンネル、そして不気味に育った野生のアロエが、まるで自分自身の思い出であるかのようにいつまでも脳裏に焼きつく。この小説を、たとえば「偽《にせ》のイニシエーションをくわだてたおとなが破滅する話である」というふうに分かりやすく解釈したとしても、何ら怖さが薄らぐわけではない。「鴨居《かもい》に等間隔に打ちつけられた謎めいたフック」や、「赤ん坊の笑い声が聞こえてきそうなほど愛らしい赤ちゃん椅子《いす》」の問答無用の怖さは、まるでスルメのようにいつまでも味が残る怖さである。

私が好む怖い話は、けっきょく気配が命である。置くべき言葉をそこに置いて、決めるべきところでピシッと決めなければ、ぞくぞくするはずのものが一瞬でへなへなしたものになる。そういう意味では「笑い」の繊細さとよく似ている。

ところで、これはべつに何の根拠もあるわけではないが、怖い話というものは、冒頭から「怖いですよー、怖いですよー」とあんまり言い過ぎるとよくないらしい。怪談の達人が世間話から始めるように、あくまで静かに始めるのがいいようだが、逆に笑える話というものはさりげなく始めるといつまで経《た》ってもへなへなするきらいがある。冒頭から思い切った一撃を加え、手前勝手に勝利を宣言することこそが勝利への道であると私は思う。

小説「憤死」の冒頭は、「小中学校時代の女友達が、自殺未遂をして入院していると噂に聞いたので、興味本位で見舞いに行くことにした」というもので、この思い切った一撃によって、「面白くならないわけがない」と、いやがうえにも期待が高まる。この小説は太宰治の「親友交歓」の女性版のような感じもするが、上手すぎる文章に裏打ちされた、友人への意地悪な視線が畳みかけられるのにはぞくぞくさせられ、「佳穂は金持ちの子で、自慢しいで、子どものくせに選民意識が強く、容姿は魅力にとぼしく、女版の太ったスネ夫といってよかった」というところなどは、「冴《さ》え渡るというのはこういうことか」と思わせられる。もし綿矢さんにこういうふうに自分を徹底的に意地悪く描かれたら、さぞかしマゾヒスティックな快感を味わえるだろうし、一年ぐらいは立ち直れないだろう。佳穂という荒ぶる俗物の物語は、語りようによっては、単なるイヤな話にもなるし、怖い話にもなるだろうが、語り手のひねくれた視線と小気味よい文章によって笑えるものに転化する。その笑いが、何もかも吹き飛ばすような、有無を言わせぬ結末をもたらしている。

ところで以前、綿矢さんと話をしていたときに、インターネットで読む怖い話や都市伝説が話題に出たことがある。お互いに同じ話を読んで震え上がっていたことが分かって、おおいに親近感を抱いたものだが、「人生ゲーム」という小説は、そういった怖い話や都市伝説の雰囲気がもっとも濃厚なものである。とはいえ、この小説のキモと私が思えるのは、こどもたちが台所で人生ゲームに興じているときに、歳上《としうえ》の兄ちゃんが牛乳を飲みにやってくる場面で、これもまた自分自身の思い出の一場面のように心に焼きつく。読み進めれば読み進めるほど、この「ノスタルジックな少年時代のやりとり」がずるずると白昼の悪夢のようなものへ変貌していくのがステキである。それにしてもこの歳上の兄ちゃんは、いったい何者であるのか。いろいろな答えが考えられるだろう。

「おとな」と題した掌篇を巻頭に据えているからには、この小説集は「おとな」を主題とした小説集なのだろうか。そう考えて読み返してみたのだけれど、いよいよくっきり浮かんでくるのは、さまざまにかたちを変えてつきまとってくる「こども」たちであった。

冷え冷えとしたトイレの窓の外から主人公に懺悔する「ゆうすけ」も、失恋のあげくにベランダから虚空《こくう》へ跳躍する「佳穂」も、人生ゲームの果てに年老いた主人公のもとを訪ねてきてあの日の姿のままで牛乳をゴクゴク飲む「兄ちゃん」も、いずれも成仏《じょうぶつ》できなかった「こども」として描かれているように思える。であるとすれば、「トイレの懺悔室」という小説が他でもない地蔵盆から始まるのも納得のいくことだ。「おとな」という三文字のひらがなの向こう側に、「こども」という三文字がぴったり重ねられている。

ここでこの解説のはじめに戻るけれど、「ほかのどんなことは忘れても、おぼえていますよ」と囁《ささや》くのは誰なのだろうか。この奇妙な呼びかけを書いているのは、たしかに「おとな」になった語り手ではあるけれども、それは同時にあのときの「こども」の言葉でもある。あのときの「こども」が置き去りにされた場所に今もなおぽつんと立って、「おぼえていますよ」と永遠に呼びかけているのだというふうに妄想を膨らますと、そこにはまたべつのゾッとする味がある。


（綿矢りさ『憤死』解説　河出文庫　2015年3月）

ニセモノのイキモノたちのホンモノの世界
――北野勇作『カメリ』解説

この小説『カメリ』には、「ダンゴロイド」というナイスな名前の存在が登場する。

子どもの頃、私はダンゴムシをたいへん愛していた。幼稚園の建物の裏にあるじめじめしたところで日々彼らと遊んでいたのである。嗚呼、あれほど愛したダンゴムシたちと、いつから疎遠《そえん》になったのであろう。今の私はダンゴムシはおろか生物全般が苦手になってしまった。ある意味で、私は堤防の内側に立て籠もっている。『カメリ』を読んでいると、その堤防がぷるぷるとフルエル気がする。

『カメリ』には不思議なイキモノがたくさん登場する。

この世界は異様なほど何もかもがイキモノである。地下鉄は巨大化したオタマジャクシであり、図書館の本は巨大化したプラナリアみたいなやつであり、ケーブルテレビさえもが自ら壁に穴を開けてケーブルを伸ばす。カッチリとしているはずの物質的世界が、いつ何時むにゃむにゃとうごめき始めるか分からない。

イキモノたちの世界であるがゆえに、「イキモノ的残酷さ」も見え隠れする。カメリの卵をみんなでオムレツにして食べてしまうところなどは分かりやすい。この感覚は生物図鑑やドキュメンタリー番組で自然界の「食物連鎖」を目にしたときの驚きに近い。

とりわけ印象的なのは「ヒトデナシ」であろう。人類が戻ってくる日にそなえて世界を立て直しているイキモノたち。自分たちの身体を素材にして橋や塔やテトラポッドになったりする。個体の境界が溶けてしまったような彼らの感覚は独特のもので、ヒトデナシたちの言動には、不気味さと可愛さが渾然一体となって感じられる。生物図鑑的幸福みたいなものさえ感じられる。溶け合った脳味噌の自問自答のごときヒトデナシの会話を読むとき、ふっと思い出すのは、親しい友人たちと居心地の良い飲み屋でぐだぐだ喋《しゃべ》っている感じである。そのとき我々はたしかにヒトデナシ的幸福を味わっている。

主人公のカメリが「模造亀」であるように、この小説に登場するイキモノたちはニセモノである。どうやら人類によって作りだされた存在らしい。彼らの愛するテレビドラマもシナリオに沿って作られたニセモノであり、カメリがせっせと作るメニューも泥から作られたニセモノである。

「こういうふうにプログラムされている、ということは、じつはカメリにはわかっている」

この世界のイキモノたちの健気《けなげ》さ、可愛らしさは、そのニセモノたちが一生懸命にホンモノを真似《まね》ているということである。これは「ごっこ遊び」である。

カメリが丸く切り取られた青空を地下から見上げる場面を思い出す。カメリはその丸い青空から「地球」を連想する。自分たちの暮らす星をまるで遠い空の彼方にあるもののように感じること。それは、この世界そのものがニセモノではないか、というカメリの感覚とつながっている。こういう感覚を抱くことと、生きていくことは矛盾しない。その感覚が分からない人間は小説を読んだり書いたりしないであろう。

『カメリ』の世界では、ニセモノのイキモノたちがホンモノの世界を目指しているが、そのホンモノの世界はテレビの中の世界であって、それもまたニセモノなのである。ではホンモノはいったいどこにあるのか。じつは彼らがそうやって生きていくこと自体がホンモノなのではないか——ということに我らがカメリはのんびりと迫っているように思える。「楽しくしている、ということと、楽しそうに見えるということ。何か違いはあるのか」「もしかしたら、ホンモノそっくりではないかもしれないが、でも、ホンモノそっくりだと感じられるのなら、それはホンモノそっくりなのと同じことではないか」

『カメリ』を読み進むにつれて、「カメでアメリだから、カメリ」という安直な出発とは思えないほど、壮大な世界が広がっていく。それにしてもカメリたちが生きるこの世界はどういう仕組みで成り立っているのであろう。

あらゆるものがイキモノであり、あらゆるものがニセモノである世界。

「カメリ、海辺でバカンス」の章を読めば、散らばったヒントらしいものから、なんとなく「こういうことかな?」という推測は立つ。しかしそれについてここでは書くまい。むしろ私は、世界は決してその全貌を明かさない、ということのほうが大事であろうと思っている。

我らがカメリのステキさは、彼女が世界の謎に迫りながら、その分からなさも穏やかに受け入れているということである。それは模造亀というイキモノとしての諦念《ていねん》、ニセモノとしての諦念による。その二重の諦念がこの小説になんともいえない優しさを与えている。カメリがこのような理想的ボンヤリ屋さんでなかったとしたら、『カメリ』の世界は壊れて「海」に還元されてしまうだろう。

たとえば我々はしばしば、やわらかな姿勢を忘れて「世界は○○でなければならぬ」などと思う。しかし「世界は○○でなければならぬ」などということは本当はないのである。肩肘《かたひじ》張るのに疲れてしまうと、我々は「しゃあない」と呟いて友人たちと飲み屋でぐだぐだして、ヒトデナシ的幸福を味わったりするではないか。「しゃあない」という呟きとともにあるのはカメリ的諦念である。

ニセモノのイキモノたちによって作られたホンモノの世界とは何であろうか。

さまざまなイキモノたちが織りなす生態系。イキモノたちはたがいを食らい合い、世界を構築する材料となり、ときには境界が破れて一体となり、うっかりすると泥の海に返る。一見デタラメな世界のようでありながら、そこには確固としたシステムの存在が感じられる。とはいえシステムの全貌はつねに謎である。

それはまさに小説そのものであると言えないだろうか。

ここに取り出されているのは、北野さんの頭の中にあるイメージの生態系である。生きてぴくぴくと脈打つやつを北野さんはずるずるっと引っ張りだす。そんなことをするにはコツがいる。「いやいや、作ったんじゃない。思い出させてただけだよ」という、海を陸に変えたヒトデナシの言葉に秘密があるのではないか。そうして取りだされた生態系は、言葉に置き換えられたあとも生きてうごめくナマの世界である。優しさと残酷さ、ユーモアと不気味さが分かちがたく結びついている『カメリ』の感覚はそのナマの部分に宿っている。

「世界は○○でなければならぬ」と肩肘張って断言するとき、我々は堤防の内側に立て籠もり、「優しさ」と「残酷さ」、「ユーモア」と「不気味さ」の間に線を引く。しかしそれらは本来、「生きている」ということの側面でしかない。本来は一つのものである。その一つのものを生きたまま取り出せば、ぜんぶ一緒になって出てくるという単純な話ではないか。しかし単純であるからカンタンだということには当然ならない。

そんなことを考えていると、地下水路の奥にある「メトロ」の産卵場所が思い浮かぶ。

その場面は『カメリ』の中でとりわけ印象的で、思わぬところで迷いこんだ大聖堂のような荘厳《そうごん》さが漂っている。「死ぬ場所であり、そして、生まれる場所でもあるだろう」という言葉の通り、まるで世界の底のようである。その生と死の交錯する美しい場面にあって、我らがカメリは遠慮なくメトロの卵にがぶりと嚙《か》みつく。理由は

「おいしそうだったから」。なんとシンプルでステキな響きであろう。我らがカメリはなんとイキモノであろう。なんと可愛く、残酷な子であろう。そうでなくてはいけない。

そのメトロの卵というのはこんなものであるらしい。

「噛むと、きゅうきゅうと音をたてるほどしっかりしていて、しかし同時に柔らかい。骨らしきものもない。押せばへこむが、でも押し返してくるくらいの弾力があった」

それはこの小説そのものではありませんか?

（北野勇作『カメリ』解説　河出文庫　２０１６年６月）

西東三鬼《さいとうさんき》『神戸・続神戸』解説

西東三鬼の「神戸」を読んだのは数年前のことである。

その頃、私はすっかり小説というものがイヤになっていた。執筆に行き詰まって全連載を投げだし、東京を引き払って郷里の奈良へ引き籠《こ》もっていた。「神戸」の冒頭、西東三鬼は「私は私自身の東京の歴史から解放されたことで、胸ふくらむ思いであった」と述べているが、同じく都落ちした私はといえば、とくに胸ふくらむような思いもなく、ただただ屈託していた。小説とは何かと考えれば考えるほど書けなくなってしまうのである。ついには自家中毒のようになって、他人の小説を読むのもウンザリして、小説らしくないものばかり読んでいた。たとえば『古典落語』や『聊斎志異《りょうさいしい》』、『江戸怪談集』、そしてなによりもマルドリュス版『千一夜物語』である。

西東三鬼の「神戸」を読んだのはそんな時期であった。

冒頭、バーの女から「アパートを兼ねた奇妙なホテル」について教わるところから引きこまれ、寒風吹きすさぶ坂道に立って褌《ふんどし》ひとつでグルグル回転する狂人に驚かされ（「彼が二十分位も回転運動を試みて、静かに襤褸《ぼろ》をまとって立ち去った後は、ヨハネの去った荒野の趣であった」）、奇妙なエジプト人「マジット・エルバ」氏が登場する頃にはすっかり魅了されていた。マジット・エルバ氏と西東三鬼がホテルの一室でレコードを聴く場面は、この作品において、もっとも美しい一節のひとつであろう。

「マジットも私も貧乏だったので、夜は大抵どちらかの部屋で、黙って煙草《たばこ》を吹かすのが常であった。私の部屋には十数枚のレコードがあった。それは皆、近東やアフリカを主題とした音楽で、青年時代からの、私の夢の泉であった。私達は、彼が何処《どこ》からか探し出してくるビールを、実に大切に飲みながら、一夜の歓をつくすのであったが、彼はレコードの一枚毎《ごと》に『行き過ぎの鑑賞』をして、砂漠のオアシスや、駱駝《らくだ》の隊商や、ペルシャ市場の物売婆を呼び出し、感極まってでたらめ踊りを踊り、私はそれに狂喜の拍手を送るのであった。そういう我等を見守るのは、どのような神であったか、所詮《しょせん》は邪教の神であって、一流の神様ではなかったであろう」

戦時下の神戸に、幻のように出現する『千一夜物語』の世界。

この手記がエジプト人、マジット・エルバ氏との交流から始まることには、少なからず意味があると思う。西東三鬼は大正十四年、二十四歳で日本歯科医専を卒業した後、長兄が暮らしていたシンガポールへ渡って開業、昭和三年まで暮らしている。自筆年譜には「昼はゴルフに熱中し、夜は近東地方の友人と交遊、彼等の祖国に移住の希望に燃えたが、勇なくして果さず」とある。そんな人物が『千一夜物語』を知らぬわけがない。魔神や魔法のランプこそ出てこないものの、「神戸」は西東三鬼流の『千一夜物語』なのである。

それにしてもなんと贅沢《ぜいたく》な文章だろうか。『千一夜物語』には王様から奴隷《どれい》までじつに多様な人間たちが登場するが、「神戸」もまた次から次へと魅力的な人間たちが登場する。エジプトのホラ男爵《だんしゃく》ことマジット・エルバ氏を筆頭に、純情にして奔放な娼婦《しょうふ》・波子、バーで働くマダムたち、比類なき掃除好きの台湾人・基隆《キールン》、その日暮らしの謎めいた怪女・原井さん、お大師様を信仰する広東《カントン》人・王《ワン》、風来坊の冒険家・白井氏、栄養不足で夜盲症になった俳人・和田辺水楼《へんすいろう》……いずれも一篇の小説の主人公になれるほど強烈なキャラクターたちの大盤振る舞いである。それらの強烈な人間たちを、西東三鬼は一筆書きの達人みたいに、一見無造作に、しかし鮮やかに描きだしていく。よけいな水増しは一切なく、小説一篇に匹敵する内容がわずか数行に詰めこまれている。こんなことはもったいなくて、平凡な小説家には到底できないことだ。その圧倒的な密度が、分量的には決して長くないこの作品に、『千一夜物語』を思わせる広がりを与えている。

西東三鬼は「読者を娯《たの》しませるためなら、事実だけを記録しないで、大いにフィクションを用いるだろう」と書いている。しかしながら、同じような素材をイカニモな小説に仕立てたところで、「神戸」のような面白さや凄《すご》みが描きだせるだろうか。それは甚だ疑わしいと私は思う。むしろ「大いにフィクションを用い」ないからこそ、この作品は傑作になったのである。

だからといって、「フィクションでない」と言い切ることもできない。

何をもってフィクションといい、何をもってノンフィクションというか、という厄介な問題にここで深くは立ち入らないが、この「神戸」という作品世界、その世界で生きる人間たちの魅力が、西東三鬼という人の独特の視点、すなわち文体と分かちがたく結びついているのは明らかである。たしかに西東三鬼は「大いにフィクションを用い」なかった。だからといって、西東三鬼という不思議な人間がいなかったら、この世界は絶対に成立しないのである。

ここで思いだされるのは、三鬼というペンネームが天狗《てんぐ》の異名でもあるという逸話である。「神戸」の文章を読むとき、私は「まるで人の良い天狗が書いたようだ」と感じる。「人の良い天狗」とはヘンテコな表現だが、それが一番しっくりくる。フワリと宙に浮かんで人間たちの営みを俯瞰《ふかん》しているようでありながら、俗世で生きる彼等への愛情ゆえに見捨てて飛び去ってしまうこともできない。夏目漱石の『吾輩《わがはい》は猫である』における猫と人間の距離感と比べてみれば分かりやすいだろう。いわば西東三鬼は俗世から去るに去られぬ天狗であり、「神戸」は三鬼流飛行術の産物なのである。

三鬼流飛行術なくして、この作品に横溢《おういつ》するユーモアは支えきれない。いかに登場人物たちが魅力的で生き生きしていようとも、戦時下の神戸で生きる彼等の境遇は悲惨であって、当人たちの内面に迂闊《うかつ》に立ち入ればユーモアなど消え失《う》せてしまう。「人生はクローズアップで見れば悲劇だが、ロングショットで見れば喜劇だ」という有名な言葉を思いだしてみればいい。西東三鬼はつねにフワリと宙に浮かびながら語っている。周囲の人々を描きだす三鬼の筆は彼等に対する愛情に充《み》ちているが、しかし同時にそこにはつねに冷酷さがある。

第四話「黒パンと死」で描かれるのは、昭和十八年からホテルに滞在するようになった葉子という元看護婦にまつわる話である。身近に頼れる人間もおらず、肺病に苦しむ彼女は、やがて缶詰や黒パンと引き替えに、ドイツの水兵たちに身を売るようになる。そのブローカーを買って出たのがナターシャというロシア人の女性だった。西東三鬼は「汝《なんじ》は肺病の彼女から血を吸う蝙蝠《こうもり》の如《ごと》き女である」とナターシャを非難するのだが、彼女はまったく動じない。

「それに対するロシヤ婆の答は、気味悪いほど叮嚀《ていねい》な英語で、妾《わたし》が毎晩彼女を売りつけてやらねば、彼女は首を縊《くび》らねばならないだろう、というのであった。そう言いながら婆は手で首の廻りに縄を巻きつける真似をして見せた。私はその時のナターシャのおだやかな微笑を忘れない」

たしかにこの老婆《ろうば》は冷酷である。

しかしそれを的確に描写している三鬼も冷酷なのである。

三鬼はこの強烈なロシア人の女性にある種の魅力を感じている。そうでなければ、こんなふうに鮮やかに書くことはできないだろう。死んでいく葉子への同情も、この悪辣《あくらつ》なロシア人への憎悪《ぞうお》も、三鬼の文章の調子を乱すことはない。これもまた三鬼流飛行術のなせるわざで、マジット・エルバ氏との交遊をユーモラスに描く場合と変わらないのである。

それにしても、この場面におけるナターシャの存在感は強烈である。肺病に苦しむ葉子の咳《せき》を聞き流しながら、缶詰の鰯《いわし》を黒パンにのせて食うナターシャは、『千一夜物語』に登場する女詐欺師《さぎし》のようだ。まるで人間というものが目の前にゴロンと転がっているように感じられる。ここには小説よりも大きなもの、もっと古くから連綿と受け継がれてきた語りがある。それは人間の内面ではなく、その外形を描くことによって本質を語る。

たしかに「神戸」には、小説のような筋運びや、詳細な心理描写というようなものはない。戦時下の神戸において、強烈な人間たちがどのように生きたか、それらが断片的に描かれていくだけだ。しかしだからこそ、人間の姿としか言えないものが、ユーモアや迫力を帯びて浮き彫りにされていく。ここには『千一夜物語』に通じる感覚がある。クローズアップでしか見えないものもあれば、ロングショットでなければ見えないものもある。下手にフィクションを用いようとしたり、感傷に流されたりすれば、そういった人間の姿はたちまちボヤけてしまうだろう。

こういう文章は書き手にエネルギーを要求する。実際、「神戸」の三年後に書かれた「続神戸」は、三鬼本人も述べているように、ユーモアも迫力もいささか弱まっている。こういう文章はいつでも書けるというものではないのである。

ところで、「神戸」第九話の冒頭で三鬼は次のように書いている。

「かくして、ようやくおぼろげながら判《わか》って来た執筆の目的は、私という人間の阿呆さを公開する事にあるらしいのである。だから、私のくだくだしい話の数々は、何人《なんぴと》のためのものでもなく、私にとっても恥を後世に残すだけの代物《しろもの》である。しかし私は、私が事に当るたびに痛感する阿呆さ加減を、かくす所なくさらけ出しておきたいのである」

この言葉をどこまで信用していいのだろう。正直に言えば、そんなことを書きたいと思って西東三鬼が「神戸」を書いたとは、私にはどうしても思えないのである。周囲の人々をさんざん書いたから、同じ筆で自分を料理することによって公平を期す——そんな感じがする。三鬼が本当に書きたかったものは他にあるのだ。三鬼は第十話で次のようにハッキリ書いている。「彼等や彼女等は、戦時色というエタイの知れない暴力に最後まで抵抗した。エジプト人、トルコタタール人、白系ロシヤ人、朝鮮人、台湾人そして日本娘達の共通の信仰は『自由を我等に』であった」

自由であること——我々はそれがどんなことであるか、漠然と分かったつもりでいる。しかしいざそれを説明しようとすると困惑する。なぜなら自由というものは虚空にポカンと浮かんでいるものではなく、それぞれの人間の生き方に現れてくるものだからである。西東三鬼が「神戸」を書くことによって保存しようとしたのは、そういう自由の感覚だったのだと思う。戦時下の神戸で出会った人々を人間らしく描くことは、そのまま彼等の自由を描くことであった。なんとなくフワフワしてとらえがたい自由というものが、この作品ではハッキリと具体的な人間の姿を取ってそこにある。もちろんこんなことができたのは、西東三鬼が彼等と信仰を共有していたからである。自由を我等に。

（西東三鬼『神戸・続神戸』解説　新潮文庫　２０１９年７月）

第二章　登美彦氏、お気に入りを語る

好きな映像作品やアイテム、食べ物についての文章を集めた。

「怪談」「笑い」「食物」が面白く書けるなら文章を書く人間として怖いものはない。大学生ぐらいの頃からそんなふうに思うようになった。内田百閒《うちだひゃっけん》の影響である。しかし「怪談」や「笑い」はそれなりに書いたが、「食物」についてはまったく自信がない。そもそも私には食い意地が足りないのである。

私のとっておきシネマ——『岸和田少年愚連隊　カオルちゃん最強伝説』

深夜に放送されていた何やら底抜けに無茶な映画を学友が観《み》たという。Vシネマ界であの哀川翔《あいかわしょう》と双璧《そうへき》を成す巨人「竹内力《たけうちりき》」が、なぜか学ランを着て高校生を演じているという。まさか竹内力がそんな役を引き受けるわけがない。どうせ司法試験勉強に疲れ果てて深夜にぐうたら居眠りをした挙げ句、理屈の通らない夢を見たことが現実とごっちゃになっているのであろう、哀れなやつめと思っていたら、本当にそんな映画があったので驚いた。

竹内力演じる「カオルちゃん」が高校生にあるまじきオッサン顔で古今未曾有《みぞう》に喧嘩《けんか》が強い、ただそれだけで押し切った映画がここにある。竹内力をしつこくつけねらう底抜けの阿呆《あほう》は田口トモロヲだが、これも高校生である。岸和田は魔女に呪《のろ》いをかけられたオッサン顔の高校生が日常的に跋扈《ばっこ》する空間であったらしい。

堂々たる風格で中学を卒業した竹内力は即座にヤクザたちにスカウトされる。あまりの風格にヤクザたちも呆《あき》れ顔だ。「おまえホンマに十五歳か」という手下の呟《つぶや》きは、我々全員が共有する思いでもある。しかしヤクザの誘いを竹内力は鼻であしらう。彼にはでっかい夢がある。高校に進学することだ。全国の高校を制覇して全国総番になりたいという壮絶なまでのシンプルさ。ある意味では立派である。挙げ句の果てにヤクザたちを完膚《かんぷ》無《な》きまでに叩《たた》きのめして高校進学を果たすのである。死屍《しし》累々《るいるい》の土手を痰唾《たんつば》を吐き散らしながらゆく竹内力は化け物のように強く、転がるヤクザたちは哀れなほど風格がない。

かくして高校に進学したオッサン顔の怪物高校生の平凡な日常が描かれる。喫茶店で働く娘への淡い恋、高校の優しい女教師との魂の交流。暑苦しい熱血教師とのぶつかり合い（一撃で殴り倒す）。言うまでもなく喧嘩。そして仲間と組んでやったたいへんなお茶目の数々（鉄を売って儲《もう》けるために線路を一本取ってくる、売って儲けるために天王寺動物園からサイを運び出す、パトカーを盗むために岸和田警察署を燃やす、その結果警察に追われる等）。まさに息つく閑《ひま》もない毎日だ。それでいて鬼のようにいかつい竹内力の心優しい側面を描くことも忘れない。捨て犬を可愛《かわい》がる。心を寄せる喫茶店の娘と親しくなろうとする。にもかかわらず恥ずかしさゆえに物凄《ものすご》いメンチをきったりしてしまう。何と可憐《かれん》なことか。そして何とベタなことか。

喫茶店の娘は見るからに薄幸《はっこう》そうであるが、それも当然、父親が麻薬に溺《おぼ》れて生活能力がない。娘は家計を助けるために深夜の街路に佇《たたず》んでいかがわしい仕事をせねばならない。やがて父親はヤクザにぼこぼこにされてお亡《な》くなりになり、娘は父親の借金のカタにあわや売り飛ばされそうになる。満場の期待を背に、娘を助けるために闇《やみ》から現れる竹内力の恐ろしさと痛快さたるや筆舌に尽くしがたい。ヤクザも逃げ惑い、「警察呼べや」と叫ぶほどだ。竹内力はドスをきかせすぎ、涎《よだれ》が口の両側から流れ落ちる。もはや何を言っているのかほとんど聞き取れない。言葉はもはや無力であるが、いまさら言葉は必要ない。というか、考えてみればずっと必要なかった。かくして私は感動した。

ありがちな素材が一分の隙《すき》もなく組み合わされたところへ、明確な一つのアイデアを押し通すことで、すべてが燦然《さんぜん》と輝く。油断していた私を打ちのめした究極の逸品である。

(「小説推理」2005年3月号)

単純な応援　ツール・ド・フランス

かつて高等遊民生活をエンジョイすることを余儀なくされていた頃、私は気が向けばケーブルテレビで「ツール・ド・フランス」を眺めていた。何週間もかけて行われるために、連日放送されていたので、何かというと観た。じつはあまり面白いとは思わなかった。なぜならルールも選手も何一つ知らなかったからである。何ら興奮を伴わず、手に汗握ることもなく、漫然と見るとはあのことだ。面白くはなかったが、美しかった。

眩《まぶ》しい緑に包まれた牧歌的なフランスの田舎道を、黙々とペダルを踏み続ける男たちが、ただ前へ前へと進んでいく。連日二百キロを走る選手たちの肉体には鉄筋が入っているに違いない。鍛え抜かれた肉体を、田舎の風景にはそぐわない色鮮やかなジャージに包んで、彼らは自転車に乗る。それは科学技術の粋をつくし、人力で可能な最高速度を生み出す仕組みである。そういう肉体の極致、人工の極致というべきものが、緑の田園風景をなめらかにすり抜けていく虹色《にじいろ》の紐《ひも》ただ一本に集約される。

空撮されたその景色がなぜそんなに私を魅了したかというと、私が細かいルールや選手たちの間の駆け引きをいっこうに知らずに観ていたからだ。それこそが醍醐味《だいごみ》という人もあるかもしれず、私もそこらへんの機微を知りたい気もするのだが、未《いま》だに分かろうという努力をしない。風や地形の問題、駆け引き、選手の調子……そういった要素がすべて捨てられてしまうと、目前にどこまでものびていく何もないアスファルトの道を、ただそれぞれに自分の足を使って前へ進むという原則だけが残る。

自転車の孤独は大地に決して足をつけないところから来る。そんな印象が、私の貧弱なハードボイルド魂を震わせた。彼らの孤独なひと踏みが、田舎道をのびる一本の美しい紐になる……これが美しいということだ。しかしこれは私の妄想だろうから、声高に主張はしないつもりだ。

今でも私は、選手たちが作り上げる一本の紐を眺める。選手たちは、めいめいただ前へ進むためにペダルを踏む。私はどの選手も応援しない。試合の行く末にもドラマにも興味はない。ただ全員に向かって「ゴォォォォォー!!」と胸のうちで叫んでやる。それは熱狂した叫びではなく、この勝負に勝てという叫びでもない。ただペダルを踏んで目前の道をゆけというだけの、ひどく単純な応援である。

(「小説すばる」2006年2月号)

思い出の映画――『スピリッツ・オブ・ジ・エア』

子どもの頃の私は、たいへん良い子であったのだ。それはもう、私本人が言うのだから確かなことである。ひねくれてもいなかったし、人見知りもしなかったし、外でもよく遊んだ。栗色《くりいろ》の髪がくるくるして、天真爛漫《らんまん》を絵に描いたような子どもであった。

子どもというものは、「自分では説明できないけれど妙に執着がある」という対象を持っている。私にもそういうものは色々あったけれど、よく分からないのは、私が「広々とした場所にぽつんと何かがある」という情景にいたく魅力を感じていたということである。

そういった写真や映像を見ると、懐《なつ》かしいようなわくわくするような何とも言えない感じがして、自分もそこへ行ってみたいと思われてしょうがなかった。荒野に延々と続くドライブウェイのわきにぽつんとある看板、草原の中にぽつんとある一軒家、がらんとした広場の隅にぽつんとある街灯……そのような情景の数々に幼い私はゾッコンであった。

栗色の髪に包まれた小さな頭を、なにゆえそんな情景でいっぱいにしていたのか謎《なぞ》というほかないが、それは恋情と言ってよいほどの強烈なものだった。私は前世とかそういったものを信じていないのだが、あの執着は前世の記憶によるのではないかと妄想したくもなる。ひょっとすると私の前世は、荒野の真ん中にぽつんと立ちつくすチェリオの自動販売機だったかもしれないのだ。

そういうわけで私は、「ぽつん」情景には敏感に反応する子どもであったので、当時愛読していた「ファミコン通信」の片隅に、風変わりな映画の紹介があるのを見逃さなかった。

荒野の一軒家に暮らす兄と妹のところへ、旅人がやって来る。映画の登場人物はその三人のみである。兄と旅人が協力して飛行機を作るだけのストーリー。紹介文の詳しい内容は覚えていないが、とにかく私はそこに「ぽつん」情景があるに違いないと想像し、繰り返しそのページを見ていた。たった1カットだけ載っていた飛行実験中の写真も、想像を膨らませる土台になった。しかし当時の私は小学生であったし、いくら興味のある映画だとはいっても、一人で映画館へ出かけるようなマセた子どもでもなかったので、想像を広げて楽しむだけであった。

数年がたち、私は中学生になった。

たまたま、深夜にやっていた『ファンキー・ヘッド／僕ってヘン？』という、邦題も内容もいかがなものかと思われる映画（壁にアルミ箔《はく》を貼《は》った部屋へ引きこもって幻覚に怯《おび》えている青年のお話）を観たくなって予約録画したら、『スピリッツ・オブ・ジ・エア』の放映予告が入っていた。それを観た時、「あの映画はこれだ！」と直感した。さっそく録画して観たところ、そのオープニングの恐《こわ》いほどの美しさもさることながら、内容の素晴らしさに仰天した。全編、「ぽつん」映像がこれでもかと詰めこまれ、あまりにも完全に、小学生の頃の私の欲望にこたえる映画だったからである。

ただ残念なのは、「広々とした場所にぽつんと何かがある」という情景への焼けつくような欲望がもっとも燃えさかっていた時期に『スピリッツ・オブ・ジ・エア』を観られなかったことである。実際に映画を観ることができたとき、私はすでに呪われた思春期の門をくぐっており、もっとほかのことへの欲望に脳みそを占められつつあったのだ。もちろんそれでも感動したけれども、「小学生時代の私がこの映画を観る」という体験を想像するだけでぞくぞくするのである。とくに、この映画の美しくて不思議なオープニングを観たら、小学生時代の私はすさまじい衝撃を受けたに違いない。

これはたいへんに惜しいことだ。
映画には巡り会うべき瞬間というものがある。

（「小説現代」２００７年４月号）

私のこだわり

①わたしの文房具

おお神よ！

神は人類に文房具を与えたもうた。

大学を卒業するまで、私にとって文房具とは、安くて沢山買えればよいというものだった。百円のシャープペンシル、ダイエーで買った一冊三十円の大学ノート。懐《ふところ》に余裕がないためでもあったし、文房具店をさまよう習慣もなかったからである。もっとも、それで充分に役立つのもまた文房具の素晴らしいところだ。

だが卒業すると、文章を書く仕事が増えてきた。しかし湯水の如《ごと》くアイデアが湧《わ》く人間でもない。当然、書き悩む。考えた末、学生時代よりも懐がゆたかになったのだから、上等なノートを買おうと決めた。上等な紙にメモすれば、上等なアイデアが湧きそうではないか。

かくして紐の緩んだ財布は、折しも流行《はや》りだしたMoleskineノートやRhodiaのメモ帳に狙《ねら》い撃ちされた。

初めて買ったMoleskineノートを私はわくわくと持ち運び、メモする機会をうかがっていた。ついに一つのアイデアを思いついた。記念すべき第一ページに記すことに抵抗を覚え、だがしかしやむを得ず、これもまた運命と諦《あきら》めて書いた言葉が「パンツ番長」である。ちゃんと役に立ったので、書いてよかった。

以来、文房具、とりわけノートやメモ帳に淫《いん》した。店頭で真新しいスベスベした紙を見ると、アイデアが湯水の如く湧くという妄想、売れっ子作家になるという妄想が私をさいなみ、購入に走らせる。ついにコピー紙にまで欲情するようになった頃には、十年は困らないほどのノートやメモ帳が溜《た》まっていた。溜まる紙にアイデアが追いつかぬ。おお！　それなのに私は、昨日もまたノートを買ってしまったのです。新しいノートには希望がある。夢がある。とにかく紙が欲しい。

おお、紙よ！

②　わたしの犬

「ところで、ちょっと聞いてください。実家に犬がいるのだ。これが柴犬《しばいぬ》なのです。この世でどんな犬が可愛いと言って、柴犬ほど可愛い犬はない。ビーグルやチワワなんか目じゃない。断固として柴犬。柴犬にあらずんば犬にあらず。全世界の犬が残らず柴犬に変貌《へんぼう》してもいい。俺はその永遠の柴犬世界を受け容《い》れて生きていこう。だがしかし、たとえ全世界の犬が柴犬に変貌しようとも、うちの柴犬ほど可愛い柴犬はいない。これはもう確かなことなのです。『うちの子の方が可愛いぜ』と仰《おっしゃ》る？　聞く耳は持たない。あなたは我が子可愛さのあまり、冷静な判断力を失っているのだ。そうとも。何が可愛いって聞かれると、まず一つ目は小さいということです。ころころしてる。でも小さすぎない。ほどよい小ささ。これが可愛い。二つ目は、とにかく顔。これが非の打ち所のない超美形。道行く雄犬たちは一目惚《ぼ》れ、近所のおばさんたちは一人残らず悩殺だ。三つ目は、とにかくワガママ。超ワガママ。なにしろ子どもたちが全員一人暮らしを始めた後に、父と母に溺愛《できあい》されて育った箱入り娘だから、排泄《はいせつ》以外は大目に見てもらえる。新品のカーペットを毛だらけにしても、椅子《いす》の脚を囓《かじ》って一本残らずボロボロにしても、『この子のすることだから』と許される。行くところ可ならずはない、超高飛車の箱入り娘です。そんなところがもう最高に可愛い。あと一つだけ可愛いところを挙げるとしたら、名前ですよ。赤いバンダナを巻いて、我が家へやってきたときは今よりも小さく可愛くて、『可愛さ爆弾』と呼ばれた。だから小粒でピリリと辛いという意味で『山椒《さんしょう》』、それだとあんまりだから、『小梅』という名をつけた。命名者は何を隠そう俺です。どうです。可愛いでしょう」

知人がひとしきり喋《しゃべ》った。

阿呆だと思った。

③ わたしのおもちゃ

幼少時代、レゴに夢中であった。

実家には大きなレゴ専用の箱があって、買い集めたブロックがたくさん入っていた。私はひまさえあればその箱をガシャガシャかき回した。当時、私の指先の神経はたいへん鋭く発達していた。おびただしいブロックの山から、自分の欲しい形状のものを素早く見つけだすのが得意だった。

レゴのセットは高価なので、そうそう欲しいものを買ってもらえないから、私は毎年新しいレゴのカタログをオモチャ屋でもらってくる。写真を見ているだけでも楽しいのだが、やはり欲しい。消防署が欲しい、海賊船が欲しい、電車セットが欲しい。

子どもは物欲のかたまりである。涎を垂らすようにして、何遍も見ている。そうしてさんざん眺めているうちに、「創作意欲」と呼ぶほかないものが湧いてくる。私は箱をかき回す。欲しくても手に入らなければ、それと似たものを自分で作る。それができるのがレゴブロックの素晴らしいところだ。

あんまりレゴに夢中になったので、自分はこの先一生涯レゴブロックをやり続けるのだろうかと、一時期真剣に悩んでいたことがある。悩むまでもなく、中学生になって思春期の門をくぐったあたりからレゴへの情熱は薄まった。

長らくその喜びを忘れていたが、日本ファンタジーノベル大賞をもらったとき、自分への祝いとしてレゴの海賊船（復刻版）を買い、ブロックをいじってみた。

それは恐ろしいほどの楽しさだった。いったん始めると止められない。幸せとはコレである。ブロックを弄《もてあそ》んでいると締切など忘れてしまうので、ありがたい。

先日、山本周五郎賞受賞のお祝いに編集者がレゴの飛行機をくれた。たいへんありがたいことだと思っていたら、「森見さん、締切が終わるまで箱を開けないでください。お願いです」と言われた。

（「本の旅人」2007年9月号）

すべてのアカダマは昭和へ通ず

私は「赤玉ポートワイン」という言葉を父に教わった。

父はたいへんお酒が好きで、麦酒《ビール》、日本酒、ウイスキー、焼酎《しょうちゅう》は飲むけれども、甘いお酒を口にすることはあまりない。父が飲む甘いお酒は、私が知るかぎりでは赤玉ポートワインだけである。

父が「赤玉ポートワイン」と呼んでいたのを聞き覚えたのだから、私は赤玉ポートワインの名前が「赤玉スイートワイン」に変わっていたことを知らなかった。しかし、どうしても「赤玉ポートワイン」の方が昭和の香りがするように思われるので、この文章の中では「赤玉ポートワイン」と呼びたい。

父は大学生の頃から、赤玉ポートワインを気に入って飲んでいたらしい。欲張って丸々一本を一人占めして、そのあげく気持ちが悪くなったというのは、我が父ながら大胆、かつ節度に欠けると言わざるを得ない。「息子よ、赤玉ポートワインはそういう風に飲んではならぬぞ」と父は訓戒を垂れた。

赤玉は小さなコップで少しずつ飲むべきものだ。ゆっくりとお腹《なか》の底を温めるようにして飲むべきもので、無頼《ぶらい》の似合うお酒ではない。可愛いお酒なのである。かくして、お酒に弱い私は、近所で赤玉ポートワインを買ってきて、ゆっくりお腹を温める。

そうやっていると思い起こすのは曾祖母《そうそぼ》のことである。

私の母方の曾祖母は一九〇〇年生まれであるから、赤玉よりもお姉さんである。曾祖母が七歳の時に、「赤玉ポートワイン」というステキに甘いお酒が生まれた。

曾祖母が暮らした大阪白髪橋《しらがばし》の家は、大正時代からの砥石《といし》屋であった。その家は私の母が生まれた家でもある。母は曾祖母のことを「白髪橋のおばあちゃん」と呼ぶ。きっとお酒に強かったのだろうと思うけれども、曾祖母は飲むことを恥ずかしがった。私はお酒に強い女の人に憧《あこが》れるが、当時は女の人が「お酒が好き！」とは大っぴらに言えなかったのだろう。ずいぶん後になって、嫁に行った娘（すなわち私の祖母）のもとを訪ねてきたときには、「娘婿《むすめむこ》の留守中に飲むわけにはいかない」と、勧められても決して飲まなかったという。

若い頃から、曾祖母が自分に飲むことを許したお酒が、赤玉ポートワインであった。「滋養になる」という宣伝が敷居を低くしてくれたのではないかと思う。母たちの世代も、そして私たちの世代も、飲もうと思えば色々なお酒が楽しめる。しかし、曾祖母にとっては「赤玉」だけだった。

それは昭和一桁《けた》の時代だ。

曾祖父はたいへん男前であり、麻の背広を着て、パナマ帽をかぶり、友人たちと連れだって遊びに出かけた。行く先は、ムーランルージュが空を染める、道頓堀《どうとんぼり》のカフェー「赤玉」である。曾祖父は「赤玉」へ遊びに出かけ、曾祖母はぷりぷり怒りながら、「赤玉」を飲んでいたわけだ。昭和の戦争までにはまだ間があり、空から爆弾が降り注いで住み慣れた大阪の街を焼け野原にすることなど、おそらく誰ひとり想像する者はいなかった。

曾祖母は七十七歳で亡くなった。私が生まれる二年前のことである。

赤玉ポートワインのことを考えると、実際には声を聞いたこともなく、顔を見たこともない曾祖母が懐かしくなる。彼女が亡くなってからこの世に生まれた私が、彼女のことを懐かしむ。人間というのは不思議なものだ。赤玉ポートワインが今もある、そして私がそれを飲む、というのは、そういうことである。

拙著『有頂天家族』に登場する老天狗《てんぐ》・赤玉先生は、弟子の狸《たぬき》から贈られた舶来のワインについて、「こんなものは偽物《にせもの》だ」と断言する。「おまえはワインというものを知らないか。本物のワインには、赤玉ポートワインと書かれてある」

この場面が生まれたきっかけは、母から聞いた次のような逸話である。

曾祖父が亡くなった後、その法事のために白髪橋の家に親族が集まった時のことだ。一九七〇年の秋で、曾祖母は七十歳になっていた。皆が集まってくれたのだからと、曾祖母は息子が送ってくれた輸入物の高価なワインを押し入れから取りだしてきた。その時の曾祖母の残念そうな口調を、母は今でも覚えているという。

「でもこれなあ、甘ないんやで」

曾祖母にとって、ワインとは、すなわち赤玉だったのである。

がっかりしている様子があんまり可哀想《かわいそう》だったので、三月の誕生日に孫娘たちが赤玉ポートワインを曾祖母に贈った。曾祖母は孫娘から贈られた赤玉を嬉《うれ》しそうに飲み、頰《ほお》をぽっと赤くした。なんと愛らしい話だろうと私は思う。

赤玉ポートワインとは、かくも可愛いお酒なのである。

（「パピルス」２００７年12月号）

子どもの頃の私は、「日曜日の昼は、将棋とルパン三世によって完成する」と思いこんでいた

子どもの頃、日曜日の午前中は、父がNHKの将棋番組を欠かさず見ていた。それが終わる頃になると、子どもたちがテレビの前にやってきた。「ルパン三世」が始まるからである。

「日曜日の昼＝ルパン三世」という印象は拭《ぬぐ》いがたく、同じ時間帯で「キャッツ・アイ」や「シティーハンター」が放映されるようになっても、日曜日という気がしなかった。「日曜日の昼は、将棋とルパン三世によって完成する」と思いこんでいた。子どもというものは頑固である。

「ルパン三世」が私の生まれるよりも前に始まったアニメだという知識はなかった。赤いジャケットのルパンが一番おなじみだったが、そもそもファースト・セカンド・サード（パート3）という概念がない。「同じルパンなのに服の色が違うなあ」「音楽が変わるなあ」というぐらいで、ぼんやりしていた。アホの子だったのである。

私がどれぐらいぼんやりしていたかというと、銭形警部のことをルパンのお父さんだと思っていたぐらいである。なぜならルパンが「とっつぁん」と呼ぶからだ。「こいつ、勘違いしてるな」と気づいた父が、「銭形警部はルパンのお父さんとちゃうぞ」と教えてくれたときの衝撃はよく憶《おぼ》えている。言われてみればあたりまえである。銭形警部がルパンのお父さんであったなら、警部はルパン二世になってしまうではないか。「そりゃそうか！」と子どもながらに己の不明を恥じた。それまで「ルパン二世がルパン三世を追う」ことに違和感を抱きながらも、おもしろがって見ていたのだからすごい。子どもというものは自由である。

「こんなに失敗ばかりしとったら、ほんまはクビになるんやぞ」

銭形警部がルパンを取り逃がすたびに、父はそう言って現実の厳しさを子どもに説いた。

「でも、ルパンを捕まえてしまったら、銭形警部はどうするんだろう？」

捕まってしまえば、ルパンはルパンでなくなる。銭形警部もまた、ルパンを捕まえれば、目的がなくなる。だから銭形警部のためにも、ルパンは逃げ続けなければならない。そんなことを考えた。アホの子なりに、人生の意味について考察していたのである。

しかし、考える少年も、峰不二子となるとお手上げであった。ルパンが何遍も峰不二子に獲物《えもの》を横取りされるのが納得できない。「なんでルパンはこんなやつに騙《だま》されるんだ！」と、毎回悔しい思いをした。たまに峰不二子の裸がチラリと映ったりするとドキドキしないでもなかったとは思うが、そのドキドキと、ルパンが不二子に騙されるということが、なぜかうまく結びつかなかったらしい。

「ルパンのようにはなるまいぞ。せっかくの獲物を女性に奪われるのはいやだ」

そう思った私は「独身主義」を標榜《ひょうぼう》するようになった。むろん、それは子どもの頃の話で、そんなにカンタンに初志が貫徹できるならば何の苦労もない。今の私は、「たまには獲物を奪われるのもいいな」と思ったりするまでに堕落《だらく》した。

子どもの頃の私にとって、「ルパン三世」の何がおもしろかったのだろうか。

その感覚はもう正確に思い出せないけれど、まず一つ目は「分かりやすい」ということ。「盗む」というのは、目的としてたいへん明快である。なぜ盗むのかというと、泥棒だからである。ではなぜ泥棒なのかというと、盗むからである。じつにシンプルである。

二つ目は登場人物の役割が決まっているということ。共通の目的のためにルパンと次元と五ェ門は協力し、彼らは決してたがいを裏切らない。裏切るのは峰不二子の役回りだ。そして、銭形警部はつねにルパンたちを追い続けている。多少の変形はあるものの、まずはこの基本形があるから安心である。

そして三つ目は、ありとあらゆる大がかりなアクションがあること。車が走る、船が走る、飛行機が飛ぶ、銃撃戦がある、爆発がある。これはやっぱり、おもしろい。

そんなふうにルパン三世に馴染《なじ》んでいた私だが、じつのところ1st.シリーズの記憶は曖昧《あいまい》だ。五ェ門がそもそもルパンの仲間でなかったということさえ憶えていない。はじめの方は見ていなかったのかもしれない。はっきり憶えているのは、チャーリー・コーセイの「赤い波をーうう」というエンディングが嫌いだったということだけである。アニメを一話見終わるということは、子どもにとって、ただでさえ淋《さみ》しくてやりきれないものだ。そこへあの哀愁に満ちたメロディーを聞くとたまらなくなる。唐突に「ああ僕もいつか死ぬんだ」と思ったりする。では明るければいいのかというと、「ル、ル、ルパンルパン！」という陽気な歌も好きではなかったのだ。子どもというのは、じつにうるさい。

今回、1st.シリーズを改めて見ておもしろかったのは、私が子どもの頃に馴染んだルパンと、それとは違うルパンが一つのシリーズに同居しているところである。

大ざっぱに言うとすれば、1st.シリーズのはじめの方は父と母の世代の匂《にお》いがして、後ろの方は私の子どもの頃の匂いがする。「父と母の世代の匂い」などという曖昧な表現はいかんのだけれど、昔の日活映画とか、音楽とか、ファッションとか、そういうものが混ざり合ったものである。そして、後半のルパンは子どもの頃に私が見たルパンと地続きなのだ。

はじめの方のルパンが、私にはとてもおもしろい。古いものがずうっと一巡りして、おしゃれになるからである。哀愁漂う音楽も素晴らしく合っているし、なにより峰不二子が色気たっぷりで「これならば騙されてもしょうがないや」と思うからである。ただし、これを子どもの頃に見ておもしろかったのかどうか、それは分からない。峰不二子の色気について、子どもの頃の自分に問うてみたい。

「おまえは峰不二子にルパンが騙されるのが納得いかないと言っていたが、この峰不二子であればどうだ?」

当初の峰不二子の色気は、話数が進むとあっという間に蒸発してどこかへ消えてしまう。それが、今の私には物足りない。でも、そうなるにつれて、作品の雰囲気は、私が子どもの頃に見たルパンの印象に近づいていくのである。「7番目の橋が落ちるとき」の泥棒のくせに正義の味方であるルパン、「タイムマシンに気をつけろ!」のような荒唐無稽《こうとうむけい》なストーリー、「ルパンを捕まえてヨーロッパへ行こう」の銭形警部との駆け引き、このあたりは私が子どもの頃に抱いていた「ルパン三世」のイメージと一致する。つまりは、ここで、かつて私が好きだった「ルパン三世」ができあがったということになるのだろう。

1st.シリーズを通してみると、そういう変化がよく分かる。しかし、本当におもしろいのは、そういう変化があってもなお、すべてを「ルパン三世」として受け入れてしまえるということだろう。

「ルパン三世」というアニメは、けっきょく何なのだろう。

そもそもルパン三世というへんてこな人物は何者なのだろう。

ルパン三世を定義するのはムツカシイ。アルセーヌ・ルパンの孫であり、ワルサーP38を愛用し、狙った獲物は必ず盗む神出鬼没の大泥棒。たしかにそういう説明なのだが、それだけでは腑《ふ》に落ちない。

それよりもこう言ったほうがピンとくる。

ルパン三世というのは、殺風景な部屋のソファに寝っ転がって、次元大介といっしょにグダグダしている人物である。石川五ェ門という堅物《かたぶつ》をからかうエエカゲンな人物である。いつも峰不二子という女性に騙されている人物である。そして、いつも銭形警部に追われている人物である。

次元、五ェ門、峰不二子、銭形警部の中心にいるのがルパンという人物で、だからこそルパンなのである。ルパン三世が一人でぷらぷらしていてもダメなのだ。逆に言えば、彼らが登場してくれるから、ルパン三世が登場してくれる。だからこそ、「ルパン三世」になる。

あらためて考えてみると、この登場人物たちの配置は完璧《かんぺき》で、胸が躍るし、想像が広がる。物語を作ってみたくなる。そういうものはいいものだと私は信じる。

次元大介とルパンの間合いの取り方――「友よ！」と馴れ合いすぎたりせず、エエカゲンな雰囲気も残しながら、それでも同じ目的のために協力する――は、目的が「泥棒」という悪事であるとしても、やはり男同士の関係として素晴らしい。そして、彼らから少し距離を取ったところに五ェ門という変わり者がいて、ルパンと次元、次元と五ェ門、五ェ門とルパン、と、それぞれ距離の違う関係が交錯しているのがいい。

しかしながら、凸凹三人組が一致団結して目的を達成するというだけでは物足りない。だから峰不二子がちょっかいを出してくるのがスパイスになる。そんな彼らを「ルパン一味」としてまとめ上げ、問答無用で一つの方角へ走らせるのは、後ろから追いかけてくる銭形警部である。

ゆるやかにつながった友人たちがいて、自分を弄んでくれる女性がいて、いやでも何でも自分の役割を思い出させてくれるライバルがある。つまり、これは一つの理想形なのである。

「泥棒になりたい」と思うわけではないが、「こういうのはいいな」と思う。作品を見る目は時間がたつうちに変わってくる。子どもの頃の私は「ルパン三世」をそういう風には見ていなかったろう。しかし今の私にとって、「ルパン三世」という作品はそういうものなのである。

（「熱風」２００９年2月号）

磨《す》り減らない『砂の器』

すごいという噂《うわさ》は聞いていた。

「そんなにすごいなら観てみよう」とレンタルしてきたのは大学生の頃であった。四畳半の隅においた小さなブラウン管テレビを通してさえ、この映画の貫禄《かんろく》は圧倒的で、こんなものを映画館で観たらナミダが涸《か》れ果てるのではないかと思ったぐらいである。とはいえ、その頃は四畳半に立て籠《こ》もりがちで魂が敏感になっていた頃であり、宮崎駿《みやざきはやお》の『魔女の宅急便』でさえ私を泣かせた。したがって、『砂の器』の圧倒的な力に本当の意味でひれ伏すまでには、さらなる検証が必要だった。

そのあとも三回ほど観たが、感動の磨り減る気配が微塵《みじん》もないことに驚いた。知り合いからDVDをもらって、さらに三回ほど観たが、まだ泣いていた。

これはもう、降参せざるを得ない。

ベテラン刑事（丹波哲郎）と若手刑事（森田健作）が、東京の蒲田《かまた》操車場で発見された遺体の身元をさぐるうちに……という話だが、映画史に残る作品とはいえ、推理物なのだから、あらすじを書くようなことはひかえておく。彼らの追う事件の裏に、重い社会問題が存在していることは、たいていの人が知っていよう。クライマックスは圧巻としか言いようがなく、「さあ泣け」と言わんばかりの剛速球がいくつもいくつも飛んでくる。最後、むさくるしい男たちの集まった捜査会議の席上で丹波哲郎が言葉を詰まらせ、手拭いでその涙を拭うとき、我が涙腺《るいせん》はすでに崩壊しきっているのがつねである。

しかし、『砂の器』が本当にすごいのは、二度目、三度目と見返すとき、その冒頭で、あの壮大なクライマックスが思い浮かばない点にあるのだ。少なくとも私はそうである。

この作品はのんびりした東北の町の情景から始まる。丹波哲郎が寺の門前で瓜《うり》を割ってジャクジャク食べるところで、夏の風情《ふぜい》といっしょに映画がスウッと身体《からだ》に染《し》みこんでくる。何度観ても、私はその場面が好きである。東京へ帰る夜行列車に連結された食堂車もステキである。そういった一つ一つの場面を観ているうちに、自然と引きこまれていくのだけれど、それと同時に、前回観たはずのクライマックスの記憶はすっかり洗い流される。だからこそ約二時間後、あのクライマックスは、まるで初めて観るものであるかのように私の目前に現れる。

私にとって『砂の器』は、決して磨り減らない、頼もしい映画なのである。

（「小説すばる」２０１３年２月号）

最強の団子《だんご》、吉備《きび》団子

桃太郎の鬼退治の話を知ったのはいつのことであろうか。そんな遠い昔のことは忘れてしまったけれども、当時の私のやわらかな脳に刷りこまれた桃太郎の物語において、何が一番重要だったかというと、それは「吉備団子」であった。

桃太郎が鬼退治に出かけるとき、おばあさんが持たせた吉備団子。犬と猿と雉《きじ》という心強い仲間たちが手助けしてくれるのも、吉備団子のためだ。

ここに、物語を楽しむ力を失って、ぺらっぺらに干《ひ》からびたオトナがいるとしよう。彼の意見はこうである。「腰につけた吉備団子だけでは食糧として不十分である。犬と猿と雉も団子ひとつで鬼退治に付き合うなんて阿呆《あほう》じゃなかろうか」

この意見に私は与《くみ》しない。

子どもの頃、私は「吉備団子というものは、さぞかしスゴイ団子に違いない」と考えたのである。そう考えると、桃太郎の物語には、ちっともおかしいところはない。

桃太郎世界を支配し、動かしているものは、あきらかに吉備団子だ。悪い鬼をやっつけたのは、桃太郎の力というよりも、吉備団子の力である。桃太郎という物語全体が、吉備団子を讃《たた》えるためにこそある。

最強の団子、吉備団子。

ところでその当時、私はホンモノの吉備団子を知らなかった。現代において桃太郎の物語を初めて読む子どもたちの多くがそうだろう。ひょっとすると岡山では吉備団子はそこらへんにたくさん転がっているものかもしれないが、少なくとも私が幼少期を過ごした頃の奈良では身近なものではなかった。

ところが、ひとたび吉備団子という言葉を知ってしまうと、桃太郎という物語の力ゆえに、その言葉が一種の「おいしさ」をかもしだしてくるのだった。人間の想像力の不思議さである。「現実の吉備団子」を知ってしまった今となっては、あのときに感じていた幻のおいしさを再現する方法を知らないけれど、とにかく、私は吉備団子を食べるよりも前に、吉備団子のおいしさを知っていたのである。

ところで私の母方の祖父は、岡山の第六高等学校（現在の岡山大学）の出身である。その関係もあるのか、今は亡《な》き彼の好物は吉備団子であった。祖父から直接に聞いたことはないが、ひょっとすると「青春の味」であった、ということもあり得る。そういうわけで、吉備団子という言葉を憶えた何年後かに、私は祖父母の家でホンモノの吉備団子を食べた。ガッカリしなかったといえば嘘《うそ》になる。鬼も倒せるぐらいの力を与えてくれる天下無敵の団子として理想化されていたのだから、それはしょうがない。

さらに十五年ほど時が流れ、私が大学を出て働き始めてからのことである。

当時、恋人が福山で暮らしていて、私はときどき会いに出かけた。

福山駅で彼女と別れて京都へ帰るとき、私は土産物売り場で、廣榮堂《こうえいどう》の吉備団子を見つけた。福山は広島県になるが、文化圏的には岡山に近いから、吉備団子がお土産であってもおかしくない。そういうわけで私は吉備団子を買った。一応は広島県民としての自覚がある彼女は、「どうしてモミマン（もみじ饅頭《まんじゅう》）ではないのか？」と少し淋しげであったものの、それ以来、私が福山に訪ねていったときには、必ず改札前で別れるときに、吉備団子を持たせてくれたものである。

子どもの頃の失望の記憶はすでに遠く、吉備団子のぷにぷにとした食感と、淡い甘さがステキに感じられた。どことなく、彼女のほっぺたを思わせた。吉備団子は、桃太郎の物語を読んだときに抱いた幻のおいしさからはずいぶん遠く隔たっている。しかし悪くはない。

その彼女が現在の妻である。妻はなんとなく吉備団子に似ている。

妻がたまに実家に遊びに行ったときなどは、やっぱり吉備団子を買って帰ってくる。

おやつの時間に封を開けるとき、
「おや、小さな妻がたくさん入っているぞ」
そう思ったりする。
と、なんだかへんな話になりましたが、吉備団子はおいしいです。
とくに私は、廣榮堂の「むかし吉備団子」の優しい味が好きであります。
（「asta」2013年7月号）

カレーの魔物

カレーは恐るべき力を持っている。カレーは魔物である。

子どもの頃に愛読していた本に『冒険図鑑』という本があって、これは今もなお現役で書店にならぶロングセラーである。サブタイトルに「野外で生活するために」とあるように、山歩きのマナーや天気図の見方、テントの張り方や遭難した場合の対処法など、野外で役立つ情報がふんだんに盛りこまれ、子どものみならず大人が読んでも役に立つ。

挿絵を眺めているだけでも楽しいのだが、野外生活について語るその文章も名文であって、質実剛健というか、「いざというときに頼りになる大人の言葉」というべき風格がある。

たとえば、野外の自炊について述べた章から引用すると――

「塩だけでなく、こしょうは刺激性のある香りで食欲を誘い、胃や腸の働きを活発にしてくれる大事な調味料だ。もっと複雑な味をというときは、カレー粉を持って行くといい。カレー粉は、こしょうをはじめ何十種類ものさまざまな香辛料をまぜたものだ。洋風の炒《いた》めものや煮こみにほんの少し使うことで、味にずいぶんコクが出る。だがくれぐれも少量を。使いすぎると、みなカレーになってしまう」

この文章を初めて読んだのは今から四半世紀も前だが、小学四年生だった私のやわらかき脳味噌《のうみそ》に深く刻まれた不滅の一節である。「使いすぎると、みなカレーになってしまう」という簡潔な表現の力強さはどうか。頼りになる大人が、「くれぐれも少量を」と念を押すほど危険なのであるカレー粉というものは！　森の奥にひそむカレーの魔物を見る思いがする。

こうなるとふたりの屈強な冒険家たちのことを妄想せざるを得ない。

ひとりは髭《ひげ》を生やした年長の男で、冒険の達人とでもいうべき人物である。もうひとりは冒険に乗りだしたばかりの若者で血気盛ん、漲《みなぎ》る若さゆえに失敗も多い。荒ぶる若者を見守る年長の冒険家は、「いずれこいつを一人前にしてやらねば」と心に決めている。かつて冒険をともにした、今は亡き親友への恩返しのつもりだ。若者はその親友の息子なのである。

とある森の奥で、ふたりはテントを張って晩餐《ばんさん》の支度にとりかかったが、その味付けをめぐって言い争いになる。年長者が「それぐらいにしとけ！」と止めても、若者は耳を貸さない。

「だっておじさん！　味にコクが出るんだぜ！　コクが出るんだってば！」

そのとき、過ぎ去った冒険の日々が年長者の脳裏をよぎるのだ。こんな言い争いを幾度経験してきたことだろう。こいつの親父《おやじ》も「コクが出るんだ」と言い張って、なんでもカレーにしちまうやつだった。あいつは今も天国でカレーを食べているだろうか。あちらにもカレー粉があるといいのだが。

「いいだろう。好きなだけ入れるがいいさ」

年長者はそう言って若者の好きにさせる。言うまでもなく、できあがったものはカレーである。若者は鍋《なべ》の中身を口に運びながら、「俺が間違ってたよ、おじさん」と呟《つぶや》く。

「これはカレーだね」

「だから言ったろう」と年長者は微笑《ほほえ》む。「みなカレーになってしまう」

なにゆえ年長者が懐《なつ》かしそうに微笑んでいるのか、どうしても若者には分からない。

——というような物語を妄想せざるを得ないのである。

カレーにまつわる妄想といえば、もう一つある。

我が家から自転車で少し走ったところに、県道が交わる大きな交差点がある。紳士服店やゴルフ用品店、回転寿司《ずし》屋や新古書店などが建ち並んで、いかにも郊外といった殺伐とした景色である。その一角に、かつて「カレー&ラーメン」という店があった。

ここからは私の妄想なのだが、その店を開いたのは兄弟で、はじめはラーメン店を開くつもりだったのである。実直な兄が地道な研究を重ねてスープを作っているとき、弟がフッとカレーの魔物にとりつかれて、「カレーラーメンっていうのもいいよね」と言いだしたのだ。それが破滅の始まりであった。やがて弟は「カレーラーメンを作るなら、カレーライスもメニューに入れよう」と言い、「それならスパイスにも凝らなくちゃな」ということになり、ついには「いっそカレーとラーメンの店っていうことにしよう」となる。

「ラーメンも好きだけど、じつはカレーも好きなんだ」と弟は言う。

「しかしなあ」と慎重な兄は返す。「俺はラーメンに集中した方がいいと思うけどな」

「兄貴の気持ちも分かるけどさ。考えてみろよ。ラーメンとカレーを両方出せば、ラーメン好きの客とカレー好きの客が来るんだよ。単純に計算して二倍になるんだ」

「……おまえ、ひょっとして天才か」

「多角的経営ってやつだよ。成功間違いなしだぜ、兄貴」

――というようなやりとりがあったにちがいない。

残念ながら「カレー&ラーメン」に栄光の時代は訪れなかったようである。その県道沿いの風景から、その店の看板はいつの間にか消えてしまった。かつて「カレー&ラーメン」だった店の前を通りかかるたびに、私は「二兎《にと》を追う者は一兎をも得ず」という言葉を思い起こしたものだった。

ことほどさように、カレーの魔物は人を惑わす。

私もまた、ときにはカレーの強烈な誘惑にあらがえないことがある。

それはたとえば、編集者の人たちと会って深夜まで酒を飲み、「では失敬」とお別れして、フッとひとりになったような場合である。そのときカレーは、「日清《にっしん》カップヌードルカレー」という姿をとって、深夜のコンビニに降臨する。ついつい手にとってしまうのはなぜか。魔物が囁《ささや》くのだ。

宿泊する仕事場へ持ち帰り、私はいそいそと湯を注ぎ、できあがるのを待つ。

暗い仕事場には電気スタンドが一つだけ点《とも》って、まるで森の奥のキャンプ地のようだ。私は肩に毛布を掛けてみたりする。『冒険図鑑』を手にした少年のごとく、キャンプしているような気持ちで食べるのが一番うまいからである。おや。よく考えてみると、カップヌードルのカレーとは、すなわちカレー&ラーメンではないか。だとすると、あの国道沿いに短命な店を開いた兄弟は正しかったのだろうか。やはりラーメンとカレーは抱き合わせてこそ真価を発揮する存在なのだろうか。

「ラーメンも好きだけど、じつはカレーも好きなんだ」

そんなことを呟きながら私はカップの蓋《ふた》を開く。鼻先に立ちのぼる湯気とともに、カレーの魔物が現れる。


（「GINGER L.」2015年秋号）

完璧なトンネル、イメージの国――『千《せん》と千《ち》尋《ひろ》の神隠し』

映画『千と千尋の神隠し』が公開されたのは二〇〇一年の夏である。

当時まだ私は大学生で、その春に研究室から逃亡したばかりであった。「ここで学ばせてください！」と教授に食い下がるハングリー精神に欠けていたわけである。もし教授が湯婆婆《ゆばーば》であったなら、乾《ほ》し草か何かに姿を変えられて、馬術部の馬の餌《えさ》になっていたことであろう。

この先どうすればいいのかサッパリ分からず、私は途方に暮れていた。

それは受験浪人時代に続く、人生二度目の「空白期」であった。世間とのつながりが薄れ、妄想と不安ばかりが肥大するこの情けない時期は、自主的に「神隠し」にあっているようなものだ。映画『千と千尋の神隠し』に出会ったのは、そういう夏だったのである。トンネルの向こうの不思議な町に吸いこまれても無理はない。

その二年後、私は小説を発表するようになるが、作中で描いた「インチキ京都」というべき胡散臭《うさんくさ》い世界に、この映画が影響を与えたことはたしかである。

完璧なトンネル

溜息《ためいき》が出るほど素晴らしいのは、この映画の始まりである。

映画は主人公の千尋が、両親といっしょに車に乗って、引っ越し先の町へやってくるところから始まる。道をまちがえた彼らは、森の奥で暗いトンネルを見つける。

そのトンネルの向こうには不思議な町が広がっていた。

両親は無人の飲食店で勝手に食事をはじめ、呆《あき》れた千尋はひとりで町をさまよう。やがて彼女は、湯屋の前にかかる橋の上でひとりの少年に出会う。「すぐ戻れ」と言われて引き返してみると、両親は豚の姿に変わっているではないか。あっという間に日が落ちて、町には夜の灯がともり、怪しい影が跳梁《ちょうりょう》し始める——。

今でもこの映画を観《み》はじめると、吸いこまれるようにトンネルの向こう側へ連れていかれる。あまりにも滑らかに描かれているから、観ている間は何もかもが当然のように感じられるが、これこそ魔法というべきである。こんなにも強烈な吸引力をもって始まる映画を、私はほかに観たことがない。

まずタイトルが出るところでハッとしてしまう。

そこに描かれているのは高台にある新興住宅地である。千尋たちはその住宅地へ引っ越してきたらしい。丘陵《きゅうりょう》を切り開いて造った住宅地で、「〇〇ヶ丘」などという名前がついているのだろう。ぴかぴかした新築の家が整然とならんでいる。

それは私の原風景というべきものである。

私が大阪から奈良へ引っ越してきたのは、小学四年生の夏だった。千尋よりも少し歳下《としした》ぐらいの頃合いであろうか。

大阪との県境にあるベッドタウン的な町で、かつては森や野原だった丘陵地帯に、「〇〇ヶ丘」と名のついた住宅地が広がっていた。やがて高校を卒業して京都の大学へ進学するまで、思春期的妄想力のピークにあたる時期をその町で過ごした。

高台から坂をくだれば川が流れて、その両側には田んぼが続き、昔ながらの農村風景が広がっていた。神武《じんむ》東征の折、九州からやってきた天皇を迎え撃ったという「ナガスネヒコ」の話を母から聞いたのも、そんな川沿いの風景を眺めながらのことである。自分たちは丘陵地帯に出現した歴史も何もない住宅地に住んでいるのだが、すぐ隣には古事記的伝説につながる奈良の風景が広がっていたのである。

新興住宅地と古い町の境目には神社や寺があった。それはあたりまえのことで、かつて神社仏閣が背負うようにしていた丘陵の森を切り開いて造られたのが新興住宅地だったのである。新しい町と古い町の境目は急坂や小道が錯綜《さくそう》していて、思わぬところへ通じていた。

・高台には新興の住宅地がある。

・平地には歴史ある町がある。

・その中間には神社仏閣がある。

これは当時の私が身体でおぼえたシンプルな法則である。

「一本、下の道を来ちゃったんだな」

映画冒頭の父親の一言は、そのような位置関係を示している。平地の側からやってきた彼らは、高台の住宅地へのぼる手前で横道にそれてしまったのだ。そこは高台でもなく平地でもないところである。母親が道の脇《わき》に転がっているものを指して、「神様のおうちよ」とそっけなく言うように、神社仏閣があるべき場所である。森の奥に不思議な世界への入り口があって当然といえる場所なのだ。

「不思議な世界への入り口は近所にある」

これこそ、子ども時代の私を支配していた感覚だった。

その感覚はその後も私の中で膨らみつづけ、ありのままの現実を受けいれることに抵抗させ、ついには私を小説家にしてしまった。

ここで思い出すのは父のことである。

子どもの頃、われわれはよくいっしょに「冒険」に出かけた。近所をぶらぶら散歩したり、車に乗ってドライブしたりする。ときにはフェンスを乗りこえて森に入りこんだこともあるし、迷路のように狭い道に車を乗り入れてしまって立ち往生することもあった。そうした小冒険のたびに、私は「この道が不思議な世界へ通じていたら――」と想像を広げ、夢想家として着実にステップアップしていった。あの頃から四半世紀が経《た》ち、現在の父は、私が小説なんぞを書く夢想家に育ったことを嘆いているが、そもそも私が夢想家に育つタネをまいたのは父自身なのである。親というものは、いつ子どもを「教育」してしまうか分かったものではない。

父は方向音痴であり、私は夢想家である。ふたりともボンヤリしているから、森の中や知らない道を進んでいると、自分たちがどこにいるのか分からなくなる。萩原朔《はぎわらさく》太郎《たろう》の「猫町」に描かれているような方向感覚の喪失が起こる。その漠然とした不安と、異世界に接近しているような高揚感が、私はたまらなく好きだった。怖いけれども、父もいっしょだから大丈夫であろう、帰りたいような帰りたくないような……。

そうしてウロウロしているうちに、よく知っている場所に出るのがつねだった。遠くまで来たつもりが、そこは意外に近所なのである。それは嬉しい驚きでもあり、拍子抜けする体験でもあった。

映画の中で、暗いトンネルを抜けた千尋たちは、窓から淡い光が射《さ》す待合室のような空間に出る。千尋たちは電車の音を聞き、「駅が近いのかもしれない」と安心する。自分たちは異世界に迷いこんだのではなく、もとの日常へ帰ってきたのだという感覚。「なーんだ」という感じ。父との小冒険が終わるとき、私が抱いた安心感によく似ている。しかし無事に家へ帰った父や私とはちがって、千尋たち親子はトンネルの向こう側へいってしまう。

この場面で聞こえる電車の音には、相反する二つの意味がある。それは日常を喚起するものであると同時に、異世界の予兆でもあるのだ。

子どもの頃の父との冒険は楽しいものだったが、私は肝の小さなお子様であったから、基本的にはヒヤヒヤしていた。とくにフェンスを乗り越えたりするときはヒヤヒヤした。忘れられないのは、「勝手に入ったら怒られる」とおびえていると、父に「怒られたら謝ったらええんや」と言われたことである。父の言い草はじつに理不尽なものに聞こえた。私は「怒られること」それ自体がいやなのである。しかし父は問題の所在を分かってくれないのである。「そういうことじゃない」と私は言いたかった。

トンネルの向こうの不思議な町に迷いこんだあと、千尋の両親は無人の飲食店で勝手にガツガツと食べ始める。千尋は「お店の人に怒られるよ」と言って手をつけない。「お父さんがついてるんだから」と父親は言う。この場面でいつも思い出すのは、「怒られたら謝ったらええんや」という我が父の言葉である。

千尋の両親が勝手に食事を始める場面で、「なんと愚かな親であるか」と考える人があるのも当然だろう。しかし私は思うのだが、どんなに良い親であろうとも、子どもから見れば、こんなふうに愚かで図々《ずうずう》しく見える瞬間があるものだ。「モルタル製だよ」「テーマパークの残骸《ざんがい》だよ」などと神秘的なものに迂闊《うかつ》な説明を与え、子どもの不安を理解してくれない大人たちである。だとすると、「怒られたら謝ったらええんや」と発言した父も同じようなものかもしれない。我が父も異世界に迷いこんだら豚になる運命であったのだろうか。しかしそれは、大人が子どもに対して見せる表情の一つにすぎなくて、それが大人のすべてというわけでもない。そもそも、大人と子どもは、そんなにキレイに分けられるものでもない。

さて、ここまで私は何を書いてきたのか。

この映画の始まりがいかに素晴らしいかということである。

その完璧な冒頭には、新興住宅地と歴史ある町のはざまに存在する異世界への入り口がありありと描かれている。異世界に近づく不安と高揚を、手で触れられるほど具体的に、あっけにとられるほど僅《わず》かな時間で描き切ることによってこの映画は始まる。

はじめて宮崎駿の映画に夢中になったのは、ちょうど奈良へ引っ越した頃であった。テレビで放送された『天空の城ラピュタ』を観て、こんなに面白いものを観たことがないと思ったのを覚えている。その後、『風の谷のナウシカ』をはじめとして、ほかの宮崎作品も次々と観ていった。

宮崎作品は「ファンタジー」と言われる。

しかし私には、子どもの頃からファンタジーについての頑固な個人的定義があって、宮崎作品をファンタジーだとは思わなかった。自分の家の近所に異世界への入り口があるという感覚、なにかの拍子に自分はそちらにいってしまうかもしれないという感覚、つまり神隠しが我が身に迫っているという感覚の再現だけが私の「ファンタジー」なのである。

そういう観点で見れば、宮崎作品は遠い世界で繰り広げられる他の誰かの物語だった。『となりのトトロ』や『もののけ姫』にしても、「トトロがいた昔の日本」や「シシ神がいた昔の日本」を舞台にしているのだから、自分の住む世界とは地続きではないという感じだった。したがって、私が個人的に定義するファンタジーではないのである。二〇〇一年の夏にいたるまで、私は宮崎駿作品を面白いと思いこそすれ、自分の根源的な夢想に響くものを期待してはいなかった。

そこに『千と千尋の神隠し』が現れたのである。

そのときはじめて、私は宮崎駿の映画に、自分が求めていた完璧な「異世界への入り口」が出現するのを見た。千尋はかつての私だった。異世界へのトンネルは新興住宅地のすぐそばに、予想した通りの場所に存在していた。まるで父との冒険を、宮崎駿が背後で観察していたようである。私が見つけようとして見つけられなかったもの、子どもの頃から執着していた夢想、不思議なもの、ファンタジーが、この映画には克明に描かれていたのだ。

『千と千尋の神隠し』に衝撃をうけたのはそのためである。

イメージの国

トンネルを抜けた向こう側について語るのはむずかしい。

少し遠まわりになるが、自分が小説を書くときの方法についておおまかに述べたい。

なぜなら宮崎駿もそのように映画を作り始めているようだし、どんな作り手も、多かれ少なかれ、そのように作っているはずだからである。

まず私は断片的なイメージから始める。それは風景であったり、人物であったり、言葉であったり、さまざまである。「心惹《ひ》かれるもの」であればなんでもかまわない。その曖昧な段階では、明確な物語もなく、ましてやテーマなどもない。

そのイメージに結びついてくる何かほかのものをさぐる。まったく異質なイメージを結びつけてみる。それでも何も発見できない場合は諦《あきら》めるしかない。運が良いときは、物語らしいもののカケラが、ふっと引っかかることがある。そうなると、そこに他のイメージがつぎつぎと結びついて勝手に膨らんでいくものだ。じゅうぶんに膨らんできたら、もっともシンプルな物語の流れを見いだそうとする。

その際、できるだけ「使いたいイメージ」だけで語りたいと思う。展開の都合でよけいなイメージを書けば世界が水っぽくなる。そんなことをするぐらいなら、いっそ展開そのものをねじまげて、「使いたいイメージ」だけを辿《たど》りたいという誘惑に駆られる。イメージの密度が高いほど、世界の印象は強くなるのだ。書きたいものだけを書きたい。書きたくないものは書きたくない。しかしそんなワガママを言っていると、こんどは物語が支離滅裂になり、世界そのものが壊れていく。

物語とイメージ。

両者のほどよいバランスを見つけだすことが、私にとって「エンターテインメントを作る」ということである。だから一つの作品を作ろうとすれば、「使いたいのに使えないイメージ」が発生する。私が書いてきた作品も、「使いたいけど使えないイメージ」の死屍累々《ししるいるい》の上に成り立っている。

ところで宮崎駿という人は、とてつもない妄想力の持ち主である。それまで数年に一本のエンターテインメントを作っていたからには、さぞかし膨大な「使いたいけど使えないイメージ」が溜まっていたにちがいない。何が言いたいかというと、映画『千と千尋の神隠し』のトンネルの向こう側の世界は、さまざまな事情によって不遇をかこっていたイメージたちのよみがえった場所ではないかということなのだ。現実から切り離された異世界をまるまる作ろうとしたとき、これまで出番のなかったイメージたちが、川を渡ってくる神様たちのように、大挙して押し寄せてきたのではなかろうか。

千尋のゆくところ、奇想天外なイメージが次々に現れる。

壁一面の戸棚をまさぐる釜爺《かまじい》の長い腕、ぞわぞわっと動いて金平糖をうけとるススワタリ、湯屋の中を動きまわる様々な神様たち、湯婆婆のしわくちゃで巨大なアタマ、どろどろの体液を流しながら湯屋に突入してくる腐れ神。一体どうやってこんなものを思いつくのだろうというイメージのオンパレードである。

「千尋の成長」が物語の本筋だとしても、その物語を織り成していく極彩色の糸一本一本が異様なまでに面白いのである。われわれは千尋の物語を追いながら、うじゃうじゃとイメージがうごめいて増殖する世界そのものに魅了されていく。もはや千尋の物語が面白いのやら、世界そのものが面白いのやら分からない。それこそイメージの力というべきものだ。

トンネルを抜けるとそこは「イメージの国」であった。

そして、その国の扉をひらいたことによって、映画は後半に変身する。

先日テレビで観たのだが、九州には県境をまたいで建っているホテルがあるらしい。ホテル内の廊下に県境を示す表示があり、両県の郷土料理が食べられ、両県の温泉に入ることができるという。映画『千と千尋の神隠し』を考えるとき、思い浮かぶのはそのホテルのような建物である。前作『もののけ姫』まで続いてきた宮崎駿の長編映画の流れが、『千と千尋の神隠し』の前半で終わり、そこから新しい流れが始まって、『ハウルの動く城』へと続いていく。腐れ神にまつわる騒動の場面と、カオナシが番《ばん》台蛙《だいがえる》を飲みこんでしまう場面の間に、見えない境界線が引かれている。

その変身には二つの側面がある。

一つは「まがまがしいもの」のイメージである。

それはもともと宮崎駿の映画にあったもので、物語や設定やテーマなどに、いろいろな形で見え隠れしていた。しかし具体的なかたちと生き生きした動きが与えられ、「これはヤバイ」と私が本当に実感できるようになったのは、この映画からであると思うのだ。ぶくぶくと膨れあがるカオナシの身体、彼がゲロゲロと吐く汚いもの、竜になったハクから飛び散る血のイメージ。それらには、映画の中盤に登場する腐れ神の汚さともちがう、前作『もののけ姫』のタタリ神ともちがう、生き生きとした「まがまがしさ」が感じられる。やがて『崖《がけ》の上のポニョ』の津波となって迫りくるものの前哨《ぜんしょう》である。

短絡的に言葉を与えるのは気が引けるが、それはやはり「死」のイメージだろう。「死が生き生きと動く」というのはへんな表現であるが、トンネルの向こう側ではそういうことが可能なのである。イメージの国の扉をひらいたとき、楽しいイメージも湧《わ》き出したが、おそろしいイメージも湧き出してきたわけだ。

この映画の変身のもう一つの側面は、クライマックスがないということである。

それまでの宮崎作品はエンターテインメントであり、つねに分かりやすいクライマックスがあった。『もののけ姫』にはシシ神の暴走があり、『紅の豚』には飛行艇の決闘があり、『魔女の宅急便』には飛行船の事故があった。私のような観客が「嗚呼《ああ》、映画が終わったナア」と感じられるようになっていた。現実へ帰りやすい、親切設計がなされていたとも言えるだろう。

しかし『千と千尋の神隠し』のクライマックスはどこにあるのだろう。

暴走するカオナシによってもたらされる危機は、それまで追ってきた「千尋の物語」とは微妙にずれている。千尋がもとの世界へ戻る物語にも、千尋がハクを救おうとする物語にも、湯婆婆と対決するという物語にも、じつのところ関係がない。いわゆる起承転結の流れにはのっていない。そこにあるのは展開の都合による結びつきというよりも、イメージの都合による結びつきである。カオナシというイメージが映画が進むにつれて膨れあがり、横合いから千尋の物語にぶつかってきたという印象をうける。

カオナシという「まがまがしいもの」が暴れまわった結果、いつの間にか千尋の物語はわれわれが予想していた方角から横滑りし、思ってもみなかったところに着地する。たしかに結果だけを見るなら、千尋は両親を助けて元の世界へ戻ることができたので、「ハッピーエンド」とはいえるだろう。しかし映画の前半から期待される方角とはズレているので、どこか夢の中の出来事のような着地になっている。本作を観終わったときの感触は、それまでの宮崎作品とはちがっている。親切設計といえるのは、どんな手を使ったにしても、「とにかく千尋をもとの世界に帰した」という点のみである。

小説のような個人的創作とはちがって、アニメーションは作品の外にあるいろいろな事情に左右される。この映画の結末がこうなったのも、単純にスケジュールの都合かもしれない。私には本当のところはよく分からないのである。しかし理由はともかくとして、宮崎映画は確実に変身したのであって、この「終盤の不思議な着地」は、その後の作品にも受け継がれていく。

けっきょくのところ、それはイメージを重んじるという姿勢だ。

イメージを犠牲にしてまで起承転結を守らないということである。

先ほど私は、創作が「断片的なイメージ」から始まると述べた。描きたいイメージを膨らましていき、物語という構造をあたえる。しかしエンターテインメントとして起承転結をととのえようとすると、かならず「使いたくないけど使うべきイメージ」が発生してくる。それを強引に回避して突破しようとすれば、いわゆる親切設計を放棄するしかない。説明したくない事柄はすっ飛ばし、描きたいイメージだけを飛び石を伝うようにつなぎ、イメージの力だけで物語を終わらせてしまうほかない。

描きたくないものは描きたくない。描きたいものが描きたい。

物語の都合よりもイメージの都合にしたがえば、映画は次第に「夢」の世界へ近づいていく。『千と千尋の神隠し』の後半で起こっているのはそういうことなのだろうと思う。

この映画の後半から始まった破壊は、『ハウルの動く城』へと続き、以降の宮崎作品は分かりやすい着地を選ばなくなった。イメージを犠牲にしてまで起承転結をととのえたり、分かりやすく説明することはなくなった。そのことについてどう考えればいいか、今の私にはよく分からない。親切設計を捨てるのは自由になることだが、自由になるというのは怖いことでもあるからだ。『崖の上のポニョ』は怖い映画だった。

子どもの頃から私が馴染《なじ》んできた宮崎作品は、『千と千尋の神隠し』という一本の映画の中間地点において別のものに変身した。その境目は、腐れ神から廃品がずるずると引っ張りだされ、「よきかなー」とスッキリした声が響いたあたりである。映画の前半は、私の個人的夢想が完璧に描かれたエンターテインメントである。映画の後半は、まがまがしいものの胎動が遠くから聞こえる夢の世界である。

たしかに千尋はトンネルの向こうから帰ってきた。しかし宮崎駿自身は、いささか強引に千尋を送り返したあと、トンネルの向こうから帰ってこなかったのではないか。

ふとそんなことを考えたりする。

帰ってくるということ

この映画は、終わりもまた印象的である。

千尋がハクと手をつないで町を走りだしたとき、それまでの湯屋の賑《にぎ》やかさとは打って変わって、あたりは急にひっそりとする。その静けさがまざまざと夢を思わせる。そのときになって、千尋を通して自分が映画の中で経験してきたことが、一気に遠のいていく感じがする。夜ごと自分が夢からさめる過程のことはぜんぜん覚えていないが、きっとこんな感覚なのだろうと思える。異世界に入っていく過程も素晴らしいが、異世界を去る過程も素晴らしい。映画がまだ終わらないうちに、トンネルの向こう側の世界が儚《はかな》いものに変わっていく。

かくして千尋は元の世界へ帰っていく。

それから彼女がどうなったのかは分からない。

さて、ここから先は私の妄想である。

私が子どもであった頃、じつは同じようなことがあったのだ。父といっしょに近所の森を歩きまわっているとき、千尋たちと同じようにトンネルを見つけた。父といっしょに恐る恐るトンネルを抜けていくと、そこは不思議の町であった。

根性ナシの子どもであったから、千尋のように頑張れたとは思えないが。

豚にされてしまった父を救えるとも思えないが。

しかし父と私はきちんと帰ってきたという厳然たる事実から考えて、子どもの頃の私もまた千尋と同じように頑張ったにちがいない。幾多《いくた》のピンチを乗り越えて、豚にされた父を救ったのである。そう考えると合点がいくのである。なにゆえ私は子どもの頃から家の近所に異世界があるという感覚にとらわれていたのか、映画『千と千尋の神隠し』にあんなにも胸を打たれたのか。

忘れてしまったその想《おも》い出が、私を小説家にしたのだろう。

（『ジブリの教科書12　千と千尋の神隠し』文春ジブリ文庫　2016年3月）

第三章　登美彦氏、自著とその周辺

自分の小説や、それに関係する文章を集めた。
作者が自分の小説や執筆状況について書かない方がいいのではないかと思いつつ、色々な事情があって書くわけである。自分で言うのもなんだが「作者の言葉」なんて信用できるものではない。それもまた小説世界の延長であり、捏造《ねつぞう》である可能性が高い。
用心すべし！

太陽の塔は「宇宙遺産」

どうにも人類の手によるものと思われず、どこか宇宙の気配すら感じさせる太陽の塔に、私の元恋人がありったけの敬意を込めて「宇宙遺産」という称号をおくった。私もそれに賛同の意をとなえ、学部生時代、しばしば京都から大阪へ、宇宙遺産たる太陽の塔を拝《おが》みに出かけた。そうして、太陽の塔がかもしだす異次元宇宙の気配に圧倒され、怯《おび》え打ち震えることを楽しむという変態的所業に耽《ふけ》っていた。

しかしながら、比叡山《ひえいざん》のふもとでくすぶっている一介《いっかい》の学生としては、情熱の赴くままに太陽の塔のもとへ連日の行脚《あんぎゃ》を繰り返すわけにいかない。そんなことをしていれば、京都での生活がおろそかになって、ただでさえ冴《さ》えない成績がますます冴えないものになる。太陽の塔は揺るぎなく偉大だが、私の成績は大揺れに揺れて貧弱である。気息奄々《きそくえんえん》たる低空飛行を続けるおのれの学業を不時着から救い、かつ大阪へ出かけずして太陽の塔への愛情を思うさま表現する苦肉の策として、私は太陽の塔を京都の修学院離宮界隈《かいわい》へ持って来てしまうことにした。そんな突拍子もない思いつきをもとに、畏《おそ》れ多くも『太陽の塔』と題した妄想小説を書いた。

しかし実のところ、長々と太陽の塔について語るよりも、阿呆面《あほうづら》をして見上げている方が、私はずっと好きである。そこで、太陽の塔について語るのに先立って、私が最も素直な阿呆面をして太陽の塔を見上げていた、遠き子供時代の話を書こうと思う。

○

今を去ること二十年前、私の家族は万博公園のそばで暮らしていた。天気の良い休日ともなれば、母がウマイ弁当を作り、父が白いふかふかしたボールや8ミリカメラを持ち、私と妹と弟を引き連れて万博公園へ出かけた。なにしろ自然文化園の入園料はおそろしく安いうえに当時子供は無料だったので、ここほど経済的な休日の過ごし場所はなかったのである。

森見一家がまず腰を落ち着けるのは「森の舞台」という一角で、芝生に点々と置かれてある大岩のひとつを指定席と決めていた。そこがほかの人に占拠されていると、我々は揃《そろ》ってむうっとふくれた。しかし、たいていはすんなりと敷物を広げることができた。父と母は子供三人を野に放ち、私と妹と弟は白兎《しろうさぎ》のようにくるくる芝生の上を転がって、忍者の真似《まね》をしたり、何かオトナには分からないちょっとした冒険の旅に出たりして、オモシロおかしく時を過ごしたのである。半日転がっていても飽きなかったのだから、そうとう面白かったに違いないが、何がそんなに面白かったのか、さっぱり覚えていない。

「森の舞台」で過ごすほかにも、川が流れている草原へ出たり、児童文学館へ行ったり、砦《とりで》のように石が組まれた場所で遊んだり、国立民族学博物館へ入ったりした。もう楽しくて楽しくてしょうがない。日が傾いてくると家に帰ってしまうのが切なくてたまらず、このまま門が閉まって出られなくなれば良いと考えた。しかし父と母は無情にも子供たちをかき集め、引きずるようにして家へ帰った。

しばらく経《た》つと、我々は同じように万博公園へ出かけ、同じように時を過ごし、同じように切ない思いをしながら家へ帰った。そうやって飽かず繰り返される平和で安穏な日常の中で、ころころと遊び回る私がふと見上げると、森の向こうにはいつも、宇宙から飛来した怪獣のようなものがぬうっと立っていた。私が見ていたのはたいてい、太陽の塔のやや首を曲げた後ろ姿であった。

○

日本中から大勢の人たちが駆け集まってコンニチワして押し合いへし合いしたという「大阪万博」は、当時の私にとってカンブリア紀なみの大昔で、その貧弱な想像力の埒外《らちがい》にあったと言って良い。その頃は父や母に青春時代があったことすら受け容《い》れがたい年頃であり、そもそも「自分誕生」以前にほかの色々なものが腐るほど誕生して来たのだということを知らない。子供というのはそういうものであるし、だいたい万博の跡地に作られた万博公園には、華々しい過去を思い起こさせるような分かりやすい遺物はほとんどなかった。万博で多くの人々を魅了した未来的建造物の数々も、私が足を踏み入れたときには見る影もなく、ただそこには鬱蒼《うっそう》とした森や明るい野原が広がっているだけであり、ここは昔からこうだったのだと私は思い込んだ。

万博の遺物である太陽の塔が、過去の「万博」について思いを馳《は》せるきっかけになり得たかと言うと、もちろん、なるわけがない。私はその異様な姿に唖然《あぜん》としながらも、あのヘンテコな宇宙生物みたいなものも、太古からあそこに立っているのだと考えた。太陽の塔の湾曲した身体《からだ》にはどうしようもなく人類離れした違和感が満ち溢《あふ》れ、幼い私には恐《こわ》かったに違いないが、アレは大昔からここにいたし未来の果てまでここにいるんだということを認めざるを得ないような、有無を言わせぬ雰囲気があった。木立の向こうに屹立《きつりつ》する太陽の塔を、恐る恐る見上げていた幼い私の気持ちを正確に思い出すことはできないが、恐い気持ちと痛快な気持ちが半々だったのではないかと思う。

◯

柔らかく盛り上がった緑の向こうでにゅううっと背を歪《ゆが》めていた太陽の塔が、幼い私の心の底に深く根を張り、私はその幻想的な原風景から逃れられず、夜な夜な幻想小説を書き散らすようになり、寝食を忘れて学問に精進すべき学生時代を台無しにしたあげく、ついに原風景そのものを織り込んだ『太陽の塔』という小説を発表するに至ったのであり、正にこれまでの私の創作は太陽の塔に始まり太陽の塔に終わる。こう説明すると、じつに小綺麗《こぎれい》にこの想《おも》い出話は落ちるのだが、残念ながら私はそんな風に巧《うま》くハナシを落とすのを潔《いさぎよ》しとしない。

豆粒ぐらいのハナタレ小僧が草原に立ち、阿呆面をして太陽の塔を見上げている光景を思い描いて頂けるだろうか。太陽の塔は偉大過ぎるし、それに比べて幼い私は居るんだか居ないんだか分からないほどチビである。そんな光景を思い描くと、私はむやみに愉快になる。私が幼かった頃、いつも彼方《かなた》に太陽の塔が見え隠れしていた。あの宇宙生物のような存在の足もとでころころ遊んで、私は大きくなった。かくのごとき阿呆で奇妙奇天烈《きてれつ》で、よその子とは取り替えのきかない子供時代を過ごすことができたとしたら、ただそれだけで愉快千万と言えるのではないか。小説を書いたのは、それとはまたべつのことである。

太陽の塔が、今後も末永く四辺を払う威風を保って、「しょせんは昭和の遺物」と舐《な》めてかかってくるオトナたちを蹴散《けち》らし、私と同じ阿呆面をさげた大勢の子供たちに宇宙的迫力を見せつけ、彼らの想い出の底に傲然《ごうぜん》と降り立つことを祈りたい。そしてますます大勢の人々を呆《あき》れさせ怯えさせ感動させてゆくことをここに祈る次第であるが、私ごときが祈るまでもなく、そうなることは明々白々であろう。

今宵《こよい》もまた京都から、太陽の塔に向かって静かに礼拝しつつ、練りに練りたるこの悪文を終わる。

（「月刊みんぱく」２００４年４月号）

ラブドール、その名はコーディリア

初めてシェイクスピアの『リア王』を読んで、これはイイと思った。リア王が阿呆でワガママで暴れ廻って、そのくせ無力であり、しかも無力なことを分かっていない。まるでこいつは私のようだ。それで、リア王を当方お得意の腐れ大学生になぞらえた『リア王』を書こうと企てた。王が彷徨《さまよ》う雷鳴轟《とどろ》く荒野は下宿の四畳半となり、彼に金魚の糞《ふん》のようにつき従っている道化はいっぱしの口をきく男性器「ジョニー」となり、三人の娘たちは主人公たる阿呆学生が想いを寄せる乙女たちとなる。これで『リア王』を京都出町柳《でまちやなぎ》半径二キロ(私の行動範囲)に押し込めて再現可能だといち早く断じたのは我ながら無茶だけれど、面白い。

ゴネリルとリーガンというゴジラ系統の怪獣みたいな名前の娘たちは主人公を手ひどく裏切る女子大生たちにすればよかろう。甘い言葉で主人公に気のあるふりをして、その実、①新興宗教に勧誘する、②何にでも使える万能調理器具を売りつける、③主人公の大切な純潔を奪おうとする、などの数々の暴挙に出て、彼を人間的苦悩のどん底へ突き落とすのである。しかし、コーディリアという、いかにも可憐《かれん》な美女であることを運命づけられたような名前の末娘は、いったいどうすべきか。この役どころへ「主人公を一途《いちず》に想ってくれる可憐な後輩の女子大生」を当て嵌《は》めるのは、日々過激なロマンチックとくんずほぐれつしている私でも、あまりにも甘美な妄想すぎて、ちょっと照れくさい。それで色々考えた。姉二人がぺらぺらと愛の言葉を喋《しゃべ》るのに、コーディリアはあんまり喋らない。むしろ一言も喋らなくて差し支えない。一言もいらぬことを口にせず、男の身勝手な妄想を裏切らず、どこまでも清楚《せいそ》で可憐でありながら、宿命的にエロスを感じさせる至高の存在は、おそらく現代科学の粋を尽くして生み出されたアレを措《お》いて他にない。そういうわけでコーディリアはラブドールとなった。

ラブドールについては色々と調べてみたことがあった。

男の欲望について議論してゆくと、ある意味でその極北と言うべき「ラブドール」の話題を避けて通ることは不可能だ。この場合、ラブドールと呼ぶよりもダッチワイフと呼んだ方がふさわしい。しかしながら、我が国に綿々《めんめん》たる歴史を誇るオトナのオモチャ史上、ダッチワイフというものは、憧《あこが》れよりもむしろ哀《かな》しみをもって語られることが多かった。「やむにやまれぬ愛の荒野に追い込まれた男が、いわば苦肉の策としてこっそり入手してみて一層哀しみを深めてしまう味のあるアイテム」というのが大方の見解であった。そもそもオトナのオモチャというもの自体がさほど憧れをもって声高に語られるものではないけれども、ダッチワイフは、なまじ等身大かそれに近い大きさを持つ「人形」であるがゆえに、道具の本分から逸脱してゆくところがある。その「身も蓋《ふた》もない本物志向」と「現実」の間にある苦渋に満ちた深淵《しんえん》が、涙と笑いをそそるのである。

我々は決してそのような自虐《じぎゃく》的な行為に耽ることなく堂々と生きてゆこう、運命の出逢《であ》いがあるまでは！

そのように決意していた我々の眼球から偏見にまみれた鱗《うろこ》をむしり取ったのが、某有名製造会社のダッチワイフであった。否《いな》、それはダッチワイフとは呼ばれておらず、ラブドールという名前を与えられていた。価格も桁《けた》外れではあったが、その美しさもまた桁外れであり、知らぬあいだに現代文明はここまで来たかと、我々は色めき立ったものである。

そんな風にちらちら話題にしているうちに、唐突に小説の賞をもらって、分不相応な大金がぽんと無造作に渡された。ここで一番に私の頭に思い浮かんだのは、実家の屋根の塗り換えができるとか、これで大学の学費が払えるとか、祇園《ぎおん》で豪遊できるとか、そういう即物的なことではなくて、じつは「ラブドールが買える」ということであった。それは未知の世界への入り口であり、男のロマンであった。何しろ某有名製造会社から出ている高級ラブドールは五十万円以上するのである。こんな思い切った金の遣い方ができる機会は、今を逃せば未来永劫《えいごう》ないだろう。

結論から言えば、私はラブドールをついに買わなかった。色々調べてみたところ何かとたいへんだということが分かったせいでもあるし、いったん握ったお金に愛着が湧《わ》いて手放すにしのびなくなったせいでもある。また、最初の一線を踏み越えるに足るだけの孤独感を味わっていなかったせいでもある。

しかし最も大きい理由は、ラブドールに並々ならぬ愛情を寄せる先人たちの文章をインターネットで読んで、「自分が軽い好奇心で踏み込むべき道ではない」と考えるに至ったからである。そこではラブドールはもはや性欲処理の道具ではなく、愛情を注ぐべき同居人とされていた。

かつて私にとって人形は怖いものであった。妹が大事にしていたフランス人形を私は嫌悪《けんお》し、そんなものを寝る時もかたわらに置いている彼女の気が知れないとさえ思った。そんな私がラブドールを迎えたとしたらどうなるであろう。怖いと言うのは、まるで生きているがごとく感じるから怖いのである。ラブドールも本当は怖いはずだが、そこをまずは性欲でごまかしている。ならば性欲の助けを借りてラブドールに馴《な》染《じ》んでゆけば、やがて根底にある恐怖感が強烈な愛情へ変化するであろうことは火を見るよりも明らかだ。人形への恐怖感は人形に生命を感じることに由来するからである。すなわち、私がラブドールを手に入れれば、彼女とのユートピアへ閉じこもることになるかもしれず、その一線を踏み越える覚悟はどうしてもできない。茨《いばら》の道を歩いてラブドールへの愛を追求することは、私の流儀に合わないのである。かくして私は諦《あきら》めた。

ラブドール購入挫《ざ》折《せつ》の余韻は、書こうとしていた現代版リア王にも影響を与えた。コーディリアをラブドールにしたのは良いものの、そうしてから結末に怖《お》じ気《け》づいてしまった。リア王は最初にコーディリアを言葉の不足ゆえに拒絶し、あてにしていたほかの娘たちに裏切られて絶望し、最後にはコーディリアとともに死ぬ。現実の女性たちに裏切られて失意のどん底にある主人公をラブドールとのユートピアへ立ち入らせて、それで一件落着となし得るだけの懐《ふところ》の深さが私にはなかった。かくして現代版リア王は失敗し、どこがリア王なんだか分からなくなった。完成したその小説が元々リア王であったとは、誰一人として気がつかなかった。

私にはその世界へ踏み込む勇気がないが、そこがまた一つの愛情の世界であることは理解できる。ラブドールに惚《ほ》れるにせよ、現実の女性に惚れるにせよ、そこには幾多の錯覚と妄想が混じり合う。人間と人間の断絶を乗り越えた気になるために、我々が日々使っている心の働きは、我々がラブドールに惚れることをもまた可能にする。なにしろ現代科学は、「見た目が人間」というレベルにまでラブドールを押し上げたのである。感情移入はますます容易になり、後は本人の心意気次第という塩梅《あんばい》だ。この道がどこまで続くのか見当もつかない。

だからといって、ラブドールも現実の女性も同じだ、などとトンデモナイことを断言するつもりは毛頭ないのだ。ラブドールへの興味はあるが、まだまだ現実の女性への夢を大切に隠し持っているところが、私の健気《けなげ》さと言うほかない。

（「ユリイカ」２００５年５月号）

濡《ぬ》れた英雄

この世に生まれて四半世紀が過ぎたにもかかわらず、どれだけ己が無力を噛《か》みしめようとも、私はまだ「世界は自分を中心に廻っている」という天動説を捨てきれない。そんな人間だから、真の意味で尊敬する人間はほとんど皆無に近い。

たしかに世の中には、けた外れに頭脳明晰《めいせき》な人もおれば、芸術的才能に優れた人もおり、スポーツで活躍する人もおり、ビジネスに長《た》けた人もいる。それぞれに一定の敬意を払うべきである。しかし言うなれば、彼らも結局はただ「偉い人たち」の一人にすぎまい。彼らは彼らの領域で、才能と努力の成果をてんで勝手に示しているだけだ。それでは足りないのである。やすやすと尊敬してあげるわけにはいかない。

私が尊敬すべきなのは一人の男である。仮にその名を「明石《あかし》」とする。

大阪の私立男子校の出身で、高校在学中から異色の男として勇名を馳せていたという。彼は持って生まれた端倪《たんげい》すべからざる頭脳と感性を、男子校という過酷な舞台で鍛え抜き、大学へ乗りこんできたのである。異彩を放たぬわけがない。

我々は同じクラブに所属し、会うなり意気投合した。

彼はいかにも脳味噌《のうみそ》が人より沢山入っていそうな頭蓋《ずがい》を持ち、鋭く睨《にら》むような目つきをしていた。物事にまったく動じない懐の深いところがある一方で、気に入らぬ人間は冷酷に舌鋒《ぜっぽう》鋭く切って捨てる。私がこれまで出逢ったどんな人間よりも頭が良く、極めて論理的であり、感情の知性化を果たしたヴァルカン星人（「スタートレック」）に憧れながら、そのくせロマンティストなのである。英雄色を好むの言葉通り、彼も色を好んだが、現実の女性に相対するとさまざまな困難が生じた。当然、鬱屈する。やむにやまれず鬱屈を妄想に変える。妄想が笑いとなる。かくして彼は、その高速回転する頭脳を次から次へと惜しげもなく、妄想のうちに空費した。この生きざまを見て、魅了されるなと言うほうが無理であろう。

大学時代を通じて、私は彼から薫陶《くんとう》を受けた。私は自尊心を持つことを学び、自己中心的であると同時に客観的であるということを学び、妄想を膨らますことを学び、怒濤《どとう》のごとく自分を押し流そうとするセンチメンタリズムに抗《あらが》いつつそれを利用する「精神的柔術」の心得を学んだ。そんなことを教えたつもりはないと彼は言うかも知れないが、まあこちらもこちらでてきとうに言っている。

「俺たちはこんなに阿呆な面白いことを喋っているのに、聞いているのは俺たちだけだ。もったいない。なんとか元は取れないか」

彼とそういう話をしたことがある。

拙著『太陽の塔』が書かれたのは、その会話がきっかけである。

留年した私と、司法試験を受けていた彼は、五回生まで苦闘の日々をともにしたが、自分で学費をまかなっていた彼は、財政的事情からついに大学に留まることを断念した。彼は五回生の秋からにわかに就職活動を始め、たった一社受けた大手銀行へそのままもぐり込むことに首尾よく成功した。一方の私はなんとなく大学院へ進学することになった。その年の晩秋から、私は『太陽の塔』をちびちび書き始めた。

翌年の大学院在学中に、『太陽の塔』が賞を受けて本になることが決まった時、彼に電話をかけた。

「君の恥ずかしい過去が暴露されるが、いいかね」と私は訊《たず》ねた。

「かまわん。俺は恥ずべきことは何もしていない」と彼は言った。

そういう次第であって、『太陽の塔』がもし読むに値するものだとすれば、その面白さの半分は彼という傑物《けつぶつ》に負《お》っている。

卒業式が終わった後、我々はなぜかスーツ姿で卒業証書を持ったまま、サントリーの山崎蒸溜所《じょうりゅうしょ》へ乗りこんだ。在学中に行こう行こうと言い合っていたのに行けずじまいだったから、無理矢理出かけたのである。駅から歩いているうちに、凄《すさ》まじい雷雨に襲われ、雷をひどく恐れる彼は臍《へそ》を死守して逃げ惑い、濡れそぼって卒業証書を台なしにした。山崎蒸溜所にて、我々はウイスキー山崎の小瓶を買い、たがいに四十歳を迎えた時に飲もうという約束を交わした。山崎を飲みながら「四十にして未《いま》だに惑っている」自分たちを笑い飛ばすという、壮大な人生の伏線である。

そして我々は別れた。私は京都へ戻り、彼は大阪へと向かったのである。

私に決定的な影響を与え、「森見登美彦」という存在に作り上げた人間は誰か。明らかにそれは彼以外の何者でもなく、だからこそ、彼は「私のヒーロー」と呼ぶにふさわしい。

あれから二年半、私は大学院を卒業して就職し、引き続き京都に住みながら、時折文章を書いている。ならば彼はどうしているか。彼は二年間孤高の勤務姿勢を貫いた銀行を辞め、現在は元いたキャンパスへ戻り、法科大学院で鬼のごとく勉強している。

そういうわけで、今でもしばしば一緒に飯を喰う。

私はまだ彼の教えを受けている。

（「小説宝石」臨時増刊２００５年10月号）

お詫《わ》びしたい

現在のところ、我が人生の主戦場は机上にある。

机上を離れた日常は、ことごとく他流試合のようなものだ。掃除も炊事洗濯も通勤も恋も仕事も酒席の礼儀作法も編集者との打ち合わせも、一切がことごとく意のままにならない。他流試合を勝ち抜くことに意義を見いだす人もいるけれども、私はごめんだ。机を離れるとき、私の身体はぎくしゃくし、頭はうまく働かず、事務処理能力はいずこへかと消え去る。したがっていろいろと支障をきたす。そんなことをいちいち詫び始めればきりがなく、ついには生まれてきてスイマセンと偉大な先達が述べたあの恐ろしい袋小路へ迷い込むほかない。だから日常のこまごまとしたことについてお詫びはしない。あくまで傲然と。

ならば主戦場たる机上には、何ひとつお詫びすることがないのか。

そんなことはない。

机上にもお詫びしたいことはたくさん転がっている。その中でとりわけ大きなこと

は、「嘘《うそ》をついてすいません」ということだ。小説というヘンテコなものを書く人で

「俺はヤってない」と天地神明に誓える人間は皆無だと思うけれども、私も嘘ばかりついている。

腐れ大学生時代に腐れ大学生を主人公にした小説を書いたせいで、読者は往々にして勘違いする。「作中に登場する硬派で妄想家の純情大学生は森見登美彦氏自身のことであろう」と。それは端的に言って誤りである。私は硬派というよりは柔軟だ。他人を見下してもいない。それほど妄想たくましくもない。大学時代はただ四畳半で腐っていただけで、暴れたことは一度もない。クリスマスは指折り待つほど好きである。モテるとかモテないとか、そんなことは些細《ささい》な問題だと思っている。もはや四畳半にも住んではいない。ペルシア絨毯《じゅうたん》の敷かれた広大な書斎に古今の名著を揃え、落下してくれば即死するであろう豪勢なシャンデリアを頭上にぶら下げて心胆《しんたん》を練る日々だ。万年床どころか、日本昔話のサクセスストーリーのように三枚重ねたふわふわの蒲団《ふとん》に寝転がっている。連日舞い込む女性読者からのファンレター片手にワインを舐めて京都の夜景を眺め、気が向けばクリスマスイブに黒髪の美女といちゃいちゃする藤原道長ばりの悪行三昧《ざんまい》。望月《もちづき》の欠けたることもなしと思えば！　著作わずか四冊にして、彼は初心を忘れ果てた。そのざまを御覧《ごろう》じろ！

という次第になっていることを、お詫びしたい。

そして私は小説の中で嘘をつき続ける。なぜ私はこんな人間になってしまったのか。おそらく幼年期の辛《つら》い経験に起因するのであろう。あの暑い夏の日、小学校からの帰り道、ランドセルに入れていたヨーグルトが爆発した恐ろしい記憶が、私の性根《しょうね》をねじ曲げて、ついにはこんな嘘つき野郎にしてしまったのだ。そうに違いない。いと哀れなることなり。

そんなことを書きながら、この短文の中で、また私は嘘をついたことをお詫びしたい。

そして、あんまり身を入れてお詫びしていないこともお詫びしたい。

（「hon-nin」２００７年3月号）

とりあえず、書く

まず締切がある。これまでに書いたメモを見直す。新しくメモを書いてみる。どうすればいいか、分からない。珈琲《コーヒー》を飲む。煙草《たばこ》を吸う。締切が迫る。とりあえず書き出す。

このようにして始まる。

私が小説を書く際に、絶対に変わらない唯一《ゆいいつ》の方針は、「とりあえず書く」ということである。あたりまえのことだけれども、このほかにコレと示せる方法がない。世の中には締切という仕組みがあるので、たいてい自動的にそうなる。

もちろん、まったくゼロから「とりあえず書く」ということはできないから、そこはメモを頼りにする。思いついた断片をでたらめに書きならべ、腕組みして睨んで、それらを効率良く使える物語は何か、と考える。三題噺《さんだいばなし》みたいなもので、うまくいけば、断片と断片をつなぐ糸が見える。そうして見切り発車。この時点では、テーマのようなものは存在しない。ただ、これは最後まで出現しない場合もある。

行く手のことを考えると心細くなってくるから、目前の一文しか見ない。その次の一文を書くことのみ考えようとする。極端に言えば、物語の展開がどうなるかということよりも、今生まれようとする目前の一文に重きを置く。そうして日を改めて書き出す際には、最初から読み返し、細かい箇所を書き直し、また次の一文を考える。淡々と機械的にそれを繰り返す。このやり方は時間がかかるし、目論《もくろ》んだ地点に着地できる保証もない。けれども私は一気呵成《いっきかせい》には書けない。

事前にいくらメモを取っても、文章を書かないことには考えることができない。丸一日部屋に籠《こ》もって机に向かうのは集中力があるからではなく、机に向かって手を動かさなければ集中できないからだ。だから電車や喫茶店で書いたり、構想を練ったりできる人が羨《うらや》ましい。私は電車の中では寝てしまうし、喫茶店では珈琲を飲んで煙草を吸っているだけだ。集中力がまるでない。

つくづく思うのは、綿密に構想を立てられる人はすごいということである。私は、たいていよく分からぬうちに書き始めてしまう。構想を練ろうと思っても、人を驚かすアイデアやら絢爛《けんらん》たるイメージやら意外性のある物語やらは浮かばない。面白いことは、たいてい書いている間に発見する。

書いている最中に、自分でも考えていなかったようなことがゴロッと出てきたり、断片と断片の間に思いがけない関係を発見したりする。漢字の変換ミスですら発見につながる。それをつかまえて、膨らます。つじつまが合わなければ前の方を書き直したり、文章を入れ替えたりする。書く過程で、その小説を書き始める理由になったメモそのものが、不用になることもある。

小説の良いところは、それが文章だけからできており、しかも柔らかいということだ。当たり前だけれども、それは絶対重要なことである。だからあっちを直したり、こっちを直したり、膨らましたり、凹《へこ》ましたり、あれこれと模索しながら、少しずつ完成品へ近づけていくことができる。そういうやり方でなければ、私はモノを作ることができない。

とはいえ、できあがってみると、まあまあ私の力量ではこういう運びになるほかないと分かり切った道筋を辿《たど》っているように見える。書いている間は一寸先は闇《やみ》で、一文一文をひねり出すのに苦労しているし、できあがった時には「できた」という満足感もあるのだけれども、すぐに喜びはボンヤリして、面白いのか面白くないのか分からなくなる。あとは、編集者の方に判断してもらうことになる。

（「新刊ニュース」２００７年10月号）

この文章はぶっつけ本番で書くのである

この文章はぶっつけ本番で書くのである。

という決心をしてみた。

池内紀《いけうちおさむ》さんの文章を読んでいたら、カフカのノートの話がでてきた。カフカは小説の構想メモのようなものを作らずに、小さな仕事部屋にこもって、ぶっつけ本番でノートに文章を書いていったそうだ。ちょっと書いてみてうまくいかなかったら、すぐに線を引いて、べつのものを書いてみる。「手ごたえ」があったら、そのまま続けていったそうである。

ステキにもほどがある!

べつに神童を気取るわけではないけれども、私にもそういう時代があった。小学生から中学生の頃にかけては、「構想を練る」とか、「登場人物を考える」とか、そんなことをした覚えがない。当時、私は原稿用紙や大学ノートをつかっていて、そこに鉛筆でぐりぐりと文章を書いていった。お話というものは、書きながら、その数行先にポッと生まれていくものであった。書き直しはしない。最後まで書いてしまえば、それで満足する。こういうふうに書くと、本物の神童のようである。念のために繰り返すけれども、神童ではなかった。

文章を書く人は多かれ少なかれそうだと思うが、書きながら発見するということがしばしばある。登場人物が自分でも考えていなかったことをしだしたり、思いがけず的確な描写ができたり、適当に書いておいた言葉が新しい展開へつながったりする。それが大した発見でなかったとしても、発見は嬉《うれ》しい。発見に発見を重ねていけば、本来の自分よりも遠くへ行けるような気がする。それが文章を書く楽しみではないかと思う。そういう文章の機能に頼らなければ、どうせ大したことは考えていない私が、人におもしろがってもらえる文章を書くことができるはずがない。私が頭で考えだす物語などはたかが知れていて、自分の頭ではなく、文章に考えてもらったほうがおもしろい物語になるのではないか。

というようなことを、いつも考えている。

ところで、私の机の下に、買いためたノートの山がある。二年ほど前、私は小説が書けなくなることを恐れるあまり、「メモ用のノートがたくさんあればアイデアが湯水のごとく湧き出るかも！」という妄想にとりつかれ、仕事帰りに文房具店ばかりうろついていたのである。けっきょく、ノートがたくさんあってもアイデアの出る量は一緒という「アイデア量不変の法則」を発見し、文房具を探している暇があればともかく書いてるほうがマシということも発見し、あと二十年は使えそうな量のノートだけが残ったのである。

カフカのように書いていければステキである。私も小さなノートを持ち、小さな仕事場にこもろう。そしてぶっつけ本番、先の展開も何も考えず、ぐいぐい書いてみよう、子どもの頃のように！と思った。

それならば楽しいであろう。

デキるビジネスマンみたいにパソコンを持ち歩かなくてもいい。ノートは軽く、起動も早い。場所もとらない。どこでも書ける。良いお天気の日に鴨川《かもがわ》べりで小説を書くなんて、まるで小説の一場面のようではないか。そんな私の姿を見たら、ジョギング中の美人に惚れられてたいへんであろう。喫茶店で小説を書くこともできる。これもまた「小説家」みたいではないか。自分で自分に惚れてしまいそうだ。旅先の列車の座席で書くこともできるだろうし、宿で出会った黒髪の乙女にノートを読ませ、「この先はどうなるんですか？」「それは僕にも分からない。明日は明日の風が吹くさ」という想像するだに気色の悪い会話を交わすこともできるだろう。

でも無理なのである。

第一に、ノートにたくさんの文章を書くための体力が決定的に不足している。たとえゲルインキボールペンや、万年筆を使ったとしても、手書きというのは肉体労働である。キーボードを叩《たた》くために、第一関節から先の鍛錬《たんれん》に励みすぎた結果、私はペンさえ持てない身体になった。高校の頃にキーボードへ移行して以来、手書きで小説を書き上げたことは一度もないのである。森見登美彦氏カフカ化計画は、まず体力作りから始めなければならない。これは遠大すぎる。

第二に、手書きでは推敲《すいこう》がたいへんやりにくい。

推敲なしだと、私の書く文章は読むにたえないものになるだろう。本当に文章の上手な人というものは、あれこれ文章をこねくりまわす必要のない人だろうと私は思っている。私の場合、ああでもないこうでもないと文章をこねくりまわさないと、満足のいく形にならない。同じことを二度書いたりする。読点の位置がおかしかったりする。主語がおかしかったりする。それをギリギリと練り直す。スラスラ書けないのは、自分の文章のリズムを把握できていないからだ。また、先ほど書いた「発見」というものも、こういう「ああでもないこうでもない」という作業をしないと、なかなか生まれないのである。

第三に、締切の問題がある。これが一番恐い。

私が鴨川べりで悠然とノートを開き、のんびり手で書いているうちに、締切は私の前を華麗にすぎてゆくだろう。締切に間に合わせるために、血みどろの手にペンを握り、目を血走らせて机に向かう……ということになると、ちっともステキな感じがしないのである。「締切は去れ！　去る者は追わず！」と言えるような器の大きな男になりたい。でもそんなに器が大きくなってしまうと、それはもう森見登美彦ではないような気がする。

ここまで書いて、やはり締切が諸悪の根元であることが分かった。

私が「ぶっつけ本番」で書くことができず、つい準備をしてしまうのも、締切までに書き終わらなかったら……と思うと、不安だからである。それで、前もってお話の展開を考えたり、メモをとってみたりする。「ここに伏線を張ってみよう」「こういうふうにオチをつけよう」と考えたりするのである。すべて不安のゆえである。ああ！　うざったい！

あれこれ準備することがかえってよくない場合もあるのではないか？

まったく準備をせず、書きながら手さぐりで考えたほうがよいのではないか？

それでこそ、思いもかけないものができ上がるのではないか？

もっと無茶苦茶《むちゃくちゃ》で、「こんなこと書いて、アナタいったいどうやって結末をつけるおつもり?」と深窓の令嬢から高飛車に叱《しか》られそうな、そういうものは書けないのか? 締切に間に合うように、とりあえず無難な展開へ持ち込もうとしていないか? 姑息《こそく》なことを考えているのではないか? 胸に手を当てて考えてみるがよい!

という感じで、ぶっつけ本番でここまで書いてみた。

現在、胸に手を当てて考えているところである。

(「yom yom」2008年7月号)

コミック版『夜は短し歩けよ乙女』へのコメント

第一集

薄汚い男ばかりが暗躍する男臭い小説を書いてきた。このままでは男汁に沈没してしまうからと乾坤一擲《けんこんいってき》、己のうちなる可愛《かわい》いものを結集して執筆したのが『夜は短し歩けよ乙女』である。目論見通り、我が作品中ダントツで可愛い小説が出現し、この作品によって信じられないぐらい大勢の乙女をたぶらかすことに成功した。成功しすぎて怖くなった。力を使い果たし、ふたたび男汁に浸った道に立ち戻り孤独に歩いていこうと思っていたところへ、同じ名前の不思議と可愛いのがもう一つやってきた。もちろん、これは私のお手柄ではなくて、琴音《ことね》らんまる氏のお手柄である。第一話を読んだとき、「これはいささか可愛すぎるのではないか」と思った。可愛すぎる。これは問題である。しかしながら、可愛いことは良きことである。とりあえず私は同じ名前のマンガの行く末を見守ることにした。私が京都から見守る中、琴音らんまる氏は毅然《きぜん》と「可愛い道」を突き進んだ。回を重ねるうちに、「なるほど」と思われてきた。私が適当に書き散らかした人物たちが確固とした風貌《ふうぼう》をもって立ち上がり、融通《ゆうずう》無碍《むげ》に動きだす。しかも乙女は「ほえー」と愛らしく、その他はちゃんと阿呆《あほう》である。はじめのうちは照れくさくて布団《ふとん》に隠れて読んでいたものだが、今はすっかり安心して、寝る前に布団で読んでいる。わけても私の原作によらない部分、琴音らんまる氏が登場人物たちと一緒に知恵を絞って作られたところが私には楽しみである。原作者として琴音らんまる氏の自由を束縛してしまうのが申し訳ないほどだ。こういう楽しくて幸せなマンガは、すべからくあったかい布団の中で読むべきである。一読かならずや楽しい夢を読者にもたらし、楽しい夢は人生を明るくし、ひいては日本国に平和をもたらすであろう。ところで、私は謙虚なので「マンガを読んだら原作も読め」などと無粋なことは言わない。マンガの説明に原作は無用である。ただ、「マンガのほかに小説もある。両方楽しめる人はたいへん幸せであるばかりか、懐が深く人格高潔で素敵な人である」という厳然たる事実を述べるにとどめて筆をおく。

二〇〇八年二月二十八日。原作者森見登美彦記す。

第二集

乙女よ乙女、どこへゆく。というわけで、つい先日第一集が出て「おめでたいことぢゃのう！」と思っていたのに、もう第二集が出るらしいのである。「光陰矢《こういんや》のごとし」にもほどがあるではないか。いや、私はこんな風に高みの見物のようなのんきなことが言えるけれども、琴音らんまる氏は日夜呻吟《しんぎん》して、乙女成分と阿呆成分の熟成発酵につとめてこられたのだ。その努力がこの明朗愉快な第二集に結実したのである。このマンガの成分は乙女と阿呆である。かつて、今に輪をかけて無知無知であった頃、私にとって乙女と阿呆は平行線であった。彼らは決して交わらないと思いこんでいた。これがユークリッド幾何学《きかがく》である。しかしある日、四畳半をごろごろして思索にふけっていたところ、畳の目を見て天啓《てんけい》を得た。決して交わらないはずの乙女と阿呆が無限の彼方では交差する可能性がある！　これは非ユークリッド幾何学である。かくして、たがいに平行しているはずの乙女と阿呆が交差する幻の地点に、非ユークリッド幾何学的原作『夜は短し歩けよ乙女』は生まれた——というようなデタラメを書いているうちに、何を書いているのか自分でも分からなくなってきた。なぜならば、思いのたけは一集目のコメントに書いてしまったからであり、また、私の個人的締切がやや気になる状況下でこの文章を書いているからである。生きていれば、そういう哀しい目にあうのだ。机上で戦う者として、きっと琴音らんまる氏も同じ苦しみを味わいつつ、ペンを握る手を痛くしながら、こんなに明朗愉快なマンガを描かれているのだろうと思うと、何かこう、「おたがいにがんばりませう」と言いたくなる。マンガを描くことに比べれば、キーボードを叩いてもたいして手は痛くならない。楽ちん。ところで、私は謙虚なので「マンガを読んだら原作も読め」などと無粋なことは言わない。マンガの説明に原作は無用である。ただ、「マンガのほかに小説もある。両方楽しめる人はたいへん幸せであるばかりか、懐が深く人格高潔で素敵な人である」という厳然たる事実を繰り返し述べるにとどめて、前回と同じく筆をおく。

二〇〇八年五月二十六日。原作者森見登美彦記す。

第五集

原作者たる私が京都の街角で達磨《だるま》を転がして遊んでいる一方、雨の日も風の日もお腹《なか》の痛い日も挫《くじ》けることなく、営々と描き続けられた琴音らんまる氏の努力は、今ここに華やかな五冊のマンガとして結実した。もちろん、全巻を揃《そろ》えていない人もあるだろう。あるいは「たまたま、この第五集を買ってみただけ」という人もあるかもしれない。そういう人を私は決して責めない。マンガを第五集から買うなんて、なんと肝っ玉の大きい、愛すべき人であろうか。そんな日本全国民に祝福されるべき人が、マンガ『夜は短し歩けよ乙女』を五冊揃える喜びを知らないままに生涯を終えていくのは、あまりにも残念なことである。私はこのマンガが一冊一冊と刊行されるたびに、机にならべるのを楽しみにしていた。椅子《いす》の上にあぐらをかいて、眼下にマンガの表紙たちを一望してみれば、どうだろう。琴音らんまる氏の描くきらきらとした乙女の四季が、まるで美しい思い出の名場面集のように、総天然色パノラマとして展開されるのである。このパノラマを一望し得た人たちに、ほどほどの幸いあれ。そして、このパノラマを味わうことなく、一冊だけを握って人生を歩いていく人には「ごきげんよう、さようなら!」と言おう、哀しみを込めて。しかし、その人たちにもほどほどの幸いがあっていい。ようするに、すべての人にほどほどの幸いあれ。けっきょくのところ、原作『夜は短し歩けよ乙女』という作品は、めいめいの道をめいめいのやり方で歩き通す乙女と阿呆が、ほどほどの幸せを摑《つか》むお話であった。善き阿呆と善き乙女が報われる世界。そう言い切ってしまえば、私の描いたわけのわからないものの説明はひとまず終わるのである。そして、文章という一次元でしか存在しなかったその世界を、華やかな二次元世界に変換してくださった琴音らんまる氏に、あらためて感謝の意を表する次第である。ところで、私は謙虚なので「マンガを読んだら原作も読め」などと無粋なことは言わない。マンガの説明に原作は無用である。ただ、「マンガのほかに小説もある。両方楽しめる人はたいへん幸せであるばかりか、懐が深く人格高潔で素敵な人である」という厳然たる事実を三たび述べるとともに、満天下に充《み》ち満ちた善き阿呆と善き乙女の幸福な出逢いを祈って、今度こそ本当に筆をおく。

二〇〇九年一月二十二日。原作者森見登美彦記す。

（原作・森見登美彦、漫画・琴音らんまる『夜は短し歩けよ乙女』①　2008年3月
②　2008年6月
⑤　2009年2月）

舞台版『夜は短し歩けよ乙女』へのコメント

私の小説はヘンテコです。ヘンテコと言えば可愛げがあるけれど、殺伐とした言い方をすれば、「破綻《はたん》している」。小説を書くようになってこの方、よくできた話というものを書けたためしがなく、どれだけ工夫を凝らしても、あっちこっちに穴ぼこが開いてしまうのです。そのままではお話になりません。

ではどうするかというと、文章でその穴ぼこをふさぐのです。無理な展開も、超現実的な現象も、良識ある読者の疑問も、あの手この手でねじ伏せて、ともかくも後ろを振り返らず、先を急げばよろしい。結末まで駆け抜けることができれば私の勝ちです。御都合主義の名のもとに、文章の勢いだけで無理が押し通るとき、引っ込む道理のまわりに摩擦熱《まさつねつ》が発生し、小説がわけのわからない熱を持つ——これこそ、私が自己正当化のために三日ほど前に考え出した「小説熱力学理論」であります。

そんな無茶な書き方をしているので、舞台化のお話をいただいたとき、私は心配しました。『夜は短し歩けよ乙女』には無数の穴ぼこが開いている。突っ込みどころを挙げていけば日が暮れる。私はその穴ぼこにセッセと文章を詰めてふさいだわけですが、舞台に上げれば私の文章は無力であります。おびただしい矛盾や綻《ほころ》びが、白日《はくじつ》のもとにさらされる。危うし乙女！　化けの皮が剝《は》がれるかも！

作家生命の終わりを予感しながら鴨川の土手で達磨をころがしていると、舞台の脚本が届きました。一読してみて、「おや！」と思った。なんとなく「穴ぼこがふさがれている」ような気がしました。私の文章という詰め物を失った『乙女』の世界があわや崩れ落ちそうになるその一瞬、色とりどりの提灯《ちょうちん》が連なる石畳の路地から走り出た東《ひがし》さん（編集者注：脚本・演出の東憲司氏）が、あの手この手を使ってふわふわキラキラぬらぬらするものを華麗に詰め込み、『乙女』の世界を崩壊から救う景色が目に浮かんだのです。私はようやく知りました。小説には小説の、舞台には舞台の「あの手この手」がある。そして楽しみになった次第です。

文章の中にしか存在しなかった『乙女』が如何《いか》にして舞台上に出現するか。

幕が上がるのを楽しみにしております。

（舞台『夜は短し歩けよ乙女』パンフレット　２００９年４月）

ぽんぽこ仮面に追われた私
――連載小説「聖なる怠け者の冒険」を終えて

「聖なる怠け者の冒険」において、私がどんなことを書こうとしていたかということを今さら解説するのは、まるで麻雀《マージャン》で上がり損ねたあとに「もうちょっとだったんだけど」と自分の牌《パイ》を見せびらかすようなもので、はなはだ情けなく、言い訳がましいことです。そもそも最初の意図の半分はどこかへ飛んでいきました。ですから、そんなことはもう何も言いません。

私は「ひょっとして自分には毎日スラスラと即興的に書いていけるような現代の語り部としてのスバラシイ才能があるのではないか」と過信していました。私にはときどきそんなふうに驕《おご》り高ぶる傾向があり、これが私の弱点です。そうしていざ見切り発車すると、そんなことは妄想にすぎなかったことが分かり、あとは「一寸先は闇」の苦しい戦いになるのです。

ひとえに私の不注意から、我が友たる小和田《こわだ》青年の週末の冒険は、たいへんちぐはぐなものとなりました。半年近く「土曜日」から脱出できないとはどういうことでしょう。このまま永遠に土曜日から出られないまま、彼も私も朽ち果てるかと思ったものです。本当は半年かけて三日間の出来事を描く予定であったのです。これは連載開始前の予告として証拠が残っていますので、正直に白状いたします。そして、いさぎよく忘れることにしましょう。

しかし新聞というところは、現実に日々起こる出来事を伝えているところであり、現実というものの一寸先は闇です。そういうところに掲載される小説が一寸先は闇の精神で書かれたからといって、何のおかしいことがあろうか。ほら、また言い訳になりました。

何の責任もないのに「一寸先は闇」の状態で挿絵を描くことになってしまったフジモトマサルさんにお詫びしなくてはなりません。フジモトさんの入念な挿絵あらばこそ、小和田君の冒険は賑《にぎ》やかで立体的なものになりました。自分が文章を書いたそばから、素晴らしい挿絵が毎日ちゃくちゃくと描かれていくというのは、ほかでは経験できない贅沢《ぜいたく》なことでした。私は掲載されたフジモトさんの挿絵を見て、「ああこの登場人物はこんな人物だったんだな」と納得することがしばしばあったのです。感謝いたします。

連載中、けっきょくのところぽんぽこ仮面に追われているのは小和田青年ではなく、自分なのではないかと思いました。勘弁してくれと思いました。物語にしても、連載という行為にしても、終わるということは何よりも素晴らしいことです。読者の方々に、「ちぐはぐで無茶苦茶な小説だったけれど、毎日そこはかとなく面白かったような気がしないでもないな！」と、黒マントのぽんぽこ仮面を思い出していただけるならば、これ以上の喜びはありません。

（朝日新聞夕刊　２０１０年３月３日）

内なる虎《とら》と再会するために

小説を書いているのは、私ではない。

小説を書いているのは、我が内なる虎である。というふうに書くと、なにやら煙《けむ》に巻こうとしているふうに見える。しかし実際、『聖なる怠け者の冒険』を完成させるまでの紆余曲折《うよきょくせつ》は、森の奥へ姿を消した我が内なる虎にどうやって再会するか、という過程だったと言える。

そもそも『聖なる怠け者の冒険』は、朝日新聞の夕刊連載小説として始まった。小説家にとっての新聞連載は、歌手にとっての紅白歌合戦みたいなものだと私は思っていた。肩に妙な力が入って、かえって何も思い浮かばぬ。そのうえ当時の私は、結婚やら京都から東京への転勤やらで、「これでもか！」というほど身辺が慌《あわ》ただしくて混乱していた。言い訳するのは良くないけれども、見切り発車に近い状態で連載を始めたのはやむを得なかった。

半年のドタバタ連載を終えたあと、「これではいかん」とハッキリ思った。だいたい、連載された小説は、『聖なる怠け者の冒険』というタイトルに合っていない。さらに大きな問題は、連載中に一度も虎の姿を見かけなかったことである。そんなことは初めてだった。これまでは、小説を書いているうちに森の奥から虎が現れ、必ず助けてくれたものだった。

そのとき、自分が内なる虎の助けを借りて書いてきたということを、ちゃんと考えるべきだった。しかし愚かなる私は、続いて他の仕事に追われるまま、虎のことを気遣ってやれなかった。だから我が内なる虎は怒ったのである。「こいつは何も分かっていない。こんなやつのために働けるか」と。

その後まもなく、虎は森の奥へ姿を消す。

虎に去られた私はみじめであった。笛を吹こうが、太鼓を叩こうが、虎は来ない。それなのに締切だけは次々とやってくる。虎がいないものだから、自分ひとりだけで書かねばならない。しかし自分ひとりで書いたものは、どうしても小説にならない。嗚呼《ああ》、それなのに締切だけは来る。その頃、私は仕事を並行して引き受けすぎて、七つぐらいの連載が同時に進んでいた。

そのうち、私は事態を改善しようという意志そのものを失い、来るべきカタストロフィをどこかポカンとした顔で待っているような状態になった。そして二〇一一年の夏、精神的にパンクして、全連載を停止した。

数ヶ月後、東京から奈良へ転居した。

奈良に引き籠もって何をしていたのかというと、とりあえず生き延びていたとしか言いようがない。これまでにも、浪人生活とか、留年生活とか、さまざまな宙ぶらりん生活を味わってきたが、このときほど「社会の蚊帳《かや》の外に出た」と感じたことはなかった。奈良の雄大な景色を眺めているうちに、盆地の山々の向こうから日は昇り、そして沈む。

すべての仕事を中断していたから、やるべきことは『聖なる怠け者の冒険』の書き直しのみだった。しかし、どう書き直せばいいのか分からない。担当編集者と何度も話し合って、ありとあらゆる物語の流れを作っては壊し作っては壊し、登場人物を削除したり復活させたりした。その話し合いの過程で生まれた幾つもの物語が、おたがいの脳内に積み重なり、自分たちが今どの物語について話をしているのか分からなくなるほど。ムリヤリ途中まで書き進めたこともあったけれども、その先へ進むことはできなかった。

「これはどうやって内なる虎と再会するかという問題らしい」

「しょうがない。なんとか探して見つけてこよう」

そう考えた私は、虎を探して森に入った。

具体的に何をしたのかというと、自分がこれまでに書いた小説を分析したのである。そこに何か虎を呼び出すコツがあるのではないか、と考えた。足跡でも見つけることができれば、虎を呼び出す手がかりになる。もし森の地図を描くことができれば、「このあたりに虎がいる」と見当がつくではないか。

森を歩くのは、それはそれでおもしろいものである。森の一角を入念に調べ、私はその場所の地図を作った。そこに虎はいなかった。どうも、もう少し森の奥にいるらしい。きっと、いるだろう。さらに先へ進んでみた。樹木の梢《こずえ》を見上げ、下草をかき分け、何があるのか調べる。同じように地図を作る。

しかし虎はいないのである。「こんなにも森の奥まで来ているのにどういうことだ？　あいつ、普段はどこで暮らしているんだ？　どこに隠れた？」

虎を探して歩みを進めるにつれて、森は不気味になってきた。木々の葉が頭上を覆《おお》って、夜のように暗い。森から出られずに徘徊《はいかい》する旅人たちの声はすれども、姿は見えず。彼らの囁《ささや》きに耳を澄ますと、どうやらその森の最奥には、「小説とは何か？」という、どう考えても私の手には負えなさそうな謎《なぞ》が隠されているらしい。

「いかん。このままでは遭難する！」

私は命からがら逃げ出した。

森の外へ出てきたとき、私は太陽の光を浴びてホッとした。

そうして私が連載原稿を手に「どうしたもんかね」と溜息《ためいき》をついていると、あれほど探しても見つからなかった虎が、森からヒョッコリ顔を覗《のぞ》かせたのである。久しぶりの出逢《であ》いなので、私はそこに虎がいるということが信じられないぐらいであった。

私は恐る恐る言ってみた。

「そろそろ森から出て来てくれませんか？」

「その小説はどういう小説か？」と虎は吠《ほ》えた。「言ってみろ」

その瞬間、私の手にあった連載原稿がワッと炎を上げて燃え上がった。原稿はすっかり灰となり、残ったのは『聖なる怠け者の冒険』というタイトルだけである。あれこれ思案しようにも、手がかりはそのタイトルしかない。私は苦し紛れに次のように言った。

「この小説は、聖なる怠け者が冒険する小説です」

すると虎は「ふん」と鼻で笑った。「やれるもんならやってみろ」

もちろん、そこから先にも苦労はあったのだけれど、そのことを書いている余裕はないし、正確に言えば大事なところは虎の助けを借りたので、きちんと説明できないのである。今、私は完成した単行本『聖なる怠け者の冒険』を編集者から受け取ったばかりだが、我が内なる虎の姿はもうどこにもない。

次の小説を書くためには、私はもう一度、虎を呼ばなくてはならない。虎は森の入り口からヌッと現れて、同じことを訊《き》いてくるだろう――「その小説はどういう小説か？」と。そして私の答えに満足がいかなければ、また森の奥へ姿を消してしまうにちがいない。

本当にもう、厄介なやつなのである。

（「一冊の本」２０１３年６月号）

『詭弁《きべん》　走れメロス』舞台化にあたってのコメント

太宰治の「走れメロス」を現代の京都を舞台にして書こうとしたとき、私の念頭にあったのは、まず第一に太宰の文章だった。「作者自身が書いていて楽しくてしょうがないといった印象の、次へ次へと飛びついていくような文章」である。どうすればこんな文章が書けるというのか。

私は考えた。じっくり書いているヒマはない。多少のアラには目をつむれ。立ち止まって考えたら負けである。とにかく走れ、走りながら考えろ、と。実際のところ私が走ったのは机の上だが、「走れメロス」を書くにあたって、これは我ながら目のつけどころがよかった。登場する京都の学生たちも、彼らの捻転《ねんてん》した友情も、晩秋の学園祭に流れる『美しく青きドナウ』も、破廉恥《はれんち》きわまる桃色ブリーフも、すべては机上を走りながら拾い上げたものである。

なにはともあれ、走らねばならない。太宰は机上を走り、私も机上を走った。今ここで、バトンは舞台上の走者に手渡された。きっとスバラシイ走りっぷりを見せてくだざるにちがいない。期待せざるを得ないのである。

（舞台『詭弁　走れメロス』パンフレット　２０１２年12月）

『詭弁　走れメロス』再演にあたってのコメント

昭和を遠くはなれた現代、「走れメロス」がこんなことになろうとは、太宰治は想像だにしなかったことであろう。『新釈　走れメロス　他四篇』を書いた当時も「こんなことして大丈夫かな？」という一抹の不安があったが、一度目の舞台化を目の当《ま》たりにしていっそう不安は高まり、さらにこうして再演のときを迎えた今、恍惚《こうこつ》と不安と二つ我にあり。太宰治の名を借りて、私はとんでもない阿呆を野に放ってしまったのではないか。もはや開きなおるしかないけれども！

しかしこの場を借りて弁解したい。たしかに「走れメロス」を現代京都によみがえらせるという阿呆な試みに手をつけたのは私だが、私の蒔《ま》いた種に過剰なエネルギーを注ぎこんで大輪《たいりん》の花を咲かせたのは松村さん（編集者注：脚本・演出の松村武氏）たちであると。太宰治が「走れメロス」の変身をおそらく想像できなかったように、私もまた京都版「走れメロス」の変身を想像できなかった。一度目の舞台化を見終わったときの感想を一言で要約すれば、「まさかここまでやるとは！」というものだった。面白い作品というものはつねに新鮮なものであるから、再演を見終わった私は、ふたたび「まさかここまでやるとは！」と呟《つぶや》くことになろう。
太宰版「走れメロス」から森見版「走れメロス」へ、さらに松村版「走れメロス」へ。作品は盗まれることによって変身していく。じつのところ、本家「走れメロス」にだって元ネタはあるのだ。太宰治こそ換骨奪胎《かんこつだったい》の名手だった。自作を盗まれた彼がこの舞台を見たら何と言うだろうか。「まさかここまでやるとは！」と呆《あき》れて笑ってくれる方に私は賭《か》けようと思う。

（再演『詭弁　走れメロス』パンフレット　２０１６年４月）

京都と偽京都《にせ》

京都を舞台にして小説を書くから、「よほど京都が好きなんですね」と言われる。そういうときは、いつも申し訳ない気持ちで一杯になる。

好きといえば好きなのだが、普通の好きとは言《い》い難《がた》い。私はリアルな京都のことはよく知らず、ましてや「京都通」にはほど遠い人種である。私は自分の妄想と言葉で作った京都に惚《ほ》れているのであり、いわば狸《たぬき》の化けた偽京都こそが私の京都なのだ。

「私が書いているのは『偽京都』なのですよ」

しかし、なかなかこれは主張しにくい。

一度こういうことを言ってしまえば、「偽京都とはなんぞや？」ということから説明せねばならず、私にとって小説とは何かということを説明することになっていく。京都について聞かれるたびにそんなことを喋《しゃべ》ってたら、脳と喉《のど》から血が出るのだ。

そういうわけで私はボンヤリとした顔で笑ってごまかすのだが、やっぱり私の書いているのが偽京都であるという事実はゆるぎなく、申し訳ない気持ちでぽんぽこりんである。

もちろん、いくら小説が個人的妄想の産物だとはいえ、虚空《こくう》から生まれるわけではない。必ず現実の材料がある。京都という街には、そういう妄想のタネになるものがたくさんあるのは確かだ。歴史、風景、人々の暮らしが絡《から》み合い、タネを続々と生み出してくれるのだろうか。

『聖なる怠け者の冒険』という小説を書き始める前、私は四条烏丸《しじょうからすま》のそばに住んでいた。週末になると、ふらふらと街を歩いた。それをことさら「取材」とは言いたくない。妄想のタネみたいなものを、気まぐれに一つ一つ拾って歩くだけのことだ。いつ使うのか分からないタネをとりあえず集めて保管しておくのが小説家の仕事である。「錦湯《にしきゆ》」にしても、「スマート珈琲《コーヒー》店」にしても、「柳小路と八兵衛明神《はちべえみょうじん》」にしても、そんなふうに歩きながら拾い集めた妄想のタネである。

そのタネを発芽させて、私なりの肥料をやって育てていったら、偽京都が毛深くムクムク膨らんで、『聖なる怠け者の冒険』になった。

そういうわけで、もし小説の舞台を訪ねるなら、幻の偽京都を目指すこと。そのために必要なのは妄想力である。

『聖なる怠け者の冒険』では、膨れあがってどうしようもなくなった偽京都にオトシマエをつけるために、八兵衛明神にお出ましを願った。

もし柳小路という路地がなく、八兵衛明神という神様がそこにいらっしゃらなければ、小説は終わらなかった。とはいえ、そのために八兵衛明神様の正体を好き勝手に妄想したのはいささかやりすぎであったと反省している。天罰で毛深くなってもしょうがない。

というわけで、柳小路を通るたびに「本物の」八兵衛明神様に謝っている。

（「週刊朝日」２０１４年３月７日号）

『有頂天家族』第二部刊行遅延に関する弁明

なにゆえ狸の物語など書こうと思ったのであろう。

じつのところ、私にとっても謎なのである。

今を去ること十数年前、まだ私が学生として京都の北白川の下宿で暮らしていた頃、深夜営業の牛丼屋《ぎゅうどん》へでも行った帰りであっただろうか。暗い住宅街を抜けていくとき、目の前を小さな獣が走り抜けて、道路脇《わき》にある排水溝へもぐりこんだ。「おや」と思って覗きこんでみたら、毛深いイキモノがつぶらな瞳《ひとみ》で私を見上げていたのである。「お、狸がこんなところにいる」と私は思った。

『有頂天家族』が生まれたキッカケとしてはそれが正解なのだが、しかしよくよく考えてみるとこれはおかしな話である。その夜に出会った狸と、さして心温まる交流があったわけでもない。おたがいに「やあ狸君」「やあ人間君」と種族を異にする者同士の控えめな挨拶《あいさつ》を交わして、馴《な》れ合うこともなくアッサリと別れたばかりである。そんなしょうもないキッカケで長編小説がぽこぽこ生まれてはたまらない。人生いくら長くても足りないであろう。

ところが『有頂天家族』が生まれてしまい、このたびさらにその続編までもが生まれてしまった。

しかしここで急いで言い添えておかねばならないが、『有頂天家族』の世界が第二部に向かって思わぬ膨らみを見せたにせよ、この続編をラクラク書いたというわけでは勿論《もちろん》ない。どーんと雄大な構想が天から降ってきて、あとはそれを書くだけ、いやはや筆が追いつきませんや——というような神がかり的、モーツァルト的な創作活動というものは私にとって夢のまた夢、いまだかつてそんなふうに小説を書けたためしはない。他の作品と同じく、ねっちりねっちり書いたのである。

振り返ってみれば、『有頂天家族』第一部が出版されたのは二〇〇七年の秋である。そして第二部が出版されるのは、二〇一五年の二月である。

その間、じつに七年の歳月が流れてしまった。第一部出版当時に生まれた子どもたちが小学校に入学して友達百人作ってしかるべき歳月である。ライフワークでもあるまいし、何をもったいぶっているのか。作家的迷走を「構想〇年」と言い換えて悦に入《い》っている場合ではない。だから正直に言うほかない。単純に迷走していたのである。

もし続編を待って七年の歳月を数えた人があれば、「やむを得なかったのです」とお詫《わ》びするしかない。我ガ不徳ノ致ストコロデアリマス。

そもそも『有頂天家族』の続編を書くということは、本誌「パピルス」が創刊されて連載の場を頂いたときから考えていたことであった。世界の膨らみ方から考えて、一作だけでは収まらないだろうと思われたのである。そうして、当時の担当編集者の方と物語の行く末をあれこれ相談しているうちに、「ひとまず三部作ではどうだろうか」という話になった。人間というものは未来の自分に仕事を丸投げするにあっては無責任きわまりない。私は「よし三部作。けっこうです」と安請け合いした。

しかしこの三部作というのも何らかの根拠があったわけではなく、ただ「キリがいい」というぐらいの理由なのである。キリの良さで言えば「五部作」という提案もあったものの、第一部から第二部までに七年の歳月を閲《けみ》したことを考えれば、五部作などと言っていると、書き上がる頃にはジジイであろう。本当にライフワークになってしまいかねず、そんなのはさすがにイヤである。これは『有頂天』の世界にとらわれるのがイヤだというわけではなくて、「ライフワーク」などという大言壮語《たいげんそうご》ほど堅苦しいものはないからだ。毛玉たちの小説はやわらかきことを旨《むね》とする。やわらかくて、風に吹かれてどちらへ転がっていくものやら分からないところがステキなのだ。やわらかき小説を書くには、書く人間もやわらかき心を持っていなければならない。そのやわらかき心を取り戻すためにこそ、読者への裏切りと言うべき七年の歳月が必要だったのである――かくのごとく、今さら何を書いても言い訳に堕《だ》す。かくして本原稿は戦慄《せんりつ》の言い訳世界に突入したから、このまま言い訳の向こう側まで行こう。

かつて私は、「読者の期待にこたえる」のは小説家の義務であると漠然と思っていた。これは危うい考えであった。そもそも、その「読者」というのはどこにいるのか。小説を書いている最中に読者の顔が思い浮かんでいるかというと、それは否《いな》である。少なくとも私の脳裏に浮かんでいるのは、登場する狸たちであり、天狗《てんぐ》たちであり、人間たちであり、彼らが見ている世界である。そして、書かれていくものを面白いか面白くないかと判断するのは、読者としての自分しかいない。我が内なる読者をないがしろにして、自分の外側にいるらしい読者の期待という曖昧模糊《あいまいもこ》たるものにこたえようとしても、いよいよ迷走するばかりであろう。大勢の他人が何を求めているかということは、分かるはずがないからだ。

というわけで、私は「読者の期待にこたえない」ということを座右の銘として、新年を迎えるにあたっては、その言葉を十回唱えるようになった。自分は何一つ期待されていない、世の中には読者などひとりもいない、小説界ひとりぼっち、と思いこもうとした。とはいえ、これが言うほどカンタンでないのも事実である。ついつい「自分は期待されている」という不純な思い上がりに心を乱し、なんだか曖昧な読者の期待に八方美人的に目配りした挙げ句、見当違いの文章を記すに至る。私ごときが知恵を絞って姑息《こそく》に狙《ねら》って書いたものなど、何のオモシロイことがあるものか。読むに値する作品というのは、狙って書くべきものではない。狙っても書けないものこそが、真に読むにあたいするものなのである。

ここで一昨年、まさに最大の逆境というべきものに私は出くわした。『有頂天家族』のアニメーション化である。

アニメ化がついに決まったときも嬉《うれ》しかったが、やがて製作が進んでプロデューサーや監督、スタッフの方々、出演者の方々と知り合うにつれ、喜びはいよいよ深まった。アニメに関連するイベントにしばしば招いてもらったが、どこへ出かけても楽しくないことは一度たりとてなく、それだけならまだしも、放映の始まったアニメはまことに渾身《こんしん》の力をこめたというべき大作であった。

そうなると、さまざまな人が『有頂天家族』について自分の思いや分析を語ってくれるのを聞く機会も増える。いくら小説を何冊か上梓《じょうし》しているとはいっても、このように真正面から直接に、自分の作り出した世界についての意見を聞き続けるという状況はあまりない。しかもことあるごとに、関係者の方々から「続編」への期待を伺う。当時すでに続編があることは周知の事実だったのだから無理もないのである。そしてアニメ化にともなうお祭り騒ぎの渦中《かちゅう》にあって、私はまさにペルシアの王様のごとき絢爛《けんらん》たる時を過ごし、すっかり有頂天になってしまった。その思い上がりが「読者の期待にこたえたい」という魔物を砂漠の彼方《かなた》から招き寄せたのである。

この恐るべき魔物は、机上で呻吟する私の背中に重くのしかかった。

当然の帰結として、筆はいよいよ重くなった。

小説を出版するという行為は、こぢんまりとしたものではあっても、やはりビジネスである。『有頂天家族』のアニメ化が実現して、この狸的世界が広く認知された今こそ、続編を世に問う最大のチャンスにちがいなく、また「読者の期待にこたえる」という最もストレートな形であろう。しかしこうした状況そのものが、いよいよ忌《い》むべき自意識の魔物を肥え太らせ、私の自由を束縛したのだ。

けっきょく、アニメが放映されるようになっても続編は完成せず、放映終了しても完成せず、アニメのＤＶＤがすべて発売されても完成しなかった。そこにあったはずのビジネスチャンスは次第に遠のき、アニメによって『有頂天家族』を知った新しい読者たちも次なる夢へ目を移した。アニメ化以前から『有頂天家族』を読んでくれていた読者の方々にさえ満遍《まんべん》なく諦念《ていねん》が行き渡ったであろうそのとき、ふいに魔物は我が机上から砂漠の彼方へ走り去ったのである。

嗚呼、小説界ひとりぼっち。サヨウナラ、漠然たる読者の期待！

ここに至って、『有頂天家族』の続編はにわかに復活し、姑息に物語を収束させようとしていた我が手を逃れんとして、暴れ馬のように走りだした。今までのショボリと途方に暮れた感じは何であったのか。いったいおまえはどこへ辿《たど》りつきたいというのか。しかし、そうやって暴れ馬の背にしがみつき、満身創痍《まんしんそうい》になって宥《なだ》めすかして、多少の矛盾もなんのその、問答無用の力わざで大団円へ導こうとするとき、読者の期待にこたえようなどというさもしい根性は雲散霧消《うんさんむしょう》する。

かくして、ようやく『有頂天家族二代目の帰朝』は仕上がった。

読者の期待にこたえずして読者の期待にこたえたつもりだが、その出来ばえについてはこの世界のどこかにいらっしゃる読者の方ひとりひとりのご判断にゆだねるほかなく、私にはどうしようもないことなのである。

（「パピルス」２０１５年４月号）

作家の字典「始」

なにごとも「始める」のがムツカシイ。

とにかく新しいことを始めるのはイヤなものだ。学生時代には春の新学期ほどイヤなものはなかったし、就職して働いていた頃も年度の変わり目や人事異動の季節がきらいだった。専業小説家になって、そういう節目から解放されたのはいいけれど、あたりまえのことだが連載開始という「始」と縁を切るわけにはいかない。

ものごとの始まりは大事だが、かといって始め方にこだわりすぎると、何だかヘンなことになりがちである。肩肘《かたひじ》張ってしまうのだろう。本当に大事なのは、「ただ始める」ということにあるので、どのように始めるかということはさほど重要なことではないかもしれない。家を出る前に「富士山へ登ろう」などと大袈裟《おおげさ》に考えるから出かける気力が湧《わ》かないのである。「ちょっと散歩に出かけるだけ」と思えば、とりあえず一歩外へ出てみる気にもなるだろう。

というわけで、サンダルで近所へ出かけるような気分で、フラリと新連載（編集者

注：「小説ＢＯＣ」での連載「シャーロック・ホームズの凱旋《がいせん》」を始めることにした。吉と出るか凶と出るか分からない。

（「小説ＢＯＣ」２０１６年秋号）

旅先に忍び込む日常

学生の頃は一年に一度か二度ぐらい、長期休暇を利用して一人旅をした。といっても大した旅ではなくて、「青春18きっぷ」を使って鉄道に乗り、東北や九州をダラダラめぐるだけである。そのときにつくづく思ったのは自分が旅を好まないということであった。あまりにムナしいので途中で切り上げて帰ってきたことさえある。思えば子どもの頃からホームシックにかかりやすい質《たち》だった。外の世界へ打って出ようという冒険心がほとんどないのである。

遠くへ旅して珍しいものを見ることよりも、自分の家のそばで珍しいものを探すことのほうが好きである。これは子どもの頃から変わらない性質で、奈良で暮らしていた思春期の頃、京都で暮らしていた学生時代、東京で暮らしていた勤め人時代、つねに変わらず、私のワクワクの対象は近所にこそあった。私の生きがいというのは、自分の日常性の中に、何か非日常的なものを見つけることにあるらしい。

日常の中に非日常を感じるもっとも簡単な方法は、夜に散歩に出かけることである。

たとえば昼間の京都の街と、夜の京都の街からはまったく異なる印象を受けるだろう。日が暮れて街の明かりが煌《きら》めき始めるだけで、見慣れた街の風景が不思議な奥行きをもって見え始める。学生時代には夜の京都をさまよいながら、闇《やみ》の奥に見え隠れする異世界の気配に魅了されたものだった。

考えてみると、「旅」とは非日常へ出かけていくことである。そして「夜」は日常と非日常が混濁《こんだく》し始める時間である。ということは「旅先の夜」に我々が見るものは何だろうか。ひょっとして非日常の中に日常が奇妙なかたちで現れてきたりはしないだろうか。旅先の夜、普段隠していたもう一人の自分に追いつかれるとしたら。それが『夜行』という小説を書くときにイメージしていたことである。

小説を読むということは別世界への「旅」である。それはまた夢を見ることにも似た「夜」の体験だとも言える。もしできることなら、『夜行』は旅先の夜に読んでもらいたいと思う。

（東京新聞朝刊　２０１６年11月21日）

或《あ》る四畳半主義者の想《おも》い出

はじめに

かつて私は四畳半主義者であった。

四畳半を遠く離れた今でも心はまだ四畳半にある、などという言い草は四畳半に対して失礼である。生半可な立場で語りたくはないが、今でも私は小説を書くときには狭いところにもぐりこみたがるし、かわいさと貧乏臭さを合わせ持つステキな言葉「四畳半」を小説に使いたがる。けっきょく呪縛《じゅばく》から逃れられないのである。

今、私は四畳半時代には考えられなかったような大邸宅に暮らしている。シロナガスクジラの赤ん坊が寝返りを打てるほどの広さを誇る。その大邸宅の一角に棚を集めて狭い空間を作り、その中にもぐりこんで毎日執筆をしている。そうしないとうまく書けない。

なぜ狭くなければならないのか。

小説を書くには妄想で脳を飽和させなくてはならない。しかし一般に、男汁と乙女心と想像力と人類愛の有機化合物たる我が「妄想」の沸点は低く、常温ではつねに気体となって空気中に拡散しやすい。妄想物質は大脳新皮質と外気を自在に行き来するため、両者の濃度はつねに一定に保たれる（妄想的平衡《へいこう》状態）。妄想しがちな男たちが狭い一室で議論する場合、急激に室内の妄想濃度が高まるのはそのためである。したがって、小説を書くに足るほどの妄想を脳内に充満させるためには、部屋はできるだけ狭いほうがよい。

かくして、私が小説家になれたのも四畳半で暮らしていたからだ、という理屈がつく。

四畳半を馬鹿《ばか》にしてはいけない。

四畳半時代の幕開け

私が京都大学の農学部に入学したのは、一九九八年四月のことである。今から十二年前になる。

私は奈良の出身であるから、最初のうちは奈良から通ってもよいと思っていた。家を出たくてウズウズしているような独立心旺盛《おうせい》な若者ではなかったからである。

しかし我が父は、息子を下宿させてやらねばならぬというふうに思っていた。父は学生時代、京大の工学部に在籍していたのだが、当時の父は大阪の実家から通っていた。院生時代は下宿したものの、当時は「間借り」である。自分がそういう暮らしをしたから、息子には最初から「アパート暮らし」の楽しさを味わわせてやりたいと思ったのかもしれない。あるいは私があまりにグータラであるから、家にいたらますます独立心が失《う》せると考えたのかもしれない。獅子《しし》は我が子を千尋の谷に突き落とすというが、父は我が子を四畳半に突き落としたのである。千尋の谷に比べればなんと人間味のある試練であろうか。

入学が決まってから、父と二人で下宿を探しに行った。

父は迷うことなく大学生協に足を運び、さっさと二軒の下宿を選んだ。どちらも四畳半である。そもそも私は下宿のなんたるかということも知らないし、ステキなマンションに住みたいとかそんな野望すらない阿呆《あほう》の子であるから、父にまかせっぱなしである。

紹介された下宿の一軒は浄土寺にあり、もう一軒は北白川の上池田町にあった。生協で自転車を借り、さっそく現地へ出かけた。

その際、なぜか吉田山を越えた。自転車で吉田山を越えるのはつらい。今にして思えば、土地勘があるはずであるのに、なぜ吉田山をわざわざ越えたのか。父は方向音痴なのである。

最初に訪ねた浄土寺のアパートは、どのあたりにあったのか忘れたが、とにかくその薄暗さに度肝を抜かれた。「下宿生活というものはこんなに辛《つら》いものなのか！」と思った。暗くジメジメした部屋で、まるで座敷牢《ざしきろう》みたいなところだったので、さすがの父も「これはない」と思ったらしい。

我々はそそくさと次のアパートに進んだ。

父と私は北白川別当の交差点から、東に向かって坂道をのぼっていった。えらくのぼるものだなあ、と思っていると、なかなか立派な鉄筋の建物が見えてきた。私はてっきりそこが自分たちの目指す建物だと思って、「これは立派なもんだ。これなら大丈夫だ」と安心したが、じつはそれは「北白川学生ハイツ」という建物で、我々の目指している「メゾン仕伏《しぶせ》」とは違う建物であった。メゾン仕伏は堂々たる北白川学生ハイツの陰にあり、期待を裏切らない四畳半的気配を濃厚に発散していた。これが四畳半でなければ何が四畳半であるというのか。

メゾン仕伏の隣にある立派なお屋敷に大家さんが住んでおり、我々はそのおばあさんに挨拶してから、部屋の中を見せてもらった。一軒目のアパートの「いったい何の刑罰か」と思われるほどの座敷牢ぶりに比べれば、この部屋はたいへん明るく清潔に見えた。それはあくまで比較の問題であるが、比較するものが二つしかない以上、選ぶとすればこちらしかなかった。

「ここでいいよ」と私は言った。

「立派なもんだ。鍵《かぎ》もある」と父は言った。

今どきの大学生は驚くかもしれないが、父にとっては、「ドアに鍵がかかる」ということが重視すべきステータスであったのである。なにしろ父の時代は間借りであり、間借りというものは家の部屋の一つを使わせてもらうわけだから、ドアに鍵などかからないのが普通であったのだ。つまり間借りすることしかできなかった父からすれば、ドアに鍵がかかるアパートに息子を下宿させるというのは着実な「進歩」であった。

そうして我が四畳半時代が始まったのである。

四畳半開拓時代

その四畳半の思い出について書こうと思っても、何を書いたらいいのか分からない。

書いておもしろいようなエピソードや妄想は、さまざまに改変を加えて小説に書いてしまった。

最初のころ、大学というところは私にとってあまり面白くない場所であった。後になって分かったことだが、春の浮き足だった大学ほど不愉快で、身の置き所がないところはない。夢と希望に満ちた新入生たちに囲まれているのはゲンナリするものである。昼食をいっしょに食べる人もいないので、生協でサンドイッチを買っては吉田山をのぼっていき、宗忠《むねただ》神社の境内《けいだい》にある社務所の縁側に座って一人で昼食を食べていた。大学の授業はおもしろいと思えないし、シュレディンガー方程式なんてわけがわからないし、シュレディンガー方程式について語る教授は宇宙人みたいであった。出席する意味があるのかないのか分からない講義を真面目《まじめ》に拝聴したあと、トボトボと四畳半に帰っていき、押井守《おしいまもる》のアニメのレーザーディスクをレーザー光線ですり切れるほど繰り返し見るのが楽しみという日々だった。

そのままだったら、私はあやうく陰鬱《いんうつ》な顔をした男アマテラスとして四畳半に籠《こ》もってしまうところだったが、そんな私を救ったのがライフル射撃部であった。ライフル射撃部については他でも書いたことがあるので、ここでくだくだしく書くことはしない。ともかく私はライフル射撃部に入部することになり、四畳半の片隅にはつねに愛用のライフルであるヘンメリーをいれた鍵のついたケースが置かれるようになった。ライフルという競技には早々に興味を失ったが、そのクラブで出会った個性豊かな面々とのつきあいは、現在まで続いている。

大学時代に出会った人間で、この人は面白いと思った人間たちは、大学院時代の研究室を除けば、ほぼすべてライフル射撃部にいた。もちろん広く大学全体に目を向ければ、もっと奇想天外な怪人たちが夜陰に紛れて跳梁跋扈《ちょうりょうばっこ》していたに違いないけれども、平凡な私の目から見ればライフル射撃部に群れ集った人たちもじゅうぶんに怪人だった。とりわけ仲の良かった三人の男と私は、勝手に「四天王」と称して遊んでいた。

その四天王の中でも特別に仲が良かったのが明石氏という男である。

学生時代は迷走しがちだった彼も現在は弁護士になってバリバリと働いている。拙著『美女と竹林《ちくりん》』において竹を刈りながらしきりに嫁を探していた男だが、私がそれまでの人生で出会った誰よりも頭が良く、誰よりもひねくれ、誰よりも面白い男だった。彼の薫陶《くんとう》を受けなければ、私は『太陽の塔』を始めとする一連の妙な文章を書くことはなかっただろう。わざと重厚を装《よそお》ってホラを吹き、相手の突っ込みを待つという私立男子高校生的な語りは、明石氏の言動を観察することによって身につけたものである。

私と明石氏はしばしば我が四畳半に籠もって、阿呆な話を延々とした。二人とも大して酒が強くもないのに人生で初めてのウイスキーを飲んだのも四畳半であった。四畳半で語るとき、我々は相手の語る妄想をさらに膨らまして投げ返すキャッチボールを続け、二人の男が煙草《たばこ》を吹かす四畳半の天井に果てしなく無意味で奇想天外な妄想の橋がかかった。その妄想は果たして我々だけが面白がっているにすぎないのか、それとも他の人が聞いても面白いのだろうかという小さな疑問が、何年もたってから、『太陽の塔』を生み出す一因にもなった。さほど妄想力というものを持たなかった私でさえ、彼と喋っていればいっぱしの妄想家のような顔ができた。私は妄想の膨らまし方というものを四畳半における彼との長い夜から学んだのである。『太陽の塔』で書いたように、我々の日常の九〇%は頭の中で起こっていたのだったが、何がおもしろかったのか今となってはさっぱり分からないほど何もかもがあたりまえにおもしろかった。

彼と出会っていなければ、私の四畳半生活はさぞかしつまらないものになっていただろうし、ひいては私の人生もつまらないものになっていただろう、という気がしてならない。『四畳半神話大系』的な考えに従えば、いずれどこかで会っている、ということになるが、はたして本当にそうか。

ライフル部にはもう一人、私がたいへん興味深く観察していた人物がいた。

その男は「四天王」とは独立して行動していた。不吉なぐらいに顔色が悪く、愛用の銃を真っ黒に塗って「ダークスコルピオン」と名付け、いつも部室の片隅で怪しい笑みを浮かべていた。彼は四天王を名乗る我々とは明確に一線を画し、「僕はあなたがたとは違うんですから。ええ、ぼくのオシャレぶりをごらんなさい」というような妙ちくりんなプライドを隠すことがなかった。軽薄のようで軽薄でなく、根暗のようで根暗ではなく、コミュニケーション不全のようで不全ではなかった。『四畳半神話大系』に登場する「小津」という奇怪なキャラクターの、他人の不幸で飯が三杯食えるという表現は彼に由来するものである。

彼はクラブの人間にまつわるゴシップ的な噂《うわさ》を的確に把握しており、何かコトがあれば「うひょひょ」と笑っていた。私は「うひょひょ」と笑う人間に生まれて初めて出会った。

「おまえなどと仲良くするものか。近づくな、魂が汚《けが》れる」と私は言った。

「そんなまた森見さん、何を今さら。いっしょに汚れましょうよう」とダークスコルピオン氏は言った。

我々はたがいを軽蔑《けいべつ》して、相手と一線を画す行為を徐々に遊びの領域に高めていき、しばしばいっしょに行動しているにもかかわらず日常会話は罵倒《ばとう》で占められるという特異な関係を構築した。我々がたがいを罵倒すればするほど、クラブの人間たちは面白がった。

一時期、彼は射撃部の「裏ホームページ」というものを作成しており、彼からの依頼を受けて、私はそのホームページに彼のささやかな悪行を暴露する連載をしたりしていた。後輩たちからは「あの先輩たちは本当は仲が良いくせにあんなに悪口ばかり言い合っている」と半ば呆れられていた。

そこには、明石氏とはまた異なる形にねじれた、へんてこな友情のようなものがあった。

あくまで「小津」というのは架空のキャラクターであって、彼の悪行はすべてフィクションであるが、小津というキャラクターの行動原理を考えるにあたっては、ダークスコルピオン氏が大きな影響を与えた。

さて。

そういうささやかに奇怪な男たちとグダグダしているときを除けば、私は何をしていたのか。

ここで日記を読み返してみればいろいろなことが分かるとは思うけれども、そんなふうに緻密《ちみつ》に過去を再現したからといって何になろう。そもそも現在の私に与えられた時間はかぎられている。残念ながら私は自叙伝を書いているわけではないし、ここで正確を期したところで誰も得をしないのである。

四畳半生活が始まった当初、私は高校時代まで暮らしていた郊外を恋しがっていた。岡崎の京都市勧業館や琵琶湖疏水《びわこそすい》記念館が好きだったのは、建造物の雰囲気が京都らしさから遠く、郊外の雰囲気を思わせたからである。当時のことを考えると、現在の私がしつこいほど「京都」を舞台にした小説を書いているのが信じられないほどである。私は「京都らしさ」に憧《あこが》れて京都に来たわけではなかった。

私は電熱器で魚肉ハンバーグを焼き、北白川別当の「ジュネス」で珈琲を飲み、北白川天神のそばにある「天神湯」に通っていた。自転車に乗って古本屋をめぐって本を買い、二十四時間営業の丸山書店で本を買い、四畳半下宿の壁を本で埋めていった。それが私の楽しみだった。私はドストエフスキーを読み、内田百閒を読み、『トーマの心臓』を読んだ。今から考えればもっと身を入れて読むべきだったと思うのだが、当時の私はじつにぐうたらと四畳半に寝転がり、ぱらぱらといいかげんに本のページをめくっていた。それにしても四畳半ほど本を読むのに適した場所はないだろう。四畳半の壁に置かれた本棚にもたれながら本を読むときほど、本を読んでいるという感じがしたことはないような気がする。

インターネットが普及していった時期だけれども、私は電話代を支払うのがもったいなくて、パソコンをネットにつなぐということは考えもしなかった。現代社会の離れ小島と言うべき四畳半でだらだらと本を読んでいるうちに、社会はいろいろと発展していたのである。

私はきちんと仕送りをもらっており、下宿代は月に二万円の安さであったから、金銭的には困らなかった。四回生になって放浪時代に入るまでほとんど継続的なアルバイトをしたことがなかったのはそのためである。これも私が後悔していることで、もっと色々なアルバイトをしてみたほうが面白かったろうと思う。

そんなふうにぐうたらしながら、私は四畳半世界を着実に開拓していった。三回生になる頃まで、私は「京都」も「四畳半」も、とくに意識しなかった。私にはそういう世界しか与えられておらず、それをいいとも悪いとも思わなかった。後から振り返ってみて、「あれはあれで楽しい暮らしだった」と思うばかりである。

当時の私は、学生であるうちに作家として世に出るという根拠のない妄想を抱いていた。

大学に入ったら長編小説というものを書こうと決心していた私は、一回生の春から、郊外を舞台にした「ジゼル」という小説を書き始めた。その小説は原稿用紙で一千枚以上を費やした愚挙としか言いようのない壮絶な作品で、完成する頃には私は三回生になっていた。その作品は当然ながら失敗作だが、このときの敗北をなんとかしようという意志が、『ペンギン・ハイウェイ』の執筆につながる。

ほかの小説はほとんど書かなかった。

私はまだ「京都」を発見していなかったのである。

四畳半放浪時代

そんなふうに何をしているんだか分からない四畳半の日々が過ぎていった。

自分は農学部に向いていないという気持ちは、じわじわと大きくなっていて、三回生の頃には闇雲に転学部を考えた。しかし転学部するとしても何をすべきなのかは分からず、手をこまねいているうちに四回生になり、研究室に配属になった。

その頃のことをここで綿密に書いても面白くはないし、だいたい日記を読み返す気力も湧かないので、おおざっぱに片付けよう。

研究室に配属になったことで私はますます日々の生活にウンザリし始め、実験用の白衣を見るだけで憂鬱な気持ちになった。こんなことを一生やってられないというふうに思い詰め、ゴールデンウィークを境にして、ついに研究室に行かなくなってしまった。不登校である。

それから私の放浪の時代が始まった。それまでもわけのわからない日々であったが、それに輪をかけてわけがわからない日々になった。

私は一千枚に及ぶ郊外を舞台にした駄作「ジゼル」を前に呆然《ぼうぜん》として、小説家になるという根拠のない自信をすでに失っていた。小説家にもなれない、大学にも戻りたくない、就職したくもない、何にもなりたくない、それなのに何かにならねばならない。四畳半に籠もって深夜に天井を眺めていると、そのまま「ぎゃあ!」と叫びたくなるほど焦燥を感じた。この頃の苦しさを変形させて、後に『新釈 走れメロス 他四篇』に書いた。

身動きがとれなくなっている私を見かねた父が、豊富な人生経験から的確なアドバイスをしてくれた。

「とりあえず外国に行ってこい」

理屈ではない。

何かに行き詰まった人間は外国へ逃げる。それでよいのである。

私は最後の力を振り絞って大学生協を訪ね、英国ロンドンにおける一ヶ月の語学研修を申し込み、二ヶ月後にはロンドンにいた。私はとくに外国に行きたがる人間ではないし、本来飛行機には怖くて乗ることができない。それでもロンドンに出かけたのは、たとえ飛行機が墜落して死んでもそれまでのことだ、というぐらいに開き直っていたからである。

ロンドンに滞在しているとき、私は半日を語学学校に通い、残る半日はぶらぶらしていた。公園でごろごろしながらシャーロック・ホームズを読み、大英博物館に通い、なぜか勢い余ってディスコ・シップに乗り込んで、テムズ川に身を投げたくなるようなせつない思いを味わったりした。

大したことはしていなかったのだが、私はなんとなく頭の風通しを良くして帰国した。

じつに単純である。

その夏から一年、私は大学を休学して、ぶらぶらしていた。寿司《すし》屋でアルバイトを始めて、ひたすら寿司を運んでいた。そのときにゼンリンの住宅地図を血眼《ちまなこ》で見つめていた経験が、京都の具体的地名を小説に書き込む癖の原因になった。寿司を運んでいないときの私は、公務員試験の勉強をしているか、明石氏とぐだぐだと喋《しゃべ》っていた。同じように司法試験に落第して人生を迷走中であった明石氏と二人で、ママチャリで琵琶湖一周をして死ぬほどの苦しみを味わったのもその頃である。

私が暮らしていた四畳半アパート「メゾン仕伏」はますます入居者が減り、大陸からの留学生の割合が増えていった。家賃は一万四千円に下がっていた。同じアパートに真夜中にふいに絶叫したりする入居者がいて、私は自分の末路を見るような気がして怯《おび》えていたのだが、そんな彼にも郷里からの迎えがやってきて、カビに覆《おお》われた四畳半を残して去った。

その年の秋、私は後に『きつねのはなし』に収められることになる「果実の中の龍《りゅう》」という短編を書いた。それは私が初めて京都を舞台にして、大学生を主人公にした小説だった。当時書いた原稿は現在の形よりもさらに感傷的であり、そのまま人に読ませられるシロモノではなかったけれども、それを書いたとき、私は「京都」を舞台にすることで小説に説得力を持たせることができるかもしれないと思った。

しかし、まだ「京都」に目覚めたわけではなかった。

冬から翌年の春にかけて、私は郊外を舞台にした二作目の小説を書き、日本ファンタジーノベル大賞に応募した。「森見登美彦」というペンネームを作ったのは、そのときである。応募締切ギリギリの朝、四畳半にて『古事記』をひっくり返し、なんとか「登美彦」という名前を見つけ出したことを憶《おぼ》えている。その作品もまた自分では気に入らず、失敗作としか言いようがないものだが、それでも一次選考を通ったことは私を勇気づけた。

もう一つ、私を勇気づけた出来事があった。

ライフル射撃部の追い出しコンパの際、私はそれまで自分が射撃部生活の中で、部室のノートや試合のパンフレットに書いてきた阿呆文章をまとめたコピー本を二十部ほど作り、同回生たちに贈呈した。

「余っているので欲しい人は取りに来てください」

私が言うと、先輩や後輩がわいわいとやってきて、私の手からコピー本をむしり取っていった。ある後輩は「自分の父親が森見さんの文章をおもしろがって読むので、この冊子はたいへんありがたい」と言っていた。自分の文章が人に求められるという現象をまざまざと見て、「今は俺の人生の絶頂かもしれない」と思うぐらい嬉しかった。そのときの「勝利」の記憶は、ずっと私の脳裏にあった。

かくして年が明け、私は五回生になった。

その春から夏にかけて、私は公務員試験にことごとく落第して、就職先は決まらなかった。そのかわり、父に「絶対に受けておけ」と言われていた大学院の試験だけは合格した。他に行き場所はない。

「竹を研究してみよう。それで駄目なら、もう駄目だ」

私はそう思い、大学に戻ることを決めた。

私は休学を解除して、それから半年、卒業するのに必要な単位を揃《そろ》えることにした。農学部には卒業論文を書かなくても単位を余分に取得していれば卒業させてくれる素晴らしいシステムがあったからである。いくら大学院試験に合格しても、卒業していなければどうしようもない。

『太陽の塔』時代

私が童貞作『太陽の塔』を書き始めたのは、その年の秋からであった。

『太陽の塔』が生まれる要因はいくつかあった。

「果実の中の龍」を書いたとき、京都を舞台にすると書きやすいかもしれないと思ったことが一つ。学生時代に友人たちと話していた阿呆話をそのまま忘れ去るのがもったいないので、何か形にして残しておきたかったということが一つ。別れた女性について書きたいと思ったことが一つ。そしてもう一つは、追い出しコンパのときに私が自作した文集を手に入れるために何人もの後輩や先輩が集まってきた光景である。

私は京都を舞台にすることにした。

本当に自分が自信をもって書ける、身の回りの大学生たちの生活を書くことにした。そして、自分がかつて「こんな文章は小説に使うべきものではない」と考えていた文章、カッコつけたり体裁を整えたりしようと考えずに、ただ文章のリズムに乗り、妄想を膨らまし、ことさら尊大な顔をして相手からつっこまれるのを待つ文章を使うことにした。盟友明石氏から薫陶を受け、ダークスコルピオン氏を罵倒することによって培《つちか》った表現方法を使おうと考えた。

寿司を配達する日々の中、私は四畳半の本棚の前に小さなテーブルを置き、パソコンでちまちまと『太陽の塔』を書いていった。途中で自信を失って少し放置したこともあるが、読み返してみると面白いような気もするので、また書き進めた。

『太陽の塔』に盛り込もうとして四苦八苦して、けっきょく物語の都合で削除したものが二つある。

一つはライフル射撃部の悪友、他人の不幸を喜ぶダークスコルピオン氏である。彼とのへんてこな関係性を『太陽の塔』に取り入れることができず、私は断念した。その妙にひねくれた友情の形は、後になって『四畳半神話大系』で復活することになる。

もう一つは、主人公を夜な夜な訪ねてくる狸《たぬき》の存在である。北白川の町中を自転車で走っているときに、狸が排水溝へ逃げ込むところを見たことがきっかけになって、原型の『太陽の塔』には途中まで狸が登場していた。主人公の惚《ほ》れた女性に化けた狸が夜な夜な主人公を訪ねてきてからかうという趣向だった。けっきょく物語のまとまりがなくなるという理由からその狸はバッサリ削除されたのだが、私は飄々《ひょうひょう》とした狸の存在が忘れられず、その後も「狸たちをめぐる物語」をなんとか書きたいという思いに駆られることになる。

『太陽の塔』を執筆しているうちに冬が終わり、私は一年遅れで卒業した。

四月からは新しい研究室に通った。そこは以前にいた研究室よりも居心地が良く、私でもなんとか踏みとどまれそうだったのでホッとした。研究室に入る前から、私は「竹がやりたい」と盛んに主張していたので、誰が文句を言うこともなく、研究テーマは竹に決まった。

その研究室ではそれから二年間を過ごすことになったが、私の駄目学生ぶりはともかくとして、楽しい時間を過ごした。研究室のメンバーたちも魅力的かつ個性際立《きわだ》つ人々で、研究室での経験は後にちょっとだけ『恋文の技術』に生かした。理系の研究室の生活というのはクラブと同じような雰囲気があり、とくに実験で深夜まで研究室に居残り、カップラーメンを食べたりしていると、なんとなく、今になってふいに「青春」というものがやってきた、というような不思議な感慨があった。

ただし、竹の研究自体はあまり面白いとは思えず、けっきょく自分は竹林《ちくりん》が好きなのであって、竹を分解してタンパク質を抽出したりしたいわけではなかったということが、いたいほどよく分かった。そのときの記憶を胸に、私は社会人になってから竹林伐採事業に乗り出して、『美女と竹林』を書く。

日本ファンタジーノベル大賞の応募締切は四月末であったので、私は徐々に研究室に居場所を確立しつつ、『太陽の塔』の執筆を進めた。

めずらしく応募締切日よりも早く『太陽の塔』が完成した。私は「果実の中の龍」という短編があることを思い出して、これに何かもう一つ作品を抱き合わせて長編にみせかければどうだろうと考えた。二つの作品が一次選考を通れば希望をもってこの先も書いていける、というふうに考えたのである。そうして書いたのが「きつねのはなし」の原型になった作品である。

四月末、私は二つの封筒を郵便局で発送した。

『太陽の塔』を送るとき、これが箸《はし》にも棒にもかからないとされるなら、きっと自分は一生駄目だろう、というふうに思ったことを憶えている。私は『太陽の塔』が面白いようにも思えたし、一方でこの面白さは自分たちだけの内輪受けで、小説とは言えないかもしれないというふうにも思った。自分が当たりを引いたのか、はずれを引いたのか、できあがったものを読んでも分からなかった。そんなふうに感じたのは生まれて初めてのことだった。

今になって思うに、それが人生で初めて感じた「手ごたえ」というものであった。初めてのことだったから、私にはそれが「手ごたえ」であるということがそもそも分からなかった。

そうして私は研究室の生活に戻っていった。

六月に新潮社から電話があり、『太陽の塔』が最終選考に残ることを知った。受賞のときには「えらいこっちゃ」という気持ちもあったので、このときの電話の方が嬉しかったのではないかと思う。

そして七月に選考会があって、『太陽の塔』が受賞に決まった。

たまたま携帯電話がつながらず、その受賞の知らせを留守電で知ったのだが、それを聞いたとたん四畳半を飛び出して、研究室の後輩がぽろんぽろんとギターの練習をしている夜の研究室へ走り、受賞を知らせた。また、大学生活をともに送った明石氏に電話をかけた。

「君の恥ずべき行状が暴露されてしまうがいいのか?」と私は尋ねた。

「かまわん」と彼は答えた。「俺は恥ずべきことは何もしていない」

四畳半時代の終焉《しゅうえん》

今となってはどうでもよいことだが、いちおう私は「在学中に受賞」という、価値があるのかないのかよく分からない称号を得た。在学中に受賞とは言っても浪人留年を重ねた大学院生だから年齢的には社会人であり、半分インチキのようなものである。しかもちょうど同じ年、芥川《あくたがわ》賞方面がもっと華やかな受賞者二人の話題で大騒ぎになっていたので、私のまわりは静かであった。まさか『太陽の塔』のようなものを書いて、道行く乙女にキャアキャア言われるわけもない。それは私のような人間にとっては、たいへんよいことだった。

ともかくも次の本を出す足がかりを得たので、私は研究室に通いながら、後に『きつねのはなし』に収めることになる怪談のようなものをちびちび書いていた。もう自分の学生時代の思い出で書けるようなものはすべて『太陽の塔』に書いたと思っていたし、また『太陽の塔』みたいなものを書いたら、「この人はこれしか書けないのね」と言われると恐れていたのである。それはもう、過剰に恐れていた。

そういうときに、『太陽の塔』を読んだ太田出版の喜多男《きたお》氏がやってきた。待ち合わせ場所である百万遍《ひゃくまんべん》のパチンコ屋モナコの前に出かけていったとき、見るからに迫力のある風貌《ふうぼう》の怪しい人が立っていて、私は「あれが喜多男氏だったらイヤだなあ」と思いながら歩いて行ったのだが、それが喜多男氏だった。それで我々は今出川通にある喫茶店進々堂にて話をした。何の話をしたのかよく憶えていないが、昔の「クイック・ジャパン」に話の内容が掲載されているはずである。打ち合わせかと思っていたら、いつの間にかインタビューになっていた。しかしインタビューであると同時に打ち合わせでもあった。

私は『太陽の塔』から削除した狸の平八郎を生かしてやりたいと切望していて、「狸たちをめぐる物語」を書きたいと述べた。しかし私は、書かれていない作品をおもしろそうに見せかける能力に乏しいこともあって、喜多男氏はまったく無反応であった。

喜多男氏は確信をもって主張した。

「『太陽の塔』は面白いですけど、あれ一作では世間に届きません。何作か書いてようやく世間が気づきます。もっとああいった学生ものを書くべきです」

私は言いくるめられてしまった。

では私は何を書けばよいだろう。

『太陽の塔』のように、ただ妄想にふける大学生をそのまま書いただけでは、まったく同じ話になってしまう。何かしらの新機軸を加えなければならぬ。そこで私は、かつて執筆途中であまりの難しさに早々と断念していた昭和史を材料にした並行世界ものことを考えた。あれは気宇壮大《きうそうだい》すぎて手に負えなかったけれども、腐れ大学生を主人公にするならば、私でも何とかなるだろう。

そうして私は考え始めた。

二〇〇四年の初春、六年間暮らした四畳半アパート「メゾン仕伏」が某大学の寮になるということで、出て行かなくてはならなくなった。『太陽の塔』で受賞した賞金があったので、私は引っ越すことにした。

六年暮らした四畳半からは呆《あき》れるほど大量の荷物が出てきた。大学入学の年に実家からやってきたときを除くと、私は引っ越しをするのが初めてであったから、たいへん驚いた。すべての荷物を運び出すと、四畳半は驚くべき狭さで、なぜこんな小さな空間があんなにも広く感じられたのだろう、という気がした。

引っ越した先は、河原町今出川のそばにある鉄筋アパートであった。

なぜそこを選んだかというと、それまでの私の行動範囲は著しく鴨川《かもがわ》以東にかぎられていたため、鴨川の西に住むことによって生活の雰囲気が変わるだろうと思ったのである。

かくして私は四畳半世界を脱出し、六畳間に住む男になった。

そのアパートには、自分専用の便所と、自分専用の風呂《ふろ》があった。風呂なしトイレ共同の四畳半アパートで六年暮らした人間にとって、これはとてつもない贅沢《ぜいたく》だった。あまりにもうれしいので私はみだりに風呂に入り、みだりにトイレに入った。

私は毎朝賀茂《かも》大橋を自転車でわたって研究室に通った。

私が京都で一番好きな風景の一つが賀茂大橋の上からの眺めであるのは、その頃の記憶による。毎日賀茂大橋を渡っていると、森や山や空の色が少しずつ変化して、季節が移ろうのが肌身で感じられた。それまで東の山の方に住んでいたので、川がすぐそばにある生活というのも新鮮だった。

『四畳半神話大系』の誕生

こうして、六年におよぶ四畳半生活が終わったところから、『四畳半神話大系』の執筆が始まった。

白紙にいろいろと落書きをしているときに、「四畳半」という貧乏くさい言葉に、何か壮大で派手な言葉をつけてタイトルにしようと考えた。ただでさえ腐れ大学生が右往左往する灰色の物語であるから、タイトルぐらい鮮やかで目を引くものでなくては誰も読まない。派手な言葉を探しているうちに、ラヴクラフトのクトゥルー神話大系を思いだし、「神話大系」という言葉は派手でかっこいいなと思った。そうして「四畳半神話大系」というタイトルが生まれた。内容的に「神話」でも「大系」でもなくてもよい、という開き直りは最初からあった。

「並行世界」を描くということは決めていたが、どういうふうに並行世界を関係させるか、ということはなかなか思いつかなかった。そのうち、以前「無限増殖する四畳半」というアイデアを小説にならんかならんかと考えていたことがあったことを思い出して、それを並行世界とくっつけたときに、「ああこれは何とかなりそうだ」というふうに思った。

いくら頭をひねっていても進まないので、とにかく書いてみることにした。書き始めた時点では、どんな事件が起こるかということは、ほとんど決まっていなかったはずである。

この小説がどんなものになるかということは私も漠然としか分からず、「四つのお話が並行して、いろいろあって、最後が一つになるんです」というようなことしか言えなかった。したがって、太田出版の喜多男氏も、初稿が完成するまで、それがどんなものになるか知らなかった。原作者が知らないのだからあたりまえである。今も基本的な書き方はあまり変わらないが、私は一人で好き勝手に書いていた。

私は四つのお話を同時に書き始めた。第一話が進まなくなれば、第二話を進め、それが駄目なら第三話を、というように。後半になって事件が入り乱れてくると、タイムテーブルのようなものを作ったことは作ったが、もともと私はそういうパズルのようなものが苦手で、書きながら思いついてあちらとこちらをつなげたり、同じ事件を起こしたり、というふうに手探りで書いていったはずである。

そんなふうに私が『四畳半神話大系』を書いている間に、急に編集者の人たちが京都にやってくるようになった。私はいくらか緊張しつつ、それらの人たちを喫茶

「進々堂」や高倉通の酒場や石塀《いしべ》小路《こうじ》や今出川通のカフェ「コレクション」で迎え撃った。

まず中央公論の人がやってきた。その人は今では出版社をうつってしまったが、私にブログ「この門をくぐる者は一切の高望みを捨てよ」を始めるように勧めてくれた人である。ありがたや。しかし私がこだわっていた「狸たちをめぐる物語」案は却下された。私は長編の怪談を書くことになり、その書き下ろしは現在三分の一が完成したところで止まっていて、今でも私を苦しめ、編集者の人を苦しめる悪夢的迷宮物件となり果てた。

次に角川書店の人がやってきて話をしたが、またしても私がこだわっていた「狸たちをめぐる物語」は却下された。『四畳半神話大系』が完成した後、調子にのった私は「まだまだ腐れ大学生ものでいける」と妙な確信を得て、『夜は短し歩けよ乙女』を書き始めることになる。

次に幻冬舎の人がやってきて、あれこれ相談していたら、新しい雑誌を作るから何か書きなさいという話になり、ようやく私は「狸たちをめぐる物語」を巧みに押し込むことに成功した。これが『有頂天家族』となる。

次に祥伝社の人がやってきて、寺町通りの地下にある喫茶店で相談した。そのときに「過去の名作を現代に置き換えて書いてみませんか?」という提案があった。これが『新釈 走れメロス 他四篇』となる。

その頃に出会った編集者の人たちは、ともすれば消え去ってしまいそうな私をかろうじて発見して、何か一つやらせてみようと思ってくれた人たちであって、感謝するほかない。そういう人たちと話をしながら、私は数年後に実を結ぶいろいろな伏線を張っていた。もちろん「伏線を張っていた」というのはちゃんと回収できたから言えるのであって、当時は「将来への伏線を張ってやろう」などという策略家のような計算も余裕もなく、「せっかく来てもらったんだから何かしなくてはいけない、でも本当に自分にできるであろうか、できないかもしれない、できなかったらどうしよう」という不安の方が大きかった。

私は就職するつもりであったので、八月頭までは公務員試験や研究室で忙しく、『四畳半神話大系』はあまり進まなかった。もし合格しなければ研究室の片隅にグータラと居座って、他人と自分を欺《あざむ》きながら小説を書いていくほかあるまいと思っていたが、幸いにして試験に合格したので、ホッとした。「なぜ就職したのですか?」と聞いてくる人がときどきあるのだが、『太陽の塔』という一冊だけで小説家としてやっていけると確信するほど私は肝の太い男ではなく、就職できるものならば就職したいと思うのは当然である。

無事に就職が決まったので、そこから先の私の生活は『四畳半神話大系』一色に塗り潰《つぶ》された。

小説を書く場合、たとえ断片的なメモが残っていたとしても、全体がどのようにして生まれたかということを後から振り返るのは難しい。私のようないわば「手探り型」の人間の場合、前もって綿密に計画を立てるわけではないので、書いているうちに思いつくことがどんどん増えて、けっきょくあとで振り返ると何をどこで思いついたのかとか、どこで小説の世界が膨らんだのかということが分からなくなってしまうのである。『四畳半神話大系』の場合、初稿が完成する直前まで、「図書館警察」というものが登場していなかったことを記憶しているぐらいだ。

九月にいったん喜多男氏に送付し、京都駅ビルのグランヴィアの喫茶室で一回打ち合わせをして、それから改稿を始めた。その後も、基本的には同じようなやり方をしている。私はとにかく書いてみないと何も思いつかないし、最後まで書かないとどこを直すべきかも分からないのである。

完成間近になっていた頃は、研究室にほとんど行かないという体《てい》たらくで、よくもまあ卒業させてもらえたものだと思う。ひどいものだった。しかし我が研究室の教授は『太陽の塔』出版を研究室の業績の一つとして廊下に張り出していたほどだったから、その点は大目に見てもらえたのである。私にとってはありがたいことだった。そして、さんざん研究生活をないがしろにして完成した『四畳半神話大系』は、喜多男氏にほめられ、とりあえずちゃんと本になることになった。

『四畳半神話大系』は十二月に出版された。

当時河原町にあったブックファーストの店長さんは私をたいへん温かく応援してくれていて、「サイン会をやりませんか?」という提案があった。著作二作目でほとんど世に知られていないのにサイン会をしても人が来てくれるのだろうかと心配した私は躊躇《ちゅうちょ》したが、「クリスマスイブに敢《あ》えてサイン会を」という『太陽の塔』を踏まえた提案をされてしまったので、「ここで断れば男がすたる」と珍しくやる気を起こした。

その年のクリスマスイブが私の人生で初めてのサイン会で、今でも良い思い出である。たいへん緊張したが、一人一人に一言ずつ書くという丁寧な応対ができたのもそのサイン会のみである。サイン会の前には近隣の書店を回り、とくに河原町の丸善では温かく迎えられて勇気づけられた。河原町ブックファーストも、河原町丸善も、今はない。

そういうことを考えると「時が流れたなあ」と思い、たいへん淋《さみ》しい。自分を応援してくれた二つの書店が両方とも現在はないのである。切ないことである。ブックファーストで人生で初めてのサイン会が始まる前の緊張と恥ずかしさはひどかった。自分みたいな人間がサイン会をすることが申し訳ない気持ちさえして、「何をおまえはえらそうに」と自分で自分を責めていたようなところがある。そもそもサイン会に誰も来なかったらどうするのだ。

しかし、ちゃんと人が並んでくれた。

日本ファンタジーノベル大賞をもらってデビューしたとはいえ、書いた本は二冊しかなく、ほとんど誰も知らない人間であった私のサイン会に、ちゃんと読者が来てくれたということが、今でも信じられないような気がする。そのとき、ようやく私は自分がライフル射撃部のような仲間内に向かって書いているだけではなく、外の世界に「読者」がいるのだという事実を体感することができた。

私はあまりに嬉《うれ》しかったので、ライフル射撃部の追い出しコンパのときのように、「今日が人生の絶頂だろうな」と考えた。

『太陽の塔』を書いたあと、私は大学生ものを続けて書くことに躊躇していたが、けっきょく太田出版の喜多男氏の意見が正しかったことが証明された。たしかに、内容的には『太陽の塔』の焼き直しにすぎないとか、同じ文章を使い回した手抜きの本であるとか、そういう意見もあったようであるが、それはしょうがないことである。

しかし自分としては、もうすっかり何もかも尽きたと思ったところに、ひとまずは何かが生まれてきたことのほうが驚きであり、そこから自信が生まれた。『太陽の塔』はめったやたらと刀を振り回すだけの小説で、一つにまとまったことはほとんど奇跡としか思えないような作品だが、『四畳半神話大系』は意識的に書いたものであり、また人生で初めて依頼にこたえて書いた長編小説であったからである。

かくして私は懲《こ》りずに腐れ大学生ものを書き続けていくことになる。

後日談

その後のことについて述べる。

二〇〇五年三月、私は七年間さまよっていた大学を脱出し、社会人となった。河原町今出川の六畳のアパートはぐずぐずしていたら更新手続きができなくなってしまったので、さらに引っ越しをした。

新しい部屋は御霊《ごりょう》神社のそばで、十畳の広さがあった。ついに私は完全に四畳半世界からの脱出を遂げたのである。そのかわりに、昼なお暗い地下室であった。なぜそんなところを選んだのかというと、広さのわりに家賃が安かったのと、日当たりがよくないほうが集中できるかもしれないと思ったからである。実際、いつでも真夜中と同じ環境で執筆ができるので、これほど集中しやすい物件はなかった。そのかわり室内にいると、その日が晴れなのか雨なのかも分からなかった。何の物音も聞こえない。これで落ち着かないほうがどうかしている。

少し歩けば鴨川の土手に出ることができたし、夏には御霊神社の境内でラムネを飲んだりもした。出町商店街まで歩いて出かけて買い物をした。

そんなふうに暮らしながら、平日は朝七時半に起きて出勤し、夜と休日には小説を書いた。

就職して働き始めると同時に、「野性時代」に「夜は短し歩けよ乙女」、「小説NON」に「新釈 走れメロス 他四篇」、「パピルス」に「有頂天家族」の連載が始まった。就職と同時に連載を三つも始めたのは我ながら無茶なことで、初めての社会人生活にも慣れねばならず、締切も守らねばならず、まだ締切という存在に慣れていなかったから、一ヶ月先の締切さえ恐ろしくてならなかった。

それから約一年半後の秋に『きつねのはなし』と『夜は短し歩けよ乙女』が出版さ

れるまで、我が締切との死闘は世間に知られず、私は「腐れ大学生小説を二本立て続けに書いて自家中毒となり出版界から消え去ったかわいそうな子」と思われていた。自家中毒どころか、その沈黙の期間にも、懲りずに腐れ大学生小説を書いていたのだから呆れる。ぜんぜんかわいそうな子ではなかったわけである。新人賞を受けた作家にとって、二作目はたしかに正念場だけれども、『四畳半神話大系』を書いたからといって気を抜いて良い理由など何一つなく、この先もまだまだ正念場が続くのだなあイヤだなあとしみじみ思っていた頃である。

しかし今にして思えば、その期間は執筆に集中でき、締切の数もちょうどよかった。身辺がなんだかおかしなふうに慌《あわ》ただしくなってくるのは、まだもう少し先のことである。

四畳半から遠く離れても、心はまだ四畳半にあるなどというう さんくさいことを言うつもりはない。住む場所が変われば、心も変わる。

私は四畳半自慢をするつもりはなく、人間はだれしも四畳半に住まねばならないと主張するつもりもない。私が四畳半を選んだのも、ただ父に言われるままに決めただけのことだ。とにかく何もかもが幸運であったと思うばかりである。四畳半時代にもいろいろな苦しさがあったとは言っても、その理由の一切は私自身の怠惰にあって、四畳半には何の罪もない。

もし私が四畳半に暮らしていなかったら『太陽の塔』はなく、『四畳半神話大系』もなく、ひいては『夜は短し歩けよ乙女』もない。どう考えてみても、四畳半以外の突破口が我が人生に用意されていたとは思えない。今や『四畳半神話大系』が多くの人の手によって鼻血が出るほど素晴らしいアニメーションとなり、原作の株も上がり、アニメーションを作るにあたって何ら有意義な貢献をしていない私の株までつられて上がる一方である。栄枯盛衰が世のならいであるならば、今のうちに我が世の春を謳《おう》歌《か》しておくべきであろう。

あらためて四畳半に感謝の意を表し、この文章を終わる。

（森見登美彦と四畳半神話研究会『四畳半神話大系公式読本』２０１０年６月）

マンガ版『太陽の塔』あとがき

小説『太陽の塔』を書き始めたのは十七年前、二〇〇二年の秋である。我がデビュー作は次のような一節から始まる。

何かしらの点で、彼らは根本的に間違っている。
なぜなら、私が間違っているはずがないからだ。

かくも素晴らしい書き出しはそうそうあるまいと自分でも思う。二〇〇二年の初秋、四畳半アパートの一室で卓袱台《ちゃぶだい》にのせたノートパソコンに向かってこの一節を書いたとき、「これはいけるかも」という手ごたえがあった。当時の私は、おもに寿司の宅配バイトに従事していた一年間の休学を終え、大学へ復学したばかりであった。

二〇〇一年から二〇〇二年は私にとって暗黒時代というべき期間であり、配属された研究室を落ちこぼれて脱走→やむを得ず休学→一ヵ月の海外逃亡→帰国後に失恋→就職試験軒並み落第という体《てい》たらく、小説家を志して在学中に書いた小説は箸にも棒にもかからなかった。一切が自業自得、親の脛《すね》かじりの甘えん坊将軍といえばそれまでだが、あんな状況で自尊心を保つというのは至難の業であり、四畳半に寝転がって天井を見つめていると、あまりの情けなさに咆哮《ほうこう》したくなった。

青春時代を振り返って「あの頃はよかった」などとは決して言えない。そんなことを言うと、あの四畳半で途方に暮れていた自分があまりにも哀れである。かといって「あの頃はくだらない時代であった」と否定し去るわけにもいかない。それはそれで嘘《うそ》になる。大半がしょうもない悩みや不安や焦燥のうちに過ぎていく時代にあっても、奇跡のように煌《きら》めく夜もあったからである。

当時じつに悔しく思ったのは、社会から見て自分がまるで無価値であることだった。さあこれから社会の荒波に乗りだして進ぜようという段階になって振り返ってみると、友人たちと繰り広げてきた膨大な妄想話も無価値であり、手痛い失恋も無価値であり、四畳半に籠《こ》もって書いてきた小説も無価値であり、ようするに私という存在そのものが徹底的に無価値であった。

まあそりゃそうでしょうけどね、と私は鼻を鳴らした。

「しかしそれではいくらなんでもあんまりではないか！」

小説家・井伏鱒二《いぶせますじ》は若かりし頃、自作について「意地悪の現実に反省をうながすためのラッパを吹いたつもりであった」と述べているが、先ほど書いた『太陽の塔』の冒頭の一節こそ、私なりに吹き鳴らしたラッパの音にほかならない。

ここで「彼ら」というのは、私を無価値と決めつけてくる森羅万象すべて、「意地悪の現実」であるとも言えよう。もちろん、どうしたって勝てないことは分かっている。勝てると思っているなら馬鹿《ばか》である。しかしせめて一矢《いっし》報いるためにラッパを吹くのだ。意地でもオモシロおかしく吹いてやるのだ——そのようにして『太陽の塔』は書き上げられた。

誰にでも一生に一作は小説が書けると言われる。私にとってはそれが『太陽の塔』だった。そのあと書いてきた小説群は、やはり「小説家としての仕事」なのであって、『太陽の塔』のような小説は書いていないし、今後も書くことはないだろう。それでいいのである。とにかく、このような作品でデビューできたことは幸せなことであったと今では思う。

このマンガを読んでいて感服したのは、原作の細部をありありと思い出せるのみならず、あの頃の寒々しい京都の街路や、（一年に一度ぐらい煌めく夜があるにしても）

九割九分はしょうもない悩みに明け暮れていた日々の記憶がよみがえることであった。かしのこおりさんは原作をマンガ化するにあたって、小説の行間に響き渡っているラッパの哀《かな》しい音色を繊細な手つきで拾い上げてくれた。『太陽の塔』という小説をマンガにするにあたって、これ以上のかたちはないだろう。

そもそもこのマンガ化企画は、担当編集者・田岡洋祐《たおかようすけ》氏の熱望によるものである。在学中に『太陽の塔』を読んだという田岡氏は、当時の私がヤケクソに吹き鳴らしたラッパにリアルタイムで呼応した人物であり、この企画は彼の長年にわたる執念のたまものである。さもなくば十七年前に書いた小説が今さらマンガになるなんてことはあり得ない。しかもマンガ化にあたっては、どんな描き手に依頼するかという検討段階から私もかかわることができた。だからこそ、このように素晴らしいマンガになったことには感慨も一入《ひとしお》なのである。かしのこおりさんと田岡さんには、ここに改めて厚く御礼を申し上げたいと思う。長期の連載、まことにお疲れさまでした。

令和元年十一月　原作者・森見登美彦記す

（原作・森見登美彦、漫画・かしのこおり『太陽の塔3』あとがき　モーニングKC　2019年12月）

第四章　登美彦氏、ぶらぶらする

散歩や鉄道、旅についての文章を集めた。
本当のところ私は「旅先」よりも「近所」が好きな人間であり、「富士山」よりも「生駒山《いこまやま》」を愛する。自分の文章を書こうと思うなら近所を語るべきだと主張したい。グローバル精神など無縁の四畳半主義者なのである。とはいえ、たまには遠くへ出かけてみるのもいい。
四畳半は遠きにありて思うもの。

癒《いや》しの悪食《あくじき》

私は京都に住んでいる。「癒し」という言葉の一般的な定義から考えるに、京都こそはいわゆる「癒しのスポット」に充《み》ち満ちて、道を歩けば癒しにぶつかるから、息つく間もなく癒されて、うかうかしていると荒《すさ》んでいる閑《ひま》がない。そう考える人もいるだろう。大学生という身分に安閑《あんかん》と居座っている人間であれば尚更《なおさら》だと。

傷ついた現代人が癒しを求めて古都へ馳《は》せ向かう昨今、その古都で日々を送るのはたしかに贅沢《ぜいたく》である。西陣であろうが、金閣寺であろうが、下鴨《しもがも》神社であろうが、鴨川であろうが、南禅寺であろうが、行きたいと思い立てばやすやすと行ける。『今昔物語集』『源氏物語』『平家物語』などの仰々しい過去の物語群も、愛読しているわけではないけれども、言うなれば御近所のお話である。歴史的な遺物を前にして遠い昔の出来ごとに想《おも》いを馳せるのもよし、一休みするための洒落《しゃれ》た喫茶店にも事欠かない。美味《おい》しい食べ物を食べさせるお店も食べ尽くせないほどあるだろう。

　絵の具を重ねるように癒しの上に癒しを重ねて、我々人類に許される癒しの限界へ果敢に挑み続けた挙げ句に到達する境地、それはいわば「癒しの悪食」とでも言うべきものだ。由緒《ゆいしょ》正しき神社仏閣の隙間《すきま》を、細かく名前のついた通りが縦横無尽に走り、あらゆる街角に故事来歴がまとわりつく、そのしんと落ち着いた街並みへ夢魔のように現れるファーストフードショップ、牛丼《ぎゅうどん》屋、コンビニエンスストア、レンタルビデオ店、自動販売機。それらの甘美さを心ゆくまで味わうことを、私は癒しの悪食と呼ぶ。

　もしもファーストフードショップと牛丼屋とコンビニエンスストアとレンタルビデオ店と自動販売機だけで天地が創造されたとすれば、さすがにそれは悪夢的迷宮世界と言うほかない。けれども、日本史を濃く煮詰めたような古都をうろつきながら、そういう白々とした蛍光灯の明かりに出会うと、なんだかとても懐《なつ》かしい。歴史上のある時点に滞在している時間旅行者が、懐かしき未来を想うようなものだ。

　古都に住みながら、敢えて白々とした規格的な店舗へ出入し、敢えて身体《からだ》に悪い食事をして、書くのもはばかられる内容のビデオを鑑賞する。そうやって、古都にいながらにして生活から古都を締め出し、自堕落な空白の時を過ごしてやる。これほど贅沢で不健康で甘美な生活はあるまいと思う。ようするに、ずっぽり古都に浸っていては息がつけないということだ。

そうやって、古都とはまったく無関係な、停止した現在を過ごして息をつく。かくして英気を養った私が再びふらりと街路へ出てみれば、そこにはまた千二百年の歴史が降り積もった静かな街が広がっている。これもやはり、世間に申し訳ないぐらい贅沢なことであって、お詫《わ》びのしようもございません。

（「別冊文藝春秋《ぶんげい》」２００５年５月号）

この文章を読んでも富士山に登りたくなりません

竹桃さんという編集者が電話を掛けてきて、「富士山に登りませんか？」と言ったのは二〇〇七年のことである。彼女の証言によると、電話口に出た私は「今年は無理です。でも二〇〇九年の夏なら登ってもいい」と言ったそうだ。二年後には自分が富士の似合う日本一の快男児になることを期待していたのだろうか。未来の自分に一切を丸投げする悪癖のつけを忘れた頃に払わされて、しぶしぶ日本一の頂きへ登ることになった。

「——というようなことを書くんでしょう、森見さんは！　そういうことを延々と書いて、けっきょく富士山に到着する前に終わったりしては困るんですヨ！」

東京駅から三島駅に向かう新幹線で竹桃さんに釘《くぎ》を刺された。三島駅から五合目の富士宮口に向かうバスでも釘を刺された。だから根暗な回り道はしないでおこう。

八月十五日の午後一時半、私は富士山の五合目で、大学生協のような味のするラーメンを食べていた。いっしょに食事をしているのは竹桃さん、富士山には何度も登ったことがあるという長村さん、そして若いカメラマンの大木氏という新潮社の方々である。

長テーブルの並んだ殺風景な食堂を見回すと、元気イッパイの家族連れもあり、下山してきて昆布のようにグッタリとテーブルにへばりついている若者もある。登る人と登ってきた人、生気のある人とない人が入り乱れている。失神したように倒れ伏している人々を見ると、明日の己の姿を見るような気がしてきた。

竹桃さんは「大丈夫。こんなものも用意してます」と酸素の缶を取り出してニコニコした。

「そんなオモチャみたいなもので、富士山に対抗できるだろうか」

「無理しないで、ゆっくり登ります」と長村さんが言った。

食堂の外の展望台へ出て体操をした。標高すでに二千四百メートルである。あたりは靄《もや》に包まれて何も見えない。なんだか体操をしていても曖昧《あいまい》である。そして「富士山表口五合目」の大きな標識の前にムンと立っている我が勇姿を大木氏が撮影し、我々は登山を開始した。

私は生まれも育ちも関西だから、富士は馴染《なじ》みのない山である。高校時代までは生駒山を見上げて暮らし、大学に入ってからは大文字山《だいもんじやま》を見上げて暮らした。どちらもこぢんまりとしているが存在感のある山で、何度も登っている。「富士は日本一の山だとか、そんなのは知ったことではない」という気持ちであった。私の富士に対する気持ちに変化があったのは、今年の三月に旅に出て、江の島界隈《かいわい》をぶらぶらしていたときのことだ。海沿いの道から、江の島と並んで富士が見えた。雲一つない青空を背景にして白く輝き、完璧《かんぺき》なすがたをしていた。生まれて初めて「富士というのは立派なものだな」と思った。

その富士を自分は歩いているわけだが、目前の景色はあの江の島で見た富士の美しさをみじんも感じさせない。黒々として石ころの散らばった斜面に高山植物がまばらに生え、彼方《かなた》は濃い靄に覆《おお》われている。そんな中を、足下を見ながら黙々と歩いていく登山者の行列。大霊界に足を踏み入れたかのような荒涼とした眺めだった。どうも騙《だま》された気がする。

入念に選んだ登山靴は足にぴったりと合い、オシャレな縞《しま》模様のストックは楽ちんである。曇っているので気温もほどよい。ゆっくり休憩を取りながら歩いていると、思ったほど苦しくなかった。とはいえ、景色は灰色である。「新」七合目の次が「元祖」七合目であることも、いささか腑《ふ》に落ちない。

「私、森見さんだけには勝てる自信があります」と竹桃さんが威張った。彼女は弾むゴム鞠《まり》みたいに、いつも元気である。勝ち目はないのだ。

「意地を張り合って自滅するのはやめましょう」と私は言った。

もし長村さんという落ち着いた先導者がいなかったら、私と竹桃さんはきっと意地の張り合いで体力を早々に遣い果たし、酸素の缶詰をめぐる血みどろの奪い合いを演じて、斜面を転がり落ちたろう。

八合目に向かって登っていると、靄が晴れ始めた。切れ目が見えるとあとは早くて、アッという間に青い空が見えた。眼下に広がる景色はさすがに雄大である。

やや頭痛がしたので、道ばたに腰を下ろして酸素をためしてみたが、その味は繊細微妙すぎて分からない。ボーッとしていると、かたわらを通りかかった可愛《かわい》らしい女性が突然凍りついたように立ち止まり、私の顔をまじまじと見た。「森見さんですか!」と言われたので、「そうです!」と答えた。読者の方だったのでサインをすることになった。富士の八合目近くでサインをするというのは、あまり例がないであろう。これは自慢である。

一日目の目的地は八合目にある「池田館」という山小屋だった。

正面にある展望台からは雲海の壮大な眺めが広がっていた。その壮大な眺めとは裏腹に、びっしりと二段ベッドの並ぶ山小屋の中は息が詰まるほどの狭さで、二枚の布《ふ》団《とん》に五人寝ろと言い渡されたときにはホームシックにかかったが、竹桃さんは「森見さん見るからに凹《へこ》んでますね」と言って冗談みたいに笑うばかりだ。食堂に呼び出されてカレーを食べ終わると、翌朝に備えて早々と消灯となる。「風呂《ふろ》でサッパリ」など夢のまた夢、寝返りしようなどとは言語道断、酸素は希少、頭は痛む。うんざりしていると、大木氏の向こうに寝ていた若い男女の登山者が「頭が痛いし気持ちが悪い」と言い出して下山していった。おかげで寝床が広々とした。

あまり眠れぬうちに午前一時半になって、山小屋の明かりがついた。支度をして外へ出てみると、登山者で賑《にぎ》わっている。眼下には富士の暗い斜面が広がり、ヘッドライトの行列がちらちらと続いている。山裾《やますそ》を取り囲むようにして夜景が広がっている。私は大文字山から眺める夜景を愛する男だが、富士から見る夜景は当然きめが細かくて、遠く、はかなく、淋《さみ》しく見える。

そこから先の山道はいよいよ険しさを増す。植物も生えない石ころだらけの斜面を、ヘッドライトで照らしてジグザグに進んでいく。見上げると山頂までライトの明かりが連なっている。御来光《ごらいこう》を山頂で拝もうと企《たくら》む人々がいっせいに登るからである。九合目を通り過ぎたあたりでは登山者の渋滞が始まり、元気の有り余っている人でも先を急ぐことはできない。なにゆえこんなに大勢の人が富士山のてっぺんに登りたがるのか分からないが、自分も意味なく登っているのだから偉そうなことは言えない。

四時四十分に山頂に到着した。土産物や食べ物を売る「頂上富士館」と神社があるが、荒れ果てた淋しい場所である。あたりはボンヤリと明るくなり、人々が岩の上に登って日の出を待っている。ひどく寒い。ふと傍らを見ると、スーツにネクタイ姿の男がぽつんと立っていて仰天した。本当にネクタイをしているのである。そんな格好でなぜ朝五時の富士山頂に辿《たど》り着けたのだろうと首をひねっているうちに、雲の切れ間から真っ赤な光が射《さ》してあたりを染めた。さすがに感服した。とはいえ頭も痛いし疲れているので、「見るべきものは見た」と思った。次の目標は食堂のカップラーメンを食べることである。

頂上富士館という殺風景な建物の中には行列ができて、次々とカップラーメンが売れていく。富士山頂ではカップラーメンが八百円という高値で取引されている。たしか出発点の食堂でもラーメンを食べたはずではないかと思いながら、富士山頂でカップラーメンを食べるという誘惑には抵抗できない。食堂奥の炊事場を覗《のぞ》いてみると、屈強な山の男たちが大量のカップラーメンを作業台に並べて片端から湯を注いでいるキテレツな光景が見られた。そうして待望のカップラーメンを受け取り、テーブルについて食べた。これがまさに五臓六腑《ごぞうろっぷ》に染み渡るうまさなので、八百円以上の価値があることは言うまでもない。

レインウェアを着込んで寒さをしのぎ、山頂のポストから妻への登頂記念手紙を投函《とうかん》してから、火口の方へ歩いていった。覗き込むのが怖いような巨大な火口の周辺は石ころばかりで、疲れ果てた登山者が座り込んでいたり、謎《なぞ》の生き物の白骨が転がっていたりする。「変身ヒーローが悪者と戦う場所はいつもこんなところだったな」というようなことを考えた。

馬の背と呼ばれる斜面をえっちらおっちらと這《は》い登り、三千七百七十六メートルの山頂に立って、碑の前で記念撮影をした。

あとは下山に成功すれば、私の任務は終わる。砂が靴に入らないようにするスパッツを着け、ザックカバーをつけた。頭痛はひどいものの、体力はちゃんと残っているのが意外な気がした。ほとんど机に向かっているだけの生活で、体力作りなど何もしていないのだが、あるところにはまだあるらしい。と、いい気になっていたのは、私が「山を下る苦しさ」と「陽射《ひざ》し」のことを何も考えていなかったからである。

七時半に御殿場口下山道を辿り始めたが、赤い岩が剥《む》き出しになっている凄絶《せいぜつ》な景色の中を抜けていくうちに、陽射しが強くなってきた。もはやレインウェアは無用である。その下に着ていたトレーナーも脱いでしまった。空は青々として、陽射しを遮るものは何もない。登るのが思いのほか楽だったのは、曇っていたからだということが今さら分かった。七合目まで下ってくると、山肌にふたたび植物が見え始め、それらがきらきらと輝いているように新鮮に見えた。風がごうごうと吹いている。

やがて我々は「大砂走り」というものの入り口に辿り着いた。

大砂走りというのは、柔らかい灰色の砂の積もった斜面が延々と続くところである。通常、山道を下るときには一歩一歩足で踏みしめて歩かなければならない。ところが大砂走りでは砂にズブリと足が沈み込むので、何も考えずに足を踏み出してザックザックと歩いていける。始めのうちはこれまでの下りよりも格段に楽になったような気がする。元気があれば走ることも可能である。実際、途中でへたりこんでいるとき、元気な子どもたちが砂埃《すなぼこり》を巻き上げて駆け下りていくのを見た。

下るにつれて暑さも陽射しも厳しくなり、足が前に進まなくなってくる。同じ動作を繰り返しているので、足首と腰が痛む。頭痛が治らないのは、酸素濃度が低いからか、疲労のためか、寝不足だからか。全身は汗びっしょりである。意識が朦朧《もうろう》としてくる。大木氏と長村さんは元気に先を歩いていき、竹桃さんと私はだんだん間をあけられる。ほとんど無言のまま、顔をしかめて歩いている。砂埃にまみれて、夢も希望もない長旅に疲れ果てた旅人のように。

　ふと立ち止まってあたりを見回してみても、灰色の砂が延々と続いていて、まるで他の天体のような景色だった。こんなところで私が熱射病で倒れても、誰にも助けてもらえまい。ときおり竹桃さんと二人で砂にまみれて座り込んで休憩した。これほどしんどいのは、学生時代にママチャリで琵琶湖《びわこ》を一周したとき以来である。

　そういうわけで二時間かけて大砂走りを歩き切ったときには、もう何も喋《しゃべ》れないほど疲労困憊《こんぱい》していた。よろよろと歩いていく私と竹桃さんを、まだ表情に余裕のある長村さんと大木氏が迎えた。大木氏がカメラを構えたが、達成感を表現する元気もなく、私はただカメラの前で長細い瓢箪《ひょうたん》のようにダルーンとしていたに過ぎない。麓《ふもと》の茶屋でありついた檸檬《レモン》味のかき氷が、カラカラの身体に染《し》み込むようにうまかった。

　その後、御殿場《ごてんば》に出て温泉に入った。全身から力が抜けるほどホッとした。今や私は富士山に登った男であり、日本一を極めた男なのだ、と考えると、湯に浸《つ》かりながら笑みが洩《も》れた。ということはつまり、もう二度と富士山に登る必要はなく、まだ富士山に登っていない人に対して、「え、あなた、まだ富士山に登ってないの？　日本人なのに？　おやまあ！　お話しにならないなあ！」と意地悪が言えるということだ。

　私が富士山に登った二日間は、富士登山には最良の天候だったそうである。運の悪い人は、せっかく八合目まで登ったところで雷雨に見舞われたりするらしい。その寒さと恐怖を考えればありがたい天候だったとは言えるが、やはり富士登山はそれなりに過酷である。登るならばちゃんと準備をして、身体を鍛えてから挑むべきである。

書き終えてみると、これほど富士山に登りたい気持ちをそそらぬ文章はない。しかし近年富士山の登山客は無闇《むやみ》に増えているそうで、何事も極端はよくない。いいかげんな気持ちで挑もうとする登山者の気持ちを萎《な》えさせるためにも、あまり登りたくならないような文章の方がいいようである。

（「yom yom」２００９年10月号）

東京ショート・トリップ　歩いても歩いても廃駅

森見登美彦氏は生まれも育ちも関西だが、昨年春に東京に転勤してきた。以来、机上の空論好きと締切が災いして、自宅と職場を伏し目がちに往復する消極的な日々が続き、一年半が過ぎてもまったくの東京知らずだった。

「せっかく東京にいるのだから、東京探検に乗り出すべき！」

そう思いながらも、腰を上げない。億劫《おっくう》だし、今年の夏はひどく暑いからである。

「涼しくなったら、やろう」

そんなふうにぐずぐずしていたところ、矢玉さんという編集者の女性がやってきて、ふいに「東京探検隊」を組織することの必要性を声高に説くのだった。

「森見さんは何を見たいですか。何を求めているんですか」

「地下鉄とか興味がありますね。廃駅探検とか……でもそんなにすごく興味があるとも言えないから気にしないでください」

登美彦氏が生半可なお返事をしてあぶあぶ言っていると、彼女はかつて『有頂天家族』を作った頃から子狸《こだぬき》のようにキラキラしている乙女な瞳《ひとみ》をさらにキラキラさせて「地下鉄！　廃駅！」と叫んでどこかへ駆けだしていき、登美彦氏が机上でぼんやりしている間に東京の街中に今もなお残る鉄道の廃駅について「廃駅のプロフェッショナル」の手を借りて調べ、まるで実益がない分いかにも興味深い探検計画を練り上げ、手作りの「探検のしおり」を送ってきた。登美彦氏の自主性を尊重しているだけでは何事も始まらないことを彼女は知っているのだ。

かくして東京探検隊が設立された。隊長は矢玉さん、隊員は毛谷氏という男性編集者、そして登美彦氏である。登美彦氏の任務はこの探検の顚末《てんまつ》を記録することだ。

八月某日、ＪＲ御茶ノ水駅の聖橋《ひじりばし》口に探検隊の面々は集合した。空は薄曇りだが、それでも蒸し暑い。猛暑と言っていい二〇一〇年の夏、もしこの日が快晴であったら、探検隊は最終目的地である浅草に辿り着く前に全滅していたであろう。

矢玉隊長から探検隊の心得（「最終的には浅草で一風呂浴びてさっぱりしてから、おいしいものを食べます。麦酒《ビール》万歳！」等）が述べられたあと、彼らは湯島聖堂を対岸に見ながら、神田方面へ坂を下った。そうすると、さっそく左手に煉瓦《れんが》造りの古い橋台がそびえているのが見えてくる。その上を走っているのが中央本線である。

「ここが一つ目の廃駅なのです」と矢玉隊長が得意そうに言った。

ちらりと見ただけでは、レストランなどが入っている「古めかしい建物だな」と思うだけだが、じつは明治時代にはここに「昌平橋《しょうへいばし》」という駅があったという。南禅寺の水路閣が有名なように、京都にも明治時代に作られた建物があちこちにあるが、それらと同じ香りがする。登美彦氏は以前にも一度、この建物の前を通りかかったことがあった。「なんだか怪しいとは思っていたのだ」と彼は呟《つぶや》いた。ただし、あくまで「駅の跡」であるから、煉瓦の壁を見上げて、そこはかとなく駅っぽい雰囲気を味わい、明治の紳士淑女がぞろぞろと電車に乗っていく風景を想像するほかない。

「思いを馳せてください！　思いを馳せて！」と矢玉隊長が命じた。

隊員たちは隊長の指示に従って思いを馳せた。

その後、高架をくぐって、昌平橋に出てみた。

橋の上から御茶ノ水駅の方角を見れば、神田川の上流に聖橋がそびえていて、その手前を丸ノ内線が走り抜ける、と思ったとたん、右手にそびえる鉄橋の上を総武線が走ってきて、さらに息つく間もなく左手の煉瓦造りの橋台の上を中央本線が走る。昌平橋に立ってぼんやりしているだけで、三種類の電車が錯綜《さくそう》する大スペクタクルである。

もし登美彦氏がもっと鉄分の高い男であれば、興奮のあまり鼻から血を噴いて神田川の水面《みなも》を赤く染めたことだろう。なにしろ平坦な京都の街から来たものだから、こういう重層的な町の景色が登美彦氏には面白い。

中央本線に沿ってさらに神田の方へ歩いて行くと、白いフェンスで覆われたビルの建設現場が現れた。矢玉隊長が「この中にも駅が、駅が！」と叫ぶので、探検隊が各々《おのおの》工夫を凝らして中を覗くと、整地されてがらんとした広場の向こうに煉瓦造りの建物が見えていて、かつて正面玄関であったらしいアーチと階段まで見えるではないか。かつて「萬世橋《まんせいばし》駅」と呼ばれていたところで、以前まで建っていた交通博物館が取り壊されたことによって、ふいにその姿を現したのだという。建物の瓦礫《がれき》の向こうから、忽然《こつぜん》と出現する廃駅の入り口。これもまた浪漫である。しかし工事現場のフェンスに阻《はば》まれて、駅のそばまで行くことはできなかった。

探検隊が萬世橋の方へ歩いて行くと、中央本線の高架下に「ラジオガァデン」という色褪《あ》せた看板が出ていた。覗いてみると、奥へ続く路地に電気店の看板が掲げられ、「ベークライト」「アクリル」などといった謎めいた黄色い紙切れがぶらさがっていたりする。ここは奇妙な部品を売る秘密の商店街に違いない。残念ながら店のシャッターは下りていて、営業していたのは「肉の万世」の本店直売所だけであった。

御茶ノ水駅を出発してから三十分ほどしか経《た》っていないにもかかわらず、探検隊はすでに暑さに疲弊していた。汗を拭《ぬぐ》いながら「ラジオガァデン」の自販機コーナーで休憩した。ここは東京探検の休憩地点として申し分なく、見上げるとかつての萬世橋駅前の風景写真が展示されていたりする。その栄光の時代、萬世橋駅は中央本線の始発駅にふさわしい立派な佇《たたず》まいだった。もし萬世橋駅が現存していたならば、この「ラジオガァデン」も大繁盛《はんじょう》であったろう。

萬世橋を渡った先は秋葉原《あきはばら》で、ふいに街の雰囲気が変わってしまう。「ここにも廃駅があるんです」と矢玉隊長が言いながら歩いていくので、隊員たちは半信半疑でついていった。

彼女は秋葉原中央通りで唐突に立ち止まり、路面にある金網を指して「ここです」と言った。

ついに隊長が暑さで錯乱した。どこに駅があるというのだ。

隊員たちが医者を求めて慌《あわ》てていると、金網の下の地下世界を銀座線の電車が通り過ぎてひんやりとした風が吹き上がってきた。矢玉隊長が金網の上に立ってマリリン・モンロー的な危うい感じで衣類をなびかせながら説明するには、昭和の初め、この地下に「萬世橋仮駅」という幻の地下鉄駅が一時的に存在していたという。彼らは地面にしゃがみこんで金網の隙間から覗くなどあからさまに怪しい行為に出たが、何も見えなかった。

萬世橋仮駅は地下鉄銀座線の神田から上野に向かう進行方向の左手にあったというので、彼らは地下方面から探索すべく、神田から銀座線に乗った。そうするとまた矢玉隊長が電車の先頭に陣取って、「進行方向の左手にあったんです。さあ思いを馳せて！」と言った。

しかし銀座線に乗っても、実際に萬世橋仮駅が見えるわけではないのだ。

上野駅に到着した頃には、気温と興奮の高まりによって矢玉隊長がどんな建物を見ても駅に見える病気にかかってしまい、公衆トイレを見つけてさえ「もしや、これは駅では？」とわくわくし始めて手に負えない。

そういうわけで彼らは休憩することにして、毛谷隊員の提案によって上野公園の「韻松亭《いんしょうてい》」という料亭に入った。料亭のとなりにある木立からは蟬《せみ》の声が響いて、世界は八月である。矢玉隊長は麦酒を飲むうちに、若干正気を取り戻してきた。その一方で、登美彦氏は生まれてこの方一度も食べたことがないほどおいしい豆ごはんに夢中になっているのだった。

体力を回復した後、彼らは京成上野駅の地下ホームから日暮里《にっぽり》駅まで電車に乗った。

「電車の窓から『博物館動物園駅』というものが見えるんです」

矢玉隊長が言った。

隊員たちが車両の窓にべったり張りついていても、単調な暗い壁が延々と続くばかりである。「本当かな？」と登美彦氏が油断したとたん、ふいに黄色い模様が見え、薄ボンヤリした明かりの中に無人の地下ホームが浮かび上がって音もなく流れていく。薄暗いホームの奥に、かつて改札へ続いていたであろう階段がちらりと見えた。まことに夏にふさわしく、背筋がすうっと寒くなる光景である。知らずに一人で見たとしたら恐怖するであろう。壁面にペンギンの絵が描かれていると聞いていたが、通り過ぎる間には見つけられなかった。

日暮里駅から上野駅まで引き返し、上野駅から歩いて彼らは「博物館動物園駅」の地上部分を確認した。国立博物館や国際子ども図書館のそばの落ち着いた場所にあり、不気味な地下世界とは裏腹に、明治時代の子ども銀行本店みたいな可愛らしい建物であった。

「さあ、次はどこに？」

「待ってください。ちょっと待ってください」と矢玉隊長は地図を睨《にら》む。

その後、探検隊は「寛永寺坂駅跡」を探す大いなる旅に出たが、ここに至って矢玉隊長が完全に方角を見失ってしまい、気がつけば鶯谷《うぐいすだに》駅の前に出ていたりした。暑さが彼らを追い詰めていった。やむを得ずタクシーに乗ってみたが、戦後間もなく廃止された駅の所在を、さほど鉄分が多いらしくもない運転手さんが知っているはずもない。

もはや絶望かと思われたが、毛谷氏が地図を見て進むべき方向を伝え、ゆるゆると走っているうちになんとか見つかった。とはいえ、寛永寺坂駅は「倉庫」以外の何モノにも見えなかった。無理もない。実際に倉庫会社になっているのである。この建物の前を通りかかって、ここがかつて駅であったことを即座に見抜く人は、恐ろしく用途の限られた鋭い眼力の持ち主と言わねばなるまい。建物の隣にある駐車場の隅には、「国威宣揚」「紀元二千六百年記念」と書かれた国旗掲揚台が残されていた。登美彦氏は歴史を感じた。

それらの興味深い数々の廃駅を経て、彼らは浅草に行った。

あまりの暑さにへたばりかけている隊員たちを元気づけるため、矢玉隊長は商店街にある「食の祭典とうよう」という昭和の香りのするレストランに入った。「祭典」

と言うほどには祭典らしいところが一つもないのが、かえって素敵な店だった。間口が狭くて奥行きの深いつくりや、照明の色や、夏の高校野球の映っているテレビや、座席の感じが、ことごとく懐かしい。登美彦氏はメロンソーダを飲み、矢玉隊長たちは麦酒を飲んだ。よく考えてみると、矢玉隊長は麦酒ばかり飲んでいるのである。

浅草はたいへん賑やかで、そこかしこに昭和の香りが漂っていた。彼らは浅草地下商店街に迷い込んで、薄暗い地下道に連なる魅惑的な電光看板の明かりに幻惑されたりしたが、しかし探検隊の目的はあくまで廃駅にある。本日最後の目的地たる東武鉄道の廃駅「隅田公園駅」が、枕橋《まくらばし》という橋のたもとにあるという。

吾妻橋《あづまばし》から隅田川を眺めたのち、スカイツリーを遠目に眺めたりしながら、彼らは枕橋を探して歩いて行った。浅草の賑わいは遠のいて、街は静かになる。どうやら枕橋らしい場所を見つけたが、どこに廃駅があるのか、さっぱり分からない。

ここで登美彦氏は気づいてしまったのだ。枕橋の周辺に建っている小さなあらゆる建物が、まるで駅のように見えることに。「世界には駅が充満している！」という妄想が登美彦氏をとらえた。これは彼が一日廃駅めぐりをしてきて疲労しており、暑さのために意識が朦朧《もうろう》としていたためである。その恐ろしい病は探検隊の全員に蔓延《まんえん》していた。彼らはゾンビのように枕橋周辺をうろうろして、ようやく東武伊勢崎《いせざき》線の高架下、プレハブ小屋の蔭《かげ》に隠れている古風な硝子《ガラス》窓を見つけ、そこにかつて駅があったことを確認した。

「なるほど」と登美彦氏は言った。

こうして探検隊は当初の目的を果たした。

その後、探検隊は四百十八メートルまで完成したスカイツリーを見物に出かけたが、たとえタワーが完成したとしても高所恐怖症で上れない登美彦氏には、そもそもあまり興味の湧《わ》かない建物であった。だから省略せざるを得ない。

東武伊勢崎線業平橋《なりひらばし》駅から浅草へ引き返し、広大な商店街をうろうろ歩き、蛇骨湯《じゃこつゆ》という温泉で一日の汗を流したあと、探検隊は「駒形《こまがた》どぜう」というお店に入った。天狗《てんぐ》の面が飾ってある広い座敷の隅で、今日一日の探検を無事に遂行したことを祝して乾杯した。矢玉隊長は麦酒をおいしそうに飲んで「アーッ！　このために歩いたんですよね」という風なことを言ったが、要所要所で麦酒を飲んでいたことには巧みに触れなかった。

どぜう鍋《なべ》、柳川鍋、枝豆、鮎《あゆ》の塩焼き、卵焼き、鯨のベーコンと刺身、そしてどぜうの唐揚げといったご馳走《ちそう》の数々を経て、彼らは名高い神谷バーまで足を伸ばしてデンキブランを飲んだりもしたのだが、その頃には登美彦氏は疲労と酔いにうつらうつらとして、おびただしい廃駅が東京の街を埋め尽くす夢を見ていたのである。

（「小説トリッパー」2010年秋季号）

坂道でめぐる東京「山の手」散歩

「散歩」とは何か。

森見登美彦氏は散歩が得意ではない。そして彼は、得意でないことはできるだけしない主義なので、東京に引っ越してきてから一年になるのに、あまり東京を歩いたことがない。

なぜ散歩が得意でないかというと、登美彦氏は何の目的もなく歩くのが苦手なのである。どこかに出かけなければならない、という用事が発生しなければ、外へ出ない。つまりこれは、締め切りがなければ文章を書く気にならない、という心理と同じものである。

登美彦氏が好むのは「寄り道」である。たとえば職場からの帰途、最寄り駅から自宅への道を歩いているときに、ふと脇道《わきみち》に逸《そ》れてみる。その探索で、鬱蒼《うっそう》とした木立に囲まれた神秘的な豪邸を発見したり、古地図なども売っていたりする味のある古書店を見つけたりしたら、その小冒険は彼に次の締め切りを乗り越えるために必要なインスピレーションを与える。しかし、これは彼の定義によれば「散歩」ではない。あくまで「寄り道」である。

日曜日の昼下がり、「どれ、ちょっとぶらぶらしてくるかな！」というような言葉は、彼の口からは出てこない。登美彦氏はぶらぶらできない。彼は寄り道ができるだけである。

そんな寄り道主義者の登美彦氏が本腰を入れて散歩することになった。「仕事であるならば散歩ぐらいできますよ！」と登美彦氏自身が言ったからである。そして、こういう機会でもなければ登美彦氏の世界は縮まるばかりなのだ。

散歩をすれば何らかの妄想をせざるを得ない。妄想は文章の糧《かて》になる。

○

まるで八月のような陽射しが街を照らす土曜日であった。

登美彦氏が最初に訪ねたのは、小石川の「こんにゃく閻魔《えんま》」である。お寺の名前は源覚寺。それほど広いというわけでもない境内に、いろいろなものがギュッと詰まっているのが箱庭的でおもしろい。丁寧に手入れされた木立が青々として、木漏れ日も素敵である。片目の閻魔様がいる御堂の前には、酸漿《ほおずき》の鉢とパック入りの蒟蒻《こんにゃく》が積んである。その昔、閻魔様に眼病を治してもらったおばあさんがお礼に蒟蒻を供え続けた、という話を、かつて登美彦氏は子どもの頃に絵本で読んだことを思い出した。

片目の閻魔様と蒟蒻という取り合わせも面白いのだが、境内の隅にある「塩地蔵」の存在感はどうか。登美彦氏は京都は大原三千院の「わらべ地蔵」を深く愛する者だが、あちらのお地蔵様たちがやわらかい緑の苔《こけ》にぬくぬくと埋もれているのに対して、こちらのお地蔵様は塩に埋もれている。お世辞にも居心地が良さそうには見えない。積み上がった膨大な塩の下の方は、積雪後数日を経て道路脇に溶け残っている雪のように黒ずんでいる。お地蔵様のあまりの埋もれっぷりに気圧《けお》されて、それが塩であるという実感が湧かないほどだ。なぜお地蔵様が漬物のように塩に埋もれなくてはならないのか、という理由はともかく、こんなふしぎなお地蔵様を見たことがないのは確かである。

そういうものを見てびっくりすると、登美彦氏はあれこれ妄想をする。塩地蔵に、間違えて砂糖をかけてしまった男が体験する恐怖の出来事、というようなものは小説にならないか、というように。

境内には鐘がある。サイパンに供出されていたときに弾丸が貫いたのではないかと言われる穴が開いている。平和を祈って鐘を打った後、登美彦氏は愛すべき塩地蔵の隣に座って、絵馬といっしょに買ったおみくじを読んだ。恋愛運のところに「体は守れ、後で泣く」と書いてあったので、とりあえず体は守ることにした。また相場運のところには「売れ、利益あり」とあった。いっしょに散歩している編集者のおみくじには、「買え」とあった。つまり登美彦氏から編集者に株っぽいものを売ればいいのだが、売るものがなかった。おみくじはおもしろい。

こんにゃく閻魔のそばに、表通りに面して「大亞堂《たいあどう》」という古書店がある。いかにも昔からそこにある、といった貫禄《かんろく》のあるたたずまい。古本の詰まった木箱を店先に運び出しているご主人のシャツは、汗に濡《ぬ》れていた。朝からそれほど暑いのである。

登美彦氏は店先に並んでいる本を眺めた。散歩の途中で立ち寄る古書店は楽しいものである。

二階の窓に簾《すだれ》がかかっていて、その奥には何か秘密を持った人が暮らしていそうでもあった。京都で暮らしていた頃から、「二階の簾」は登美彦氏に何か不穏な気配を感じさせた。簾の向こうから誰かがこっそり覗いていそうな気がするのである。二階の古書の匂《にお》いに充《み》ちた薄暗さも興味深いが、二階の窓にぶらさがる簾も同じぐらいに興味深い。

塩地蔵に誤って砂糖をかけた男がこの古書店の二階に間借りしている、ということはありそうだ。

そんなことを考えていると、登美彦氏はわくわくして楽しくなってくる。こういうふうに歩きながら、物語の断片のようなものを拾い集める。この癖は小学生の頃から変わらない。

そんなことを考えながら、登美彦氏は古書店の前を通り過ぎて歩いていく。

◯

ここで坂道の話になる。善光寺坂《ぜんこうじざか》である。

商店街を北へ抜けて、西へ曲がったところで、登美彦氏は素晴らしい坂を見た。坂はゆるやかな上りで、善光寺の塀で左手に折れている。坂の途中に豆腐屋がある。「朝顔ほおずき市」のほおずきの実の色をした幟《のぼり》が坂の脇に点々と並んで、吹き抜ける強い風にぱたぱたと揺れていた。登美彦氏はゆっくりと坂を上っていく。

登美彦氏は坂道が好きである。街の景色に溶け込んだ坂道がほとんどない京都という街で長く暮らしていたせいかもしれない。坂の街の最高峰は、なんといっても長崎である。坂の街というよりも、むしろ坂に街がある。

そもそも登美彦氏は「寄り道」を好むと述べた。「寄り道」の醍醐味《だいごみ》は横道に入ることである。ふだんは前を通り過ぎてしまう、小さな横道が、ある日ふと登美彦氏に呼びかける。立ち止まって覗いてみる。「ここに入っていくと何があるんだろうか？」と思う。その妄想が登美彦氏を喜ばせる。横道が登美彦氏に小説を書かせるのである。

ごく単純に言えば、坂道は横道がパワーアップしたものである。

坂を見上げる、あるいは坂を見下ろす。その先は自分が立っている場所とは、明らかに違う。横道が誘う妄想は、坂道では立体的になる。坂の向こうにあるのは別の世界である、というふうに登美彦氏は感じる。だから坂道を見つけるとわくわくする。

坂道は未知の世界へと誘うものだから、途中で折れ曲がって先が見えなくなっているとよい。また殺風景ではなくて、どことなく懐かしいような風情《ふぜい》のある坂であるとよい。そして静かな町中にあって、あまり車や人が多くない坂であるとなおよい。

したがって、善光寺坂はよい坂である。

坂道を上り切った先にあるのが澤蔵司《たくぞうす》稲荷《いなり》である。

「坂の上の稲荷」という言葉には、それだけで不穏な気配があるが、澤蔵司稲荷は薄暗くて不気味なところがある。古木の梢《こずえ》で、ギイーッという鳥の声が響く。境内の奥へ奥へと進むと、赤い鳥居の並んだ湿った窪地《くぼち》があって、羽虫が飛び交っている。生い茂った葉の隙間《すきま》から一筋の光が鳥居の間に落ちている。日暮れになると、この稲荷から和服姿の女が現れて、善光寺坂を下っていく。と妄想するだけで、怪談の始まりである。

その後、登美彦氏は三百坂を下ってみたり、吹上坂を上ってみたり、今度は庚申坂《こうしんざか》を下ってみたり、さらに切支丹坂《きりしたんざか》を上ってみたりした。上ったり下がったりして、登美彦氏は坂を満喫した。どの坂にもそれぞれの顔があって、どれがいいと決めることはできないが、けっきょくのところ、善光寺坂が一番登美彦氏の気に入った。

東京は坂が多い。小さな無数の坂道がさりげなく街に溶け込んでいるところが、東京の街の素晴らしさである。それはつまり、身近な場所に未知の世界への入り口がそれだけたくさんある、ということである。

登美彦氏は播磨坂《はりまざか》の途中にあるイタリアンレストランで昼食をとった。

播磨坂は桜並木が青々とする広い坂道である。坂の中央には水路が流れ、坂の両側には昭和的な香りのする高級なマンションがいくつも並んでいる。桜並木の木漏れ日を眺めたりしていると、なんとなく外国の街にいるような気持ちになってくる。

少し元気になったので、登美彦氏はふたたび歩き出す。

○

播磨坂を下って、中で鉄人28号が建造されていそうな共同印刷の巨大な建物を眺め、住宅街を抜けると、小石川植物園がある。長い塀の向こうに鬱蒼とした木々が茂っている。

じつは登美彦氏は農学部の出身なのだが、植物のことはてんで分からない。したがって植物園というものに積極的に立ち入ることはなかったのだが、小石川植物園はたいへんおもしろかった。正門の向かいにある商店でチケットを売っているというふしぎなシステムからして、すでにそこはかとなくおもしろいのである。

門から入ってすぐのところにある巨大なバショウが登美彦氏を圧倒した。赤ちゃんを四人ぐらいまとめてくるんでしまえそうなほど大きな葉は太陽の光を浴びて美しく輝いていた。いくら背伸びをして手を伸ばしても、とうてい比べものにならないぐらいの大きさであって、まるで自分がコロボックルになったような気分を味わえる。

虫よけスプレーをしてから、南側の塀に沿うようにして歩いて行くと、池からボコボコと火星人の足のように突きだしている木の根や、株立ちする熱帯性のタケの不気味なかたまり、古い池でのんびりと漂う亀《かめ》たちなど、興味深いものがいくらでも転がっていた。暑さのためか歩いている人も少なく、東京の真ん中でこんなにワサワサとした自然を満喫できるということが登美彦氏を驚かせた。

和風の庭園を抜けると、かつての医学校が向こうに見えた。むせかえるような芝生と木立の緑に埋もれて、紅《あか》と白に塗り分けられた和洋折衷《せっちゅう》の建築物は異様に見える。ぎらぎらと照りつける色の濃い午後の陽射しのためもあって、まるでいつか見た悪夢の中に出てきたように感じられた。その洋館の中では、今まさに、何か謎めいた事件が発生しているのだ、というふうに感じられた。

登美彦氏は目眩《めまい》がした。

そしていっしょに歩いている編集者の人たちも、暑さで朦朧としている様子である。それにしてもこの暑さはいったいどうしたことであろうか。昨日は大雨であったにもかかわらず、関係者に晴れ男晴れ女が集っているせいか、曇る気配もない。

登美彦氏は小石川植物園内をうろついただけで暑さにやられて体力を消耗し、播磨坂の脇道にある小さな菓子店に入った。冷房を味わいながら一〇〇%ジュースをしみじみと飲んだ。散歩もまた登山と同様に、自分の体力をきちんと考えながら遂行しなくてはならない。

ガラスの外には閑静《かんせい》な住宅街が見えていて、空は「夏休み」の空のようだった。

○

そもそもあまり明確な目的を持ってしまうと「散歩」の味わいがなくなるのだとしたら、ふとした思いつきで脇道に逸れるということは大切である。

湯立坂を上って茗荷谷《みょうがだに》の駅に行きかける手前に、「教育の森公園」というところがあって、登美彦氏はわけもなくその中に入ってみた。かつて東京教育大学があったところらしい。子どもたちが遊ぶ広場は、なんとなく古めかしいし、文京スポーツセンターのコンクリート造りの建物の殺風景な感じも、昭和を感じさせる。善光寺坂のような風情あるところも登美彦氏は好きだが、「教育の森公園」の昭和的な古さも好きである。そして、なぜかベンチに置かれている二人の美しい娘の銅像、というような趣向も好きである。

こういう像は、最近あまり見かけたことがなかったので、登美彦氏はその娘たち

(フィオーナとアリアン)の間に座って記念写真を撮った。意外にどぎまぎした。

地蔵通り商店街を歩いてオモチャ屋を覗いたり、鯛《たい》焼きを買って食べたりしたあと、登美彦氏は永青文庫というところにやってきた。

永青文庫とは、細川家のコレクションを保管・展示している施設であるという。ひんやりと薄暗い木立の奥にたたずむ洋風建築で、それは何か戦前から秘密の研究を続けている場所のような、神秘的な雰囲気を漂わせていた。一歩敷地の中に入ると、もうまわりの喧噪《けんそう》はすっかり遠ざかってしまう。

登美彦氏は書棚の置かれた細い廊下を抜け、秘密の匂いがする古めかしい階段を上った。小さな窓からは、建物を囲む木立が見えていた。階段の踊り場にある書棚には、立派な装幀の洋書がぎっしり並んでいた。もしこういう家で育ったら、自分はどんなふうに育ったろうというようなことを、登美彦氏は考えた。

登美彦氏はあまり古書や骨董《こっとう》品的なものに詳しくないので、展示されている品々も「なるほど」と言って見ているしかない。彼にとっては、鬱蒼とした静かな木立に囲まれたこの建物自体に漂っている雰囲気の方が興味深かった。

この建物の部外者立ち入り禁止の会議室において、つやつやと光る木製のテーブルを囲んで、秘密の会合が開かれているとすればどうか。何か物語になりそうである。

○

永青文庫から出たところに、胸突坂という急な坂道があった。狭い急な坂道というものはそれだけで魅力的なものだが、隣の塀から竹林が覗いていることが登美彦氏を喜ばせた。登美彦氏は竹林が好きなのだ。

胸突坂を下ると、永青文庫の静けさが嘘《うそ》のように賑やかな、新目白通りに出る。新目白通りにある早稲田《わせだ》駅から、登美彦氏は初めて都電荒川線で鬼子母神前《きしぼじんまえ》まで行った。いつの間にか太陽は傾き、夕闇に沈みつつある境内では蚊がぶんぶん唸《うな》っている。登美彦氏は鬼子母神に初めてお参りし、それから境内の駄菓子屋でラムネを買って飲んだ。駄菓子屋からは子どもの頃の祖母の家の匂いがした。

登美彦氏はラムネを飲みながら、子どもたちが駄菓子をカゴに盛っているのを眺めた。

ここで登美彦氏の東京散歩は終わる。

夕暮れの鬼子母神でぼんやりしていると、この散歩で見たいろいろな景色からいろいろな妄想が生まれてきた。そういうものを登美彦氏は大事に家に持って帰って、机上であれこれ転がしてみる。そうしているとそれがまた次の仕事になるのだ。歩いていると妄想が生まれ、妄想が仕事を生む。そういう仕組みになっている。

（「CREA」２０１０年9月号）

ひとりぼっちの鉄道

単行列車で陰陽の脊梁《せきりょう》をゆく［姫新《きしん》線・芸備《げいび》線・三江《さんこう》線・山陰本線］

「旅と鉄道」編集部の人と打ち合わせをしたら、切符が送られてきた。

出発するところは姫路で、目的地は益田《ますだ》である。姫新線、芸備線、三江線、山陰本線を単行列車で辿《たど》る計画である。ちなみに、私は怠け者である。いろいろな点で、鉄道好きの風上にも置けない。だから風下のほうに置いていただければ幸いである。

前夜のニュースでは「大雪になる」と言っていたが、百貨店の屋上をかすめてロート製薬のCMのように鳩《はと》が飛び交う姫路駅前は、雪の気配などカケラもない快晴だった。いっしょに旅に出かけるのは朝日新聞出版の担当編集者である矢玉氏、鉄道カメラマンの目白氏である。

まずは姫路駅のホームで「駅そば」を食べた。

十数年前、私は「青春18きっぷ」で九州まで旅をしたとき、姫路駅で途中下車してこの駅そばを食べた。「そば」「うどん」と並ぶ「第三の麵《めん》」として不気味な存在感を放っていて、これを食べずにいろ、という方が無理だった。しかし、何から作られた麵なのか見当がつかない。姫路駅構内で栽培された未知の穀物を、駅員たちが夜な夜な石臼《いしうす》で挽《ひ》いて粉にしたものを麵にしているのではないかと思ったぐらいである。当時の駅舎とは構造がすっかり変わったものの「駅そば」の味は変わらず、やっぱり何の麵なのか分からない謎めいた味がした。

姫新線の単行列車に乗って姫路駅を10：24に出発した。

ぽこぽこと低い山が盛り上がる、のんびりした町並みが続いた。鉄道に乗るのは好きだが、それは何も考えずに宙ぶらりんでいられるからで、何も考えずに宙ぶらりんでいると眠くなる。播磨《はりま》新宮《しんぐう》で乗り換えるまでは我慢していたのだが、そのあとはうつらうつらした。

12：00に佐用《さよう》駅に到着した。目白氏が「ホルモンうどんの写真を撮らなくてはいけません」と言うので、名物のホルモンうどんを探しに出かけた。薄曇りの空の下をてくてくと歩いていくと、役場の屋上から大きな垂れ幕が下がって、「チャレンジ300万人　姫新線、乗車求ム！」と書いてあった。これだけ率直な訴えもあまりない。我々は乗車を求められており、それに応《こた》えたのである。

目指していた店が移転していたので、電話で問い合わせをしながら佐用の町を歩いて橋を渡り、出雲《いずも》街道沿いにある小さな建物をようやく見つけた。紺色の暖簾《のれん》に「一力」と書いてある。入ってすぐのところにデンと巨大な鉄板が置かれていて、母親から店を引き継いだというおばさんが目の前で焼いてくれる。平べったいうどんとホルモンを混ぜて鉄板で焼き、熱いまま鉄板からとって、皿に入れた濃い味のタレをからめて食べる。これはうまいものである。

「矢玉さん、どうせビールを飲むのでしょう」

「飲んでもいいんでしょうか？」と矢玉さんが言うと、なぜだか目白氏が豆の弾《はじ》けたように元気になった。「飲みましょう！　もうトビラになるぐらい良い写真が撮れました。ばっちりですよ！」

鉄板の向こうに立つおばさんが、「お酒を飲んで仕事になるんですか？」と穏やかに窘《たしな》めた。それでも味の濃いホルモンうどんはビールに合う運命にあり、ビールは飲まれる運命にあった。

佐用駅に戻り、津山行きに乗車したのは13：38である。

津山駅では扇形機関車庫を見物に出かけた。ひっそりとした裏町を十分ほど歩くと、フェンス越しに車庫を眺めることができる。母に連れられて王寺駅へ出かけて列車を凝視していた子どもの頃を思い出して懐《なつ》かしくなった。

15:50に津山駅を出発し、17:42に新見駅に到着。

三次《みよし》まで腹がもたないので、駅前の土産物屋でビールと鯖寿司《さばずし》を手に入れた。

ところが、18:12に新見駅を出発すると、地元の高校生が列車いっぱいに詰まっている。鯖寿司とビールを睨んで、高校生たちが列車を降りる瞬間を待ちわびたが、一定数の高校生たちが下車すると、また違う制服を着た高校生たちが入れ違いに乗ってくる。このまま無限トコロテンのように高校生たちが乗り降りするのかと絶望していたら、「野馳《のち》」という駅でみんなきれいに降りてしまい、列車はがらがらになった。我々はボックス席に座って、ようやく鯖寿司とビールで心を慰めることができたのである。

列車が進行するにつれて、線路脇に積もる雪があれよあれよという間に増えていく。乗客は一人また一人と降り、19:35に備後《びんご》落合駅へ着いたときには我々だけになっていた。ホームの向かい側に三次に向かう単行列車がぽつんと待っていた。まるで荷物が受け渡されるように、我々は明るい一つの箱からもう一つの箱に乗り移ったばかりである。

「もし我々が乗ってなかったら、どんな感じだったろう」

「それでも列車は時間通りに動きますよね」と矢玉氏が言った。「誰もいない列車が来て、ホームの反対側から、誰もいない列車が出発するだけでしょう」

「それは美しいなあ」と私は言った。

三次に到着したのは夜九時前である。

雪に覆《おお》われた駅前はがらんとしていて、クリスマスのようなイルミネーションが輝いていた。旅の疲れを癒《いや》すために炉端焼きの店に行こうとしたが、店の場所が分からず、我々は雪にまみれてウロウロした。暗い空から雪の降る街路はしんと静まり返って、古い日本映画の一場面のようだった。

ようやく赤い提灯《ちょうちん》を見つけて座敷に上がるなり、矢玉氏がおそるべき勢いで注文をした。次々と運ばれてくる料理でテーブルは埋め尽くされた。

名物のワニが運ばれてきた。「ワニ」と言っても、サメの肉である。

目白氏がワニの写真を撮っていると、カウンターに腰掛けて酔っぱらっていた男性客が「写真撮るならこれも撮って」と足下にあるケースを開けた。化け物のようなスッポンがいた。いや、スッポンは脇に置いて肝心のワニの味だが、まるで柔らかい布《ふ》団《とん》にユッタリ寝転んで育った鶏《とり》のササミみたいで、いささか摑《つか》みどころのない、これも姫路駅の駅そばに通じる謎めいた食べ物だった。

目白氏は「森見さんはどんどん食べてください」と言い、自分は何も食べず、焼《しょう》酎《ちゅう》を飲むような音を立ててワインを飲んで酔っぱらっていく。先ほど我々にスッポンの写真を撮らせようとした男性客はたびたびこちらに視線を送ってきて、「なぜ素晴らしいスッポンの写真を撮らないのか」と不服そうである。腹がふくれて酔っぱらっていくにつれて、我々は三人ともぐにゃぐにゃになって、気がつけば夜中になっていた。

目白氏は「良い夜だな！　今日は良い夜だな！」と言った。

外へ出ると雪は相変わらず降り続けていて、冷え込みも厳しい。雪の降る夜に見知らぬ町に着いたのだから、自分たちがどこにいるのかあやふやなままである。

暗い街中をタクシーに揺られて「ホテルα－1」に向かいながら、「すごい雪ですね」と矢玉氏が言った。「明日、鉄道止まらないですかね？」

タクシーの運転手が笑った。「大丈夫ですよ。広島行きでしょ？」

「いや、三江線に乗るんです」

「さ、さ、三江線⁉」

運転手は少し沈黙した。「……それは、どうなるか分かりませんなあ」

というようなことがあって、一夜が明けても、雪は降り続いていた。

「こいつはたいへんな一日になるぞ」と一人で勝手に盛り上がり、食堂で玉子かけごはんを二杯食べて苦しくなった。後悔していたら矢玉氏がやってきて、「三江線が止まっています」と言った。

我々が三次駅まで出ると、改札前に目白氏が立っていた。

彼が言うには、三江線の一部が雪のために運行を停止しており、代行車が出ることになったという。ワゴン車に乗り込んだのは、毅然《きぜん》とした顔つきをした女子高生、有福《ありふく》温泉に出かけるという初老の夫婦、上品な中年女性、そして我々。

ワゴン車は市街地を出て、ぐんぐん山へ入っていく。あらゆるものが雪に包まれ、森は砂糖と生クリームを振りまいたようである。三江線の線路はすっかり雪に埋もれて、ただ真っ白な土手に踏切の警報機が突っ立っているばかりだった。雪に埋もれて存在すらあやふやな駅の一つで女子高生が降りた。雪の中、彼女は毅然とした顔つきで歩いて行く。ひとりでどこまで歩くのだろうと思った。

車窓は我々の温かみで白く曇り、外を見ても雪ばかりである。次第に意識が朦朧《もうろう》としてきた。これは「旅と鉄道」誌の取材ではなかったろうか。なぜ私はワゴン車に乗っているのだろうか。いやしかし、鉄道に脱線は禁句だが、旅に脱線はつきものである。むしろ計画と脱線の微妙な合間に現れてくる得体の知れないものこそが旅と言える。小説を書くにしても、鉄道に乗るにしても、事前の予定をその通りになぞって、それで旅が現れるかというと、じつは現れない。だとすると、今の状況こそが本当の旅と言える、ああしかし、私は鉄道に乗っていない……などと考えているうちに眠ってしまい、しばらくするとガツンと頭を殴られてビックリした。隣で眠りに落ちた矢玉氏の頭が、こちらの頭と激突したらしい。矢玉氏は衝突の反動で向こうへ遠ざかりながら、それでも頑《かたく》なに眠っていた。たいしたものだと思った。

ワゴン車にとじこめられて、意識朦朧としたまま雪景色の中を運ばれていき、石見《いわみ》川本《かわもと》駅に到着したのは、三時間後のことであった。駅のまわりも銀世界で、NTTの電波塔に雪が積もっていた。駅前通に長渕剛《ながぶちつよし》の古い歌が流れているほかは、通りかかる人の姿もなかった。

駅前の店でうどんと稲荷寿司を食べてから、石見川本駅まで行くと、ホームにはすでに江津《ごうつ》行きの単行列車が止まっている。やがて向かいのホームに三次行きの列車が入ってきたのを見たら、前面は雪のかたまりにびっしりと覆われて、いかにも「厳しい戦いから帰還した勇者」という堂々とした風情だった。ホームに降りた運転士が足を突き出して、こびりついた巨大な雪のかたまりを蹴落《けお》としている。そして我々の乗った江津行きはいったん後ろに下がって勢いをつけてから、雪をかきわけて走りだした。乗客は我々と有福温泉夫婦、そして男性一名と子ども二人である。

単行列車は雪に包まれた山の間を走っていった。雪の重みでおしひしがれた竹林が、江《ごう》の川《かわ》の両側にへばりつくように広がっている。雪をまとって線路におおいかぶさっている竹を列車がおしのけて突き進む瞬間が爽快《そうかい》で、舞い上がる雪が列車の両側を吹雪のように流れ、車窓の眺めを真っ白にした。線路に垂れ下がった竹が絡《から》まり合っているときは、列車を止め、運転士が長靴を履いて、ノコギリ片手に降りていった。乗客一同が見守る中、運転士はざくざくと雪を踏みしめて歩いていき、竹を切って道を切り開く。そんなことを繰り返すうちに、車内にはふしぎな一体感が生まれてきた。列車が速度を落とすたびに、みんな「何ごとだろう?」と前方へ見物に行く。目白氏は前方に行ったまま戻って来ない。有福温泉夫婦のご主人もカメラを持っていて、生き生きと車内を歩きまわる。問題が解決すると、ご主人が列車の前方から戻ってきて、奥さんに一部始終を報告する。そしてまた列車が止まると、ご主人はワクワクと出かけていく。奥さんは落ち着いて座席に腰掛けたままニコニコしている。

運転士の活躍により、我々はちゃんと江津に到着した。

江津駅から山陰本線で温泉津駅《ゆのつ》へ。タクシーで入り江をめぐって十分ほど行くと、両側に宿が並ぶ温泉街に入った。鍼灸院《しんきゅう》や薬局もある。立派な寺があり、裏手に迫る巨大な崖《がけ》と森が雪に包まれて壮麗だった。骨董店の硝子窓に大小さまざまの信楽焼《しがらき》の狸《たぬき》が並んでいた。温泉津は狸が見つけた温泉らしいのである。温泉宿の喫茶室で休憩していると、温かくて頭がまたボンヤリしてきた。矢玉氏がスケジュールを確認した。「明日は石見銀山《いわみぎんざん》を見物しますか?」

「今になって気づいたが、僕は狭くて暗いところが怖い。だから石見銀山は困る」

「でも世界遺産ですよ?」

「強《し》いて怖い思いをしなくてもいいと思うな」

珈琲《コーヒー》を飲んでいるうちに、窓の外の温泉街には夕暮れが迫った。

外へ出て、目白氏は温泉街の写真を撮った。「良い写真だ。これはトビラだな」と彼は言った。目白氏は撮ったものが気に入ると、「トビラだな」と言うのである。そして彼は「それではまた明日」と言って、素早く夕闇《ゆうやみ》に消えてしまった。

その夜は、「のがわや」という温泉宿に泊まった。雪は夜になっても降り続いて、立派な中庭も雪に埋もれていた。ひと風呂《ふろ》浴びたあと、部屋で炬燵《こたつ》にあたりながら矢玉氏とお酒を飲んでいると、遠く離れた大広間から宴会の賑《にぎ》わいが伝わってきた。誰かが美空ひばりを歌っている。えらく遠くへ来た感じがした。

翌朝は雪を踏みしめ、近所の「薬師湯」という共同浴場へ出かけた。大正時代に建てられたという木造の洋館で、正面にある硝子窓のついた番台が可愛《かわい》らしい。楕円《だえん》形をした茶色の湯船が中央にあり、奥の硝子窓から淡い光が入っている。中年の男性が湯につかり、老人が洗い場の床にぺたりと尻《しり》をつけていた。老人は「どれぐらい入っとるんじゃろうのう」と言った。湯で顔を洗うと塩《しょ》っぱい味がして、少しひりひりする。矢玉氏は老人に「どこから来んさった?」と問われ、「東京からです」と答えた。老人はしばらく昔話をしていたが、やがてふたたび「どこから来んさった?」と言った。

湯から上がったあと、二階の休憩室でストーブにあたってぼんやりした。

「あ、また降ってる」と矢玉氏が言った。

真新しい雪を踏みしめて宿まで戻ったが、二人とも雪まみれになった。列車の時間が迫っていたので慌《あわ》ただしく支度をして、若女将《わかおかみ》に見送られて宿を出た。温泉津の想い出は雪に埋もれてしまったが、若女将によると「こんなに積もることはめったにない」という。車で駅へ送ってもらう途上、宿の人から夜神楽《よかぐら》や石見銀山の話を聞いた。

「何も見ずに帰るのが申し訳ないですね」と矢玉氏が囁《ささや》いた。

「僕はもう、そういう後ろめたさとは縁を切ったのです」と私は言った。

駅に着いて過激派指名手配のポスターを眺めていたら、全身雪まみれの目白氏がふいに現れたので驚いた。

「どうも！」と彼は言った。

神出鬼没、どこにひそんでいたのか分からない。

益田へ向かう列車は、雪のために遅れている。

待ち時間を潰《つぶ》そうと駅のホームへ出た。何の物音もしない。雪に埋もれたホームの果ては、そのまま雪景色の中へ溶けている。誰もいないホームにしんしんと雪が降り積もる。「いかにも旅に来た感じがしますね」と私が振り返ると、矢玉氏はホームの隅で熱心に雪だるまを作っていた。

やがて列車が来て、我々は温泉津を発《た》った。単行列車は益田に向かって走り出す。

矢玉氏からもらったサクマ式ドロップスを口の中で転がしながら車窓を眺めていると、やがて日本海の絶景が広がった。ごつごつした岩場が見え、灰色の雲と波打つ海の間に雪が舞っていた。すさまじく寒そうである。その寒空の下で海にぷかぷか浮いているものがあって、鳥かと思っていたら、どうもサーファーの人らしい。

「矢玉さん、まさかあれはサーファーだろうか？」

「信じられませんね。寒そうですね」

沖合にヌッと海上に突き出した険しい岩場があり、激しい波に洗われているのが見えた。

「矢玉さんをあそこにポンと置き去りにしたら、どうだろう」

「そんな想像しないでください。考えるだけで死にそうです」

矢玉氏はサクマ式ドロップスを口に放り込んだ。「益田に着いたら、何かおいしいものを食べましょう。やはり海のものがいいですね」

すると写真を撮っていた目白氏がカメラをおろして言った。

「良い写真が撮れましたよ。これはトビラだな」

とりあえず姫路から単行列車を乗り継いで日本海に到達したので、これにて私の旅は終わりということにしてよいだろう。


（「旅と鉄道」２０１２年5月号）

京都を文学的に散歩する

舞台になる場所に馴染《なじ》みがあるから小説を楽しめるということもあり、またその一方で、小説を読んでいるからこそ目の前の風景を楽しめるということがある。もし景色が変わっていても、我々には地名という心強い味方がある。じつのところ私は、地名さえあればなんとかなる、というふうに思っている。あたかも、落語に出てくる酒呑《の》みの男が「塩さえあれば酒が呑める」と言うように。それはいくらなんでもおおげさか。

たとえば私は競馬というものをほとんど知らない。

私が織田作之助《おださくのすけ》の「競馬」という短編小説にスウッと入って行けたのは、主人公の妻が「交潤社」という四条木屋町《しじょうきやまち》の地下室の酒場で働いていたからだ。「四条木屋町」という地名が、物語への入り口になる。言うまでもなく、地名があればそれでいいというわけではなくて、さらに先へ先へと読まされていくのは織田作之助の文章の力であるけれど。「競馬」は最後の数行に向かってキューッと絞り上げられていくような、独特の緊張感のある小説である。

そういうわけで現地に行ってみた。

編集者の小林川氏とカメラマンといっしょに四条木屋町界隈《かいわい》を歩いてみた。「四条木屋町」という地名は間違えようもなくそこにあるが、小説「競馬」に登場する「交潤社」のイメージと一致する建物は簡単に見つからない。「どうしたもんですかね」と小林川氏は言った。

そういうとき、私はしばしば魔法を使う。どこかべつのところにある建物を、想像の荒縄で縛りあげて有無を言わせず引っ張ってくるのだ。つまりインチキである。四条大橋の向こうに「レストラン菊水」があり、その古風なビルが小説の雰囲気にピッタリ合う。私はレストラン菊水をゴトゴト運んで、四条大橋を渡らせ、四条木屋町の角まで持ってきた。「こうすればいい」と私は言った。

「それはさすがにちょっと無茶ではないですか」

「いや、これでいいんです。これが文学的な散歩というものです」

「ははあ」

「地名があればなんとかなる」

自分で小説を書くときも、私は地名におおいに頼る。小説にとって固有名詞というのは大切だが、わけても地名は頼りになる。「地名さえあればなんとかなる」というのは、読むときだけでなく書くときにもあてはまることだ。本当は小説なんて、我々の日常という意味での「現実」とは何の関係もない。アヤフヤなものである。いつも広大無辺の大空へ飛んでいってしまうか分からない「小説」というものを、地表につなぎとめてくれるものが場所であり地名である。たとえば『今昔物語集』とか『平家物語』みたいなものを考えても、そこにはちゃんと地名が出てくる。当時『今昔物語集』をどんな人が読んでいたのか知らないけど、彼らはきっと、それらの地名を手がかりにして、物語の世界に入っていったにちがいない。そういった「騙《だま》す技術」というものは、平安時代も現代も、大した違いはないと思う。

そのあと我々が足を運んだのは伏見《ふしみ》稲荷《いなり》である。

坂口安吾《さかぐちあんご》に「古都」という文章があり、これがたいへんおもしろい。この文章のタイトルについて、作者自身が「気に入らん」と言っているように、観光地的な華やかさはちっともない。生臭い内容である。それがおもしろい。当時坂口安吾が住んでいたところは「溝が年中溢《あふ》れ、陽《ひ》の目を見ないような暗い家がたてこんでいる」とさんざんな書き方をされている。京阪電車の駅の前に、どうやらそれらしい一角があった。今はもちろん当時とは変わっているけれど、窪地になった袋小路という地形に、当時の名残りがあった。

「その頃、坂口安吾は行き詰まっていたそうです」と小林川氏が袋小路に立って言った。「だから東京を去って、京都の南に引き籠《こ》もったんです。そうして長い小説を書いていた」

「僕が東京を引き払って奈良に引き籠もったのと似てますね」

「そうでしょう。どうですか？」と小林川氏は得意げだった。「それもあって、『古都』はいいなと思ったんです。何か響き合うところがありませんか？」

「いやあ。……ないなあ」

坂口安吾の引き籠もりと、自分の引き籠もりでは、なんだか分からないがスケールが違う。結びつけて悦に入《い》るというのは恥ずかしいことである。引き籠もりも十人十色である。

坂口安吾の「古都」はおもしろい文章だけれども、現地に出かけて楽しいかというと話はべつである。彼が住んでいたところは駅から見て伏見稲荷の反対側で、彼の関心はあくまで自分の身のまわりをうごうごしている人間たちにある。伏見稲荷のことなんてほとんど触れていない。だからといって伏見稲荷に寄らずに帰るのももったいない。

私は伏見稲荷に出かけていき、千本鳥居を眺めた。小学生の頃、しばしば祖父母に連れられて伏見稲荷を訪ね、長い階段を伝って山をのぼっていったものである。だから「伏見稲荷」という地名は祖父母の思い出と結びつく。さらに言えば、祖父母たちが暮らしていた大阪府茨木《いばらき》市の薄暗い家とか、不気味なぼっとん便所とか、祖母が毎晩上げていた般若心経《はんにゃしんぎょう》と線香の匂いとか、祖母が夕飯の材料を買いに出かけていた市場の雰囲気とか、そういうものとさえ結びついている。伏見稲荷の千本鳥居は幻想的なものだけれど、その幻想の裏側に、私は昭和の匂いを色濃く感じるのである。

「それはまったく個人的な事情ですね」と小林川氏が言った。

「でも坂口安吾の『古都』にも、そういう匂いがしませんか」と私は言った。

伏見稲荷の門前にはいろいろなお店がならんでいるが、達磨《だるま》や信楽焼の狸や招き猫や狐《きつね》の面など、私がしばしば小説に登場させるものたちはすべてここで買える。私は家の玄関に飾るために大小二つの信楽焼の狸を買った。

その後、我々は南禅寺へ行った。

松本清張の『球形の荒野』には、南禅寺の三門の下で待ち合わせをする場面が出てくる。謎《なぞ》の人物からの手紙を受け取り、登場人物が東京から京都へ出向いてくる。実際にその場所へ行って登場人物の気持ちになってみると、「正体の分からない相手との待ち合わせ場所」として、いかにそこがサスペンスフルな場所かということが分かる。四方から観光客が歩いてくることに加え、境内の松の木立のせいでそれらの人影が見え隠れする。しかも静かである。街角や喫茶店で待ち合わせるよりも緊張するにちがいない。

ひとしきり幻のサスペンスを味わってから、三門の上にのぼった。「みんなすぐに下りてくるな」と不思議に思っていたが、吹きさらしになった廊下が今までの人生で歩いたことがないほど冷えていた。冷たさを通り越して痛かった。南禅寺は高台にあるから、三門の上は冬の京都の街が眺められる絶景ポイントなのに、足が焼かれるように痛くて絶景を味わっているどころではない。

小林川氏が「こいつはイタイ、こいつはイタイよ」と、よちよち歩きまわっている。

松本清張の小説はいつもヒンヤリしている。描かれているのは厳しく荒涼とした世界である。あんまり続けて読んでいると気がめいってくる。ユーモアというものがまるでない。いくら社会悪を描くといっても、ちょっとぐらい息抜きがあってもいいのではなかろうか。たとえばこうして南禅寺三門の床の冷たさにヒイヒイ悲鳴を上げている我々が、夜には先斗町《ぽんとちょう》で鴨鍋《かもなべ》を食べるように。

「『この足裏に痛い容赦のない冷たさが、松本清張の作品世界へ通じているかのようだった』というふうに書けば、これはかなり文学散歩っぽくなるのではないですか?」


私が足裏の痛みに耐えながら言うと、小林川氏は顔をしかめた。

「そんなことより下りましょう。足の裏が凍りかかってます」と彼は言った。

そうして我々は逃げるようにして三門を下りた。

「寒々しい思いをしたところで、華やかなもので締めますか」と小林川氏が言った。

「谷崎潤一郎の『細雪《ささめゆき》』はどうですか」

「たしかにそれはいかにも文学散歩っぽい」

そういうわけで最後に我々は平安神宮に行った。

谷崎潤一郎の『細雪』に平安神宮の神苑《しんえん》の枝垂《しだ》れ桜が出てくる。登場する姉妹たちは、毎年春に芦屋《あしや》から京都へ遊びに行って、その枝垂れ桜を見るのだ。

学生時代、岡崎あたりは自転車でよくうろうろしていて、琵琶湖疏水《びわこそすい》記念館とか、京都市美術館とか、京都国立近代美術館とか、京都市勧業館とかは入っていたのに、平安神宮は外から眺めていただけで、中に入るのは初めてだった。十年も京都に住んでいたのに、呆《あき》れたものである。

もちろん今は冬なので、神苑を歩いてまわっても、桜の木々は寒々と裸の枝をさらしていて、味もそっけもない。神苑の中を歩く人影もほとんどなくて、唐突に展示されているチンチン電車も淋《さみ》しげだ。

私はあまり桜が好きではない。『細雪』の中でも、幸子が妹の雪子とともに神苑の桜を眺めながら、「こうして姉妹でこの桜を見るのも今年が最後になるのではないか」と感傷に浸る場面がある。桜というのはいつもそうやってセンチメンタルを無理強いするから苦手なのである。もともとセンチメンタルな人間だから、ちょっとでも桜を見ると、あっという間にセンチメンタルの坂道を転げ落ちてしまう。

むしろ桜よりも、私は『細雪』の雪子を幻視したかった。

「『そうかて、笑いごとやあれへん、さっきはほんまに恐《こわ》かったわ』

雪子がまだ息をはあ〳〵弾ませて、青ざめた顔に無理に笑いを浮かべながら云《い》った。

彼女の脚気《かっけ》の心臓がドキドキ動悸《どうき》を搏《う》っているのが、ジョウゼットの服の上から透いて見えた」

なんということであろう。この「彼女の脚気の心臓がドキドキ動悸を搏っているのが、ジョウゼットの服の上から透いて見えた」という一文に含まれた情報の密度を見よ！　じつに助平である。ジョウゼットとはしゃりしゃりした薄い生地のことで、涼しくするために夏服に使われる、ということを私は学んだ。洋服がきらいで、普段は和服しか着ず、真夏の本当に耐え難い数日だけ、雪子は洋服を着る。見合い先から病気ではないかとケチがつくほど、カリカリに痩《や》せていて色が白い。だから洋服を着ると貧相になるわけである。それがいいのである。「脚気の心臓」が「ジョウゼット」から「透いて見える」という文章から立ち上るこの……。

「それで森見さん、雪子が見えますか?」と小林川氏が言った。

「うーん。まだ見えない。桜も見えない」

「ここは一つ、目から血が出るぐらい頑張ってもらって」

「『ふいに目の前には神苑の枝垂れ桜が咲き誇り、その花弁で淡い桃色に染まった光の下に、今にも溶けて消えそうな色白の雪子の横顔が見えた』というふうに書けば、これはかなり文学散歩っぽくなるんじゃないかしらん?」と私は言った。「どうです?」

「で、見えましたか?」と小林川氏が言った。

「……見えませんなあ。見たいときにかぎって見えません」

小林川氏が「では」と言った。「そろそろ行きましょうか。じつに寒いです」

（「小説　野性時代」２０１３年４月号）

長い商店街を抜けるとそこは

商店街は異世界へ通じるトンネルである。

昔からどうもそんな気がしてならないのだが、「国境の長い商店街を抜けると雪国であった」というような、正真正銘ファンタスティックな経験はまだない。

先日、知人と焼き肉を食べる約束をして、久しぶりに鶴橋《つるはし》を訪れた。

近鉄の鶴橋駅というところは、ホームに降りた時点で高架下から焼き肉の匂《にお》いが立ち上ってくる凄《すご》い駅である。その時点で独特の雰囲気が漂っているのだが、階段を下りて改札を抜けていくと異世界の気配はいよいよ高まる。駅から外へ出たはずなのに地底世界のように薄暗いのは、鶴橋商店街のアーケードが陽射《ひざ》しをガッチリと遮っているためだ。改札前の立ち食い蕎麦《そば》屋や小さな書店を眺めていると、胸中に「昭和」の二字が浮かんでくる。「昭和は遠くなりにけり」と呟《つぶや》いて、賑わう商店街を歩いていけば、キムチの店があり、焼き肉店があり、喫茶店や洋品店がある。薄暗くて狭い通りが錯綜《さくそう》する。韓国語が聞こえる。ふいにアーケードが途切れて陽が射すところもある。なんだか闇市を歩いているような気分になる。嗚呼《ああ》、この迷宮はどこへ通じているのだろう。ひょっとすると、この商店街を抜けた先には幻の昭和の草原が広がり、菜の花が春風に揺れていたりするのではないか——。もちろんそれは妄想であって、商店街の終わるところから始まるのは現代の鶴橋の町なのである。

思えば、これまでに色々な商店街を通り抜けてきた。奈良で過ごしていた高校時代には、毎日のように東向《ひがしむき》商店街を抜け、もちいどのセンター街を抜け、下御門《しもみかど》商店街を抜けて学校に通った。浪人時代には難波《なんば》の予備校に通っていたので、勉強をサボって近所をぶらつけば、千日前《せんにちまえ》があり心斎橋筋があり道具屋筋があった。大学に入学して京都で暮らすようになると、新京極《しんきょうごく》や寺町《てらまち》通、錦《にしき》市場、三条《さんじょう》、出町柳の商店街があった。転勤して東京で暮らしていた頃は千駄木《せんだぎ》に住んでいたので、近所には谷中銀座《やなかぎんざ》があった。福山、尾道《おのみち》、倉敷《くらしき》など、旅先で迷いこんだ商店街も印象に残っている。

商店街にはお祭りっぽさがある。それが「異世界へ通じるトンネル」のような気配を醸《かも》し出すのではなかろうか。たとえば神社の縁日で、夜店がずらりと並んでいるあの感じである。学生時代に夜の町をぶらぶらしていて、ふとそんな情景に出くわすとワクワクしたものだが、未知の商店街に足を踏み入れるときの感覚もそれによく似ている。これだけの店が並び、これだけの人間が行き交っているのであれば、この先には何かあるのだと思える。ジブリ映画『千《せん》と千《ち》尋《ひろ》の神隠し』の宣伝文句を引用すれば、「トンネルのむこうは、不思議の町でした」ということである。

そういう意味で印象深いのは天理《てんり》の商店街である。

私は天理の町の独特な雰囲気が好きで、これまでにも幾度か訪ねている。家からは電車で三十分ほどで、二年ぐらい前にも妻といっしょに「奈良健康ランド」へ出かけたあと、天理の本通り商店街をぶらぶらした。天理市といえば天理教の中心地で、町のあちこちに天理教独特の気配が濃厚に漂っているのだが、その商店街も例外ではない。書店には天理教の書籍が並び、ショーウィンドウには天理教の教服を着たマネキンが立ち、天理教の黒い法被《はっぴ》を身にまとった若者が歩く。パッと見るだけなら普通の商店街と変わらないのだけれど、やはりここは天理教の町なのだということが歩くにつれて分かってくる。見慣れたつもりになっている風景が、少しずつ意味を変えていくのが面白い。そして長い商店街を通り抜けた先に現れる天理教神殿の迫力たるや。「長い商店街を通り抜けて、自分は天理教の町へやってきたのだ！」という衝撃に打たれる。

そういうわけで、天理の商店街は忘れられない商店街の一つなのである。

（「月刊 J-novel」２０１５年８月号）

近くて遠い場所へ

私が世界で一番目に愛する場所は自宅である。今の自宅が快適な大邸宅だからというわけではなく、四畳半アパートに暮らしていた大学時代、親元で暮らしていた少年時代にも同じことを考えていた。自宅万歳！　ようするに怠け者なのである。

それでも学生時代には「こんなことではいけない」と若人《わこうど》らしい焦《あせ》りに駆られ、青春18きっぷで九州や四国や東北をめぐったものだが、自分で行こうと決めたにもかかわらず、出かけるのは億劫《おっくう》でしょうがなかった。四畳半でぬくぬくとジュール・ヴェルヌでも読んでるほうが楽しいのに、なにゆえ旅に出なければならないのか……。そんな懐疑の念にさいなまれ、四国一周の半ばで心が折れて引き返してきたこともある。

「学生は貧乏旅行をしなければならない」という強迫観念に苦しんでいたわけである。

「自分は広い世界に打って出る気概もない怠け者である」という事実を受け容《い》れるのはつらいもので、三十代半ばをすぎた今でもつらい。

見知らぬ土地への好奇心というものが私にはない。だから旅をするとしても、気に入った土地へ繰り返し行きたい。尾道、長崎、有馬《ありま》、松本、野辺山、吉野《よしの》、飛騨《ひだ》高山などは、毎年行ってもいいと思えるところだ。学生時代に英国へ語学研修に行ったが、そのときもロンドンの狭い範囲をしつこくウロウロしていた。

こういう人間の悩みの種は、そもそも気に入った土地をどうやって見つけるかということなのだ。どんな土地でも最初は未知の土地であるわけで、行ってみなければ気に入るかどうか分からない。しかしなかなか出かける気になれない。ジレンマである。

それならもう手近なところでお茶を濁そう、近くて遠い場所へ旅をしよう。そんなふうに考えるようになって、昨年は生駒山《いこまやま》に凝っていた。生駒山は大阪と奈良の県境にあり、山頂には生駒山上遊園地がある。天気が良い日に遊園地のカフェテリアから大阪側を見れば、大阪湾ばかりか淡路島や神戸まで一望できる。ケーブルカーに乗って生駒山にのぼり、大阪湾を遠望しながらメロンソーダを飲んで帰る。三時間ほどだが、遠くまで旅して帰ったような、不思議な充実感がある。

これに味をしめて周囲をみまわすと、近くて遠い場所がいくらでも見つかる。あの神社の森を抜ける一本道はどこへ通じているのか、あの路線バスの終着駅はどんなところか、あの不気味な団地を通り抜けると何があるのか、子どもの頃に住んでいた町は今どうなっているのか。そんなわけで私は手近なところで未知を捜す、きわめてミクロな旅ばかりしている。これらの旅が終わりを告げたとき、ようやく私は真の旅人として目覚めるのであろう。
ちなみに私が世界で二番目に愛する場所は、京都木屋町の某河豚《ふぐ》料理店の奥にある小上がりである。この小さな空間もまた、近くて遠い旅の目的地のように感じられる。

（「ひととき」２０１６年4月号）

ならのほそ道

第一回 生駒山

二〇一一年の初夏、私は東京で暮らしていたが、締切に追われすぎて体調を崩し、一時的に奈良の生駒市にある両親の家へ戻ってごろごろしていた。

朝から畳に寝転んで海外ミステリを読み、母と一緒に饂飩《うどん》を食べ、午後には静かな住宅地を散歩した。たいそう陰鬱《いんうつ》な顔をしていたにちがいない。専業作家になって一年も経《た》たずに「全連載停止」という事態に追いこまれては絶望してあたりまえである。

「さて、これからの人生どうしたものか」

私はそんなことを思案しつつ、高台の新興住宅地から富雄川《とみおがわ》沿いの古い町へ抜ける細道の一つを辿《たど》っていった。青々とした田んぼが広がり、あたりはひっそりと静まり返っていた。

中高生時代に自転車でさんざん走りまわっていたので、そのあたりの地図はすべて頭に入っている。そうやってなつかしい細道を歩いていると、大学生活を過ごした京都時代も、永田町へ通勤していた東京時代も、すべてがマボロシのように消え去って、中高生時代のあの頃へ、時空がそのまま連結しそうだった。「奈良」→「京都」→「東京」→「？」という図式が脳裏に浮かんだ。

そのとき彼方《かなた》にある生駒山が目に入った。

その姿には峻厳《しゅんげん》なところは何一つなく、奈良盆地にゴロンと寝転がる感じでありながら、なんとも頼もしく感じられた。思わず「東京には山がない」と呟きたくもなった。「帰ってきた方がいいんじゃないの？」と生駒山が囁《ささや》きかけてくる気がした。

というわけで、私は東京からの戦略的撤退を決め、生駒山の見える奈良へ帰ってきたわけである。戻ったばかりの頃は、なんだか「ふりだし」に戻ったようで淋しい気もしたが、なんだかんだで丸五年も過ぎた今となっては、そんな淋しさも賞味期限が切れた。

ともあれ、いつでも生駒山が見える暮らしは良いものである。

「奈良」と言っても広いので、たとえば奈良の南で暮らす人たちにとっては生駒山の印象は薄いだろう。しかし私のように奈良の北の端、京都や大阪と県境を接するあたりで育った人間には、生駒山の存在感は格別なものがある。

子どもの頃から、西の方角を見れば必ず生駒山があった。しかも山頂には「生駒山上遊園地」があり、真夏の夜などは遊園地の明かりが宝石のように光って好奇心をそそった。その山の向こうには大阪という、奈良とは全然ちがう世界があるということも生駒山の存在感を強めた。大学受験に落ちて浪人していた頃は、毎朝満員電車に揺られて生駒山の長いトンネルを抜け、難波にある「代々木ゼミナール」へ通っていた。そういうわけで私には「奈良」を生駒山と切り離すことができない。若草山《わかくさやま》の向こうから朝日が昇り、生駒山の向こうへ夕日が沈む。それが私にとっての奈良である。

生駒山が好きな理由はもう一つあって、それは生駒山がそんなに高い山ではない、ということである。調べてみると標高はおおよそ六百四十メートル。京都の如意《にょい》ヶ嶽《たけ》よりは少し高いものの、わざわざ登山用品に身を固めて登るべき山ではない。しかも近鉄生駒ケーブルが山裾《やますそ》から山頂までをつなぎ、その間には複数の駅があるので、歩き疲れればどこからでも文明の力に頼ることができる。これは大文字山にはない利点である。そもそも私は怠け者だから、「散歩の延長」で登れない山には親しみが持てないのである。

人間は鬱屈すると山に登りたくなるものらしい。

大阪の予備校へ通っていた一九九七年、予備校からの帰りに大阪側で近鉄電車を降り、歩いて生駒山を越えたことが何度かある。なぜそんなことをしたのかよく覚えていないが、とにかく鬱屈していたのだろう。覚えていることは、山中でイノシシらしい気配を感じたこと、黄昏時《たそがれどき》の生駒山上遊園地がジョルジョ・デ・キリコの絵画のように物悲しかったことだけである。

さらに思い出すなら京都で暮らしていた二〇〇一年、配属された大学の研究室を逃げだして宙ぶらりん状態だった私は、同じく司法試験に落第して宙ぶらりんだった友人とともに、しきりに大文字山に登っていた。丑三《うしみ》つ時《どき》に登って山中で夜を明かしたこともある。やはり二人とも鬱屈していたのだろう。

そして二〇一六年の春も私はしきりに生駒山へ登った。『夜行』という小説がなかなか書けず、鬱屈していたからである。

しばしば私が生駒山へ登ったルートは次の通り。

まず生駒駅からケーブルカーで中腹の宝山寺《ほうざんじ》駅まで行く。駅構内のベンチでボンヤリしてから、人気《ひとけ》のない門前町を抜けて宝山寺の境内へ入る。生駒聖天にお参りしてから、薄暗い杉木立にならぶお地蔵様の行列を抜けて奥の院まで行く。そこのベンチで二度目のボンヤリを満喫し、山頂へ向かうケーブルカーの線路へまわり、生駒山上へ向かうつづら折りの山道を歩くのである。宝山寺から山頂まではおおよそ三十分ほどの道のりである。

小説家にとってボンヤリすることは大事なことである。私のごとく、知識も経験もヘナヘナで、頼れるものは己の妄想ばかりというような野人的小説家の場合は尚更《なおさら》のことだ。そして私の経験上、ボンヤリするのは自宅や仕事場よりも少しだけ日常から離れたところがいい。そういう意味で生駒山は格好の場所なのである。

たとえば先ほど挙げた二つのボンヤリ・スポットであるが、実際に現地へ来てもらえるなら、「なるほど。いかにもここではボンヤリするしかない」と納得してもらえるにちがいない。

ケーブルカーの宝山寺駅というのは古い駅舎で、おそらく建てられてから半世紀近くの時を経ているだろう。駅構内のベンチに座っていると、漠然と漂う昭和的風情《ふぜい》に旅情をそそられる。近鉄生駒駅からほんの数分だというのに、ローカル線の終着駅にやってきたようだ。じつにお手軽な旅情。私の記憶にあるかぎり、そのがらんとした構内にはいつも風が吹き抜けていた。

宝山寺の奥の院もまた風の通り道で、夏でも涼しいところである。暗い杉木立を抜けていくとき、お地蔵様の風車がクルクルまわっていたのを覚えている。奥の院の境内にあるベンチに腰かけていると、吹きつけてくる風がドッと森を揺らす音が聞こえた。宝山寺駅の構内を吹き抜けた風が生駒山の森を揺らす。

これは奈良の風、と思ったりした。

生駒山を登るにあたって、最後のボンヤリ・スポットと言えるのは、生駒山上遊園地のカフェテリアである。そこは遊園地のカフェテリアというよりも、大学生協を思わせる佇《たたず》まいで、平日の午後などはほとんど人影もない。時には職員の姿さえ見えないことがあるが、そんな風情が私は好きなのである。ここに半日ぐらい籠もって小説を書いてみようかと思ったこともあるが、まだ実行はしていない。そのカフェテリアでメロンソーダを飲んだり、懐《なつ》かしい味のラーメンを食べるのが、私の生駒山登山の締めくくりである。

空気が澄んでいる日であれば、そのカフェテリアのベランダからは東大阪の町並みから大阪湾まで、そして神戸や淡路島まで一望することができる。そこには無数の工場、高層ビル群、そして海や島があり、いつも異世界を見るような思いがする。その風景を見てから下山すると、奈良はいっそう奈良らしさを増すのである。

生駒山を登りながらよく妄想していたことがある。

それは「山」を作ったのも人間、ということだ。

もちろん山は自然のものだし、たとえ人間が存在しなくてもそこにある。しかしたとえば、奈良という町とその歴史がなければ、今の私がこうして生駒山を見上げることもない。私は私の想《おも》いに染めて生駒山を見るが、その想いは私の個人史のみならず奈良の町と歴史に基づく。そのような想いを通してしか私は生駒山を見ることができない。山がそのように見られるところへ町を作るということは、山そのものを作りだすに等しい――そんなことを考えたのである。生駒山の立場からすれば「おまえらの思い入れなど知らんわ」となるだろうけれども。

最後にちょっと不思議な経験を一つ。

二〇一三年の春、『聖なる怠け者の冒険』という小説を刊行した頃のこと。

その日も私は両親の家の近所をぶらぶらしていて、新興住宅地から富雄川の方へ下りていこうとしていた。二年前の二〇一一年、蹌踉《そうろう》として歩きながら生駒山の囁く声を聞き、東京から奈良へ帰ってくる決心をしたあの同じ細道である。

何気なく生駒山を見上げた私は不思議な現象を見た。それは生駒山の中心を山頂から山裾まで一直線に貫いている銀色の光だった。太陽がしかるべき角度までのぼったとき、しかるべき角度から生駒山を見上げると、ケーブルカーの線路が光を反射してそのように一直線に見えるらしい。そんな情景を見たのは初めてのことだった。まるで壮大な茶柱が立ったようだった。

「これは良いことありそう！」と私は思った。

しかしながら、そんなに良いこともなかったのである。

その後、生駒山の「茶柱」は見ていない。

第二回 大和西大寺駅《やまとさいだいじ》

近鉄「大和西大寺駅」からはどこへでも行ける。

私は京都にも仕事場があるし、編集者と会うのも基本的には京都なので、わりと頻繁に近鉄電車で京都へ出かける。その際は西大寺駅から京都行き特急に乗ることにしている。

昨年の初秋には妻といっしょに伊勢《いせ》参りへ出かけたが、そのときも西大寺駅から伊勢志摩ライナーに乗った。「奈良健康ランド」へ出かけるときには天理行きの急行に乗る。小説家・仁木英之《にきひでゆき》さんたちと大和八木駅前で食事をするときは橿原神宮《かしはらじんぐう》前行きの急行に乗る。もちろん西大寺駅からは奈良行きが出ているし、反対のホームからは難波へ向かう列車が出ている。京都だろうが、難波だろうが、奈良だろうが、天理だろうが、橿原神宮前だろうが、西大寺駅で乗り換えればどこへでも行ける。

あたかも西大寺駅は世界の中心であるかのようだ。

私のように近畿日本鉄道の掌《てのひら》の上で育った人間にとって、近鉄の路線図は世界の骨格である。それゆえに西大寺駅が世界の中心であるといってもまったく過言ではない。近鉄の西大寺駅で乗り換えるたび、その「西大寺」という名称は世界の中心としての意味を補強され、いよいよ誇らしげに屹立《きつりつ》していく――。

その一方で西大寺というお寺の存在感が薄れてしまう。まことに申し訳ないことだが、毎日電車に乗って奈良市内の学校へ通っていた高校時代、「西大寺という寺は遠い昔に滅んで、今は地名だけが残っている」と本気で思っていた。一体どこでそんな妄想を仕込んできたのであろうか。地図で確認すれば一《いち》目瞭然《もくりょうぜん》なのに、阿呆《あほう》高校生がそんなマメなことをするわけもなく、「西大寺は存在しない」という妄想は長く続いた。最近になって自分自身で出かけていくまで、西大寺は存在と非存在のはざまを漂う曖昧《あいまい》な寺だった。言うまでもなく本当に曖昧なのは私のアタマである。

そもそも近鉄電車の大和西大寺駅の存在感が大きすぎることに問題がある。正式には「大和西大寺駅」だが、私はわざわざ「大和」や「駅」をつけず、「西大寺」と呼んできた。私にとって「西大寺」という言葉は寺名である前に駅名なのだった。

高校時代、私は近鉄奈良駅まで電車通学していたが、西大寺駅で降りることはめったになかった。

当時の西大寺駅の記憶はほとんどないのだが、駅構内の様子はずいぶん変わったように思う。「タイムズプレイス西大寺」ができてから、西大寺駅は明るく賑やかになった。かつてはもっと暗くて寒々しい駅だったような気がする。とはいえそれが客観的な記憶だという自信はない。西大寺駅にまつわる個人的な思い出がなんとも肌寒いものだからである。

高校一年生の頃、私は片想いをして悶々《もんもん》としていた。

当時の日記を読み返してみると、次第に文面が具体性・客観性を失っていくことがよく分かる。片想いの相手は同じ学年の女の子であり、彼女は西大寺駅で電車を乗り換える。そういうわけで、私はなんとか話しかける機会を摑《つか》みたいと思い、わざわざ降りる必要のない西大寺駅でいったん下車したりしていた。

今となってはよく分からないのだが、私は彼女と学校で話をしたことがほとんどなかった。その人柄はほとんど知らず、一目惚《ぼ》れの猪突猛進《ちょとつもうしん》だった。「もう少し外堀を埋めるべきであった」という反省を生かすことができたのはずいぶん後のことである。

ちなみに一度だけ、彼女にプレゼントを渡したことがある。

私は心臓が止まりそうなほど緊張して相手に電話をかけ、彼女の誕生日の朝、西大寺駅のホームで会う約束をした。いつもの通学時間よりも早めの時間だったので、ホームに学生の姿はほとんどなく、六月の朝の空気はひんやりしていた。そこで彼女に誕生日プレゼントを渡したのだが、さてそれからどうすべきか、私にはまったく分からなかった。とにかく目先の任務を果たすことで力尽きてしまったのである。二人きりで話をしたのは、その朝、西大寺駅から奈良駅へ向かう車中の一度きりである。

こういうふうに経緯だけ書くと、まるで「微笑《ほほえ》ましい思い出」みたいになってしまうが、実際の味わいはそんなものではない。たしかに貴重な思い出ではあるものの、恥ずかしさや惨《みじ》めさや申し訳なさがしっかりと絡《から》みついており、全体としてはどうにも寒々しい思い出なのである。なんだかションボリするのである。

とはいえ二十年も前の話だから、初恋は成仏《じょうぶつ》している。

西大寺というお寺はどんなところだろうか。

そんなことを思い立ち、正月も明けたある日の朝、ひとりでフラフラと出かけていった。西大寺は大和西大寺駅の南口から歩いて数分のところにある。すぐに行ける場所であるのに、四十年近いこれまでの人生で初めて訪ねた。

西大寺は「大茶盛《おおちゃもり》」という行事が有名で、新春になるとテレビのニュースや新聞記事で見かける。晴れ着姿の女性が自分の頭よりでっかい茶碗《ちゃわん》を持ち上げているユーモラスな映像は何度か見たような気がする。

そもそも、どうしてあんなにでっかい茶碗があるのだろう。ひょっとすると西大寺は何もかも規格外に大きな寺なのであろうか。でっかい本尊、でっかい本堂、でっかい鐘楼《しょうろう》、でっかい住職……。

私は西大寺がどこにあるのかもよく分かっていなかった。西大寺駅の南口から外へ出て少し歩くと、広い駐車場の向こうに長い塀と松の木立が見えている。「たぶんあれだろう」といいかげんな見当で歩いていったのである。

奈良には東大寺という寺がある。「奈良の大仏」で有名なあの東大寺である。名前からすれば東大寺と西大寺は対になる存在であるが、実際のところはワンセットで造られたというわけではないらしい。「大茶盛」の由来にしても、まさかデカい大仏に対抗してデカい茶碗を用意したわけではないだろう。

東門から入って松の影に染まった石畳を歩いていった。

西大寺はたしかに大きな寺だったが、でっかい茶碗のカケラが松並木に捨ててあったり、東塔の焼け跡に巨大な住職が寝転がっているようなファンタジックなところはなく、いかにも奈良らしい静かな寺だった。雲一つない青空のもと、がらんとした境内がどこまでも広がって、雉鳩《きじばと》の暢気《のんき》な声が響いている。

少し歩くと立派な本堂の前に出た。

中年女性がお参りをしていて、勢いよく鰐口《わにぐち》を叩《たた》いたものだから、彼女が立ち去ったあとも「ごんごーん」と鰐口は鳴り続けていた。幼稚園児ぐらいの姉妹を連れた夫婦が驚いて本堂の方を見ているのが微笑ましかった。鳴り続ける鰐口なんて気にする風もなく、杖《つえ》をついた老人が砂利道をゆっくり横切っていく。じつにのどかな「奈良の朝」という感じだった。

その朝、静かな西大寺の境内を歩きながら、かつて西大寺駅で空転していた初恋の記憶に「うひー」と思ったりしたのであるが、さすがにもう赤面するようなことはない。

そもそも普段はあまり思い出すこともない。あたりまえである。西大寺駅で乗り換えるたびに「初恋の思い出」で悶絶するとしたら、どこへ出かけるにも悶絶しなくてはならぬ。そんなにしょっちゅう悶絶していたら寿命が縮んでしまう。

西大寺駅も装《よそお》いを変え、私と西大寺駅の関係も変わった。

かつては通学途中に通過するだけの駅だったが、今では西大寺から京都へ、京都から東京へと通じる駅になった。それればかりではなく西大寺駅周辺にもだいぶ馴染んだ。妻といっしょに「ならファミリー」へ出かけることもある。平城宮跡へ気晴らしに出かけることもある。駅前の団地内にあるレストラン「ミュンヘン」でステーキとライスと味噌汁《みそしる》を食べることもある。こうして朝の西大寺の境内をさまよった記憶も加わって、高校時代よりも私の中にある西大寺駅はふくよかになったようである。

西大寺駅はかつての西大寺駅ならず。

とはいえ、西大寺駅が近隣で屈指の乗り換え駅であることに変わりはなく、朝夕の通学時間には今でも学生たちで混雑する。その中にはかつての私と同じく、意中の人を探して空転している学生たちがいるだろう。たしかに西大寺駅からはどこへでも行けるが、それは乗り換えに成功した場合にかぎられる。乗り換え損なって肌寒い思い出を抱えこむ、不器用な学生たちも多かろう。こうして私が西大寺の境内を散歩している間も、西大寺駅では慎み深い恋情が空転しているのだと思えば、微笑ましくも哀れみを感じるような気持ちになる。いずれ一切が思い出になってしまうとしても。

私は本堂の前で手を合わせ、西大寺駅のホームで淡く消えていく片想いたちの成仏を祈ったのである。

第三回　大和文華館《やまとぶんかかん》と中野《なかの》美術館

私はひとつの「ステッキ」を愛用している。

かつて本多静六《ほんだせいろく》という林学博士は、海外へ視察旅行に出かける際、目盛りを刻んだステッキをつねに携帯していたらしい。あらゆるものの大きさを手早く計測して手帳に書きこんでおき、帰国後にそれらのデータを学問や事業に役立てるのだ。博士の本を読んだとき、「目盛りを刻んだステッキ」というプロフェッショナル精神に満ち溢れた発明にわくわくした。

私にはプロフェッショナル精神の持ち合わせはないが、つねにステッキを持ち歩くことの大切さは実感している。

小説が書きたくなるか――それが私のステッキである。

本を読むにしても、近所へ出かけるにしても、旅行へ出かけるにしても、人と会って話をするにしても、その頭の中のステッキはつねに私とともにある。これは中学生頃からの習慣なので、「専業小説家」であるという職業意識とは関係がない。それぐらい昔から、私はあらゆるものを自分のステッキで計測し、森羅万象を「小説が書きたくなるもの」「ならないもの」に分類してきた。

いわゆる絵画などの芸術作品を見るときにも同じステッキを使う。芸術的価値を脇《わき》に置いて、「小説が書きたくなるか？」というのが、私にとって一番役立つ判断基準なのである。

そういう人間にとっては、作品そのものよりも、その作品と出会う状況が大事であったりする。

たとえば昨年はサルバドール・ダリの展覧会、一昨年はルネ・マグリットの展覧会へ出かけたが、どちらも残念ながらワクワクしなかった。マグリットは好きな画家で、日本ファンタジーノベル大賞を貰《もら》った小説『太陽の塔』の応募時の原稿は「太陽の塔／ピレネーの城」と題されていたのであり、「ピレネーの城」はマグリットの作品名から盗んだのである。にもかかわらず、展覧会ではションボリしてしまった。そもそも展示されている作品が多すぎるし、見物人も多すぎる。やむを得ないことだと頭では分かっていても、押し流されるようにして作品を見ていくのはつらい。「見なければならぬ」という義務感ばかりが強まり、しまいには展示されている作品がニセモノみたいに見えてくるのだ。そんな状態で妄想が刺激されるわけもなく、私のステッキは全然役に立たないのである。

かくして私は呟く。

「嗚呼、大和文華館へ行きたい」

大和文華館は、近鉄の学園前駅から歩いて十分ほどの閑静な住宅街にある。昭和三十五年、近鉄の創立五十周年を記念して創立されたという。美術館は吉田五十八《よしだいそや》氏の設計による。敷地内には梅林もあって、ほかにも四季折々の花が咲く。「そろそろ梅だな」という季節になれば妻と出かけていくし、「そろそろ紫陽花《あじさい》だな」という季節になればまた出かけていく。美術館のバルコニーからは敷地の東にある蛙股池《かえるまたいけ》を見下ろすことができるが、この池は『日本書紀』にも記載されている「日本最古の溜《た》め池」という説もあるらしい。いかにも奈良っぽい壮大な話で真偽は不明であるが、展示室のソファに腰かけて池の向こうに遠く霞《かす》む若草山を眺めたりしていると、そんな説も本当らしく思えてくる。

大和文華館は「小説が書きたくなる」美術館である。

正面玄関から展示室へ通じる廊下を歩いていくとき、どこか神秘的な場所へ迷いこんでいくように感じられる。平日の午後などは訪れる人も少ないから気が遠くなるほど静かである。その静寂をいっそう引き立てるのは、正方形の展示室の中央にある小さな中庭であろう。それはなんともいえず不思議なものだ。ガラスで仕切られた大きな水槽のような空間で、まばらに生えた青竹に空から淡い光が注いでいる。まるで「奈良的静寂」がそこで凝固しているような空間なのである。

正方形の展示室の四辺が展示スペースになっているのだが、展示されているものはそれほど多くない。しかし私のような人間にはそれがいいのだ。「あれもこれも」と義務感に駆られることなく、ひとつひとつ「これは何だろう?」と眺めていくことができる。企画展ごとに展示物は変わっていくが、山水画の掛け軸や屏風絵《びょうぶえ》だけでなく、中国や朝鮮の陶磁器や金工など、普段あまり目に触れる機会のないものがたくさんある。それらがまるで「天狗《てんぐ》の道具」のように見えてくればしめたものである。

ひとりで富岡鉄斎《とみおかてっさい》の展覧会へ出かけたことを思い出す。

鉄斎という人のことはよく知らないが、これもまた妙にワクワクさせられる展覧会であった。鉄斎の作品は文章も絵も黒々としていて、まるでごりごりの岩みたいなのだが、そのくせなんだか可愛《かわい》らしいところがある。腹がぽんぽこりんの鍾馗《しょうき》様であるとか、贈り物として貰った伊勢エビのスケッチとか、ごりごりの岩山が聳《そび》える山水画とか、いずれも天狗の簞笥《たんす》から盗みだしてきたコレクションのように見える。とりわけ印象的だったのは「宝珠図」というものだった。一筆書きのような輪がくるくると描いてあり、その脇に「これをみよ　弁財天の　さずけたる　福徳をます　如意宝珠」という文章が添えてある。ありがたいものであるはずなのに、いくら眺めてもありがたそうに見えない。その胡散臭《うさんくさ》さが素敵であった。

昨年の春には妻と一緒に梅林を見に出かけて、梅にとまった鶯《うぐいす》がホケホケ鳴くという花札みたいな情景を見た。その日に見たもので面白かったのは、清《しん》朝の時代に描かれた台湾征討《せいとう》図。山水画のような表現でありながら手法は銅版画であった。城塞《じょうさい》に撃ちこまれる大砲の煙がモクモクとして、まるで台湾が中世ヨーロッパの一角のように見えるのである。

そういうわけで大和文華館にはここ数年、ずいぶんお世話になってきた。出かければ必ず物語のカケラを拾って帰ることができるからだ。そのカケラについて書くか書かないかということは些細《ささい》な問題であって、そのカケラによってワクワクするということが何より大事なことなのである。もちろん展示されている品々の価値が高いのだろうけれど、やはり私としては「大和文華館」という独特の空間に何らかの魔力が宿っているのだと考えたい。

ところで、大和文華館のすぐそばに「中野美術館」という小さな建物がある。その存在は以前から気になっていた。大和文華館の敷地内を散策していると、池の対岸に見える。しかし開館している時期が限られているし、どういう美術館なのかよく分からなかった。私は怠け者であるから、そういう謎《なぞ》を性急に解決しようとしない。東京から奈良へ引っ越してきて五年以上、なんとなく気になりながら門前を素通りしていたのだった。

昨年の十月六日のことである。

その日の午前中、私は『夜行』という小説のゲラの最終確認を終えて宅急便で送りだした。そういうときはなんともいえない解放感に包まれるものである。

素晴らしい秋晴れだったので、妻と一緒に大和文華館へ出かけていったのだが、残念ながら休館中であった。「どうしたものか」と思ったとき、これまで一度も入ったことのない中野美術館のことが頭に浮かんだ。住宅街の角を曲がって美術館の方へ歩いていくと、ちょうど秋季展をやっていた。

中野美術館は大正・昭和の香りが漂う建物である。二階には洋画の展示室があり、階下には日本画の展示室がある。階下へおりていく階段は明るい大きな窓に面していて、池の向かいにある大和文華館の松林が見えていた。絵を見ている間、客は私たち夫婦しかおらず、ここにも奈良的静寂があった。

　館内を見てまわりながら私は心底驚いていた。

『夜行』という小説には、岸田《きしだ》道生《みちお》という画家の「夜行」という銅版画の連作が登場する。「岸田」という名は岸田劉生《りゅうせい》からとったものだが、銅版画「夜行」のイメージは長谷川《はせがわ》潔《きよし》の作品をもとにしている。学生時代、京都の国立近代美術館で見た長谷川潔の作品が印象的だったからである。さらにいうなら、『夜行』の前に刊行した『有頂天家族　二代目の帰朝』には菖蒲池《あやめいけ》画伯という人物が登場するが、これは熊谷守一《くまがいもりかず》をモデルにしている。

　その日訪ねてみて初めて知ったのだが、中野美術館は大正時代を中心とした近代画家の作品を所蔵していて、岸田劉生の作品も長谷川潔の作品も熊谷守一の作品もすべてあったのである。

　ここ数年、『有頂天家族』と『夜行』という小説を書きつつ、幾度も中野美術館の前を素通りしながら、その美術館に彼らの作品が所蔵されているとは想像もしていなかった。無知だったといえばそれだけのことであるが、ちょうど『夜行』の最終確認を終えたその日の午後のことであり、まるで日常の世界と物語の世界をつなぐ「秘密の通路」を見つけたような気がした。この美術館にもまた何らかの魔力が宿っているのかもしれない。

そういう次第で、中野美術館は大和文華館とならんで、私のお気に入りの美術館となった。

奈良へお越しの際は是非どうぞ。

第四回　志賀《しが》直哉《なおや》旧居

小学生の頃、自分で好きなように設計した家を建てるのが夢だった。方眼ノートに大邸宅の間取りをぐりぐり描きつつ、かたわらから覗《のぞ》きこんでいる妹たちに「この部屋はおまえにやる」などと言って恩に着せたつもりになっていたが、言うまでもなくただの妄想である。建てる場所はなぜかスイスを想定していた。今でもときどき、あの頃の憧《あこが》れがよみがえってくる。

とはいえ現在ではその憧れは少しかたちを変えて、「理想的な仕事場」への憧れになっている。松原隆一郎・堀部《ほりべ》安嗣《やすし》『書庫を建てる』をめくったり、「芸術新潮」のフィリップ・ジョンソン特集をめくったりするとその発作が起こる。どこかに小さな土地を買って、小さな仕事場を建てる。書庫と仕事部屋と仮眠室からなる、謎めいた塔のような建物はどうだろうか。あるいは古い一軒家を買って自分好みに改築するのはどうだろうか。いずれ小説家を引退したあかつきには「森見登美彦記念館」の看板を掲げ、みずから館長に就任すればいい……と、またお馴染《なじ》みの妄想がはじまる。

例によってこれは妄想しているから楽しいのであって、怠け者の私が実際に行動を起こすとは思えない。しかし万が一ということがある。来たるべき日にそなえて、参考になりそうな物件を見ておくことは役に立つだろう。そういえば「理想的な仕事場」を奈良に建てた小説家がいたではないか——。

そう思って、志賀直哉旧居へ出かけることにした。

ゴールデンウィークということもあって、近鉄奈良駅のまわりは観光客でたいへんな混雑であった。中学高校の六年間を通じて奈良市内をうろちょろしていたが、当時こんなにも混雑していたかどうか、記憶がハッキリしない。商店街も歩くのが億劫になるほど人通りが多い。このまま「天下一品」でラーメンを食べて帰ってしまおうかと思ったが、そこをこらえて歩いていった。

しかし下御門《しもみかど》商店街を抜けて東に折れ、高畑町の方へ歩いていくにつれ、観光客の姿はまばらになった。暑くなってきたので上着を脱いで汗を拭《ぬぐ》った。初夏のような陽《ひ》射《ざ》しが土塀を照らし、奈良的静寂が町を包んでいた。

志賀直哉旧居を探して高畑町を歩きながら、私は中学生の頃のことを思い出した。

当時、近くの学校に通っていたのだが、先生との三者面談があると、その帰りに母と一緒に高畑町に寄ることにしていた。「鹿《か》の子《こ》」という店で天丼《てんどん》を食べるのが楽しみだったのである。高畑町の雰囲気はあの頃と変わらない。「鹿の子」も改装して営業を続けている。奈良の雄大な古事記的時間の流れにおいては、四半世紀など大した時間ではないのだろう。

三者面談といえば、地味で目立たない生徒であった私に対して、担任の先生が「光るものがない」と言ったことを憶《おぼ》えている。それを聞いた母はのちのちまで「あんな言い草はない」とぷりぷり怒っていた。母から見た我が子はピカピカ光り輝いていたにちがいなく、まことに母というものはありがたいが、「担任の先生」という仕事もたいへんだと思う。ちょっとした発言が禍根《かこん》を残し、こうして脈絡もなくエッセイに書かれたりするのだから。

そんなことを考えているうちに志賀直哉旧居に着いた。

大正十四年、志賀直哉は京都の山科《やましな》から奈良へ引っ越してきた。はじめは幸町《さいわいちょう》に住んでいたが、昭和四年にみずからの設計でこの家を建て、昭和十三年に東京へ転居するまでの約十年間をこの家で暮らした。現在は学校法人奈良学園が管理している。手をかけて修復されているとはいえ、百年近く前に建てられた家が当時の場所に残っているのは不思議な感じがする。こうして私がくぐる表門を小林秀雄《こばやしひでお》がくぐり、武者小路実篤《むしゃのこうじさねあつ》がくぐり、藤枝静男《ふじえだしずお》がくぐり、小林多喜二《こばやしたきじ》がくぐったのだと思えば、なんとなく文学的御利益《ごりやく》がありそうな気分になる。

あれだけ駅前に溢《あふ》れていた観光客の姿はどこにもなく、ひっそりとした大邸宅を見てまわるのは私だけであった。背広を着た係員の男性がひとり付き添って解説してくれた。中学生の頃にも一度訪ねたことがあるはずだが、当時は志賀直哉の小説なんて読んだこともなく、当然ながら何も憶えていない。

志賀直哉旧居は明るい中庭を挟んで、二つの領域に分けることができる。北側は「仕事場」としての領域、南側は「家族の場」としての領域である。正確に南北になっているところも、いかにも志賀直哉っぽいように感じられる。「仕事場」は二階建てであり、一階には書斎・茶室・書生用の小部屋、二階には第二の書斎・客人用の部屋がある。一方、「家族の場」は平屋で、洋風の食堂・明るいサンルーム・子どもや妻の部屋がある。それら二つの領域を南北に走る廊下がつないでおり、その廊下に沿って浴室や洗面所が造られている。仕事の場とプライベートな場を切り分けつつ、客人をもてなしやすいように工夫してある。たいへん機能的である。

北側の一階にある志賀直哉の書斎は、涼しげな板張りの部屋である。家族の領域からは中庭と茶室で隔てられているから、家族の立てる音もやわらいで聞こえるだろう。北向きの窓の外には馬酔木《あせび》が植えられ、小さな池があり、机に向かえば春日《かすが》の森が見える。北向きの部屋は夏に涼しく、太陽光が気にならないから集中しやすいにちがいない。気分を変えたければ二階にある第二の書斎へ行けばいい。そちらは中庭に面した南向きの座敷で、一階の書斎とはまったく雰囲気が異なる。その日の気分によって一階で書くか二階で書くか決めるのも楽しいだろう。ちなみにこれはすべて私の妄想であって、志賀直哉が実際にどのように書斎を活用したのかは知らない。

中庭も広く、南側の庭も広いので、家のどこからでも庭の緑が目に入ってくる。窓を開けておけば夏でも涼しい風が通り抜けてくれる。とにかく隅から隅まで機能的で清潔で健康的なのである。私が漠然と思い描く白樺《しらかば》派のイメージそのものだ。

ひととおり見てまわったあと、私はひとりで南の庭へ出てみた。ベンチに腰かけて缶珈琲《コーヒー》を飲み、青々とした芝生や庭木を眺めた。庭の隅には子どもたちが水遊びをするための小さなプールがある。通り抜けていくバイクの音をのぞけば、あたりの奈良的静寂は志賀直哉が暮らした当時と変わらないだろう。

「たしかに理想的な家である」と私は思った。

しかし小説が書けそうかというと話はべつである。こんなにも完成された美しいシステムの中に置かれたら、一切の煩悩《ぼんのう》が蒸発して何も残るまい。

「煩悩なくして小説なし」

これは非白樺派的精神による負け惜しみであろうか。そもそも小説を煩悩の産物と考えるのが邪道なのだろうか。しかし志賀直哉も昭和十三年にはこの家をはなれて東京へ転居しているわけで、同じような危機感を持ったのかもしれない。

ここで私は尾道《おのみち》の志賀直哉旧居のことを思い出す。

そこは東京を出た志賀直哉が一時期滞在していた長屋で、尾道水道を見下ろす高台にある。『暗夜《あんや》行路《こうろ》』の時任謙作《ときとうけんさく》が暮らす家のモデルでもある。昨年の春、尾道へ取材に出かけたときにたまたま立ち寄ってみたのだが、その座敷は我が四畳半時代を彷《ほう》彿《ふつ》とさせ、いかにも煩悩がくすぶりそうな座敷だった。いかにも小説が書けそうであった。つまり高畑町の完成された家とは違うのである。

その長屋を出たあと、公園のベンチに腰かけていると、のそのそと猫がやってきた。まことに堂々とした貫禄《かんろく》のある猫だったので、私はその猫をひそかに「尾道の志賀先生」と呼ぶことにした。志賀先生は私のかたわらで丸くなって日なたぼっこをはじめた。こちらを怖がるような素振りはまったく見せない。さすが志賀先生だけのことはある。そういうわけで私はしばらくの間、愛嬌《あいきょう》ある志賀先生のとなりでボンヤリと過ごしたのである。

高畑町の志賀直哉旧居で私が奈良的静寂を噛《か》みしめている間にも、尾道の志賀直哉旧居のあたりでは、「尾道の志賀先生」がのんびりと日なたぼっこしていることであろう。同じように猫が通りかかったら「奈良の志賀先生」と呼びたいと思って、私はしばらく待っていたが無駄に終わった。高畑町の猫たちは気軽に町中をうろついたりはしないらしい。

やがて私は缶珈琲を飲み終えた。

「理想の仕事場は作らない方がよかろう」

そのような結論を胸に志賀直哉旧居を出た。

高畑町の北には春日《かすが》大社の森が広がっている。その森を抜けていく小径《こみち》は「下《しも》の禰《ね》宜道《ぎみち》」といって、かつて高畑に暮らしていた神官たちが春日大社へ通った道であるという。これがまた、いかにも煩悩が蒸発してしまいそうな森なのである。「煩悩なくして小説なし!」と胸のうちで呟《つぶや》きながら春の森を抜けていくとき、私は木漏れ日の中に超然と佇んでいる一頭の鹿《しか》を見つけた。

すかさず「奈良の志賀先生」と呼ぶことに決めた。

第五回 高山《たかやま》竹林園

ここまで私なりの奈良のほそ道を辿《たど》ってきた。

この「2017年 近所の旅」とでもいうべき一連の文章を締めくくるにあたって、これまで温存してきた凄《すご》い隠し球があるわけでもなく、私はいつもどおりのふわふわした了見によって、「高山竹林園」を選ぶことにしよう。

近鉄けいはんな線の学研北生駒駅からタクシーに乗って、富雄川沿いにさかのぼること約三キロ、そこが「茶筅《ちゃせん》の里」高山である。川沿いに水田が広がり、年季の入った瓦《かわら》屋根の屋敷が点在している。高山という土地は大阪・京都・奈良へ通じる交通の要所であり、大昔には城もあったそうである。

この里で茶筅が作られるようになったのは今から五百年前のことらしい。当時の高山城主の弟・高山宗砌《そうぜい》が、村田《むらた》珠光《じゅこう》という趣味人のお坊さんの頼みで工夫したのが始まりといわれ、以来この里では茶筅師たちが一子相伝の技として茶筅作りを伝えてきた。さすがに戦後になるとその技術も公開されて、竹林園の資料館で実演を見ることもできるようになったが、茶筅作りにおいて高山が重要な土地であることに変わりはない。

良い茶筅を作るためには良い竹が必要である。しかもそれらの竹を加工しやすく処理しなくてはならない。現物を見れば分かるように茶筅の穂先はたいへん繊細なものだ。そこらへんの竹藪《たけやぶ》で適当に刈ってきたものをゴリゴリ削ればできるというものではない。そのために高山には「竹を上手に扱う技術」が大昔から伝えられてきたわけで、だからこそ茶筅のみならず、茶杓《ちゃしゃく》などの茶道具や、編み針なども作られてきた。高山竹林園が設立されたのはそういった経緯を踏まえてのことである。

遠方から奈良を訪ねてきた観光客が高山竹林園に立ち寄ることはほとんどないだろう。茶道に心得のある人ならばともかく、東大寺や奈良公園といった観光地をめぐりにきた人が、ついでに足をのばすには不便なところにある。

はじめて竹林園を訪ねたときのことはよく憶えていない。

おそらく中学生ぐらいの頃、家族といっしょに出かけたのだろう。竹林園のそばにある竹製品の店で、蟬《せみ》のかたちをした笛のようなものを買ったような、ふわふわした記憶があるばかりである。

以来、私は幾度も高山竹林園を訪ねてきた。父とのドライブのついでに立ち寄ったこともあるし、大学時代には文化人類学演習のフィールドワークで茶筅師や郷土史家に話を聞いてまわったこともある。

最後に竹林園を訪ねたのは七年前、某小説誌の企画で取材に訪れたときのことである。当時の私は『竹取物語』を下敷きにした小説を書こうと目論《もくろ》んでいて、それなら高山竹林園へ行くべきだと思ったのである。編集者の皆さんと園内を見てまわり、グラビア写真を撮られ、資料館の庭にある茶室を見学させてもらい、庭に面した縁側で抹茶を飲んだ。季節は春先、鹿も眠りそうな穏やかな日で、あたりはひっそりと静まり返っていた。

「いいところですねえ」

かたわらに座った担当編集者は静けさに恍惚《こうこつ》としていた。

私が「奈良的静寂」という言葉を思いついたのは、その日のことであったように思う。

五月末、妻と一緒に高山竹林園へ出かけてみた。

竹林園内の資料館にはさまざまな竹製品が展示され、茶筅作りの実演スペースもある。西大寺の大茶盛で使われる巨大な茶筅や、孫の手みたいな茶杓もあった。月曜日の午前中ということもあり、資料館を見てまわっているのは我々のみである。

我々は資料館を出て、竹林を抜ける小径を歩いた。

初夏の陽射しがあたりを照らしていた。竹林がさらさらと風に鳴り、鶯の鳴き声が聞こえてくる。ところどころにニョキニョキとタケノコが生えている。先を歩いていた妻がふと立ち止まり、日傘を傾けて竹林を覗きこんだ。そこには万葉歌を刻んだ大きな灰色の岩があった。

「妻に逢《あ》いたくてたまらないから生駒山を越えてきた」

そんな素朴な歌であった。

考えてみれば私が竹林の魅力を発見したのも、小学生の頃、大阪から奈良へ引っ越してきてからのことであった。当時私が住んでいたのは高台の新興住宅地であるが、その住宅地と富雄川沿いに広がる古い町の境目にはあちこちに竹林があった。しのびこんでその静寂を味わっていると、竹林というものが神秘的なものに感じられてきた。竹林の奥はどこか異世界へ通じているのではないか――その奇妙な感覚は、今でも私が小説を書く行為とハッキリ結びついているように思われる。

昨年、私は『竹取物語』の現代語訳という仕事をしたが、正体不明のその作者に熱く共感せざるを得なかった。彼もまた竹林の神秘的な雰囲気に魅了されてしまった男だろう。どうすれば竹林の魅力を書き表せるかと悩んでいたにちがいない。そしてある夜のこと、みずみずしい青竹が月光を浴びて輝くのを見て、ついに彼は発見したのである。竹林の奥は月へ通じている！　その聖なる通路を通って地上へ降り立つのは絶世の美女に決まっている！

妻と一緒に高山竹林園へ出かければ、何か書くべき材料が見つかるかもしれない。そんな期待をしていたのだが、我々は「いいね」「いいですねえ」「静かだね」「静かですねえ」と老夫婦みたいなことを呟きながら歩くばかりで、特筆すべきことは何も起こらず、たんなる竹林デートになってしまった。

「いいところですね。気に入りました！」と妻は言った。

我々はそんなふうにして竹林を見てまわり、やがて「ささやき広場」というところへ出た。見渡すかぎり誰もいない。地面は乾いて荒涼としており、どことなく月面を思わせた。

昨年『竹取物語』の現代語訳を進めつつ、夜ごと奈良盆地にのぼる月を眺めているうちに、『竹取物語』の舞台は奈良にちがいないと思うようになった。とはいえ、とくに根拠はない。私にとって竹林は奈良のものであり、山と月も奈良のものだから、『竹取物語』は奈良の物語だというだけのことである。どうせ個人的妄想なのだから、かぐや姫の暮らしていたところが高山竹林園であってもよいわけである。

「かぐや姫は高山の竹から生まれたんだよ」と私が言うと、妻はびっくりして「本当ですか?」と言った。

私はときどきこんなふうにして妻を騙《だま》す。

「じつは嘘《うそ》だよ」

「……本当かと思ったら嘘だった。だまされた」

そうして広場の隅のベンチに腰かけて耳を澄ました。夫婦揃《そろ》って空へ蒸発してしまいそうなほど静かであった。

この奈良的静寂は我々の夫婦生活を包んでいる。そして同じ静寂が、生駒山宝山寺の奥の院にあり、朝の西大寺境内にもあり、昼下がりの大和文華館や志賀直哉旧居にもある。さらにその静寂は竹林の奥深くへ、夜空の月へと通じていく。

この静寂が私にとっての奈良なのである。

東京から撤退してきたばかりの頃は、この静寂をありがたく思うと同時に不安にも感じた。まるで我々の人生の時間は止まってしまい、世の中に置いていかれるような気がしたのである。しかし今ではもう「やむを得ぬ」と思っている。いずれは私も危機感を抱いて志賀直哉のように奈良を去るのだろうか。もっとも私は志賀先生のようなストイックな人間ではないので、ウカウカしているうちに人生が終わってしまうかもしれぬ。この万葉の地に流れる雄大な古事記的時間からすれば、我々の人生なんて「ひと夏の思い出」のようなものなのだから——とはいえ俗世の締切は守らねばならぬ。

かくして私は立ち上がった。

「さて、そろそろ帰ろうか。締切が迫っている」

「たいへん素敵なデートでした」

妻はそう言うと、目を閉じて手を合わせた。

「素敵なエッセイが書けますように。なむなむ」

（「小説新潮」２０１７年3月号～7月号）

第五章　登美彦氏の日常

ここには他におさまらなかった文章を集めてある。
「日常」というのは便利というか不思議な言葉である。我々は何気なく「日常」と「非日常」という対比を口にするけれども、その区別はそんなに分かりやすいものではない。本書に収められた文章は登美彦氏の個人的生活にかかわっているという点で「日常」ではあるものの、エッセイとして特別に狙《ねら》って書かれたという意味ではやっぱり「非日常」である。

恥ずべきことは何もない

恥ずかしいと思う対象は人によって千差万別である。麗《うるわ》しの乙女の前で突如前がはだけても一向に恥ずかしいと思わない。むしろ嬉《うれ》しいと思う男がいる一方で、コンビニの肉まんにくっついてくるカラシを断るだけで恥ずかしさのあまり息も絶え絶えという人もいるであろう。

私の友人の妹は「ノブ」という言葉を聞くと頰を薔薇色《ばらいろ》に染めて恥じ入るという可《か》憐《れん》な人で、「ドアノブ」などという破廉恥《はれんち》な言葉は口が裂けても言わない。私の友人にノブヒロという男がいるのだが、一生「ノブ」の言葉を背負っていく彼の立場はどうなるのか。しかし当人はまさか「ノブ」が恥ずかしいなどとは思っていないのだから、恥ずかしげもなくノブヒロの上に安住している。そのくせノブヒロは他のことで簡単に恥ずかしがる。

このあたりの「恥ずかしさ」のすれ違いを眺めていると、じつに味わい深いものがある。世の中にはこういったねじれの位置にある恥ずかしさがあちこちに散らばっていて、皆が皆、ちぐはぐな自分だけの恥ずかしさを抱えて世を渡っているのかと思うと、何となく可愛《かわい》らしい。恥じらう人はおおむね可愛い。恥じらう乙女が可愛いのは言うまでもない。

で、肝心の私自身のことだが、残念ながら私には恥ずべきことは何一つない。清水《きよみず》寺《でら》のライトアップに野郎二人で乗り込んで侘《わび》しさに噎《むせ》び泣いたことはある。本上まなみさんと松浦亜弥《まつうらあや》嬢を天秤《てんびん》にかけて、どちらに忠誠を誓うべきか、一時期真剣に悩んでいたこともある。とある女性に声を掛けようとして野望果たせず、百万遍界隈《かいわい》をうろついて丸一日を棒に振ったこともある。初めて彼女の手を握った嬉しさのあまりに「手を握ったこと」だけで日記帖《ちょう》を一ページ埋め尽くしたこともある。彼女に太陽電池で動くモダンな招き猫をプレゼントして破局の危機を迎えたことすらある。挙げ句はそういった大学生活のあれこれをもとにした小説を書いて本にして頂く栄誉に浴したが、郷里の人々は出版祝いを述べながらも内容に触れることは巧みに避ける傾向にあり、父は会社の知人に「あんたも苦労してるなあ」と訳知り顔で慰められたという。

しかし、どれをとっても断じて断じて恥じるに足りないものばかりだ。

私もこっそり色々なことを恥じらって、電柱の陰で可憐に頰を染めたり、両手で顔を覆《おお》って便所へ隠れたりしたいと思う。そうして新鮮な恥じらいの妙味を思う存分味わって、もっともっと万人に愛される可愛げのあるハンサムなナイスガイになりたいと思う。

（「小説新潮」２００５年２月号）

京都とわたし

私はこれまでに六年の歳月を京都で過ごしたが、おそらく人一倍京都を恨んでいると言っても過言ではない。学生生活の四季折々を通じて、京都ほど腹立たしい街はない。

まず春。この地上どこにも有りはしない薔薇色の学生ライフを夢想する新入生たちが街に溢《あふ》れ出し、満開の桜の下で慣れない酒を飲み、胃に収めたばかりのものを畏《おそ》れ多くも鴨川《かもがわ》の河原へ返還する、ならば最初から飲まぬが良かろう。大学に入って早々、彼らは不純異性交遊にうつつを抜かし、てんとして恥じることがない。その空騒ぎから逃れるために、やむを得ず古書店を巡っているうちに、勉強ができないまま、夏が来る。

学問に精進したいと言う私を、知人たちは祇園祭《ぎおんまつり》へ引きずって行く。いざ出かけても、人が一杯で目の前は真っ黒け、夕闇《ゆうやみ》に浮かぶ山鉾《やまぼこ》の明かりや、人込みを過ぎる魅力的な浴衣《ゆかた》姿を見返るのにさえ、強靱《きょうじん》な精神力が必要とされる。八月は地獄の釜《かま》のように暑くて、下宿で読書中にうたた寝したら死にかけた。冷えたサイダーをぐいと飲むぐらいしか手がない。這々《ほうほう》の体《てい》で炎熱から逃げ出し、祇園会館へ涼みに出かけて映画を観《み》ているうちに日が暮れる。夜中になっても暑いので南禅寺で肝試しをせざるを得ない。送り火では、「大」の字に一画付け加えたくて落ち着かない。これでは勉強どころではない。

新入生たちも愚かしい空騒ぎから我に返る秋になって、一息つけるかと思いきや、勉強する間もなく、すぐ冬将軍が上洛《じょうらく》する。寒さをしのぐために布団《ふとん》の中にもぐりこんで勉学に励もうと決意するけれども、暖かいのでそのまま寝てしまう。これがまた気持ちが良い。起きている時には悪友が押しかけて来て、寒さを追い払うために酒を飲む鍋《なべ》を喰う。雪が降れば法然院も銀閣寺も哲学の道も奇麗になって、嬉しくて落ち着かない。勉強している場合ではない。

ようやくあたりが暖かくなって来て、いよいよ勉学に励めると思ったら、また盛大に桜が咲いて春が来る。希望に満ちた新入生が来る。一年を通じて勉強をしている暇もない。

そういうわけで、私は勉学に励むべき大学生活を水に流してしまった。勉学に励めなかったばかりに、楽しく味わい深い日々を満喫することを余儀なくされ、あまつさえ、書いた小説が本になってしまった。現在の私があるのは、すべて京都のせいである。学問に対して青雲の志を抱く若人《わこうど》は、ゆめゆめ京都に足を踏み入れたもうな、でないと私のように愉快な目に遭うばかりで、一向に勉強ができない。そのくせ、いざ京都から離れるとなれば、これがひどく切ない。割が合わないにもほどがある。

（朝日新聞京都版朝刊　２００４年７月16日）

四畳半でハリボテの孤高

学生時代に六年間暮らした四畳半下宿「メゾン仕伏」は、京都市左京区の北白川にあった。東隣は庭に大きな桜のあるお屋敷で、大家さんが暮らしていた。彼女は上品なおばあさんで、月末に家賃を手渡しに行くたび、通い帳に判をつき、ご褒美《ほうび》の缶珈琲《コーヒー》をくれた。

風呂《ふろ》がないから銭湯通いである。洗濯機・ガス台・便所は共同。部屋に流しがあるので、そこに電熱器を置いた。夏は地獄のように暑く、冬は電気ヒーターをつけても畳がいつまでも冷え冷えとした。四畳半に本棚三つとテレビと机を置くと、あとは布団を敷くだけで一杯だった。十人の客が遊びにきた時は、私は机にあぐらをかき、ほかは全員正座のまま、身動きも取れずに睨《にら》み合った。住人も多種多様で、ブリーフ一丁で洗濯する男、夜中に意味不明の絶叫を繰り返す男、二階の奥にひそむ古株の医学生などが暮らしていた。大陸からの留学生も多かった。四畳半という伝統的ジャパニーズスタイルで暮らしているのに、日常的に耳にするのは外国語ばかりである。これらの住人に、便所の硝子《ガラス》窓の定位置に毎夜はりついていたヤモリのカップルを加えてもいい。

大学生協にて紹介されて、父と一緒に訪ねた時にはその殺風景な印象に驚いたが、ほかを知らなかったので「こういうものか」と納得した。家賃は二万円である。三十年前に京都で学生時代を過ごした父は、「これで文句のつけようはない」と思ったらしい。今となっては、あれで学生には十分だと私も思う。母だけは「もう少しきれいなところでも」と思ったようだ。

アルバイトさえすれば引っ越すことはできた。仕送りも貰《もら》って、身動き取れないほど貧乏だったわけではない。たんに億劫《おっくう》だったのである。「学生時代に何をすべきか？」という私の問いに、当時まだ健在であった祖父は「本を読め」と言った。母は「バイトをするぐらいならば勉強しろ」と言った。それをいいことに、私はアルバイトをしてまで四畳半生活を拡張する必要はないと断じ、下宿へ籠城《ろうじょう》した。とはいえ、身を削って読書や勉強に励んだわけではない。卒業できるだけの単位は取ったが、それは勉強とはまた別ものだ。何をしていたのかあやふやだが、色々やっているつもりだった。好きな本に囲まれて、ハリボテの孤高を気取ってみせることほど、楽しいものはない。

そうやって暮らすうち、下宿の住人は減った。家賃は一万四千円へ引き下げられたが空室は埋まらない。深夜に絶叫していた隣人は郷里へ送還された。億劫がっているうちに、気づけば私が一番の古株になっていた。

無意味に高く飛べば飛ぶほど、着地することは難しくなる。そろそろ学生生活にケリをつけるという段になって、私は現実への着地に失敗してよろめいた。大学へ通わなくなり、進路に悩んで悶々《もんもん》とし、活路を求めてうごうごした。深夜に絶叫していた隣人の気持ちが分かったのもその頃だ。両親は途方に暮れたが、こちらも途方に暮れていた。学生時代を懐《なつ》かしく思う気持ちもあるけれど、あの空白の一年は二度と繰り返したくない。あてのない四畳半彷徨《ほうこう》から抜け出せたのは、ふいに降り注いだ幸運と、身近な人々の情けによる。

大学院へ進み、就職も決まった後、書いた小説が出版された。時を同じくして、下宿が改築されて某大学の寮になることが決まった。六年間、一切を溜《た》め込んできた四畳半は混沌《こんとん》をきわめ、引っ越す時は「押入《おしいれ》」という概念の存在を心底憎んだ。学生時代の主戦場、あれだけ広大無辺と感じられた四畳半も、本を運びだして家具がなくなると、座敷牢《ざしきろう》のように荒涼として元の通りちっぽけであった。

引っ越す数日前、大家さんが小説の出版祝いに大徳屋の赤飯と稲荷寿司《いなりずし》をくれた。

「あなたも引っ越して気分を変えて、それでカノジョを作りなさい。そうしたらもっと楽しい方に空想が広がりますからね」と優しく諭された。

（朝日新聞朝刊　２００７年１月４日）

茄子《なす》への開眼

一度だけ、茄子になったことがある。

そして開眼した。茄子は、いい。

職場の親睦《しんぼく》を深めるためにボウリング大会が開催され、後日その打ち上げが行われることになった。いつも一緒に昼飯を食べていた恩田《おんだ》先輩が采配《さいはい》を振って賑《にぎ》やかになりそうであった。私はボウリングに熱心ではなく、しかも時間がなかったので大会には参加しなかった。

「せめて打ち上げには出ろ」と恩田先輩から厳命が下った。「そして、ボウリングをやらなかったおまえは、茄子として参加しなくてはいけない」

べつの部署にミスターTという人がいて、彼が茄子の着ぐるみを持っている。それを借りろという。なぜミスターTが茄子の着ぐるみを自前で持っているのか分からないが、玉を転がさなかったから茄子になれという理屈も分からない。ほかにもボウリング大会に出なかった人はたくさんいるのに、なぜ私だけ？

そもそも私は打ち上げにしろ結婚式二次会にしろ、パーティというものが苦手である。機転をきかせて身の置き所を見つけるのが苦手で、椅子《いす》取りゲームでは必ず座り損ねるクチだ。人が大勢集まっていて、それぞれワイワイと喋《しゃべ》っていて、その中で話す相手もおらずに何となくぽつんとしている。あの居たたまれなさを、私は激しく憎む。丸一日一人で部屋に閉じこもっていても淋《さみ》しいと思ったことはないが、大勢の人間に囲まれて身の置き所もなく迷っていると、腹の底から「人間って何だろう」と思う。

「なんでこんな思いをして生きていかねばならないのか、諸君！」

かつて宮本武蔵《みやもとむさし》は「勝ち目のある勝負にだけ参加した方がいいよ」と言っていたと誰かから聞いたような気がする。ただでさえ勝ち目のない場で「茄子」の格好をしたら、ますます勝ち目はない。いったい誰が、茄子の格好をした二十八歳の男に声をかけるであろう。私ならば、かけない。不気味な茄子を取り囲んで気まずい沈黙が続き、溝が深まるのは明らかだ、と私は苦々しく思った。

しかしよくよく考えてみればいつもと同じだった。失うものは何もない。

そこで、茄子の格好をすることに決めた。

当日になって会場の別室にて茄子になった。茄子なのだからしょうがないけれども、スマートとはとうてい言えない。腹の部分がぽよんと飛び出していて乙女を抱いてやるにも邪魔になるし、上部の穴から自分の顔がチラリとのぞいているのもイヤラシイ。真夏のことだから、着こんだとたんに額に汗が浮かぶ。ぎらぎらした顔で茄子姿の自分を鏡に映してポカンとしていると、深窓の御令嬢も裸足《はだし》で逃げ出す不気味さであった。これはひどいと思った。「ひょっとしたら」と期待した可愛さがカケラもなかった。

一人で会場へ入っていくきっかけを摑《つか》みかねて、たまたま通りかかった同僚にすがった。彼の助けを借りて、ようやく会場へ足を踏み入れた。

そこには、いつもとは違う世界が広がっていた。

私は森見ではなく、茄子であった。人は私を茄子として扱い、私は人に茄子として接した。

そうすると、ふだんは身構えてしまう相手にさえ、気楽に近づいていくことができた。こちらは何の工夫もしていないのに、スルッと相手の懐《ふところ》へ飛びこめる感じだ。「まあ、所詮《しょせん》は茄子でございますから」。そんな言葉がふと胸に湧《わ》いてきた。茄子としての演技なのだと考えると、どんなに無様《ぶざま》に動いても、筋が通る。

茄子となった私は、たとえ誰とも喋らなくても、ただそこにポカンと立っているだけでも、場に溶けこむことができた。これは衝撃的な発見であった。私には茄子としての役割だけが与えられていた。会話の糸口を見つけだそうと頑張ったあげく、気まずい沈黙に陥る必要はなかった。なんとなく茄子らしい顔をしてさえいれば、一人でポカンとしていようが、壁際《かべぎわ》で尻《しり》を振って踊っていようが、一切が許される。ただそこに存在するだけで許される――そんな世界が身近にあったのだ。

私はそうやって、ただ一介の茄子であることに充足し、ふだんは居たたまれないはずの会場をうろうろし、気楽に喋り、気楽に踊り、気楽にポカンとした。

居たたまれない思いに苦しむ人々は、すべからく茄子となるべし。

うまくすれば、ただそこにある茄子として、幾多の障壁《しょうへき》をやすやすと突破し、意中のあの人に語りかけることも可能かもしれぬ。もしそれで恋が実れば万々歳である。

残る問題は相手が惚《ほ》れたのは茄子かあなたかという点にある。だが、そんなことは些《さ》細《さい》な問題ではないか。

すべては茄子のおかげだ。あまりの暑さに堪えかねて茄子から人間に戻ったとたん、ふいに私は居所を失い、気まずくなり、早々に会場から逃げ出したのだから。

それ以来、茄子となる機会はない。

しかし今もなお、あの怪しい誘惑がふと私を駆り立てそうになる。

山の彼方《かなた》にあるという、気まずい沈黙も孤立もない、誰とでも気軽に語り合える素晴らしい茄子の世界へ旅立つときには、引き留めないで欲しいのである。サヨウナラ。

(「パンドラ」2008年WINTER)

春眠暁日記

（上）三日坊主《ぼうず》、危険地帯のわな

春眠暁をおぼえずという素敵な言葉があります。ぐうぐう眠って暁をおぼえずにいるのは好きですが、じつは私は「春」がきらいです。

なぜか。

春は意地悪だからです。

私は、春になるたびに、ついウッカリ向上心に燃えてしまいます。中学生の頃はラジオの「基礎英語」を聴きだしたものだし、大学時代には杉田玄白《すぎたげんぱく》『蘭学事始《らんがくことはじめ》』を読んで向学心を刺激され、真面目《まじめ》に講義に出たり、身体《からだ》を鍛えるために早朝から大文字山に登ったりしたものです。

春には魔力があります。「もっと立派な自分になろう」と思わせる魔力です。「もっと勉強ができるようになろう」「もっと色々な経験を積もう」「もっと女性と親しくなろう」。それは決して悪いことではない。ああ、それなのに春は残酷に我々を裏切って駆け去る。

見よ、あれほど立派な決心をしたにもかかわらず、「基礎英語」のテキストは手つかずで積み上がり、大学の講義は出席数が足りなくなる。『蘭学事始』は何処《いずこ》へ消え去りしか。早朝登山どころか、寝床から出るという激務に耐えられない。

こんな哀《かな》しみとやるせなさを、これまで幾度繰り返したことでしょう。意地悪な春は我々の向上心をくすぐり、未来を夢見させておいてから、一転それを打ち砕くのです。

春はお正月と双璧《そうへき》をなす「三日坊主多発地帯」といわれています。こんな危険なところで、大事なことを始めてはいけない。誰もが新境地を開拓するからといって、焦《あせ》ることはないと思うのです。春であるからこそ、燃える向上心をおさえ、春眠にいそしむ男でありたい。

そうして春が去った頃、春に騙《だま》された人たちが三日坊主に終わった夢をむなしく語り合っているのを尻目に、じつに中途半端《はんぱ》なタイミングで、「べつに今日から始めなくてもよいではないか」というような日をえらんで物事を始める。たとえば五月の中頃とか、梅雨入りの頃とか、お盆過ぎです。その方が成功する気がしてなりません。

今年、私はそういう作戦をたてて、英語を勉強しようと思う。

春について書くことに決めて、まずは身の丈に合わない何か立派なことを書こうと思いました。けれども、そういう決心こそ、私の文章を竜頭蛇尾《りゅうとうだび》に終わらせようとする春の思うつぼだと気づいたのです。

そういうわけで、春眠の合間に考えた、こういうことを書きました。志が低いわけではない。高く飛ぶためには、しゃがまねばならぬ。

でも本当は、春を愛する男になりたいのです。

春眠春眠。

（中）友だち百人……なんて無理

春眠の寝床からこんにちは。

春といえば入学式、入学式といえば、「友だち百人できるかな？」です。

なんと過酷な任務であることか。百人も友だちはいりません。

無理に友だち百人作ろうとして疲労困憊《こんぱい》、ついに自分を見失い、お遍路の旅に出た人もいるといいます。かと思えば、教室で「キャラクター」を確立させるために、持参したジュラルミンケースから果物を取り出して黙々と食べ続け、キャラクターは確立したものの、誰も気味悪がって近寄ってくれなくなった知人もおります。気張ると、かえって妙なことになる。

大学に入学したての頃、私はひとりぼっちでした。昼休みになると山に登り、神社の境内でサンドイッチをひとり食べる侘《わ》びしい生活。それなのに人に声を掛けることができないもどかしさ。春は尻の落ち着け場所を探す放浪の季節で、じつに、しんどい。だから春がきらいです。

私は「知らない人はみんなきらい」というほど、人見知りする人間です。幼い頃は性善説を支持しており、怖い顔のおじさんでも平気で話しかける天使のような子どもでした。しかし年を経るにつれて、自意識が過剰になり、知らない人に話しかけることができなくなってしまったのです。

そんな私が居場所を見つけたのは、「ライフル射撃部という、やや恐ろしげな名のクラブでした。マイナーな競技ゆえか、私と一緒に入部した連中も変わっていました。なにより肝心なことは、みんな揃《そろ》って人見知りだったことです。人見知りVS.人見知り。現代ッ子もたいがいにしろ、と言われるかもしれませんが、新歓コンパでも打ち解けられず、夏の合宿で文字通り同じ釜の飯を食うまで、新入生たちの無言の睨み合いは続きました。出会ったのは四月、ちゃんと喋るようになったのは八月です。

それが今では、大学時代に得た最良の友だちになっています。

私が思うに、春の出会いはマガイモノである。無理はいかん。

私のように人見知りの激しい若者は、人見知りする偏屈が集いそうなところへ行きましょう。そして、しばらく同じ釜の飯を食ってみましょう。春の魔力は我々を焦らせ、陽の当たるところへ、大勢の人が集まるところへ追いやろうとする。騙されてはいけない。人見知りの人がこそこそ集まっているところへ出かけて、黙って春をやり過ごす。志が低いわけではない。眩《まぶ》しすぎる場所で右往左往して己を見失うよりはそのほうがずっと有益であると、私などは思うのです。

もっとも、「そんな引っ込み思案はお断り！」または「俺は人付き合いが大好きだ！」とおっしゃる方は、ご自由に活躍していただければ幸いです。

（下）新緑！　我が人生に悔いなし

みなさん、こんにちは。

春眠にふけりすぎて顔がやわらかくなりました。

そして桜も散りました。ホッとしています。

桜というものは、やっと満開になったと思ったら、いつ散るか、もう散るか、いま散るか、散りそうだ、ああ散った、と一週間ほど心が乱れます。桜の盛大な「散りっぷり」を美しいとは思うけれど、じっと眺めていると元気を吸い取られます。それがどうも苦手です。

桜を見れば、「いずれ自分も散っていくのだなあ」と考える。桜が散るのは勝手だけれども、自分が散るのはあまり楽しくない。考えすぎると淋しくなるので、そんなときは桜餅《さくらもち》を三個たいらげて寝ます。桜の淋しさをまぎらわせるためにこそ桜餅というものがある。

桜餅と春眠で桜をやりすごし、待つのは新緑。

たとえば、通勤のバスに乗っているとします。窓からぼんやり外を見ても、かわりばえのしない景色で面白くない。けれどもやがて、なんだか明るい朝が来る。顔を上げると、街路樹も、道ばたの雑草も、遠くに見える山々も、みんないっせいに鮮やかな緑に染まって、むくむくと盛り上がっています。「新緑が来た！」と思う。こちらまでむくむくと元気になります。

葉をカリッと囓《かじ》ると澄んだ水が噴きだしそうな感じ。うまそうです。

花見は苦手の私も、新緑を見には出かけます。

桜を眺めていると、私は不安になりがちです。「ああ俺も散っていく」と思うと、たいへん怖くなってしまう。ところが、むくむくと成長する新緑に包まれていると、なぜか「今ここで命が果てても、我が人生に悔いなし！」と思うのです。

もちろん、まだ私にもやりたいことがあり、死んで悔いのないわけがない。でも新緑の中ではそういうことを忘れてしまう。あまりにきれいな新緑を眺めていると、嬉し涙がにじんでくることさえあります。不思議なものです。

桜とちがって、新緑は散り際がよくないようです。だんだん輝きを失って、初夏になるとぐんにゃりしてしまう。でも、それでよろしい。そんな葉っぱたちが私は好きです。

新緑の季節がやってくると、私の春の憂鬱《ゆううつ》も少しずつ消えていきます。春眠にふけっている場合ではない。春眠の寝床から這《は》い出る。ヘナヘナになった布団を干す。ドアを開ける。明るい緑の溢れたところへ出かける。我が人生に悔いなし！　と思う。

そういうわけで春眠暁日記はおしまいです。

みなさんも良い春をおすごしください。

（朝日新聞大阪版夕刊　２００８年４月５日、12日、26日）

的を撃ちそこねた話

この世にライフル射撃というものがなかったら、私は小説家になっていない。

それぐらい私の人生とライフル射撃の関係は深いのだが、しかし恩知らずなことに、私はあまり熱心な「射手《しゃしゅ》」ではないのである。

今は引退したからというわけではなく、現役時代、京都大学ライフル射撃部というところに所属していた当時から情熱に欠けていた。体育会系であるにもかかわらず、部活動とは断固として一定の距離を置き、「魂の幽霊部員」の名をほしいままにしていた。森見という男は試合のときだけどこからともなく悠然と現れる流れ者めいた射手であり、瞬《また》く間に十五メートル先の標的に六十発の鉛弾を撃ち込んだかと思うと、次の瞬間には愛用のヘンメリーをたずさえて青少年野外活動センター方面に去っていく。そんな彼の哀愁漂う後ろ姿に、後輩たちは憧《あこが》れの熱視線を浴びせかけたという――これは私がおのれを精一杯美化して書いたインチキ文章であるから信じてはいかんですよ。ちなみに「ヘンメリー」とは、私が使っていたライフルの製造会社である。

本当のところを言えば、私は練習もしない、ただの駄目部員であった。それだけのことである。

練習しないで試合にだけ現れる人間に、高得点は絶対に出せない。それはどんな競技であっても同様であろう。「射撃」などという言葉を聞くと、天賦《てんぷ》の才と小手先の技術だけで何とか誤魔化せそうな気がするが、そんな甘い妄想にとらわれているから、貴重な四年間を棒に振るのである。

ライフル射撃とは、「へたな鉄砲も数撃てば当たる」という諺《ことわざ》が通用しないように入念に仕組まれた、血も涙もない競技である。血も涙もないとは、つまり公平ということだ。

そもそも、私はなぜライフル射撃を選んだか。

最大の理由は、ライフル射撃という競技が他の競技よりも圧倒的にマイナーで、ほとんどの人間が大学から始めるからである。私はこう考えたのだ——ほかの連中も大学に入学してから始めるのであれば、スタート地点は同じである。自分にも勝つチャンスが十分ある。けっきょく撃つときは一人だから、団体競技のようにチームワークが問題になることもない。さらに、普通のスポーツというものは動けなくてはならないが、ライフル射撃は走る必要もなく歩く必要さえない、ただ「立っているだけ」の競技であり、一般のスポーツとは真逆の境地を目指す。つまり一般のスポーツが苦手な私のような人間こそ、かえって才能を発揮できるのではないか。我らのヒーロー・野比《のび》のび太《た》を見よ。見るべきところのなさにかけては右に出る者とてない「短所の総合商社」と言うべき彼の、あやとりと並ぶ最大の武器こそ射撃ではないか。この分野にこそ、我が輝かしい未来がある！

私は、あわよくば「期待の新星現る！」とライフル界に迎えられることを期待した。結論から言えば、ライフル界の誰一人として私に期待した人はなかった。私は自分が天才でもなんでもないということを知った。そしてライフル射撃は意外にしんどく、つらい競技であることを知った。銃口は思いのほか揺れることを知った。私はガッカリし、性根がねじ曲がり、やる気を失った。ハッキリ言って弁解の余地もなく、ただただ自分の責任であって、ライフルという競技に問題があるわけではないのだ。

京都大学の北部キャンパス、農学部グラウンドの北東にニワトリ小屋みたいなものがあった。うっかりすると見過ごす。まさかそんなところでライフルを撃っているとは誰も思うまい。そこがライフル射撃部の射場である。勘違いしないで頂きたいが、閑静な住宅街のおとなりで火薬を使うライフルをバキュンバキュン撃つわけにはいかない。大学構内の射場で撃つことができるのはエアライフルというものに限られていた。一回生はエアライフルから始め、さらにライフル道を究めようとする人間は二回生以後に、少量の火薬を使うスモールボアというライフルを始める、というのが基本的な流れである。エアライフルは一回一回、銃のポンプを動かして空気を圧縮し、ビーズみたいな小さな鉛の弾をセットして撃つのが基本。スモールボアは火薬つきの、いわゆる本物の「銃」である。ちなみに私は二回生になった時点で己の射撃への才能に見切りをつけていたので、億劫かつ危険なスモールボアに手を出す精神的余裕も財政的余裕もなかった。

新入部員たちは、まず特定の三回生の弟子になり、手ほどきを受ける。この師弟関係は秋頃まで続く。そもそも新入部員たちは銃をすぐには所持できないから、師匠に銃を使わせてもらわなければ練習することさえできない。その練習に師匠は必ず立ち会い、しかも銃をチェーンで台につないで鍵《かぎ》をかけておかなければならない。「練習しといて」と弟子にライフルをポンと預けたりすることはできない。

当然のことだがライフル所持の規制は厳しく、たとえば下京区にある國友《くにとも》銃砲火薬店にぷらぷらと遊びに出かけて「鉄砲一丁」と注文すれば手に入る、というお気楽なものではないし、またお気楽であってよいものでもない。ライフル射撃部に入った新入部員たちは、下鴨《しもがも》警察署に申請を出し、きちんと試験を受け、合格してようやくライフル所持の許可がもらえる。しかもライフルは巨大な専用の保管ケースに入れて鍵をかけ、使わないときは自宅から容易に持ち出せない状態にしなくてはならない。どれだけふわふわした先輩であっても、「ライフルから目を離すな」ということだけは徹底的に下級生に叩《たた》き込むわけである。たとえばライフルをどこかに放っぽらかして盗まれたりすれば大事件である。クラブがお取りつぶしになっても文句は言えない。

そういうわけで我々は合宿や試合のときも、ライフルからは片時も目を離すわけにはいかず、みんなで朝食を食べるときには食堂までライフルを持ってぞろぞろと出かけていくことになる。思えば奇怪な一団だった。

さて、ライフル界の期待の新星となる野望が意外に早く潰《つい》えた顚末《てんまつ》について、あまり詳細に書いていくのも億劫である。一回生の間は、師匠の教えに従い、またクラブのOBが作成した素晴らしいテキストに従って、こつこつとノートをつけたりしながらやっていたが、二回生になる頃には、「俺はもう射撃で頭角を現す必要はない」と諦《あきら》めた。ライフルを撃つときに身体を固定するために着る射撃スーツというものの暑苦しさと汗臭さと面倒臭さにも辟易《へきえき》した。「動かないでいい」ということでライフル射撃部を選んだにもかかわらず、銃口がいかに「動かなくてもいいのに動いてしまうものか」ということを思い知った。エアライフルのもっとも基本的な競技は、立った姿勢で六十発の弾を撃つというものである。制限時間は一時間半。その間、一発ごとの当たりはずれに一喜一憂せずに精神の平衡を保ち、淡々と同じ動作を繰り返す。夏は死ぬほど暑い。まるで座禅みたいである。

ライフル射撃は地味な競技である。たとえば新入部員は、試合のときなどに陣地でぐうたらしていることは許されない。「試合を見に行け」と言われる。ところが、よほどライフル射撃に興味があるならばともかく、試合を後ろで見ていても何のことだか分からない。射場は「しん」としていて、声援もない。私のような人間にとっては、手に汗握るような展開もない。ずらりと並ぶ射手たちが皆、銃をかまえ、撃っては下ろし、また銃をかまえ、撃っては下ろし、ロボットのように同じ動作を繰り返す。

そういうわけで、私はだんだんついていけなくなってしまった。しかし、ずるずる三回生になってしまうと、もう色々な責任が生じてしまって、辞めるに辞められないことになる。

弟子も育てなければならぬ。私は弟子をライフル射撃の面でも上手に指導することができず（本人が上手でないのだから当然である）、また人間的な面でも上手に導くことができず、ちょっとかわいそうなことをしてしまった。宿で酔っぱらい、真っ暗な部屋で延々と掛け布団相手に一本背負いを決めていたY君は元気にしているだろうか。

　他にもクラブ運営のため細々《こまごま》とした仕事をしなければならぬ。ライフル界の新星となることは諦めても、やることはいろいろあったのである。しかし私がクラブを辞めなかった最大の理由は、面白い連中が揃っていた、ということに尽きる。なにしろこんなマイナーな競技をわざわざ選んでくる人間たちだから、一筋縄ではいかないヘンテコな連中がいた。私はライフル射撃についてほとんど何も学ばなかったし、学部の方でもほとんど何も学ばなかったが、ライフル射撃部の友人たちからは多くのことを学んだ。

　四回生最後の追い出しコンパのとき、私は友人たちにプレゼントを用意した。それは私が四年間に部室のノートや試合のパンフレットや仲間内のホームページに書いた文章を寄せ集め、ワープロで打った小冊子「辞世録」だった。ともに四年間を過ごした仲間たちに配り終えたあと、私は「まだ余りがあるので欲しい人は取りに来てください」と言った。そうすると下級生たちが争うようにして取りに来た。無料とはいえ、自分の文章をちゃんと欲しがってくれる人が存在する、ということに私は驚いた。「今が人生の絶頂だ」と思ったのだが、そのときの喜びの余韻が一年後の私に『太陽の塔』を書かせ、私を小説家にして、今こうしてライフル射撃の神髄にはまったく迫ろうとしない曖昧《あいまい》な文章を書かせるに至った。

ここで冒頭の一文に戻る。

この世にライフル射撃というものがなかったら、私は小説家になっていないのである。ライフル射撃部に所属していながら、ライフル射撃ではいっこうに頭角を現せず、けっきょく文章を書いて自分をアピールするほかなかった人間がライフル射撃について書いても、その勘所を撃ち抜けるはずがない、という事実を横目で睨みつつ、この文章を終わる。

（「yom yom」２００９年12月号）

私と古事記　森を見る登美彦

私の筆名「登美彦」は、『古事記』からとったものである。

大学生の頃、新人賞に応募する小説を書き上げたところで、筆名が欲しくなった。姓の「森見」は気に入っていたが、名は変えておきたい。

そのときフッと思いついたのは、神武天皇《じんむ》の東征に抵抗したという豪族「長髄彦《ナガスネヒコ》」である。地元の奈良にある富雄川《とみおがわ》沿いを散歩しているときに、母から話を聞いた憶《おぼ》えがあった。しかしモリミ・ナガスネヒコでは、いくらなんでもゴロが悪い。「どうしたものか」と思って、『古事記』を本棚から引っ張りだしてきて頁《ページ》をめくっていたら、ありがたいことに長髄彦の異名として、「登美彦」という口当たりの良い言葉を見つけた。

「登美」という言葉には馴染《なじ》みがあった。奈良の両親の家からすぐのところに、「登美ケ丘」という広大な住宅地があったからである。図書館で地名辞典を調べたら、「登美ケ丘」というのは昭和四十年代に作られた地名であり、その「登美」は「鳥見」に由来するという。鳥見は奈良県生駒市を流れる富雄川沿い一帯の古い呼び名である。『古事記』に登場する長髄彦は「登美の地」にいたというし、「鳥見《トミ》」も「登美《トミ》」も、あてる漢字が違っているだけなのだろう。どういう経緯で「登美ケ丘」という名前が決まったのか知らないが、緑の広がる丘陵地帯を彷彿《ほうふつ》とさせるステキな名前であり、しかも名前を通して『古事記』に結びついているのだから壮大な話だ。

ここで唐突に生駒山の話になる。私は子どもの頃から生駒山を見上げて育ったので、この山には思い入れがある。生駒山は大阪府と奈良県の境界にあり、山の向こう側にはハッキリと別の世界が広がっていると感じられたものだ。かつて生駒山を越えて奈良に入ろうとした神武天皇に、地元の登美彦が抵抗したという物語も、生駒山を見上げる場所で想像しているからこそ臨場感がある。私にとって、神武東征と登美彦と生駒山というのは、一つに結びついているのである。

『古事記』中巻で、九州の日向《ひゅうが》の国にいた神武天皇は、「もっと天下を治めるのに具合が良いところはないか」ということで、ずんずん東へやってくる。船に乗って明石《あかし》海峡を過ぎ、大阪から上陸したものの、今の東大阪市において登美彦の軍勢と戦って、一時撤退を余儀なくされる。神武天皇に生駒山を越えられたらオシマイだ、と登美彦が考えたのも無理はない。いったん敗北した神武天皇は、熊野《くまの》を経由して奈良盆地に入り、尻尾《しっぽ》のある人間やらツチグモやらという地元の連中を制圧しながら北へ進み、登美彦を反対側から攻めてやっつけ、ようやく奈良に腰を落ち着けて天下を治めることになる。

神武天皇に最初の挫《ざ》折《せつ》を味わわせる敵であり、かつ最終的に打ち倒される敵である、というのは登美彦がいかにすごい人物かということを示している。神武天皇に敗北して森に消えた巨人。私は勝手に名前をもらっただけだが、故郷の生駒山の眺めと合わせて、親近感を覚える。

「森見登美彦」という筆名も、最初はちょっと恥ずかしかったが、今では馴染んでしまった。自分の本名よりも落ち着くほどである。森を見る登美彦。生駒山のふもとにヌッと立ち、緑の森を睨んで神武天皇を待ち受ける男の姿が目に浮かぶ。

我ながら良い名前だと思う。

『古事記』という出典があるのだから、自画自賛にはならないはずである。

（「芸術新潮」２０１２年６月号）

幻想的瞬間

下鴨神社の馬場でひらかれる「下鴨納涼古本まつり」の存在をどうして知ったのか、今となっては分からないが、それを目前にしたときはたいへん幻想的に感じた。沿道に立つ紺色の幟《のぼり》、真夏の糺《ただす》の森、延々とならぶ古書店のテント、無数の本。私は古本市というものが苦手で、読んでいない本ばかりで世界が充《み》ち満ちているように思われ、「あれも読まなくてはならないこれも読まなくてはならない」と息苦しくなる。それでも毎年出かけていったのは、古本への欲求というよりも、森に入って見渡すかぎり続く本の海を見るときに湧き上がる、異世界にもぐりこんだかのような感覚がたまらなく好きだったからである。たしかにあれは祭りであった。

祭りといえば、葵祭《あおいまつり》のことで思い出すことがある。大学院に通っていた頃、私は河原町今出川から南西に細い道を入ったところに下宿していた。春の朝、起きて朝食を食べるために外へ出た。河原町通へ抜ける狭い道は薄暗く、抜けた先は春のさわやかな日射《ひざ》しで明るい。すると、ふいにそこを立派な馬が横切ったのである。「なんでこんな町中に馬が！」とギョッとした。タネを明かせば葵祭の行列が通りすぎたのであって、私が祭の日程を失念していたにすぎない。しかし今でも、暗い道の先を春日に照らされた馬が横切る瞬間の幻想的な感覚を憶えている。

もう一つ憶えているのは、夏だったか秋だったかのこと。大学の研究室から自転車を走らせて御蔭通《みかげどおり》を走ってきて、下鴨神社参道でふと自転車を止めた。暗くて長い参道の奥に、ポッと赤っぽい光が充ちていて、どうやら祭りをやっているらしいのだ。思わず吸い寄せられるようにして自転車を降り、夜店でラムネを買って飲みながら見物した。ふいに出くわした夜祭りは、別世界の出来事のように思えた。

京都で暮らしていたとき、そういう幻想的瞬間に出くわすことがときどきあって、それが私はたまらなく好きだった。もっとも、それは祭りの日程を把握していないウッカリぶりも関係している。幻想的瞬間を味わうには、化かされたがりというか、ようするに間抜けであることも大切、というわけである。


（賀茂御祖《かもみおや》神社［下鴨神社］「平成二十六年　葵祭」パンフレット　2014年3月）

トイレの想《おも》い出

まだ私が五歳ぐらいであった頃のことである。

祖父母の家が大阪の茨木市《いばらき》にあり、ときどき遊びにいったのだが、その家にはいわゆる「ぼっとん便所」という落下式便所があった。昭和五十年代の話である。幼い私にとって世界はコワイものに充ち満ちているところで、あの「ぼっとん便所」の黒々とした不気味な穴は、「子どもを誘拐するおじさん」や「森の奥の底なし沼」とならんで、我が妄想的恐怖の的であった。まるでその穴は暗黒の地底世界へつながっているみたいではないか。どうして家の中にそんなコワイものがあるのか。用を足すどころか、その穴に近寄ることさえ私は断固拒否した。

そういうわけで祖父母は私に「おまる」を使わせることにした。平安貴族は「おまる」を使っていたというから、両家の初孫として甘やかされて、まるで貴族のごとき幼年期を謳歌《おうか》していた私に「おまる」はよく似合ったであろう。

今でも記憶に残っているのは、庭先に出されたおまるに私がまたがって、祖父母が縁側で笑いながらそれを見守っているという不思議な状況である。寒い冬はどうしていたのか分からないが、とにかく庭先でおまるにまたがっていたことだけはハッキリ憶えているのだ。

それにしても、あんな恥ずかしい状況でよくも用が足せたものである。幼い頃の私が精神の貴族であった証《あかし》と言えよう。もはや精神的に没落した現在、同じことをしろと言われても到底無理であり、あんな状況では出るものも出ない。もしここに唐突に神様が出現して、「おまるにまたがっている間、冥途《めいど》へ転居した祖父母にもう一度逢《あ》わせてやろう」と仰《おっしゃ》るなら、「それなら一つ恥をしのんで……」と頑張るのもやぶさかではないが、しかし如何《いか》に可愛《かわい》い孫といえど、三十代半ばの男がおまるにまたがる姿を祖父母もわざわざ見たくはあるまい。「そんなに無理しなくてええよー」と言うにちがいない。

小学四年生になった頃、私はふたたびあの恐るべき穴と遭遇した。

それは小学生の児童たちが親元を離れ、滋賀県の朽木《くつき》村で数日キャンプするというイベントに出かけた時のことである。テントのそばにある掘っ立て小屋みたいな共用トイレで用を足さねばならないのだが、なにしろ山奥のことであるから「ぼっとん」であった。それなのに山奥でキャンプする私のかたわらには、あの優しい祖父母も、頼りがいのある「おまる」もない。しかも悪いことには、夜になるとそのトイレに点《とも》った明かりを目指して、森の昆虫たちがおびただしく押し寄せてくるのだ。その昆虫というのがまた、大阪の郊外で暮らす私のような現代っ子は、見たことも聞いたこともないような異形《いぎょう》の怪物ばかりであった。

私はやむにやまれぬ用を足すために何度も夜のトイレに挑むのだが、トイレの穴はいよいよ黒々として不気味だし、身辺でうごめく昆虫たちは今にも襲いかかってきそうにする。あんなに心のやすまらないトイレはなく、用が済むまで到底ジッとしていられなかった。我慢できずに外へ飛び出しても、問題は何も解決しておらず、足すべき用は足さねばならぬ。悩みに悩んで虫だらけのトイレに出たり入ったりしていると、「大丈夫？　お腹《なか》を壊してるの？」と心配された。小学生の妙なプライドが邪魔をして、「虫が怖くて用が足せない」と言えず、私は苦悶《くもん》の汗を流すばかりであった。

けっきょく、キャンプ場事務所の水洗トイレを発見して事なきを得たのだが、現代トイレのありがたみがつくづく骨身に染《し》みる経験であった。

このようなことを思い出してみると、こうして執筆の合間にも世話になる我が家のトイレへの感謝の念がふつふつと湧き上がる。そこでは、地底世界からの呼び声に尻がヒヤリとすることもなく、得体の知れぬ森の昆虫たちに怯《おび》える必要もない。「おまる」のように衆人環視の中で用を足す必要もない。現代のトイレは、誰にも見られないひそやかな空間に消毒剤の匂《にお》いが仄《ほの》かに漂って、心がたいへん落ち着くステキな空間である。私はどちらかといえば閉所がきらいなタチだが、我が家のトイレだけは平気なのだ。

子どもの頃に読んだ那須正幹《なすまさもと》氏の児童文学「ズッコケ三人組」シリーズでは、主人公のひとりであるハカセという少年がトイレで本を読む癖があったが、子どもも心にその気持ちはよく分かった。なぜなら父が詰将棋の本をトイレで読むのが癖で、子どもの頃の我が家のトイレには、薄っぺらい文庫サイズの詰将棋の本が常備してあったからである。ときにはそれらの本の間に『ゴルゴ13』が交じることもあった。

実家には一階と二階にトイレがあったから、たとえ父が詰将棋に夢中になって立て籠《こ》もろうが、問題にはならなかったのである。

この原稿もいっそのことトイレに籠もって書こうと計画していたのだが、我が家にはトイレが一つしかなく、「いくらなんでもトイレを占拠しては妻が困る」「しかしトイレに籠もって書けば物凄《ものすご》く集中できるのではなかろうか」と迷っているうちに、普段通りに机上で書き上がってしまった。残念なことである。

（「yom yom」２０１５年冬号）

窓の灯が眩しすぎる

かつて私は永田町の国会図書館というところに勤めていた。はじめは関西の学研都市にある関西館にいたのだが、就職して四年が経《た》った頃、東京本館へ異動になったのである。東京で暮らすのは初めてのことであった。

その頃、不思議に思ったことが一つある。

仕事を終えて永田町を歩いていくとき、ビルの窓の灯が明るく感じられるのである。いくら私とてジャングルの奥地から出てきたわけではないのだから、ビルぐらいは大阪や京都でも見ている。しかしそのとき見上げた永田町のビルは、関西で見てきたビルよりも燦然《さんぜん》と輝いて見えた。これはどういうわけか。関西と東京で使っている蛍光灯が違うとか、電圧が違うとか、そんなことはないだろう。それは私にとって、まったく謎《なぞ》であった。

二年半東京で暮らしたあと、私は退職して故郷の奈良へ戻った。

いま暮らしているのは某駅前の高台だが、ベランダからの眺めがたいへん気に入っている。季節がうつろうにつれて色を変えていく奈良盆地の山々を一望できるし、夜になれば奈良市街のきらめく夜景を見ることができる。部屋の明かりを消して、彼方を通り過ぎていく近鉄電車の明かりを眺めているときなどは、なんだか夢の中にいるような気がする。奈良の町はどこを向いても穏やかな灯しかなくて、あの永田町のビルみたいに燦然と輝いてはいないのである。

劇団ヨーロッパ企画の上田誠さんと話をしていたとき、「東京へ出かけるとテンションが上がって仕事がはかどる」ということを聞いた。街そのもののテンションのようなものが人間に作用するのだろう。たしかにそれは納得できる話である。奈良というところはじつにテンションのゆるやかなところで、ここで流れている時間を私は「古事記時間」と名付けた。小説家という仕事のためかもしれないが、ウカウカしていると一年ぐらいすぐに経ってしまう。『古事記』のスケールで考えるなら、目先の一年や二年どうでもいいという気分になってしまうのである。これはじつにまずい。

そこで思うのは、あの永田町のビルの燦然たる窓の灯は、じつは私自身の、テンション高まる一方の心に映った明かりではなかったろうか。当時の私は結婚したばかりで、初めての東京暮らし、国会図書館では新しい部署に移って忙しくなる一方、副業の方でも仕事は限界を突破して増えに増え、無謀な新聞連載まで始めようとしていた。

自分で言うのもなんだが、まるで「前途洋々」を絵に描いたような状況だったのである。実際のところは二年半後に破綻《はたん》して、尻尾を巻いて奈良へ撤退することになるわけだが、当時は「いけるところまでいってやれ」という、私らしくもない熱さがあった。その熱さはほとんどヤケクソ同然であった。そのヤケクソな心に映って、あの窓の灯は明るかったのではないか。

——というようなことは私の妄想で、じつはホントに電圧が違うだけかもしれないが。

ベランダから穏やかな奈良の夜景を眺めているとき、あの短い東京時代の燦然たる窓の灯を懐《なつ》かしく思うこともある。今の状況から考えると、あの頃の自分の状況も、仕事ぶりも、とても現実のこととは思われない。あれもまた夢であったような気がする。

ともあれ、落ち着いた心に映る、やや暗めの窓の灯も良いものである。

（「ブレーン」２０１６年９月号）

記念館と走馬燈《そうまとう》

小説家にとって成功とは何か――。それは「記念館」を設立することをおいて他にない。

「森見登美彦記念館」

それだけが私の目指すものである。

その記念館の青写真は私の頭の中にある。生まれてから現在に至るまでの克明な年表、創作ノートや生原稿、初版本の展示を欠かすことはできまい。思い出の写真、小説家の愛用品の数々、交遊関係を解説するパネルも置かねばならぬ。処女作が執筆された四畳半アパートの一室をリアルに再現した一角も用意し、来館者は万年床に寝転んで二〇〇三年当時の腐れ大学生の暮らしを体験できる仕組みだ。映像化作品を上映するための小さな劇場も併設し、ミュージアムショップではさまざまな関連グッズを売りさばく。

その記念館の目玉は「館長の執筆」である。

建物の片隅にはガラスの壁で仕切られたコーナーがあり、机と小さな書棚が置かれている。一日のうちの決まった時間、記念館の二階で暮らしている館長（＝私）が下りてきて、その机で執筆するのである。蕎麦《そば》打ちの実演のようなものを想像していただきたい。しかし館長も百二十歳近い高齢であり、その机で執筆できることは滅多にない。二階から一階へ下りてくるのも大仕事なのである。館長が一行でも書くことができれば来館者から拍手が湧《わ》く。

ここまで妄想したところで思うのだが、私が大還暦を迎える年、つまり今から八十二年後に、はたして「森見登美彦記念館」を訪れたがる人間などいるのであろうか。現在からおおよそ百二十年前に生まれた有名な作家を探せば宮沢賢治が見つかる。「宮沢賢治記念館」の二階に宮沢賢治本人が暮らしていて、今でもときどき一階に下りてきて詩を書いていると想像してみよう。「それなら行ってみたい」と私も思うが、残念ながら私は宮沢賢治ではない。

閑話《かんわ》休題（はじめから閑話であるが）。

大還暦を迎えた朝、私は目を覚まして驚く。近年まれに見る爽快《そうかい》な目覚めだ。このところ頭に靄《もや》がかかったようで、一階へ下りることも容易ではなかった。記念館に引き籠もって四半世紀、いよいよ一階ともお別れかと淋《さみ》しく思っていたが、この調子ならまだいける。そういえば今日は記念すべき大還暦、百二十歳の誕生日だ。何か原稿が書けるかもしれない。最後に原稿を書いたのはいつだっけ……。

そうして私は一階へ下りていく。

驚いたことに森見登美彦記念館は来館者で満杯である。大還暦を祝う式典のために京都市長も駆けつけている。この大勢の人たちはどこから来たのだろう。みんな知っているような気もするし、知らないような気もする。まるで祇園祭《ぎおんまつり》のように賑《にぎ》やかではないか。

私は赤いちゃんちゃんこを着せられて、ユックリと館内の展示を見てまわる。そういえば「長生きの秘訣《ひけつ》は？」と新聞記者に訊《き》かれて、「自分の記念館を毎日見てまわることです」と答えたことがある。色々な小説を書いたなあ。色々な人間に会ったなあ。なんのかんの言っても素晴らしい人生であった。まるで人生の走馬燈を見ているみたいだ。嗚呼《ああ》、記念館とは走馬燈のことであったか。

「館長の執筆です」

館内アナウンスに従って私は机に向かう。詰めかけた来館者たちはひっそりと静まって、館長の執筆を見守っている。やはり何か書けそうな気がする。そのとき古い文章の断片が脳裏をよぎる。八十二年前に書いた「記念館と走馬燈」という短いエッセイのことが。

やがて私は次のように書く。

「小説家にとって成功とは何か——。それは『記念館』を設立することをおいて他にない」

（「月刊 J-novel」２０１７年４月号）

森見登美彦の口福

ベーコンエッグ　仕上げに秘密の調味料を

私は料理がほとんどできない。一人暮らしの頃に腕を磨かなかったからである。もし妻が料理を作ってくれない人であったなら、現在の我が食生活は惨憺《さんたん》たるものになっていただろう。そんな私でも作ることができる数少ない料理が「ベーコンエッグ」である。

スティーヴンスン『宝島』の冒頭において、ベーコンエッグという言葉が素晴らしい使われ方をしている。乱暴者の海賊が宿の亭主に言う台詞《せりふ》が「俺は安上がりな男だ。ラム酒とベーコンエッグさえあればいい」。皆さん、これでこそ海賊だ。彼の食卓に並ぶベーコンエッグは、さぞかしうまいだろうと思わせる。

料理のレパートリーが少ない人間は、限られたレパートリーに料理センスの一切を注ぎ込むため、その一品にかぎって呆《あき》れるほど口うるさいものである。私の父も料理が得意というわけではないが餅の焼き方には一家言あり、まるで高名な陶芸家のように慎重な手つきで餅を焼く。私もそれと同じで、ベーコンエッグは自分好みのものでなくては我慢できない。

まずベーコンが必要である。焼かれるなり猛烈に縮んでどこかへ消えちまう「なんちゃってベーコン」ではなく、しっかりとした存在感のある肉でなくてはならない。次に玉子である。フライパンに落としたら、白身の上にかっきり黄身が盛り上がる凛々《りり》しいやつで黄身の味が濃厚でなくては困る。

フライパンでベーコンを焼き、そこに玉子を割って落とす。二つ落として海賊のように豪快な気持ちになるのも悪くない。味付けは塩と胡椒《こしょう》にかぎる。海賊風に荒っぽく塩胡椒を振ったあと、フライパンに少量の水をサッと注ぎ回して蓋《ふた》をする。このあとどれぐらい蒸すべきか。それが問題だ。白身にはあくまで固くあって欲しいし、黄身にはとろりとした優雅さを保っていて欲しい。

うまく焼き上がったら、美しく形を保ったまま皿にのせる。

ここで仕上げの調味料を使う。『宝島』の妄想である。自分が宿屋「ベンボウ提督亭」に滞在する海賊で、ベーコンエッグとラム酒だけで生きる栄養の偏《かたよ》った荒くれ野郎だと妄想する。そして「俺は安上がりな男だ。ラム酒とベーコンエッグさえあればい」と呟《つぶや》くのである。それだけで、ベーコンエッグのうまさが三割増すのだ。

以上がベーコンエッグという料理である。シンプルな料理にこそ妄想的味付けが必要である。

父の手料理　なぜか、いやにうまかった

父の手料理について書こう。

私が高校生ぐらいの頃である。母や妹たちが寝静まった後、居間で日記を書いたりして夜更《ふ》かしをしていると、父が酔っぱらって帰宅する。父は服を着替えたあと、深夜の台所にもぐりこんで戸棚を探り、ひそかな物音を立て始める。人間は酔っぱらうと無性にラーメンが食べたくなるものだ。「探してるな」と私は思う。やがて父は居間に顔を出し、「おまえ、ラーメン食わへんやろ？」とわざわざ訊《たず》ねる。「いや、食うよ」と私は言う。そうして我々は深夜の居間でラーメンをすすったものである。その若干茹《ゆ》で過ぎたラーメンには、得も言われぬうまさがあった。

我が家において、料理は母の領分だった。それでも休日などには父が腕を揮《ふる》うこともあった。凝ったものではない。そうめんを茹でるとか、魚肉ハンバーグを焼くとか、

残り物でチャーハンを作るとか。

そういう父の料理には、何か母の料理とは違う、特別な雰囲気があった。魚肉ハンバーグをこんがり焼いて胡椒を振っただけのものがいやにうまい。もちろん母の方が料理の腕は良いに決まっているので、そこには胡椒だけでない何らかの隠し味がある。

父と二人でドライブに出かけると、ごくたまに出かけた先で父が何か食べ物を買ってくれることがあって、それもまたうまかった。アイスクリームであるとか、カツサンドであるとか。私は、父が直接作った料理ばかりでなく、そういう出先で食べた物も、父の料理であると考えたい。父の料理というものは、味そのものよりも、それを食べる雰囲気に味の秘密があった。

子どもの頃に『大どろぼうホッツェンプロッツ』というドイツの物語を読んだ。この作品の中で、主人公の少年たちが大どろぼうであるホッツェンプロッツの隠れ家を訪ね、どろぼう料理をご馳走《ちそう》になる場面がある。どろぼう料理とは何か。詳しいことは何も書いてない。どうやらニンニクがどっさりらしい。これがとんでもなくうまそうだった。森の隠れ家に住むどろぼうが作る、荒々しくて後ろめたい料理の刺激的な匂いが、木立の間に広がるのが感じられた。

今にして思うに、父の料理のうまさは、どろぼう料理のうまさにどうも似ている。

母が体調を崩して入院しているときなど、父のどろぼう料理はなんとも物悲しいものになった。それは森の隠れ家でたまに食べるからこそうまいのである。日常の食卓に出たとたん、その繊細微妙な隠し味はすっかり消え失《う》せてしまった。

無人島の食卓　自信に満ちた男になれるか

自分が無人島に流れ着いたら果たして生き延びられるだろうか。

ときどきそんな妄想をする。

たかが妄想と言うなかれ、「無人島でも腕一本でなんとかなる」という自信は、人間として最も根本的な裏打ちである。それが「ある」人間と「ない」人間、どちらが土壇場《どたんば》に強いだろうか。その裏打ちのあるなしは、日常的な仕事ぶりにも影響を及ぼすはずである。

私が日々ふわふわして万事において頼りない原因は、この裏打ちのなさにこそある。机に向かって小説を書いている場合ではない、そんなことだから駄目なのだ、無人島で生き延びられる知恵と体力をまず身につけてから物を言え、と思うけれども、まだそんな知恵も体力も身につけていない。

現実の無人島暮らしに夢も希望も見いだせない淋しいオトナになってしまったが、デフォーの『ロビンソン・クルーソー』には今でも心をくすぐられる。読んでいると子どもの頃の秘密基地ごっこを思い出したりしつつ、やはり食べ物のことが気になってくる。

無人島の食卓ほど、あらゆる食べ物がおいしそうに見えるところはないだろう。ロビンソンが食卓にならべるウミガメの卵や干しブドウや山羊《やぎ》の肉は、ただその単語がそこに書かれているだけで輝いて見える。

自分で手に入れた食べ物が格別おいしいのはたしかである。以前タケノコ掘りをしたときは、それがどんなに渋いタケノコであっても私は許した。しかしいくらおいしくても、タケノコを手に入れるか否《いな》かに自分の命がかかっていたわけではない。それが家庭菜園的な楽しみと、無人島生活の違う点である。無人島の食卓では、食べる当人の命もぎりぎりである。ぎりぎりの食べ物を、ぎりぎりの人が食べるのだ。

そして無人島の食卓には、自分ひとりでもう一度文明を作り上げるという意味もある。当初はただ手に入るものを食べているだけだったロビンソンは、やがて住居を整え、難破した船の積み荷からこぼれ落ちた種をもとにして、自分ひとりでオオムギを育て、自分ひとりで竈《かまど》を作り、自分ひとりでパンを焼く。

無人島に流れ着いて手探りで生き延びてきたロビンソンが、文明の味を作り上げる。これは勝利である。焼き上がったそのパンはとてつもなくうまいに決まっている。自分が無人島に流れ着いたとき、そこでパンを焼けるだろうか。もしもそのパンの味を知っていたら、私はもっと自信に満ち溢《あふ》れた頼れるナイスガイであるに違いないのである。

おいしい文章　組み合わせで引き出せる

「文章」というものを食べ物のように考えてみる。といっても、「精神の糧《かて》である」などとカッコイイことを言おうとしているのではない。

世の中には色々な文章があるけれども、「良い文章」「悪い文章」というものを突き詰めて考えると難しくなる。たいてい私は、「おいしさ」という観点から捉《とら》えている。

文章は何かを伝えるために書くのだから、内容が大切なのは無論のことである。しかし内容だけでなく文章そのものに、それを読みたくさせる何かがある。これは何だろうと考えているうちに、文章にもまた味があると思うようになった。

みずみずしいサラダのような文章もあれば、鰻《うなぎ》の蒲焼《かばや》きみたいにコッテリして滋養のありそうな文章もある。しっとりと湿り気のある文章もあれば、さらりと乾いた文章もある。スルメのように噛《か》めば噛むほど味が滲《し》み出してくる文章もあり、良く冷えた麦酒《ビール》のように喉《のど》ごしで味わうのが良い文章もある。

このようなことを、文章を読みながら想像してみる。文章それぞれが独自の味をもった料理で、本棚はそれらを保管する倉庫である。ならば、それらをどのように組み合わせて毎日の食卓にならべるべきか。

いくら滋養があると言っても、毎日鰻丼《うなどん》ばかり食べるわけにはいかない。胃が弱っているなら軽いものを食べたい。いくら味が良いと言っても、スルメをしゃぶっているだけではエネルギーが湧かない。

もし料理をおいしく食べたいのであれば、いろいろな工夫をすべきである。飽きないようにバランス良く組み合わせるし、自分の身体《からだ》の具合や周囲の状況を考えて今おいしく食べられるものを選ぶ。ときには何かをおいしく食べるために、自分に試練を与えることさえある。冷えた麦酒のために喉を渇かしておく、手作り弁当のために山に登る、レストランでの晩餐《ばんさん》のために昼食を抜くなど。

これを応用して文章の献立というものを考えれば、おいしい文章はよりおいしくなるだろうし、読みにくい文章を読みやすくすることもできるのではないか。

文章の味もまた、味わう状況によって変わる。無味乾燥な書類を延々と読んだ後なら、情熱的な恋愛小説をおいしく感じるかもしれない。その小説の熱い情熱に辟易《へきえき》したら、さっぱりした科学エッセイがおいしく感じられるかもしれない。おいしさを引き出す組み合わせは、人それぞれである。

文章の良《あ》し悪しはともかく、文章はおいしく読まねば損である。

（朝井リョウほか『作家の口福　おかわり』朝日文庫　２０１６年９月）

ヘンテコなシステムと遊ぶ人たち

先日、小説家の万城目学《まきめまなぶ》氏が新刊『バベル九朔《きゅうさく》』のプロモーションで京都へ来るというので、万城目氏と上田誠氏と角川書店の編集者と四人でお酒を飲んだのである。高倉通から細い路地を入ったところにある古風な「おばんざい」のお店であった。

上田氏と仕事以外で会うときは二人だけで話をすることが多く、万城目氏をまじえて会ったのは初めてのことだった。

そもそも私には京都在住の知り合いが少ない。少し前までは綿矢りささんがいて、私は上田誠氏と綿矢さんを引き合わせて「京都沈殿党」を結成し、東京在住の万城目氏を仲間はずれにしてやろうと手ぐすね引いていたのだが、そんな目論見《もくろみ》も綿矢さんが結婚して関東へ引っ越すという祝福すべき事件によって水泡に帰し、むしろ精神的痛手を受けたのは私であった。

しかし、そんな話はどうでもよろしい。

面白いのは万城目氏がまじると、想像もしていなかった話題が膨らむことである。

私と上田氏が二人で顔をつきあわせて「恋愛談義」になるようなことはまずない。万城目氏による仮借《かしゃく》ない追及あらばこそ、私は上田氏の恋愛方面の思想について新知識を得ることができたのである。

「万城目さんが加わると下世話な話になりますなあ」

「それはどういう意味や、トミー」

「上田さんと二人で会っているときなんか、抽象的な議論ばっかりしてますよ。竹林《ちくりん》の清談ですよ。上田さんと会うときには、二人ともなんだかはにかんでますからね」

「今さら何をはにかむ?」

万城目氏は呆れたように言った。

「二人とも、ええオッサンやないか」

ここ数年、ときどき上田氏と会って話をするのが面白い。

畑違いの仕事をしている人で、しかも気の合う人と話をすると、頭の風通しが良くなる。同業者には言えない青臭いことを思い切って口にできるし、話が通じれば何か普遍的なものにぶつかった嬉《うれ》しさがある。上田氏は「演劇」や「映像」から摑《つか》んできたことを話してくれるから、それがまた刺激になる。

井戸の中のカエルみたいな生活をしている私にとって、上田氏はじつにアリガタイ存在である。ということで、私は上田氏を通して「ヨーロッパ企画」という不思議な存在を見てきたわけである。

ハッキリとした経緯は覚えていないのだが、上田氏と出会ったのは八年近く前のことである。『夜は短し歩けよ乙女』映像化の企画で脚本を担当してもらったのがキッカケであった。

自分で言うのもなんだが、『夜は短し歩けよ乙女』という作品は、成立しているのが奇跡としか思えない破天荒な作品であって、それを映像化しようという企ての困難さは察するにあまりある。そういうわけで企画は頓挫《とんざ》と復活を繰り返し、上田氏はそのたびに脚本を書き直し、いつの間にか『夜は短し歩けよ乙女』の世界的権威となったものの、肝心の企画は今日にいたるも実現していない。そのかわり、その企画が一つの縁となって実現したのが、アニメ「四畳半神話大系」であった。

そういった企画が進んでいく中で、上田氏と話をする機会も増え、ヨーロッパ企画の舞台も観《み》に行くようになった。

初めて観に出かけたのは『あんなに優しかったゴーレム』だった。以降、『サーフインUSB』『ロベルトの操縦』『月とスイートスポット』『建てましにつぐ建てましポルカ』『ビルのゲーツ』『遊星ブンボーグの接近』は、いずれも舞台で観ている。京都府立文化芸術会館で観た『あんなに優しかったゴーレム』は、ヨーロッパ企画初体験だったこともあって心に残っている。私は舞台を観ること自体が少ないので、「目の前で人が演じてる」というだけでも楽しいのだが、ヨーロッパ企画の独特な面白さもすぐに感じることができた。それは生き生きと動きまわる人物たちの存在感と、明確なコンセプト＝システムの面白さである。

その日のことでもう一つ覚えているのは、舞台が終わったあとに上田氏に挨拶《あいさつ》に行って、通路で立ち話をしたことである。

なんとなくギクシャクして、妙に恥ずかしかった。どうやら二人とも「はにかんでいる」ようだった。何か相手に賞賛なり感謝なりを伝えたいのだが、どうも手軽にスッと言えない。それなりの年齢のおっさん二人が、通路の暗がりで「どうも」とか「いやあ」とか曖昧《あいまい》に呟いてモゾモゾしていた。

とりあえず小説について考えてみる。

小説というものを最小単位まで突き詰めると、一つの文章から次の文章へ飛んでいくという「流れとリズム」になる。そこに書かれている文章が生き生きとしているか、「なんだか面白いナア」と思えるか、ということが生命線なのである。それをないがしろにして他のことをいくら頑張っても空転するばかりである。敢《あ》えて極論を言うなら、面白い文章を面白くつなげれば面白くなるのだ。

しかし「面白さ」にも色々なものがあって、まったく肌合いのちがう「面白さ」もある。組み合わせると相殺《そうさい》されてしまう「面白さ」だってあるだろう。つながれているからには、それらの「面白さ」には何か共通のものがあるはずだ。それらの「面白さ」がもっとも生き生きとする結びつき、「面白さ」がドンドン増幅されていくような結びつきがあるはずだ。そう考えてみるといい。

それらの結びつきを突き詰めていくときに浮かんでくる要素がキャラクターであり、物語展開である。それらは色々な「面白さ」を相互作用させながらアレコレ試行錯誤を繰り返して発見していくほかない。そうして見つかったいくつもの要素が、一つの中心をもってピタリと収斂《しゅうれん》したとき、「小説が書けた」ということになるわけである。少なくとも私の場合はそうなのである。

どうしてこんなことを書いたかというと、ヨーロッパ企画の舞台も同じような過程を経て作られているにちがいないと私が思っているからである。

上田氏が書き上げた脚本からスタートするのではなくて、上田氏の考えた状況設定と出演者の人たちの「エチュード」から始まるというのは、私が小説を書くときに、「とりあえず文章を書いてみる」ことから始めるのと同じである。

エチュードは、出演者、舞台装置、その場の雰囲気、その他もろもろの影響を受け、上田氏が意識的にコントロールできるようなものではないだろう。だからこそ思いがけないかたちで発見される「面白さ」があるだろう。それらの断片と断片を響き合わせて、上田氏は一つの理想的な展開を見つけだす。「展開」は結果なのであって、はじめから目指されているものではないはずである。

つまり上田氏とヨーロッパ企画にとっての「エチュード」が、私にとっての「文章」にあたる。

ヨーロッパ企画の舞台を観るとき、「無駄な場面が一つもない」と感じる。阿呆《あほう》らしいことを延々とやっている場面であっても、それが展開に貢献していなくても、無駄とは思えないのである。「それぞれの場面や人物をもっとも輝かせる流れは何か」という上田氏の試行錯誤の結果が展開になるのだから、人間ドラマや展開を支えるために場面があるような作品とは根本的に違っているためである。そして、それらの場面の面白さは、作品の中心に存在する「ヘンテコなシステム」と結びついている。

したがって、エチュードを繰り返しながら上田氏が何をしているのかといえば、おそらくその「ヘンテコなシステム」のあらゆる機能をテストし尽くそうとしているにちがいない。

「システムに翻弄《ほんろう》される人間たちが面白い」

というのは、上田氏がしばしば口にすることである。

ヨーロッパ企画の舞台は明確なコンセプトを持っていて、それが舞台装置とも渾然《こんぜん》一体となっている。そのコンセプトは一つの「システム」を体現している。それは我々の日常生活とはちょっぴり異質なものである。ヨーロッパ企画の「SFっぽさ」はそこに由来する。

以前、上田氏がこんなことを言った。

「喫茶店を舞台にして何か作ってください、と言われても困るけど、『水没した喫茶店』を舞台にして何か作ってくださいと言われれば色々と想像が膨らむ」

それを聞いて、「なーるほど」と私は思った。

「喫茶店」は我々の日常生活の範疇《はんちゅう》にある。しかし「水没した喫茶店」は日常とは異質なもので、「ヘンテコなシステム」の存在を予感させる。天変地異であろうと、何者かの陰謀であろうと、そこには何らかのシステムが働いている。それはいかなるシステムであろうか——そう問うとき、上田氏のハートには火がつく。ヨーロッパ企画の舞台が群像劇であり、主人公が存在しない理由もここにある。主人公は「システム」なのである。

だからといって「人間はどうでもいい」とはならないのが面白いところで、その絶妙なバランスにこそ、ヨーロッパ企画の舞台に漂う不思議な魅力の源泉がある。

システムを描くためには、システムとぶつかる人間たちを生き生きと描かなければならない。そのシステムがヘンテコであるほど人間の行動もまたヘンテコになり、そのヘンテコな行動によってその人物はいっそうその人物らしくなっていく。システムと人間が接するところには必ず軋轢《あつれき》が生まれ、その軋轢を足場にして、「ヘンテコなシステム」と「人間」はたがいを生みだしあうのだ。

人間たちの動きが一連の流れを辿《たど》り、システムが持つ全機能の検証が終わるとき、ヨーロッパ企画の舞台は終わる。それぞれの人間が成長するとかしないとか、事件が解決するとかしないとか、そういうことに主眼があるのではない。そのシステムがどれだけ多機能で、どれだけヘンテコかということに主眼がある。

ちなみに、ヨーロッパ企画の「笑い」の爽《さわ》やかさもこのあたりからくるのではないかと思う。「笑い」というのは、ちょっと油断すると自虐《じぎゃく》的になりすぎたり、攻撃的になりすぎたりする。しかしヨーロッパ企画の舞台では、いわゆる常識に基づいて登場人物を「笑いものにする」ような印象がほとんどない。

常識とズレているのは「ヘンテコなシステム」の方なのだから、人物たちが右往左往するのも納得がいくし、彼らを否定する理由もないわけである。そして人物たちがヘンテコなシステムとぶつかってムキになるほど、彼らはいよいよ人間らしくなり、ヘンテコなシステムはいっそうヘンテコに感じられてくる。そう考えるなら、我々がヨーロッパ企画の舞台を観ているときに心おきなく笑っている対象は「ヘンテコなシステム」そのものなのである。

上田氏と話をしていていつも感じるのは、その「自意識」へのこだわりのなさである。

もちろん上田氏だって量産型演劇ロボットというわけではないのだから、色々と個人的な考えや感情があるに決まっている。しかし過剰な自意識というものはまるで感じられない。これは私自身が小説家などという自意識過剰人種であるからよく分かる。舞台と小説という表現形式のちがいだけによるものではなく、上田氏がもともと持っている資質であるにちがいない。

ようするに上田氏はサッパリしている。

たとえば私は、自分のまわりにある世界や人間を、「自分」というフィルターを通して見ている。そのフィルターの選り好みが強すぎて、ときには自分でイヤになってしまうほどである。自分の心に響かないものは、まるで見ようとしないところがある。

しかし上田氏という人は、自分を含めたまわりの人たちを、数十センチ浮かんだところから俯瞰《ふかん》している。「人間がゴミのように見える」ほど上空ではないのも大切なところで、それはちょうど「人間が可愛《かわい》く見える」ほどの高さである。そのような絶妙の高さに浮かぶ上田氏の目に映ずるのが「システム」である。

だから上田氏はシステムの側に焦点を合わせている。そういうふうに視点をおくなら、感傷的になることもなく、人間を笑いものにすることもない。そういったことはすべて、「人間」の側に焦点を合わせることによって発生するからである。

正確に言うなら、それは人間を取り巻く状況への興味であって、自分自身への興味ではないし、人間ドラマへの興味でもない。おそらくそういうものは上田氏の肌に合わないだろう。ときおり上田氏が見せる「はにかみ」は、地上へ降りなければならぬ場合に生じる戸惑いだと私は思っている。

たいへんステキだと思うのは、上田氏がこれほどシステムに興味を持っているのに、その作品は決して非人間的、図式的にならないことだ。システムを表現するのは人間だという点を絶対にないがしろにしないからであり、いくら俯瞰していても地上数十センチという体感的距離を忘れないからだろう。人物たちが身近に感じられ、自然に振る舞っているように見えるほど、ヘンテコなシステムの手触りはハッキリしてくる。そこにヨーロッパ企画独特の発明があるし、舞台を作り上げる苦労もあるのだと思う。

ヨーロッパ企画の舞台を観たとき、私は生き生きとして自然な人間たちの動きを通して笑いながら、丁寧に作られたヘンテコなシステムに触っている気がする。それはたいへんに気持ちが良い。すがすがしくて美しい。人間らしいのに人間らしくない。それはなんとなく神話の世界を思わせる。英雄がよそへ行ってしまったあと、みんなでポカンとしているような神話である。

ひるがえって自分の小説について考えるとき、じつは自分の小説はヨーロッパ企画の舞台とは裏返しの構造をしているということに気づく。私の小説の場合、中心にすえられた「ヘンテコなシステム」とは主人公そのものなのである。

私の場合、主人公というシステムを描くことと、世界を描くことは同じことである。

まず確固たる世界があって、そこを主人公がうごうごしているのではない。主人公がうごうごする先でぶつかってくる面倒臭いものがあって、そのとき初めてそこに世界があることに気づく。そのぶつかってくるものは、必ず主人公の内なるシステムに関係がある。正確にいうなら、その軋轢から主人公のシステムがいっそうハッキリ分かってくる。そういう構造になっている。

先ほど私は、エチュードを繰り返しながら上田氏は「ヘンテコなシステム」のあらゆる機能をテストしている、と書いた。それとまったく同じことが私自身についても言える。私は文章の流れとリズムによって、主人公というシステムの機能をテストしている。最初からそのシステムのすべてを決めているのではなくて、文章を書きながら、そのシステムの輪郭をなぞっている。そうすると、必ず文章そのものを通して思いがけないものが見つかる。それはおそらく出演者たちの相互作用（エチュード）によって、上田氏が見つけようとしているものと同じであろう。

この感覚は私にとってたいへん大切なものだ。

上田氏とちがって、私はそもそも自意識過剰である。それは執筆中の作品に対して色々なかたちで現れるので、とてもここでは説明しきれない。とにかくその意識は、作品を小さくし、小賢《こざか》しくし、息苦しくし、感傷的にし、不自然にする。悪いことばかりである。ホントに困ってしまうのである。それを如何《いか》にして乗り越えるか、というのが私にとって大問題で、その際につねに役立つのが「文章によるエチュード」である。そのとき私は言葉と遊んでいて、そうすると言葉が自分を越えて膨らんでいく。それがなければ、私は自意識の中に閉じこめられ、見栄《みえ》が、計算が、感傷が、自己憐《れん》憫《びん》が、小賢しさが猛威を振るうであろう。じつにウザイ。

しかしうまく作品が書けたときは、夏祭りに出かけて無心に遊んだあとのような、空っぽの感じが漂う。

そこで私は「遊び」というものを考える。ヨーロッパ企画の舞台から感じるのも、自分の小説がうまくいったときに感じるのも、ようするに「遊び」なのである。

これはヨーロッパ企画の舞台がイイカゲンに作られているというわけでもないし、私が自分の小説をイイカゲンに書いたというわけでもない。でもそこにはなんだか「遊んでいる」ような感じがある。

「遊ぶにしてもマジメに遊べ」という人もあるが、その「マジメに」という鬱陶《うっとう》しい言葉を発したとたん、もう「遊び」は消えている。それも面白いところだと思う。マジメというのは遊んでいるあとから追いついてくることで、我々はただ遊ぶ。ヨーロッパ企画の場合、彼らは舞台上に存在する見えないシステムと遊んでいる。私の場合、主人公の内なるシステムと遊んでいる。「作品を作るにあたっての正しい遊び方」をついつい定義したくなるが、そんなことをしても無駄だろう。無心になって遊ぶことが世界そのものになれば素晴らしいと思うのみである。

そのとき何か特別なものがふんわりと漂う。何なのかよく分からない。空っぽのようだが、そうではない。言葉にしようとすると消えてしまう。「体験」と言ったり、「世界観」と言ったり、これまでに色々な言葉をあてはめてみたが、何を言ったとしても、その独特の空っぽさにはあてはまらない。うまくいっていない作品にだって「体験」はあるし「世界観」もある。しかしうまくいった作品には、何か特別な空っぽさがある。それはなんとなく神聖なもの、フッと聞こえてくる祭り囃子《ばやし》みたいなものである。

以上のようなことを、次に上田氏に会ったら話そうかなあと思っていたのであった。こんなことばかり喋《しゃべ》っているのだから「清談」みたいになるのも当然である。思い切って色々なことを忖度《そんたく》して書いてしまったけれども、すべて私の妄想的仮説であります。

「演劇」と「小説」という表現形式の違いはたいへん大きく、そもそも上田氏と私では視線が真逆を向いている。にもかかわらず、それぞれの紆余曲折《うよきょくせつ》を経て現れる作品の雰囲気は似通うのが面白い。同じ山を正反対の方角から登って、頂上に出現した空っぽの草原で握手しているようなものだ。

長々と理屈っぽいことを書いてきたが、けっきょく言いたいのは「ここはサワヤカな眺めですね」ということに尽きる。

（ミシマ社編『ヨーロッパ企画の本　我々、こういうものです。』ミシマ社　2016年9月）

第六章　「森見登美彦日記」を読む

単行本刊行時の書き下ろし、および大学院生時代の日記。

かつて「文藝《ぶんげい》」という雑誌で中学生時代の日記を公開したときに懲《こ》りたはずだが、喉元《のどもと》すぎれば熱さを忘れる。またこんな阿呆《あほう》なことをしてしまう。日記を商売に利用するのはこれっきりにすべきである。

日記を書き始めたのは中学一年の冬である。

当時すでに私は「将来は小説家になろう」と決めていた。ならば日記を書くことも修行である！ というわけで一つのルールを自分に課した。たとえ何も書くことがない日であっても、絶対に大学ノート一ページを文章で埋めるというルールである。当時はノートにビッシリと手書きしていた。

我ながら感心するのは、自分がそのルールを厳格に七年以上守ったことである。当日に書けなかった場合は翌日以降にきちんと書いて追いつくようにしていた。その点、きわめてストイックであった。さすがに大学に入ると少しずつ息切れが始まり、学部を卒業する頃には大学ノートに書くのは止《や》めてしまったが、中学一年の冬から学部卒業まで書き続けた日記は大学ノート六十五冊に及ぶ。四百字詰めの原稿用紙にして八千枚近い分量である。塵《ちり》も積もれば八千枚である。

大学院に入って以降、日記はパソコンで書くようになった。

しかし小説家として世に出て、さらに大学院を卒業して就職すると、その日記も途絶えがちになる。締切に追われる「二足の草鞋《わらじ》」生活では日記を書く精神的余裕がなかったのである。そのために勤務時代の日記はあまり残っていない。日常生活に色々と新鮮なことがあって、書くべきことが多い疾風怒濤《しっぷうどとう》の時期ほど日記なんぞ書いている余裕はないものである。これは日記愛好者にとって永遠のジレンマではなかろうか。

ふたたび日記を書き始めたのは専業小説家になってからのことである。

この文章を書くために、パソコンに移行してから書いた日記の分量をザッと計算してみた。そうすると四百字詰原稿用紙にして八千枚と出た。大学ノートに書き続けた日記と合算すれば、じつに一万六千枚。プルースト『失われた時を求めて』をラクラクと越え、山岡荘八《やまおかそうはち》『徳川家康《とくがわいえやす》』まであと少し。その分量は現在でも増大していく一方なのである。さすがに薄気味悪いなと思った。

どうやら私は「日記魔」であるらしい。

○

日記魔として言わせてもらえば、日記を書くのは快楽である。強制されるお題もなく、締切もなく、編集者もおらず、読者もいない。「こんなこと書いたら叱《しか》られるかな?」とためらう必要はないし、読みやすさを考えて推敲《すいこう》する必要もない。何を書いてもいいし、書けば書きっぱなしでよろしい。しばしば私が想像するのは、散歩紐《ひも》から解き放たれて大雪原を跳ねまわる柴犬《しばいぬ》の姿である。ある文人は「そこそこ書くようなものは駄文に決まってる」と言ったが、たしかに日記は駄文である。だからこそ快楽なのである。

かくも自慰的なシロモノを世に出せるわけがない。

たしかに世間には色々な日記が出版物として流通している。樋口一葉《ひぐちいちよう》の日記とか、岸田劉生《きしだりゅうせい》の日記、永井荷風の『断腸亭日乗』などは私も読んだ。しかしそれらが面白く読めるというのは、なんだかおかしなことだと思わねばならない。書き手が雪原を駆けまわる柴犬のように気ままに書き散らしたものなど、本来なら読むに堪えないものであるはずだ。それらの日記が読むに堪える理由はおおざっぱに言って二つある。一つは、彼らが他人に読ませるために日記を書いていたということ。もう一つは、それらが出版される際に編集されているということである。ああいうものを日記だと思ってはいけません。ああいうのは日記ではなくて作品なのである。そして、「読める作品」というものを志した瞬間、日記の一番大切な本質は失われてしまう。読むに堪えないものであってこそ日記なのだから！

これまでに私が書いた一万六千枚は、そのような「日記の本質」に忠実に書かれており、まことに読むに堪えない。いずれ出版しようなどという助平心は一切ない。そんなビジネス的邪念に足をとられているかぎり、文章を一万六千枚分も書くことなんて不可能である。読むに堪えないものを書くことを己に許すからこそ一万六千枚も書けるのだ。私にとって「日記」と「作品」は別次元にあるので、「日記を書くエネルギーを小説にまわせばもっと仕事ができる」という理屈は通らない。

もし日記を書くようにスラスラと小説を書くことができる人間であったなら、私も今頃は西尾維新《にしおいしん》氏に匹敵するぐらいの数の作品を書き上げていたことだろう。

○

「そんなに沢山、一体なにを書いているのか？」

そういう人は日記というものを生真面目《きまじめ》に考えすぎている。

かつて大学ノートにコツコツ手書きしていた時代に私が体得したのは、「日記というのは何を書いてもいい。なんでもいいからページを埋めればいい」ということであった。その姿勢は今でも変わらない。何を書いてもいいということは、いくらでも書くことがあるということなのである。

これが作品となるとそうはいかない。一連の文章を統一して、おおげさに言えば「ひとつの世界」を作らなければならない。だからこそ作品といえる。しかし日記はそんな努力をする必要がない。ただ頭に浮かぶものを右から左へ書けばよろしい。逆にいうなら「なにかスペシャルな出来事があったから書く」という心がまえでいるかぎり日記は続かず、日記の味も決して分からない。

自分ではそれほど退屈しているわけではないが、小説家の日常なんて外から見ればなんの面白みもないだろう。机に向かって何か書き、布団《ふとん》に寝転んで何か読み、ちょっと散歩して、妻を讃《たた》える歌を歌い、風呂《ふろ》に入って寝る――そのような日常のどこに、わざわざ記録すべきスペシャルな出来事があるというのか。しかし日記を書くことの真の面白さは、そのような「書くべきことが何もない日」にこそ顕著にあらわれる。特筆すべきことが何もないからこそ、いくらでも書くことがあるのであって、そこに日記の快楽がジワジワと発生するのだ。私ほどの日記魔にとっては、記録すべき事柄の多い「充実した日」の方がむしろ退屈だといえる。日記を書くことがまるで仕事のように思われてくるからだ。

日常生活のあれこれ、四季の変化、散歩の途上で見かけた情景、妻の言葉、読んだ本や観《み》た映画の感想、執筆中の小説について、これから書きたい小説について……とにかく私は日記になんでも書く。そして誰にも読ませない。

この文章の冒頭で書いたように、私はそもそも「小説家になるための修行」として日記を書き始めた。実際に小説家になったのだから、それなりの効能はあったのかもしれない。毎日机に向かって書く習慣を身につけるのは基本中の基本であるからだ。しかし「日記の効能」を声高に言い立てるのも妙な話で、某文人の述べるとおり、そこそ書くような文章は結局のところ駄文でしかない。ただ快楽だから書く、というだけの話なのである。

「日記を書いてみよう」と思う人は次のことに気をつけるといいと思う。

1. 毎日書くこと。
2. イベントがあった日は手を抜いていい。簡単な箇条書きでもいい。
3. 何もなかった日こそ、しっかり書くこと。
4. 書きすぎないこと。ほどほどにしませう。
5. 誰にも読ませてはいけません。

「誰にも読ませてはいけません」

そう言っておきながら、以下に日記を掲載する。

言行不一致であることはよく分かっている。

しかし編集者に約束してしまったからしょうがない。とはいえ最近の日記を掲載するのは気色悪いので、大きく時間をさかのぼることにしよう。

以下に掲載するのは大学院生時代の日記である。今から十四年前の二〇〇三年の夏、「日本ファンタジーノベル大賞」受賞前後の記述だから、もうホトボリは冷めきっているし、節目となるこのエッセイ集に収める意味も少しはあると思いたいのである。

当時の状況について簡単に述べておく。

私は二十四歳、大学院の修士課程一年目であった。京都の北白川にある四畳半アパートから研究室に通いつつ、宅配寿司《すし》店でアルバイトをしていた。親友の明石《あかし》君は一足先に大学を卒業して大阪の某大手銀行に勤めていた。話題になっている原稿は『太陽の塔』(新潮社)のことである。ちょっとした記述に当時の生活ぶりや時代背景がうかがえる。意味の分かりにくい記述もあるが、くだくだしい注釈はつけないでおく。

念のために申し添えておくと、その日の日記を当日書いているとはかぎらない。たとえば受賞が決まって上京した顚末《てんまつ》は、すべて関西へ帰ってから書いているはずである。人物はすべて仮名である。できるかぎり文章はそのままにしたが、個人のプライバシーにかかわる事柄や、あまりにヒドイ文章は修正削除してある。だから正直なことをいえば、これらの文章も「日記」とはいえない。

○

七月二十六日（土）

朝から寿司屋にて働いたのだが、睡眠不足で眠くて仕方がなかった。

梅雨がようやく明けたそうだが、今日はカラリと乾燥して涼しい日だった。夕方は下宿で論文を読みながらうつらうつらした。遠くから蟬《せみ》の声が響いて来て、ゆっくりと日が暮れてゆき、なにやら懐《なつ》かしいような切ない気分である。

夜七時半に大国屋にて明石君と待ち合わせる。明日は「土用の丑《うし》の日」なので今宵《こよい》は「うなぎ」を喰おうということになった。いつも不思議なのだが、明石君と大国屋へ買い出しに行くといつも長くなる。ちょっとした品物にひっかかって何かネタを言わねば気が済まず、ずっと笑っているから、買い物がなかなかすすまないのである。今夜は一時間の吟味を重ね、うなぎ、マロニー、コンソメスープの素《もと》、タン塩、赤まむしドリンク、南アルプスの天然水などを購入した。うなぎと赤まむしドリンクによっていくら精力をかき立てたところで矛先の向けどころがあるわけもなく、いつも通りの空回りである。

大国屋で温めてきた白ごはんに、大国屋で温めてきたうなぎをがばりと載せて、わしわしと喰ったが、じつに殺伐としていた。腹も落ち着いたところで、「書斎用部屋」から「生活用部屋」へテレビ台を移す作業を始めたが、五年に渡って降り積もった埃《ほこり》は物凄《ものすご》く、もうもうと舞い上がってテムズの川霧もかくやという有様になった。その作業をどたばたやっているうちに明石君は昨日の睡眠不足がたたって明らかにテンションを落とした。二人ともなんだか疲れてしまって、テレビを見ながらマロニー入りコンソメスープというわけのわからぬものを啜《すす》り、牛タン塩焼きをぼそぼそ食べた。

明石君は十二時過ぎに妹さんの下宿へと去った。

本当は彼に新作小説を渡す約束をしていたが、かなり自信を失っていた私は結局準備をしていなかった。「じゃあ、またの機会に貰《もら》うわ」と明石君は残念そうに呟《つぶや》き、去っていった。それから一人になってよくよく考えてみて、新作の小説の骨格はほとんど明石君の妄想を借りたものであることを改めて思い出し、ここで明石君に対してお茶を濁していては、彼に対する義理を欠くことになると思った。深夜、明石君に対する序文を書き、小説を印刷し、明日彼に手渡すことにした。刷り上がった小説をぱらぱら見ていたら、ちょっと笑えたので、少し自信が戻った。

七月二十七日（日）

今日は何をやっていたのか……ぐうたらしていたのに、大層疲れた。不毛だ。

夜更《ふ》かししたのに朝九時に起き、眠いのを堪えて寿司屋へ走ったら、今日は夕方四時からのシフトであったことが判明してすごすごと戻った。この時点で今日一日に対するやる気を喪失した。近所のパン屋で朝食を調達し、しばらく論文などを読んでレポートの骨子を妄想し、そのまま寝た。朝日新聞の兄さんに起こされて寝惚《ねぼ》けて上の空のまま十二月まで延長したことは覚えているが、あとはほとんど夕方まで寝ていた。それでも眠いのだから不思議だ。

夕方三時半頃に明石君がやって来て、新作の小説を手渡した。「この時間になると憂鬱《ゆううつ》だ」と明石君が言うので、なぜかと問うと、「月曜日が来るからだ」と言った。

のうのうと暮らしている私には、今のところ無縁の憂鬱だ。「頑張って読むわ。二十枚の感想文を書く」と言い残して明石君は去った。

夕方四時から寿司屋で働く。今日は新人さんが多くて、私は古株であったが、こんな頼りない古株もいるのだということを悟られまいと努力したらなんだか疲れてたまらなくなったので、ありのままの自分をさらけ出すことにし、その結果軽蔑《けいべつ》されることに成功した。六時から七時半までひっきりなしに電話が鳴って、腹が立つ。土用の丑の日に寿司喰うなオマエら、大人しくウナギ喰ってろと思った。

なぜこんなに眠いのか分からないし、なぜこんなに疲れているのか分からない。うなぎも喰ったし、赤まむしドリンクも飲んだというのに。精力を溜《た》めすぎて、体内がおかしげなことになっているのではないか。吹き出物が出そうだ。

シャワーを浴びて、さあ今日は早く寝ようと布団を延べ、ごろごろしていると、明石君からメール。今夕に手渡した小説をすでに読了したとあって驚いた。矛盾点を的確に指摘した後、「あと正味、最後はなぜか泣いてもた」と書いてあった。ラストのどこで彼が胸を打たれたのか定かではないが、「君にもまだ純なところが有り余っているようだ」と返したら、「ああ。俺は永遠のチェリーボーイなのさ」

七月二十八日（月）

九時に朝飯を北部食堂で食べるという、ただそれだけのことで、まっとうに頑張って生きているつもりになってしまうのは間違っている、間違っていることは分かっているのだが、どうしようもない。

本日は実験もせず、ちまちまとレポートを書いて過ごし、なんだかとても幸せであった。

北部生協の二階売店レジに、Xさんという女性の店員さんが現れるのだが、いつも思い詰めたシベリアの雪の女王のような顔をして虚空《こくう》を睨《にら》み、まったく感情の無い冷たい声で「ありがとうございました」と言いながら、恐るべき機械的早さで買い物客を処理する。その間、頬の筋肉は鋼《はがね》で補強されたかのように微動だにしない。五月頃から気になっていたのだが、今やそのレジに並びながらXさんにテキパキと冷酷に処理され、「ああXさん」と妙に悦《よろこ》んでいる。だが本日、Xさんは隣のレジにいる店員さんと話して微笑《ほほえ》んでおり、レジに並んだ私への対応が珍しく穏やかであった。「だめだ、Xさん！　もっと冷たく！　そんな簡単に笑ったりしてはいけない！」と心の中で叫んでいた変態の日本の夏だ。

今夏、サントリーの「炭酸少年」を愛飲している私だが、北部食堂からついに消えてしまった。しかし他の店ではどこかでちゃんと売っているに違いない。
今夜は一気呵成《いっきかせい》にレポートを仕上げてしまうつもりだったが、ついついサボって、佐藤哲也『妻の帝国』とシェイクスピア『リア王』を読み耽《ふけ》ってしまった。

七月二十九日(火)

シェイクスピアの『リア王』はやはり傑作だと思うのである。偉そうにそんなことを言っても、シェイクスピアなんか全然詳しくないが、母親が英文学専攻学生の名残としてシェイクスピアを読んでいた影響を受けて、『オセロー』『マクベス』『ジュリアス・シーザー』『リチャード三世』『真夏の夜の夢』あたりは読んでおり、劇団四季の「ヴェニスの商人」も見に行った。で、どれもこれも綺麗《きれい》さっぱり忘れてしまったが、『リア王』だけは特別である。

リア王が意地悪な娘たちに追い出され、雷鳴轟《とどろ》く荒野をさまよいつつ発狂してゆくあたりの盛り上がりはたいへんいい。『リア王』を再読し、やはりその格好良さにしびれた。音読したいところだが、さすがにこれは自分が読んでもヘナヘナしていて格好良くない。目で文字を追いつつ、頭の中で響く音に耳を澄ましている方がマシなようである。リア王の末娘のコーディリアという名前はとても綺麗だ。イヤな二人の姉の名がゴネリルとリーガンだから、たいへん分かりやすい。「ごねりる」という語感からしていかにも悪そうではないか。ごねりるだからひねくれたのかもしれない。

我が研究室にはYさんというかつてライフル部にいた後輩がいるのだが、彼女は躍動する魂を持てあまし気味なところがあって、唐突に予想だにしなかったことを言い出す。先日、彼女がサントリーの「企画コンテスト」みたいなものに応募したいと言いだし、四人揃《そろ》わないといけないというので、仕方なく参加することにした。Yさん監修のなんだか恥ずかしい写真（サントリーの製品を構えて飲む真似《まね》をしたり）を我慢して撮って、ひとまず解放された。ところが一昨日サントリーからメールが来て、「まだ参加と決まったわけではないが参加者を絞るために面接がしたい。代表者は二人、東京へ来るように」と言ってきた。そういうわけで、今日はYさんとHさんの二人が東京へ行った。S君と私は「どうか落ちますように」と願っている。

教授が生化学の教科書の輪読会を夏の間、毎週火曜日に開くと言いだし、我々は教授が忘れるように色々と画策したものの、その努力の甲斐《かい》もなく、本日第一回が開催された。が、大半の学生が東京へ行ったり実家へ帰ったりしているために、参加者は教授を含めて五名だった。切ない。基本的な勉強が足りない私にはタメになった。教授は嬉《うれ》しそうであった。

夕方にレポートが完成して上機嫌となる。

梅雨が明けたと思っていたのに、また雨が降り出した。それにしても今年の夏はなぜこんなに涼しいのだろうか。七月二十九日に当下宿で快適という事態は異常だ。今年の農作物は大丈夫なのか（と少しだけ農学部生らしく）。

そういえば、週末に父親がまたしても稲荷《いなり》山へ登ってきたらしく、御劔《みつるぎ》さんで神籤《みくじ》をひいたらしい。その結果をわざわざ伝えるメールが来た。

「家族七人の健康とファンタジーノベル大賞祈願参り（7／26）

御劔大神みくじ（十三番大吉）は極上。

詔：大神宿り、栄えゆくこと限りなし。総《すべ》ての希望が満たされる兆《きざ》し。

世の為《ため》人の為に尽くすべし。」

七月三十日（水）

本日も研究室でぐうたらとレポートを書いていた。今日選考会があるから、新潮社が電話してくると言っていたけれど、何時にかかってくるか分からないので気持ちが悪い。けれどもレポートはさくさくと完成したので、Hさんと一緒に提出しに行った。たいへんスッキリした。

ここ一ヶ月の間にずいぶんと開き直ったはずであったが、さすがの私も当日となると落ち着かないことが判明した。あてどなく農学部内をうろうろしては煙草《たばこ》を吸い散らし、研究室で教科書なんかそっちのけで『エスパー魔美』を読み耽ったりし、肝っ玉の小ぶりであることを暴露していたが、誰も見ていなかったのでよしとしよう。午後になって北部生協の上からお経のような声がズーッと流れてくるという怪現象が起こったので、うろうろして調査してみたが、結局正体は分からなかった。

で、結局夜七時まで待ったが電話がなく、「どうやらこれは落ちたのだな。落選者への連絡は滞っているのだな。ちゃんと連絡すると言っていたのに、冷たいなあ」と一人合点してふて腐れ、下宿に戻った。かっぱえびせんをぽりぽり齧《かじ》りながら、ビールを飲み、映画『ピンポン』を見た。

ええかげん酔っぱらいながら、十時頃にいきなり留守電が入っていることに気づき、「あら」と思ってメッセージを聞いた。例の編集者の声で「新潮社の○○と申します。えー、さきほど、選考の方が終わったんですけれども、えー、見事、大賞に決定いたしました。つきましてはですね……」という声が流れたのだけれども、じつに錯乱した。

私は「えええええ」と口走り、ひとしきり走り回ったが、四畳半の中では動きに不自由なので、意味もなく隣の部屋へ移ったり、戻ってきたりした。とても現実のことと は思われず、「これは直接電話して確認するまでは油断できん」と思って、編集者の人に電話をかけ直した。その結果、本当であったことが判明した。八月一日に東京へ行って、読売新聞と小説新潮のインタビューを受けよと命ぜられたので承知した。これで本当であったことは分かったが、でもやはり現実のこととは思われなかった。

それから実家へ電話をかけたのだが、「え？　大賞？　取ってしもたん？」と母親は言い、妹は「おー」と喜びの声を上げ、父親は落ち着いた風を装《よそお》い「オマエ、いい気になったらあかんぞ。オマエの本分は農学部だからな」と言ったが、さすがに嬉しそうであった。「御劔さんの神籤、当たったな。ほれ見ろ」

こっちは四畳半に一人で、どうにも臨場感がない。嘘《うそ》くさい。何もかも嘘くさい。

明石君に電話をかけると、眠そうな声の明石君が出た。受賞の旨《むね》を言うと「マジで！」と驚いてくれたので「マジ」と言い、ひとしきりげらげら笑いこけた。それから「君の恥ずかしい妄想が出版されてしまうが、いいのか。削除したいところはないのか」と尋ねると、「ええよ。俺は間違ったことは何もしていない」と彼は言った。

ライフル部の掲示板に書き込んでから、S君が研究室に残っているだろうと思ったので、大学へ向かった。自転車で走っている途中、和歌山にいる弟から電話があり、

「お兄ちゃん、いい気になったらあかんで」と言われた。「おう」と答えた。しかし「まあ、今晩ぐらいはいいか」と弟は言った。

ほとんど明かりの消えた研究室の一隅では、S君がぽろんぽろんとギターを弾いており（深夜にいつもギターの練習している）、彼は唯一《ゆいいつ》私が小説を応募したことを知っているので、コトの次第を報告した。「しえええええ」とのけぞってくれたので大変に満足した。

しばらくS君と話した後、今出川の天下一品でこってりラーメンをすすってから下宿に戻った。

七月三十一日（木）

実家に帰るということで研究室からお休みを頂いていたのだが、明日東京へ行かねばならなくなったので、今日は遊びに行くことにした。しかし街へ繰り出す遊び方を知らない私にとっては、四条河原町へ行って映画を観て、大型書店をうろうろするのがせいぜいである。

途中、ルネに立ち寄って明日の新幹線を予約した。交通費は新潮社が出してくれるらしい。明日はお行儀良くして、編集者に怒られないようにせねばなるまい。蒙古斑《もうこはん》丸出しの新人としてはどこへ向いても頭を上げてはいかんという心持ちでいこうと所存のほぞを固めた。田中耕一さんに学ぼう。

気を取り直して新京極へ出かけ、黒田硫黄《くろだいおう》原作の自転車映画『茄子《なす》　アンダルシアの夏』を観た。ムービックスのロビーで、ちらちらとモニターに映る『バトル・ロワイアルⅡ』の竹内力が気になって仕方がなかったのだが、今日のところは『アンダルシアの夏』でよい。私は黒田硫黄の漫画を愛読しており、『茄子』も好きだが、『アンダルシアの夏』はその中の一話である。

本屋をうろついてからいったん下宿に戻る。ようやく夏らしくなって、蟬も鳴く鳴く。自転車で走っていると汗びっしょりになった。それからNTTの料金を郵便局で支払ってから寿司屋へ顔を出した。奥さんがいて、受賞を伝えると、目が点になり、やがて「いやあん、すごいわぁ」けらけらと笑い始めた。店長は「何の賞？　直木賞？」と恐ろしいことを言っていた。奥さんがお祝いに奢《おご》ってくれた千二百円の寿司をぶらさげて下宿に帰った。

実家に電話して、八月三日に帰ると伝えた。母と少し話をしたが、叔母や母方の祖母は「あの子、一人で東京へ行けるの？　親がついて行かなくてもいいの？」と心配しているらしい。いくらなんでもあんまりではなかろうか。「生き馬の目を抜く都会やから、人さらいに連れて行かれへんように気をつけて」と母は言った。

八月朔日《ついたち》（金）

今朝は七時に起床した。

京都駅にて朝食がわりのパンをぱくつき、土産の聖護院《しょうごいん》「八ツ橋」も購入した。京都駅九時五十三分発の新幹線に乗り込んだ。私は新幹線に乗るのが大好きなので、おおいにはしゃいだ。

東京駅に着くと、携帯電話で編集者S氏に連絡して、待ち合わせた。いったいどんな人が現れるのかと思っていたら、なんだか不思議な風貌《ふうぼう》の人だった。ひょろりと瘦《や》せて眼鏡をかけ、無精ひげを生やしている。まずここで出版社の人に対して、なんとなく警戒態勢に入った。

東京駅からタクシーで矢来町にある新潮社へ向かう間、S氏は私の作品がいかに高い評価を得たかということを喋るのであったが、すでに警戒している私には、そのような甘言は通用しなかった。しかしS氏が、前回に私が応募した小説を「読みましたよ」と鞄《かばん》から取り出したときにはタマげた。恥ずかしいことだ。読まないでほしかった。

新潮社は黒っぽい古めかしいビルで、道路を挟んで本の出版を担《にな》う本館と、雑誌関係の編集を行う別館に分かれている。私は本館の会議室へ案内された。がらんとした会議室の椅子《いす》にだらしなく腰掛け、出された茶をかぽかぽ飲み、煙草をもうもうとふかしていると、やがて背広を着たおじさん方がぞろぞろと雪崩《なだ》れ込んできた。編集者の人が「こちらが大賞の……」と紹介すると、その方々がぼろぼろの格好をした私の前に行列し、「このたびはおめでとうございます」と頭を下げ、名刺を差し出しては、離れていった。なにが何やら分からないうちに名刺ばかりがたくさん集まった。

主催者である読売新聞と清水建設の関係者であるらしい。

やがて優秀賞を受けた方が到着し、そろそろ揃ったということで、説明会が始まった。大きな会議室テーブルの隅でちっこくなっていたのだが、要するにこの説明会は主催者側に対して新潮社が「どのような選考が行われ、どのような作品が選ばれたか」ということを伝える場であって、実際のところ私は隅でちっこくなっておればいい。ときおり、背広を着たおじさんから質問されたが、適当に答えてはぐらかした。

「大賞の受賞作は、これがまたなんとも変わった小説で……」と新潮社の人が内容を説明するのだが、明らかに説明になっておらず、背広姿のおじさんたちがなるほどーと聞いているのを見て、「いくらなんでも分からないでしょう」と言いたくなった。

つづいて今後のスケジュールの説明（九月に授賞式・冬に出版）があり、契約書類にサインと捺印《なついん》をした。ようやく面倒くさい説明会が終わったと思ったら、引き続き、まるで取り調べ室のような殺風景な狭い部屋に連れ込まれ、読売新聞文化部の記者からインタビューされた。

それが終わってから、今度は写真撮影があった。東京駅まで迎えに来てくれたSさんと、Fさんという女性に連れられて、別館の地下へ行く。写真撮影用スペースがあった。陽気でさわやかな兄さんがカメラを持って待っていた。「こいつは森見さんの敵ですよ。合コン大好きですよ」とSさんが言い、私は「他人が合コンへ行く分には何も言いませんよ」と言った。受賞者発表用の写真を撮ってから、屋上へ上がってグラビア用の写真を撮ったのであるが、その恥ずかしさたるや。同じ場所で窪塚洋介《くぼづかようすけ》も写真を撮ったとFさんは言った。

写真撮影が終了して、編集者の方々と近所の料理屋へ夕食を取りに行った。

今夜は新潮社の近くにある「新潮社クラブ」に泊まった。ここは作家を缶詰にする「缶詰所」とのことだが、床の間付きの和室に案内されてみると、とてもではないが「缶詰所」という言葉のイメージとは一致しないゴージャスなところだ。開高健《かいこうたけし》や中上健次の幽霊が出るという話であるが、私は見なかった。世話をしてくれるおばさんが一人いる。世間話もはずんだ。二階にはニコラだったか若い子向け雑誌のモデルの女の子が泊まっていた。こちらとは世間話がはずむわけもなかった。

先日直木賞を受賞した石田衣良《いしだいら》氏はこの座敷で各社のインタビューを受けて七時間缶詰状態だったそうだが、私がぽつんと座っていると、静かなること林のごとしである。怒濤のごとく引きずり回された日中のことを考えると、だんだん憂鬱が増してきて、一人でうんうん呻《うめ》きたくなった。受賞を知った高校時代の友人が電話をかけてきたので、ひとしきり喋って気をまぎらわす。

新潮社から貰ってきた原稿用紙を広げ、缶詰作家になった気分で「受賞の言葉」を書いた。ぐずぐず悩んで書くのもうっとうしいしみっともないので、さっさと今日中に仕上げて明日渡して帰ろうと思ったのである。あまり文学的な「受賞の言葉」も嫌だし、かといって家族や友人に感謝するような「受賞の言葉」も嫌なので少しひねくれた。

クーラーがかかっていて大変に快適であったが、布団に横になると、本日さらした醜態の数々が浮かんできた。私は自己嫌悪《けんお》に耽っていたが、だいぶ疲れていたらしく、ストンと眠ってしまった。

八月二日（土）

鎌倉行

友人宅泊

八月三日（日）

戻ってくる。大いに心休まる。京都の街はやはり良い。東京は立ってるだけで疲れる。

ごたごたの暑苦しい下宿に戻ると、ようやく現実に着地できたような思いがした。

編集者の人からメールが入っていたので、世話になった礼を書く。

夕方には奈良の実家に戻り、玄関に立って「凱旋《がいせん》帰省ぢゃ」と言い放って偉そうにしてみた。夕食は祖父母も一緒にリビングルームで食べた。寿司、母特製のスペアリブ、上等のワイン。祖父母はどこまでこの状況を把握しているのか分からない。京大に合格した時の方が喜び方が激しかったような気もするが、あれから五年たって祖父母も老《ふ》けたためかもしれない。

ペンネームに関して、家族討議を行う。名字が珍しいから変更した方がいいかもしれんと思って別のペンネームも考えていたが、父は「そんな名前じゃ、目立たん」と言い、「名字はそのままで行け」と言った。母も「いいんじゃないの。それでいき、それでいき」と言った。
弱々しく寿司を頬張る祖父に、「ではおじいちゃん、このまま行かせて頂きます」と頭を下げ、家族承認のもと、ペンネームは森見登美彦として、名字はそのままということになった。あんな小説に一族の名を冠するのもどうかと思うが、でも祖父母や両親からしてみれば、その方が実感を得やすいであろう。これも祖父母孝行・親孝行だと考えることにした。
八月四日（月）
東京砂漠で疲弊した魂を癒《いや》す、という名目に寄りかかって、たいそうだらしなく過ごす。映画『インデペンデンス・デイ』などを見ていた。父はなぜか『インデペンデンス・デイ』が大好きであって、実家には父が買った中古ビデオがある。なぜそんなに好きかと言えば、いつも可哀想《かわいそう》な役ばかりやっていたビル・プルマンがカッチョイイ大統領役だからだそうである。そうしてビル・プルマンが戦闘機で宇宙船に突撃する前の演説を聞きながら「かっこええやないか」と父は笑うのだが、どこまで本気なのか分からぬ。

母とあすか野へワイシャツを作りに行き、そのまま眼科に回ってコンタクトレンズを貰う。

夜、父が読売新聞を買って帰る。朝の出勤途中にわざわざ電話してきたのだが、読売新聞に受賞のニュースが載っていた。小さいが、犯罪以外で新聞に名前が載る機会はそうそう無いから、なかなか宜《よろ》しいものである。しかし、やはり何だかヘンな感じである。

そうやって読売新聞を見ていると、いきなり寿司屋の奥さんから電話がかかってきて、「京都新聞に載ってる」と言われる。「どんな賞かと思ってたら、凄い賞やないの」と言って奥さんはけらけら笑い、「おめでとうございます」と言った。新聞を切り抜いて店に貼《は》っておこうかと言うので、頼むからやめてくださいと言っておいた。

八月五日（火）

母も出かけて、妹も大学へ行ってしまったので、一人でぐうたら過ごす。がんがんにクーラーの効いたリビングにごろんと横になってテレビを見たりしていると、たいへんに背徳的な悦びが腹の底からにじりあがってくる。

気が向くと、祖父母の部屋へ行って、暢気《のんき》に喋る。「ふわふわ笑ってると思ってたら、こんなことしてるんやわ、この子は。えらいよう」と祖母が不思議な褒め方で、今回の受賞を喜んでくれる。

自転車で走りに行く。(『半七捕物帳』二冊・井伏鱒二《いぶせますじ》買う)

親知らず抜いた弟、半死半生の体で帰宅。

八月六日(水)

あまりの暑さにへこたれる。

クーラーつけて四人ともリビングにごろりと横になって過ごす。

父が見たら泣くと思われる光景。

八月七日(木)

京都へ。研究室に報告、騒ぎとなる。

ホームページに写真が載っている。

八月八日(金)

京極夏彦『陰摩羅鬼《おんもらき》の瑕《きず》』出版。雨がざんざか。

ぐうぐう眠りこけて、十一時に研究室へ顔を出す。本日も人は少ない。教授は一人で何かやっていて、私のことなど眼中にない様子。

S君が院試の英語試験対策のために何か本を買いに行くというので、一緒にルネへ行ってウロウロする。私も自らにカツを入れるために何か学術書を購入しようとしたが、決心がつかずに延期。こうしてダラダラと日を送るのだ。

大雨の中、早めに下宿に戻る。

下宿の玄関にあるホワイトボードに「台風が接近中。少しでも雨漏りのある人は至急大家まで」と書かれてある。二階の部屋に満々と溜まった水が一階に落ちてきて水浸しになるという想像をして、やや楽しくなるが、実際にそうなったらパニックであろう。

母が東京ステーションホテルに部屋を取ったとメールを入れてきた。九月二十五日の受賞パーティには両親と妹が参加する。東京ステーションホテルは前々から憧《あこが》れていたので、私も泊まるのが楽しみである。

八月九日（土）

七時にうっすらと起きると、台風でえらいことになっていた。

九時になったら雨も止む。砂糖たっぷり入れた珈琲《コーヒー》を飲み、九時半から寿司屋へ。ムッとする暑さである。店長に「すごいなあ」と小説のことで感心される。

ラックと書類ケースが欲しくてイズミヤへ行ったが、届けるのに二日以上かかり、しかもお届け時間も不明と言われて、買うのをやめる。近所の家具屋で買ったほうがましであろう。

下宿にて、小説読んだり、未来に絶望したりする。大家さんに家賃を払う。

明石君、上洛《じょうらく》。「ひらがな館」で夕食を取った後、下宿でささやかに酒盛りをした。

いざベストセラー作家になって、ネタがなくて立ち往生したら明石君の高校時代の伝説的エピソードを小説化させてもらう約束をする。印税の一部を報酬として支払い、それを元手に明石君は銀行を辞めるという万全の計画である。そうしたらまた、才気溢《あふ》れるひねくれ者の一匹狼《おおかみ》が有名銀行に辞表を叩《たた》きつけるまでの小説が書けるなと思ったりもしたが、そうなると私は明石君の伝記作家のごとき体たらくになってしまうので、やめておくことにする。

そんな話に花を咲かせつつ、深夜にやっていたカウントダウンTVスペシャルで一九九〇年代にまで遡《さかのぼ》る懐かしの音楽たちを聴き、あったんかなかったんか分からない青春に思いを馳《は》せて魂をえぐり、ここ十年の KinKi Kids の凄さに気づいたりした。

警察庁に勤める元同志社ライフル部のF君より祝いの電話あり。F君は「今インターネット見たんやけど。森見兄さん、写真載ってますがな」みたいなことを言った。元京産大のH君に電話を掛け、「えらいことになったもんや」と興奮していたらしい。精一杯ぐだぐだした挙げ句、明け方四時に明石君は妹さんの下宿へ去った。

第七章　空転小説家

台湾の雑誌「総合文学」に二〇一二年から二年にわたって連載したコラム。海の向こうからの依頼を引き受けたものの、台湾の読者を想定して書くのは難しく、なんだか毎回緊張していた。海外を意識したとたんに文章も「よそゆき」の顔になる。あまり良いことではない。いろいろと悩んでいた時期でもあり、書いてある内容も堅苦しい。短い文章とはいえ毎月書くのはしんどくて、二年の連載が終了したときにはホッとした。内容的に他のエッセイとの重複も多いが、海外向けということでご寛恕《かんじょ》ください。

第一回　スランプについて

「小説家」というものになって九年になるけれども、海の向こうから原稿依頼をもらうのは初めてのことである。たいへん嬉《うれ》しいことである。せっかくこういう場をいただいたのだから、ぜひとも明朗愉快な話を書きたい。そう思うのだけれど、正直に楽屋裏を暴露すれば、いまの私は明朗愉快な状況にない。スランプに陥って、二〇一一年の夏以来、まともに小説が書けないからである。

小説が書けない小説家というのは惨《みじ》めなものである。たとえ小説を書いていなくたって、「雄大な構想を練っているのだぞ」という顔つきで世間を欺《あざむ》くことはできる。しかしそんなことを長く続けているわけにはいかない。第一、書けないと息苦しくてかなわないのである。小説がぐんぐん書けているときというのは、素晴らしい。まるで豊かに葉を茂らせていく春の森が自分の中にあるようなもので、その森がそこにあるかぎりは何も怖くないという雄大な気持ちになる。どんなに阿呆《あほう》な小説を書いているときであってもそうである。しかし一方で、書いていないときは気分があやふやで、不安で、いらいらする。

二〇一一年の夏に精神的緊張から体調を崩して、すべての雑誌連載を中断した。そのときは東京で暮らしていたが、初秋には転地療養のつもりで奈良へ引っ越した。日本の古都といえば京都が人気だが、奈良は京都よりもさらに昔に都がおかれたところで、私の生まれ故郷である。まわりを山に囲まれた盆地である点は京都に似ているけれど、京都よりものどかで雄大である。そんなところで妻と二人きり、毎日山を眺めながら気楽に過ごしていたおかげで体調はずいぶん良くなった。だからといって簡単に小説が書けるようにはならない。「おもしろいほど書けませんなあ」と呟《つぶや》きながら、ベランダで日向《ひなた》ぼっこをしているのである。まるで隠居した老人になった気分である。

二〇〇三年に『太陽の塔』という小説を書いてデビューした頃、まだ私は大学院の学生だった。卒業したあとは二〇一〇年に退職するまでは国会図書館の職員だったこともあり、本職の合間に時間をやりくりして小説を書くことを続けてきた。とにかく忙しかったが、勢いもあった。どうせ何を書いたところで失うものは何もなく、猪突《ちょとつ》猛進《もうしん》で手当たり次第に書いていると道は開けた。「それが若いということだ」と言ってしまえば話はカンタンである。しかし、そんなふうに話をまとめるのはどうも気に入らない。自分が年齢を重ねていくのは認めるけれど、小説を書くエネルギーの多寡《たか》まで「若さ」というものにとらわれたくない。それが本音である。いくら歳《とし》を重ねても人間は妄想をする。

スランプの根本的な原因は、仕事を引き受け過ぎたことにある。付き合いのある各出版社の編集者たちとは、デビューした頃から付き合いがあって仕事を断りにくく、そもそも原稿を頼まれるというのは嬉しいことなので、ついつい引き受け過ぎる。まだ自分の能力の限界を知らないから、仕事量の見積もりを誤る。その結果、常時締め切りに追われることになって、慌《あわ》ただしく書き続けるうちに、納期を守ることが第一となって、気がつけば自分が本当は何を書きたいのかということが分からなくなっている。そうなったときには実はもう手遅れであって、妙なフォームが身についてしまっているために、何をやってもうまくいかなくなるのである。こうなるともう、奈良にでも引き籠《こ》もって、初心を取り返す他に打つ手がない。

そもそも自分が何を書きたかったのかということを考えていくと、最終的には「小説とは何か？」という厄介な話にまで行き着く。ここにもまたスランプをこじらせる底なし沼が至るところにあり、一歩踏み誤ればズルズルと引っ張り込まれる危険地帯である。とはいえ、スランプをくぐり抜けるには、どうしても通らねばならない場所でもある。現在の私は、机とベランダを行ったり来たりしながら、その薄暗い厄介なところから抜け出す方法を模索している。

私にとって小説というものは、腕まくりをして摑《つか》まえにかかると摑まらなくなるものである。かといって締め切りに追われて書き飛ばせばおのずと傑作が出来上がるというわけにもいかない。計画的であることと、即興的であること。論理的であることと、非論理的であること。匙《さじ》加減は作家それぞれが自分なりに摑んでおかなくてはならない。いったん見失えば、ふたたび見出《みいだ》すのに苦労する。

それにしても、「書けない」という現象について書く、というのは妙なものである。まるで犬が路地裏で自分の尻尾《しっぽ》を追いかけてグルグル回っているかのようだ。

自分の尻尾を追いかけるのは、このあたりで止《や》めておきたい。

第二回　仕事にとりかかることについて

何をおいても、まず仕事に取りかからなければならない。

それが一番難しい。最近はますます難しくなってきた。

なぜなら、同じことの繰り返しになっては飽きてしまうし、自分をワクワクさせるようなアイデアがそう頻繁に降ってくるわけでもないからである。私は自分がワクワクしなければ小説を書くことができない。これは「芸術家気取り」で言っているのではなくて、本当にどうしようもないことなのである。無理に書き進めても、見えない壁にぶつかったように前へ進めなくなってしまうからだ。

書きたいことを見つけると、次はある程度準備をする。

どんなことをするのかというと、それがどのような小説になるのか、漠然と思い描いてみる。書きたいことを並べて、なんとか物語の流れを作ってみる。しかし、準備はあくまで準備にすぎない。事前の構想がどれぐらい実現するかというと、ほとんどしないのである。

だいたい、小説の文章が一行も書かれていない状態で、その小説の行き着く先を想像するのは不可能である。そうかといって、何の目論見《もくろみ》もなく走り出すことはできないから、あとで変更することは分かっているのに、なんらかの物語を見つけねばならない。これがいつも二度手間のように感じられる。こんなことで苦労するのが悔しい。それでもこういう手続きを踏むのは、とにかく進むべき方角だけは定めておきたいという臆病心《おくびょうしん》もあるが、第一に仕事に取りかかりやすくするためである。

モーツァルトは、作曲するとき、その音楽のすべてが一度に頭に降ってきて、あとは譜面に書き出すだけだった、という話を聞いたことがある。本当だろうか。

私の場合、書いてみなければ何も分からない。

「この物語はおもしろくなるのではないか？」

そういう予感だけは持っている。そうでなければ始めようがない。しかしその予感が本物なのか、あるいは錯覚なのかは、実際に文章を積み重ねていかなければ確かめることができない。私はモーツァルトではないから、作品全体の曖昧《あいまい》な破片が頭の中に降ってくるだけなのである。だから、発掘された土器を復元するようにその破片を組み合わせ、小説の世界を再現してやらなければならない。

私は書きながら、同時に繰り返し読んでいる。今まさに書かれた文章を味わう。その文章が一つの世界をきちんと作っていることが信じられるなら先へ進める。なんだか空疎《くうそ》に感じられ始めると、どこかで方角を間違ったことが分かる。そんなふうに自分の文章を点検しながら一歩一歩進んでいると、だんだん自分が「書いている」のか「読んでいる」のか、よく分からなくなる。そうして進んでいく過程で、小説がだんだん事前に計画したものとは変わってくる。いや、それはやや不正確な言い方で、漠然と思い描いていた世界を作るために、もっと良い方法を見つけてゆく、と表現した方がいいかもしれない。

ともかく、そうして小説がひとまず最後まで辿《たど》り着く。そこで全貌《ぜんぼう》が見える。まだボンヤリしてはいるものの、目指すべき世界の形は摑める。何を切り捨て、何を加えるべきか分かる。そこで書き直しをして、ようやく小説は人に読ませられるものになる。私にとって、小説というものは必ず書き直すべきものだ。

プロダクトデザイナーは、自分たちが作ろうとしている製品のプロトタイプを作ってみる。アニメーション監督の宮崎駿《みやざきはやお》氏は、アニメーションの頭から作画を進める一方で、連載マンガのように追われながら絵コンテを描く。いずれの場合も、作ろうとしている何かの一部を目前に現出させ、それを想像力の踏み台にして、さらに先へ進もうとしている。

できれば私もそういうふうに小説を書きたい。そうでないと、自分が計画した枠の中におさまるものしかできないからである。そして、自分が事前に計画できるようなものは大したものではない。とにかく仕事をしているうちにハッキリしてくるのが本当の仕事ではなかろうか。

ここで冒頭の一行に戻る。

何をおいても、まず仕事に取りかからなければならない。

第三回　物語の始まる場所について

近所を探検するのが子どもの頃から好きだった。

小学生の頃、私は大阪の郊外にある大きな団地に住んでいた。団地のまわりは、ある大学が所有している森だった。私はフェンスをこっそり乗り越えて、その森に入ることがあった。友達といっしょに段ボールの秘密基地を作ったりして遊んだものである。実際のところ、それがどれぐらい深い森だったのか分からない。

子どもにとって、そういう森は魅惑的である一方で怖いものだ。私は鬱蒼《うっそう》とした木立の向こうに何があるのだろうと好奇心に駆られる一方で、奥深くへ入ることを恐れた。森の奥には底なし沼があって、そこに足を踏み入れると生きて帰れないのだと信じていたのである。おそらく、当時読んだシャーロック・ホームズの『バスカヴィル家の犬』の影響だと思うが、なぜそんな危険なものが団地の裏の森にあると信じていたのか、分からない。

小学校からの帰り道もまた、探検するところに事欠かなかった。私が通っていた学校では、厳密に通学路が定められて、下校する生徒は必ずその道を通らなければならなかった。寄り道をすることも厳禁されていた。当時の私は反骨精神を持つ小学生だったので、そんなルールは一切無視していた。友達の家に寄り道してファミコンで遊び、通学路など無視して歩きまわった。ただの住宅街だったが、自分が入ったことのない横道があると、ついついその道がどこへ通じているのか気になるのだ。そのくせ、道に迷って不安のあまり泣きながら歩いたこともあるし、車に乗った誘拐犯にさらわれることを極度に恐れていたから、車が通りかかるたびに身を固くして用心していた。

中学校から高校時代までは、奈良にある住宅地に住んでいた。

その頃になっても、私の探検癖は変わらなかった。私はクラブ活動もしていなかったので、ひたすら自転車で自宅の周囲の住宅街を走り回っていた。買い物に出かけるとか、どこかで遊ぶとか、そんな目的はない。ただ延々と自転車で走り、新しい道を見つけては辿ってみるのである。「この道はどこへつながっているのだろう？」と思えば、私はそこを走っていく。

当時はまだ広大な住宅地が次々と宅地造成されていった時代だったので、風景はどんどん変化した。造成されたばかりで家の建っていない空き地が広がるところは、まるで世界の果てのような荒涼とした景色だった。そうやって走り回りながら、好奇心を刺激する小さな発見をするのが何より楽しかった。私は小説を書くようになっていたので、そういう探検で見つけた風景を想像の土台にした。さすがに中学生や高校生にもなれば、「森の奥の底なし沼」や「車に乗ってくる誘拐犯」を恐れる気持ちはなくなっている。そのかわりに、ひっそりとして人気のない神社を見つけたり、夕暮れの空に黒々とそびえる給水塔を見たとき、私の想像力がそれらの風景に何か悪魔的な気配を与えた。私は自分の想像を怖がるようになっていた。その恐怖も小説の題材になった。

大学に入学して、京都の街に住むようになってからも、何も変わらなかった。京都という歴史ある町には、私の好奇心を誘う細い横道が縦横無尽にあり、由緒《ゆいしょ》正しい神社仏閣があり、天狗《てんぐ》の住む山々があり、古い森と川、そして謎《なぞ》めいた祭りがある。歴史のない街からやってきた私にとって、この街は好奇心をそそる迷宮のような街であると同時に、決して辿り着いてはならない不気味なものが中心にある街のように感じられた。その街に七年住んだおかげで、私は京都を舞台にして小説を書き、小説家になることができた。

しかし私の基本的な想像力の働き方は、小学生の頃から変わっていないのである。

好奇心と恐怖は、小説執筆の重要な燃料である。

今、私は奈良に住んでいるが、また近所を探検する癖が出始めている。よく好んで歩いている散歩コースに、鉄道の線路をくぐり抜けるトンネルがあるのだが、最近、それが気になってしかたがない。トンネルの向こうに見える森が好奇心をそそるし、夜更《ふ》けに通りかかると、まるでトンネルの向こうが冥途《めいど》へ通じているような気配がある。

今までの経験からすれば、いずれこのトンネルから始まる小説を書くことになる可能性が高い。

第四回　東日本大震災について

一年前、私は東京の千駄木《せんだぎ》という町で暮らしていた。東京大学のそばにある古い町で、いわゆる大都会のイメージはまったくない。表通りはまだ賑《にぎ》やかなのだが、少し裏に入れば、空襲で焼け残ったらしい建物がそのまま残っていたりする。明治時代には、森鷗外《もりおうがい》や夏目《なつめ》漱石《そうせき》といった文豪たちが暮らしていた。

自宅から歩いて三十分ほどのマンションの一室を仕事場にした。小石川という町で、こちらも古い町である。毎朝、決まった時間に私は自宅を出て、東京大学の前を通り過ぎ、仕事場まで歩いて通った。そして夕方になると仕事を終えて帰った。古い町から古い町へ通勤して、新宿や渋谷といった賑やかなところへは出て行かないので、まるで現代の東京らしくもない暮らしである。

小石川の仕事場は三角形の奇妙な部屋だった。そこを選んだ決め手は、窓が大きくて一日中明るいということと、その窓から善光寺坂という坂道が見えることだった。

京都という平べったい町に長い間住んでいたせいか、私は東京の街にたくさんある坂道が大好きで、わけてもその善光寺坂はお気に入りだった。小説を書く手を休めて窓から外をボンヤリ見ていると、坂道を上り下りする人たちの姿が見え、坂の上にある善光寺の境内《けいだい》の緑に心が安らいだ。秋になると境内の大銀杏《おおいちょう》がどんどん色づいて、冬になれば盛大に葉を散らした。

一年前の三月十一日、私はいつも通り、仕事場へ出かけた。午前中は机に向かって呻吟《しんぎん》し、午後三時には出版社の編集者が訪ねて来る予定だった。そうして午後二時半を過ぎて、編集者がやってくるのを待っていたとき、自分の背後にある本棚がガタガタと揺れ始めた。すぐにおさまるかと思ったのだが、揺れは激しくなる一方である。思い出したのは、十五年以上前の阪神淡路大震災だった。ついに東京に直下型の地震が来たのかと思って、私は部屋にじっとしていられず、外へ出た。階段を下りていくときも激しい揺れは続いていた。黄色い帽子をかぶった小学生たちが善光寺坂を歩いているのが見えた。小学生たちは地震に気がついていないのか、楽しげにはしゃいでいて、そのギャップが悪夢の中にいるかのように感じられた。マンションの外へ出ても揺れは続いていた。自分が今まで「現実だ」と思っていたものがぶるぶると震えて表皮が剝《は》がれ落ち、その下から何か不気味なものが一瞬だけ覗《のぞ》いた。

そのあとに起こった津波や原発事故のことは、報道された通りである。あのときは何もかもがヘンテコだった。当時の自分の日常生活について、私はうまく語る言葉を持たない。海外からの支援や被災者の声や現地の救援活動、そういったものの外で誰が何を言うのも白々しく聞こえた。「自分は無力である」と表明することですら白々しいのだから、とにかく私ごときが何を言っても無駄である。したがって私は震災については何も書かなかった。

私は基本的にファンタジーを書く作家ということになっているので、現実の震災を題材にして小説を書く、というようなことはしなくていい。何か震災について発言することを求められるという機会もなかった。私にとってありがたいことだった。

昨日起こった出来事をうまく調理して料理を一つ仕上げる、というような書き方は私にはできない。そんなに器用ではないし、上手に頭が働かない。あの出来事の影響が、いつ頃、どういうかたちで書くものに出てくるか分からない。出そうとして出すべきものではないと思う。出したくなくても出るだろう。もともと私は、「現代」に追いつこうとか、「現実」を書こうなどと思っていない。そんなことを意識しなくても、小説を書いていれば、「現代」も「現実」も勝手にくっついてくる。

地震に遭遇した小石川の仕事場はとても気に入っていたので、体調を崩して東京を引き払ってしまったのが残念である。

それにしても、あれから一年も経《た》つということが信じられない。

その間、いったい私は何をやっていたんだろう。

第五回　作品の映像化について

小説を、映画にしたり、アニメーションにしたりすることがある。

今のところ、映像化が実現した私の作品は、アニメの『四畳半神話大系』のみである。映像化の打診が来たときも驚いたが、ちゃんとでき上がったことにはもっと驚いた。

正直なところ、私はこの映像化に際して、ほとんど何もしなかった。送られてくる脚本や絵コンテを確認したり、スタッフからの質問には答えたが、こちらから注文をつけることはなかった。小説とアニメというのはまったく違うものだから、アニメはアニメの専門家にお任せしたほうが良いだろうと思った。第一、楽ちんである。そうして素晴らしいものができあがれば、自分の手柄のような顔をすればいい。

私の作品は突飛で非現実的な場面があったりして、アニメ的だと思われるらしい。私は子どもの頃からアニメを観《み》て育っているし、想像力の源泉の一つにアニメがあることは確かである。だからといって、私の作品がアニメにしやすいというわけではない。実際、脚本家と監督による大幅なストーリーの改変がなければ、『四畳半神話大系』はアニメにならなかったろう。

あたりまえの話だが、小説を書いているときは映像化のことなど（普通は）考えない。

あらかじめ映画のように一連の場面を組み立てて、頭の中にある映像を一つ一つ描写していくような書き方はしない。たとえば私は、登場人物がどんな格好をしているのか、その衣服を描写することがほとんどない。また京都を舞台にしても、現代的な街並みは描かずに省略することが多い。

映像を描写していくというよりも、文章の感触を確かめながら書いている。言葉としてのイメージも大事だし、文章のリズムも大事である。

そうやって文章を積み重ねていくと、そこに現れるのは歪《ゆが》んだ世界である。少なくとも、現実とは違う世界である。物語の展開やリズムも、その世界の歪みの影響を受けている。

私の書いた小説から文章を取っ払うと、その歪みがなくなって、物語が成立しなくなる。映像化の場合に一番問題になるのはこの点ではないか。『四畳半神話大系』の場合は、監督の強烈な演出と、ストーリーの改変によってかろうじて作品として成立したのだと思われる。

映像化が難しいからといって自慢にはならない。

これが良いことなのか悪いことなのか、私にはまだよく分からないのである。今のところ、このようにしか小説を書くことはできないのだが、こうして書かれた小説がインチキである可能性もある（だとすれば、たいへん心苦しい）。一方で、「小説というのはそもそもインチキである」という気持ちもある。

『四畳半神話大系』がアニメ化されてから、いささか調子が狂った。

かつては私の小説の映像化などできるわけがない、と思って書いていたのだが、今は書いているときに頭の隅で映像化のことがちらつく。「映像化をあてこんで書く」というような意味ではない。ソッと背後から忍び寄ってくる、淡い邪念というようなものだ。しかし淡い邪念だから、よけいにタチが悪い。無意識のうちに、自分の書く文章や物語を映像化しようとしてしまう。文章を書いていると、そういったことに足を取られる。

映像化に負けていられないと思うことしきり。

とはいえ、映像化は嬉しいものである。

わざわざお金と手間をかけて「映像」というべつの器に移す価値がある、と判断されたということは、その小説に何らかの意味があるということだ。それに、新しい読者と出会うきっかけになる。そしてこれは単純に自尊心の問題だが、テレビで放映されたとき等に自分の名前が大きく出るのは単純に嬉しい。

何にしても、良いことも悪いこともある。

第六回　文房具について

文房具は楽しい。私の場合、その楽しさは妄想に基づいている。

五年ほど前のことになるが、ノートやメモ帳が欲しくて欲しくてたまらない時期があった。仕事帰りに文房具店をまわって、狂ったように次々と買った。前に買った物をまだ使っていないにもかかわらず、次の品を買ってしまう。ボールペンやファイルシステム、情報カードにも凝った。ついには、ただの白い紙の束さえ誘惑的に見えてきたぐらいである。

なぜそんなに夢中になったかというと、そういった文房具を使いこなせば、アイデアがたくさん湧《わ》いてきそうな気がしたからだ。新しいノートを手に入れれば、アイデアメモでいっぱいになったノートが脳裏に浮かぶ。アイデア満載の人間になったような気持ちになる。もちろんそれは妄想にすぎない。実際にノートがメモでいっぱいにならなければ、まるで意味はないのだ。

その年の暮れに母親に言われた。

「あんた、文房具を買いすぎ！ いいかげんにしなさい！」

当時、母は私の税金の申告のために必要経費を計算していたのである。

「これは中毒である」と思った。それから少し落ち着いた。いくら文房具を買っても、小説がどんどん書けるわけではなく、自分がアイデア溢《あふ》れる人間に変わることもなかったのである。

「構想」を一冊のノートにまとめるのは、一つの美しい夢だった。ところが、それほどノートやメモ帳のたぐいを買い込んだにもかかわらず、ノートで小説を構想できたことはほとんどない。たいていは途中でいいかげんになり、つい他の紙にメモを書き散らしたりする。そして最終的な原稿はパソコンで書くので、ノートは使わない。けっきょく、たくさんの白いノートが残った。

ノートに近いものとして、情報カードがある。かつて図書館の目録などで使われていたようなカードである。私はこれにも憧《あこが》れた。小さなカードにアイデアをたくさん書き、それを溜《た》めておいたら、それらのアイデアが結びついてドンドン小説が書けるのではないか、と期待した。しかし、カードを扱うのはかなり億劫《おっくう》であり、カードを並べて「ピン」と閃《ひらめ》く、などということは一度もなかった。カードを並べてようやく閃くようなことであれば、コピー紙の裏にイタズラ書きをしていても閃くのである。

小説のアイデアというものは、いいかげんに頭の中をふわふわ漂わせておいて、結びついてくるものをパッと捕まえる方がいいらしい。けっきょく、たくさんの白いカードが残った。

私が使いこなすことができたノートは一つだけで、それは「なんでもノート」というべきものである。何を書くかは決まっていない。ふと思いついたアイデアや、日記のようなメモや、気に入った本の文章など、なんでも書くのである。いいかげんな形式であれば続けられる。ところが、「さあ、このノートを使って構想を練ろう！」などと考えはじめると、とたんに息苦しくなってしまう。だんだんそのノートが嫌いになる。

そういうわけで、私は構想ノートが作れない。旅先に一冊のノートをたずさえて出かけていき、つねにノートをめくって何かを書き込み、一つの小説を構想する。そういう作家像に憧れているのに、どうしてもそれができない。悔しいことである。

構想ノートを作ることができないとなると、どうするのか。最近ではパソコンを使うことが多い。使うと言っても、何も特別な機能は使わない。ただ使えそうなアイデアをキーボードで書いて並べるだけである。

ところが、今度はパソコンの中だけで作業を終えることができない。息苦しくなってくるし、何も思いつかなくなる。そこでキーボードで書いたものを紙にプリントアウトして、それをテーブルの上に広げ、打ちだされた文章を読みながら、マジックペンでちょこちょことメモを書き込む。いたずら書きをしたりもする。そのうち、メモといたずら書きで紙がいっぱいになってきて、何がなんだか分からなくなる。しょうがないので、手書きで書いたものをまたキーボードで打ち直す。そしてプリントアウトする。また手で書き込む。

そんなことの繰り返しで、美しいノートの出番がない。コピー紙の上を右往左往しているばかりだ。「ロマンのない話だなあ」と思うのだが、こうしないと何も思いつかないのだ。やむを得ない。美学のために仕事を犠牲にしてしまっては本末転倒である。

そして大量のノートはそのままである。

一冊につき一つの作品の構想を書くとしても、あと百冊ぐらいは小説が書ける分量である。いったいこれをどう活用するか。活用しなければ、美しいノートたちがかわいそうである。

第七回　机上で冒険することについて

小説を書くのは楽しいことである。

まず、文章を書くことそのものが楽しい。さすがに今はエネルギーが落ちたけれども、ちょっと前までは、丸一日机に向かって書き疲れたとしても、一晩ぐっすり眠って翌日になれば「また書きたい」と思えた。何か書くべきものがあるから書きたいのではない。ただ文章を生み出したくてウズウズする。あるマンガ家が「ぷるぷる震えている線を見ただけでマンガが描きたくなる」と語るのを読んだことがある。それと同じようなものだろう。伝えるものがあるから伝えたいのではなく、伝えたいから伝えるものを作ることになる。文章が書けるならなんだっていいという、謎めいた元気のモトが身体《からだ》の中にあるらしい。私は、その元気のモトをおおいに活用してきた。

もう一つ、小説を書く上で楽しいのは、私にはできない冒険を登場人物たちにさせられることだ。もちろん、ファンタジーだからといってデタラメはできない。登場人物たちの行動には筋が通っていなければならないし、さまざまな制限がある。しかし彼らはみんな、私自身よりも活動的だ。彼らのおかげで、私は妄想の目で見た世界を、自分は机から一歩も離れることもなく、登場人物たちに寄り添って体験できる。しかもその冒険は、それまで何もなかった白紙に繰り広げられていき、そうやって私が経験した冒険を、読者もまた経験するのである。こんなにおもしろいことは他にない。

冒険は机上で行うべし。

私はそんなふうにして生きているから、身のまわりのことを書くときに困ることが多い。小説であれば登場人物をどんどん行動させることができるが、現実の自分は動かないからである。自分のことについて書けと言われたとたん、文章が書きにくくなるのはそのせいだろう。

ここで思い出すのだが、数年前、作家仲間の万城目学《まきめまなぶ》氏が「蟻《あり》の観察セット」のようなものをプレゼントしてくれたことがある。透明の薄いアクリル板の間に、ゼリー状の物質が充塡《じゅうてん》されている。公園などでつかまえてきた蟻を入れると、巣を作る様子が横から観察できる仕組みである。なぜ万城目氏がそんなものをプレゼントしてくれたのか謎である。ありがたく受け取ったものの、私は昆虫が苦手で、もし容器から蟻が逃げ出したりしたらと考えると背中が痒《かゆ》くなってきて、なんとなく手をこまねいていた。そうしているうちに数年が過ぎ、その「蟻の観察セット」はどこかへいってしまった。申し訳ないことである。

一方、万城目氏はちゃんと蟻をつかまえてきて、巣作りの観察をした。最終的には容器を倒してゼリー状物質を蟻もろともぶちまけ、私が恐れていた通り、逃げ出した蟻たちに脅《おびや》かされることになった。

ここに彼と私の歴然たる違いがある。

せっかくもらった「蟻の観察セット」すら活用しない。本当に私は、机を離れると、呆《あき》れるほど冒険をしない男なのである。書くことがなくなるのも当然である。

ここ最近の最大の冒険といえば、高熱を出して寝込んだ妻を一日看病していたことぐらいである。妻がそんなふうに熱を出すのは結婚して以来初めてのことだったし、妻が熱に苦しがって「脳味噌《のうみそ》が空中に浮かんでいます」などと謎めいたことを言うので、心配でハラハラした。しかし、熱が下がってしまえば妻はケロッとしているし、私の日常は相変わらず続く。とくに書き記すほどのこともない。

次回の文章を書くまでには、ちょっとした冒険に出てみたほうがよいのかもしれない。このままではあまりにも書くことがない。ところが、私は最近になってまた小説を執筆するようになったので、けっきょく机を離れられないかもしれない。我が冒険は、基本的に机上でおこなわれる。

自分を慰めるために壁に貼《は》ったフランツ・カフカの言葉を引用して、もっともらしく終わることにしよう。

「おまえは外出するまでもない。おまえの机上にとどまって、耳を澄ましておいで。耳を澄ますまでもない。ただ待っておいで。待つまでもない。しずかに、ひとりでいるがいい。するとおまえに、世界が素顔をのぞかせる。そうしないではいられないからだ。おまえの前で、うっとりと身をくねらせる」

第八回　旅について

前回の文章では、いかに私が冒険しない男であるかということを書いた。この文章を書くまでにちょっと冒険しようと思っていたのだが、小説を書いたり、ロールプレイングゲーム「ドラゴンクエストⅣ」で遊んだりしただけで、冒険らしいことは何ひとつしなかった。

旅に出ようと思っていたが、ふんぎりがつかなかった。

友人の編集者は、しばらく旅に出ないと不機嫌になる。彼にとって、精神的なバランスを取るために旅は不可欠であるという。一方、私は自分の暮らしている街がいちばん好きな人間だから、旅をしなくても生きていける。旅に出発する当日の朝が、私はたいへん嫌いである。これから始まる旅のことを考えてワクワクしていいはずだが、私は決まって「めんどうくさいなあ」と思う。そこをがんばって乗り越えて出かけると、だんだん楽しくなる。旅に出てしまえば楽しくなるのは分かっているのだが、毎度毎度「めんどうくさいなあ」「なんで旅になんて行くのだろう」と思いながら、しぶしぶ出かける繰り返し。やっかいな男である。

小説を書くときには、ある程度の構想が必要である。いきあたりばったりで長い小説を書くことはできない。しかし、あんまり事前に構想を練りすぎると、こんどはその構想に押し潰《つぶ》されて小説がつまらなくなる。いくつか小説を書いてきて分かったのは、小説がいちばん面白くなるのは、事前の構想からはみ出す瞬間からである。もし私の小説が事前の構想どおりに仕上がったのであれば、すなわち「失敗である」と断言してもいい。自分でも予想していなかったものが出てくるから、わざわざ毎日毎日机に向かって書く意味がある。

これと同じことが旅についても言えよう。

「一日目にはここへ行って、名所Aと名所Bを見て、翌日にはべつの街に行って名所Cを見て……」というような予定を立てたとする。しかし実のところ、旅で記憶に残るのは予定通りに行かなかった部分である。たとえば大雪で列車が走らなかったとか、同行していた友人が熱をだして一日中寝込んでいたとか、現地で友人とケンカ別れしたとか、事前の計画をはみ出すヘンテコな出来事こそが、旅を旅らしくする。そういうやっかいな事態が起こらなければ旅とはいえない。

こういうことは学生時代に一人旅をしていた頃から考えていた。私はとにかく「観光旅行」というものが苦手であった。事前に観光ガイドのようなものを読んだり、宿を手配したりするのも苦手であった。そんな面倒なことをすれば、ますます旅に出かける気が失《う》せてしまう。エイヤッと電車に乗ってしまい、あとのことはあとで考える。日本には「青春18きっぷ」という素晴らしい切符があり、日本全国のJR線普通列車に丸一日乗ることができる。途中下車も自由自在である。この切符を使って、宿は旅先で決めるようにすれば、ふと思い立って旅程を変更するのも容易である。そうやって予定らしい予定もなく、電車に揺られていくのが好きだった。今も好きである。予定を曖昧にしておけば、旅はいっそう旅らしくなる。

海外旅行であれば、自分にとって未知の世界を移動していくのだから、やっかいなことは次々起こるだろう。しかし私は飛行機が怖いので、海外にはまず出かけない。基本的に国内の旅行である。そして日本国内の旅行というのは計画通りにやろうとすれば計画通りになりがちで、油断していると旅らしくなる前に旅が終わるということにもなりかねない。したがって、工夫が必要である。

最近は、旅好きの編集者といっしょに旅に出ることが多い。そうすると、編集者があれこれ予定を立てる。予定を立てる段階では、私はあまり関与しない。旅に出てから、私はその予定を壊そうとする。わがままを言う。事前の予定が壊れるとき、私は旅の醍醐味《だいごみ》を味わい、編集者は苦労をする。

きちんと予定を立てなければ名所を見損なう、という人もあるだろう。それが気になる人はキッチリ予定を立てればいいのだが、効率を追求して本末転倒するのは避けたい。旅は旅のためにあり、スケジュール消化のためにあるのではない。小説を読むときだって、「たくさん読もう」とか「何か役に立つことを学ぼう」とか、よけいなことを考えていたら、どんな面白い小説でもあっという間につまらなくなる。

小説を読んで何か読み落としたと思ったら、もう一度読めばよいだろう。旅先で何か見落としたと思ったら、もう一度旅をすればいいのである。そんな時間はないというなら、そもそも小説を読むべきでもないし、旅をすべきでもない。ただ仕事をしておくべきである。

第九回　初心について

私が小説のようなものを書き始めたのは、小学校三年生の頃だった。

これはハッキリ憶《おぼ》えている。

きっかけは、転校するクラスメイトの送別会のために、友だちといっしょに紙芝居を作ったことにある。紙芝居のタイトルは「マドレーヌの冒険」だった。主人公はマドレーヌというフランス風のケーキである。ケーキに手足がついているのだ。

なぜケーキが主人公かというと、当時、私の母がよく家でマドレーヌを焼いて食べさせてくれたからである。しかし、いくらマドレーヌがおいしいからといって、ケーキに手足を生やして冒険させるなど、どうして思いついたのか。子どもは変なことを考える。

私はその紙芝居をきっかけに、「物語を作る」ということに目覚めた。それまではロボットを作る科学者になりたいと思っていたのだが、その夢はいっぺんに切り替わってしまった。あのままロボットを作る科学者を目指していたら、それはそれでおもしろい人生だったのではないかと思うが、なにしろ決断の時が小学校三年生にまでさかのぼるので、後悔するのもアホらしい。だいたい私は小説家になったことをぜんぜん悔やんでいないのである。

「どうやら息子が文章を書くことに興味をもったらしい」と察知した母が、原稿用紙というものを買ってくれた。私は鉛筆でぐりぐりと、いろいろな物語を書き始めた。紙芝居から始まったから、はじめのうちは絵と文章が分離していなかった。私は原稿用紙に文章を書くのと同時に、挿絵も自分で描いていた。その癖は中学時代まで続いた。おもしろいことに「マンガを描こう」というふうにはならなかった。やがて挿絵を描くことはなくなって、文章だけが残り今に至る。

大学に入学するまで、私は書いたものを必ず母に読ませていた。クリスマスや母の誕生日に、書いたものをプレゼントするのは大切な行事であった。このことを他人に言うと驚かれることが多い。若い人が小説を書いて、それを気心の知れた友人に読ませることはあっても、親に好んで読ませることは少ないらしい。

私が思うに、それは「文学」を意識しているからではないだろうか。しかし、私が母に読ませていたのは「文学」ではなかった。社会的テーマやら自意識やらはそこになかった。あったものはおそらく「物語」だけであり、だから私は母に読まれても恥ずかしいとは思わなかったのだ。

「小学生の頃に作った紙芝居」と「母へのプレゼント」というのが、私の創作の出発点なのである。ここで私なりに重要だと思うことは二つである。一つ目は、最初から私は誰かを楽しませるために書いていたということ。二つ目は、私は「文学」に目覚めたわけではないということである。私はただ単に、「文章で物語を紡《つむ》いでいくこと」に目覚めただけである。だいたい、小学生の頃の私に、近代文学への憧れがあるわけがないし、小説でなければ発散できないような自意識の暴走があったわけでもない。私はただおもしろいから書いていたのであり、母が喜ぶから書いていたばかりである。

今になってみると、あの頃、私はどうやって物語を作っていたのか、ほとんど思い出せない。たしかなのは、原稿用紙やノートに鉛筆で頭から思いつくままに書いていったということだけである。構想する、などということはまったくない。それでノートを何冊も文章で埋めていた。

今、それらを読み返してみると、当時影響を受けていた映画やマンガや小説から盗んだものが平然と書かれている一方で、「どこからこんなイメージを見つけてきたのだろう?」とびっくりするほど新鮮なことも書かれている。稚拙《ちせつ》ではあるが、こだわりなく物語がころがっていく一種のすがすがしさがある。読み返していると実に楽しい。

なぜこういうことを思い出したかというと、最近、長い小説を読むのがいやになって、フランツ・カフカの遺稿ノートの翻訳を拾い読みしているからである。カフカは構想もせずに、ただ思いつくままにノートに文章を書き、物語がころがっていくのを追っていた。おもしろくないと、すぐに書くのをやめて、べつの物語を書き始める。それはまったく、子どもの頃の私と同じである。これは自分をカフカになぞらえて威張っているのではない。ただ、自分の昔の書き方を思い出して懐《なつ》かしくなったばかりである。

あれから二十年以上、私はあれこれ書き続けているし、今ではそれが商売になった。かつては書けないものが書けるようになった。しかし技術を身につけるということは、技術に依存することでもある。「慢心しているな」と思ったら、私は子どもの頃に書いたものを思い出し、初心に返る。

第十回　書けないというのはどういうことか?

この連載の第一回は、「スランプについて」であった。

あの文章を書いていた頃は体調もおもわしくなく、仕事はまったく進んでいなかった。とりかかっている小説をこの先どう進めればいいのか、さっぱり見当もつかない状態だった。

しょうがないから、奈良の自宅でボーッと空を眺めていた。奈良盆地の山の向こうから太陽がのぼり、ゆっくり空を横切って、やがてまた山の向こうに沈む。雄大な繰り返しである。奈良に日本の都があったのは千三百年前である。千三百年という時間に比べれば、今日という一日なんて誤差にすぎない。そんなことを考えて生きていたら、時間はあっという間に流れていく。幸いなことに、体調も戻ってきた。仕事も再開している。今はスランプから抜け出したと思いたい。しかし作品が完成しないうちは何とも言えない。どんな小説でも、完成してみないことには、それがどういうものになるか分からない。

今は締切を作らないで書いているから、仕事はきわめてゆっくり進む。ゆっくりすぎるほどだ。時間に追われて書き飛ばすことがないのは、良いことである。しかし、行き詰まるとすぐに机から逃げるというのは、悪いことである。

長い小説をゆっくり書いていくのは久しぶりである。しばしば「自分はどうやって小説を書いていたんだろう？」と悩む。一年近いブランクがあったから小説の書き方を忘れたのだろうか。しかし、もともと私は小説の書き方には詳しくない。すらすら書けたことなど一度もなかった。私には「産みの苦しみ」をすぐに忘れてしまうクセがあるらしい。書き上がったときには、「できた！　万歳！」と喜びでいっぱいになり、その作品をどうやって書いたのか、苦しい想《おも》い出は消える。次の作品を始めるときには、また一からやり直しになる。今回もこれまでと同じことをしているだけかもしれない。

ちょっと書き進むと、すぐに行き詰まる。「書いているものが行き詰まる」というのは、説明がむずかしい現象である。なぜむずかしいかというと、原因となっている問題が分からないからだ。もし問題が分かっているならば、それを解決すれば書けるはずであり、それならば行き詰まるということはあり得ない。書けないときというのは、「何かがおかしいことは直感的に分かっているのだが、何がおかしいのか分からない」という状態である。これはとても厄介である。たとえば料理を作っているとして、「塩気が足りない」とか「焼き加減が足りない」と分かるなら、その足りないものを補ってやれば問題は解決する。しかし「なんだか物足りない」というのであれば、自分が満足できるまで、いろいろな調理法をためしてみるしかない。ひたすら工夫を重ねる。

小説の場合も同じことである。

私の場合、すらすら書けることはほとんどない。ごつんごつんと壁にぶつかる。事前に構想していたときはなんとかなりそうに見えたものが、書き進めるにつれてぼろぼろになってくる。書けないときはどうなるかというと、とにかく自分の書いているものがつまらなくて耐えられない。「なんでこんなものを書かなくてはいけないのだ」とウンザリしてくる。そう感じ始めると、私は「これは何かが間違っているのだな」と気づく。つまり自分の書いている作品そのものが、私の間違いを教えてくれる。しかしどこが間違っているのかまでは教えてくれないのである。ああでもないこうでもないと書き直していくしかない。

うまくいったときは、書いているものが息を吹き返して輝いて見えるようになるし、「なるほど、そういうことだったのか」と納得して先へ進むことができる。そんなことを繰り返しているうちに、作品はどんどん変わっていく。完成するまで分からないというのはそういうことだ。

楽しいといえば、楽しい。億劫といえば、億劫である。

私は小説を書きながらでないと考えることができない。だから、こういう方法しか取れない。もし一度も行き詰まらないのなら、事前の計画通りに書けるだろうが、それは自分が事前に計算したものの枠内にとどまってしまうということである。おそらく、つまらないものになるだろう。

ごつんごつんと暗礁《あんしょう》にぶつかっているときは、「事前の計算を超えたものが生まれようとしているのだ」と考える。行き詰まることはチャンスでもある。

第十一回　仕事場について

私は奈良の自宅で仕事をしているけれど、京都にも仕事場を借りている。奈良から京都までは電車に乗って一時間ほどだから、行こうと思えばいつでも行ける。とくに気分を切り替えて仕事に集中したいときには、京都の仕事場に数日間籠《こ》もることにしている。私の小説には京都がしばしば登場するので、この街に一つの拠点を持っておくことは好都合である。

ところで、自分の「仕事場」ほど素晴らしいものはない。

私は一昨年まで東京の国会図書館に勤めていて、仕事を辞めて専業小説家になると同時に、自宅の近所に仕事場を借りた。江戸時代の風情《ふぜい》が残る坂を見下ろすマンションの一室で、三角形の小さな部屋だった。毎朝、自宅から仕事場へ三十分ほど歩いたが、そのときの気分は最高だった。自分だけの仕事場を持ち、どのように仕事をするかということのすべてを自分で決めることができる。思い通りにならないのは締切だけだ。仕事場に入ってしまえば、何者も私を邪魔しない。なんと素晴らしい！

今も京都の仕事場へ向かうときは、同じように高揚する。

たしかに、仕事が行き詰まっているときは仕事場も苦しい場所になる。とはいえ、行き詰まっていることが明らかになるのは、仕事場に出かけて机に向かってしばらく呻吟してからである。逆に言えば、仕事場に出かけて机に向かうまでは、何が起こるか分かっていない。前日にさんざん悩んでいた問題が、一晩ユックリ眠って翌日机に向かってみるとアッサリ解決するのはよくあることだ。したがって、仕事場へ向かっているときは、つねに希望がある。その日の夜、「今日はうまくいかなかった」と嘆くことになるかもしれないが、なにゆえ朝から夜の心配をする必要があろうか。

京都の仕事場は、古いオフィスビルの一室である。とても広い。どうしてそんなに広い仕事場を借りているかというと、壁一面に本を並べるためである。これは学生時代からの私の夢だった。壁一面に並んでいれば、自分が好きな本の姿をいつでも見ることができるし、読もうと思えばすぐに読める。自分の読んできた本の姿をいつでも見ることができ、いつでも手にとって拾い読みできるという状況は、私にとってインスピレーションの源の一つだ。

箱詰めしたり、倉庫に入れてしまっては、どれだけ本を持っていても意味がない。

私は歴史作家のように資料を使って書くわけではないし、自分の好きな本しか手元に残さないが、それでも三千冊以上ある。それらの本を壁一面に並べて一望しようと思えば、広い壁が必要であり、広い壁を手に入れるには広い仕事場を借りるほかなかった。だから、私の仕事場には余分なスペースがたくさんある。ぐるぐると仕事場を歩きまわりながら本を読むこともできる。

建物は古いし、オフィスビルだから、マンションのようにシャレた設備はない。部屋には水道とエアコンがあるだけで、トイレは他のオフィスと共同である。しかし居心地はたいへん良い。仕事場を訪ねてきた編集者は「男の秘密基地ですね」と言い、一ヶ月に一度遊びに来る学生時代の先輩は、「この部屋は居心地がいい」と言っていつまでも帰らない。

たしかに作家の仕事場というのは、男の秘密基地のようなものである。トルストイは殺風景な仕事場で仕事をしていたらしいけれども、私はごちゃごちゃしていないと淋《さみ》しい。自分がこれまでに読んできた本や、読者からもらった奇妙なガラクタが転がっている方がいい。学生時代に狭くてごちゃごちゃした四畳半に閉じ籠もっていた頃の記憶が影響しているのだろう。あの頃、四畳半の狭い空間で本を読んだり文章を書いたりしていたら、まるで自分の脳の中に座っているように感じたものである。今も求めているのはその感覚である。

とはいえ、仕事場を快適にすると、気が散るのはたしかである。私もつい本を読み耽《ふけ》ってしまったり、映画を観てしまったりして、「私は仕事場に何をしに来ているのか？」と思ったりする。そういうときは、そんな脇道《わきみち》にそれるのも小説家の仕事のうちだと考えることにしている。

　今、書いている小説が難しいところを迎えているので、明日から京都の仕事場に籠もる予定である。じつに楽しみである。きっと仕事がすいすい進むに違いない。

第十二回　書き直すことについて

本当に「読む」ということは、「読み直す」ということである。

そういう文章をどこかで読んだ。

「本は再読してこそ本当に分かるのであり、再読に耐えない本はそもそも読む必要がない」という意味であろう。「立派な考えだ」とは思うが、そこまで思い詰めて生きるのは窮屈にちがいない。もし目の前に「俺は再読に耐える本だけを読む。読み捨てられるような本を読むやつはバカだ」などと言い張る立派な人間がいたら、私はあまりその人とお付き合いしたくない。再読に耐えない本を書いたり読んだりしてしまうのもまた、ありのままの人間である。しょうがないのである。

「再読」が大切であることは私も認める。しかし現代は、同じものを繰り返し読んで楽しむということがやりにくい時代になった。世の中に出回る情報は増える一方である。年間に出版される書籍は厖大《ぼうだい》である。くわえてインターネットがある。たいていの文章は一回目を通しただけで、目の前を流れ去る。次の日には忘れていることも多い。私は「博覧強記」というものに昔から憧れていたけれど、私の脳はそんなに高機能なものではないので、一度目を通したぐらいでは何も頭に残らない。「ならばなぜ目を通しているのか?」と空《むな》しさを感じることもある。ほとんどのものは無駄になるのだ。

時間が足りないというのは現代人に共通の悩みだろうけれど、それは真の問題ではない。いくら時間が足りなくても、「自分が読むべきものはこの一冊だけだ」と心から信じられるなら、必ずや実践できるだろう。真の問題は、「これは読んでおくべきではないか?」と思うものが無数にあることだ。古典的名作のリストは果てしない。どうせ私などは一生かかっても読めない分量である。古典を読んでいる間に人生が終わる。一方で厖大な新刊書がある。そのせいで私は「あれもこれも気になる」という状態におかれ、けっきょく何一つ、まともに集中して読めなくなる。まことに情けないことである。

もし本当に集中して本を読むとしたら、私の場合、まず一冊の本を選んだ上で、豪華客船に乗らなくてはいけない。そしてその船は難破して、ぜひとも無人島に流れつかなければならない。その島は一年中温暖な気候であり、先住民の残した快適な住まいがあり、食べ物にも飲み水にも不自由しない必要がある。メールも電話も来ない。

インターネットに接続できない。なにより肝心なことは、絶世の美女がいっしょに生き残ったりはしていないということである。

私が一冊の本を入念に読むには、このように特殊な状況が必要だが、普通そういうことは起こらない。それに、万が一船が難破したとしても、絶世の美女にはぜひとも生き残っていただきたい……そんなことを考えている人間に、理想の読書生活はムリである。


けっきょく、私が一番繰り返し読むものといえば、自分が書いている原稿だ。

今、私はここ数ヶ月書き続けていた作品の原稿を前にしている。この作品は、新聞に連載したものだが、どうもおもしろくないので、頭からすべてを書き直した。そしてつい先日、「下書き」ができあがったところである。「ほぼ完成したんだな」と思う人もあるかもしれない。しかし、そうカンタンな話ではないのだ。その「下書き」がどれぐらいひどいものか、とうてい説明できない。

その「下書き」を私は繰り返し読む。腹が立ってくる。無数の問題点が出てくる。物語が不自然である。文章もひどい。誰がこんなものを書いたのか。責任者を呼べ。責任者は他ならぬ私だ。ますます腹が立つ。そして頭から書き直していく。がんばって書き直しを進めれば、いずれは最後までたどりつく。だいぶマシになって気分も晴れる。しかし、これで終わりではない。もう一度最初に戻り、また読む。ひっかかるところがある。またそれを直すのである。さらに言えば、その原稿が本になるまで、ゲラが出るたびに、私は何度も読まなくてはならない。そのたびにどこかを直す。本になる頃にはすっかり飽きている。

これは楽しくもあるし、億劫でもある。

こんなことを延々とやっているうちに、自分はいつ小説を書いているのだろう、という気持ちになる。ほとんどの過程は、じつは読み直しであり、書き直しなのである。

ここでこの文章の冒頭の一行を、「書く」ということに置き換えてみる。

本当に「書く」ということは、「書き直す」ということである。

第十三回　時間について

人間は歳《とし》をとるほど、時間の流れを速く感じるようになる。そんなことは誰でも知っている。小学生の頃の一年と、今の一年を比べてみれば、一年という時間の感じ方のちがいにビックリする。私は体調を崩して二〇一二年をほとんど仕事をせずに暮らしたので、なおさら時間が驚くほど速く流れた。東京から奈良へ引っ越してきて、もう一年も経ったというのが信じられないほどだ。

しかし、時間の流れは速くなる一方ではない。

ところどころで、その流れは堰《せ》き止《と》められ、淀《よど》んだりする。

とくにそれを感じるのは、「旅行」と「年末年始」と「執筆」の折である。

「旅行」に出かけたときは、目新しいことが次々に起こるから、一日の密度が濃い。自分が旅をしているという自覚があるから、ふだんよりも行動的にもなる。そういうわけで、旅の一日を終えて振り返ると、その日の朝のことが何日も前のことのように感じることがある。とはいえ、これは私がめったに旅に出かけないから感じるのかもしれない。

「年末年始」も同じである。だいたい十二月二十四日のクリスマスイブ頃から大晦日《おおみそか》まで、いくつもの忘年会や仕事納めの行事が続き、時間の流れが飴《あめ》のようにゆっくりになっていく。小学生の頃は、たしかにその時期がひどく長く感じられた。大人になれば変わるのかと思っていたが、今でもやはり、年末年始にさしかかると、私の感覚的な時間の流れは遅くなる。何度経験しても、クリスマスから大晦日までたかだか一週間だとは思えないのである。

「一週間」というのはあくまで時計で計測したものである。本当は一週間以上の時間が、クリスマスイブから大晦日までの間に隠されているのではないか。つまり、実際は長いはずなのに、我々は時計に騙《だま》されているのではないか。そんなことを私は妄想する。

年が明けて正月がやってくると、そこにもふしぎな時間が流れている。一月一日から三日までのいわゆる「正月三が日」は、大晦日という時間の水門でぎりぎりまで堰き止められた時間が、ほとんどその流れを止めて、ただそこにとどまっている、という感じがする。ゆっくりすぎて、まるで止まっているように感じられる。やがて四日を過ぎると、時間は徐々に流れを速め、一月七日ぐらいになれば私の時間は元の通りに流れ始める。

「それは感じ方の問題である」と言うことは簡単である。われわれの身のまわりにある時計は、旅行の最中だろうが、年末年始だろうが、つねに規則正しく、同じように時を刻んでいる。けれども、時計で計測できない「時間」、けっして一定には流れず、勝手に流れを遅くしたり、ときには淀んでしまうような「時間」が存在する、と考えるほうが私は楽しい。むしろ、われわれの精神にとっては、こっちの「時間」が本物だと思いたい。

ここで三番目の「執筆」の話になる。

小説を書いているときも、こういう特殊な「時間」が流れるときである。たいへん充実した時間を過ごしたつもりで時計を見ても、まだ三十分しか経《た》っていない、ということがある。そういうときは、自分が無限に仕事ができるように思える。その一方で、まったく何一つ仕事が進まず、ただうんうん唸《うな》っているのに、あっというまに日が暮れることだってある。そんな日が何日も続いたりすると、自分の「時間」はどこに消えてしまったのかと途方に暮れる。

残念ながら、私は「時間」をコントロールする術《すべ》を身につけていない。すぐれた小説家、すぐれた仕事をする人々というのは、そういうふうに「時間」を増やしているのではないかと思う。時間のやりくりが上手だというようなレベルの話ではない。彼らは埋蔵されている「時間」を掘り出す方法を知っているのだ。だれしも同じ一年、同じ一日、同じ一時間を過ごしているように見えて、本当はその中にまだたくさんの「時間」が隠されている。

というようなことを、年末年始にはよく考える。

とくに細かい用事が立て込んで、たいせつな仕事が思うように進まない時などには、こういうことを考えがちなので、仕事がさらに進まない。

そんな考えごとをしているうちに、一日が終わってしまうのである。

第十四回　小説と剃刀《かみそり》について

「オッカムの剃刀」という言葉がある。

辞典で調べてみると、これは「科学的単純性の原則」とも言われ、昔の英国の哲学者オッカムが作った言葉であるという。その意味するところは、「ある現象を説明するための仮説を立てるとき、必要以上に複雑なものであってはならない」ということである。もちろん、これは「つねに単純なものが正しい」という意味ではない。「飛行機が空を飛ぶのは魔法である」という説明は、ジェットエンジンの構造を説明するより単純だ。しかしこの説明を信じる人はいない（ただし魔法を信じている人はべつである）。

とはいえ、おおまかな考え方の指針として、「オッカムの剃刀」は役に立つ。この概念をつねに頭の片隅に置いておくと、「よりシンプルに説明できないか？」と自分に問いかけるきっかけになる。そうやって考え続けることは無駄にはならない。

小説を書くときにも、「オッカムの剃刀」が姿を見せる。

つい先日、書いている小説が暗礁に乗り上げ、私は途方に暮れていた。いつかここでも書いたように、暗礁に乗り上げているときは、何が問題なのかさえ分からない。ずいぶん長い間、一週間以上、私は悩んでいた。机に向かっても、これまでに書いた文章を手直しするだけ。物語はちっとも前へ進まない。そういうときは、本当にウンザリするものである。

その小説の内容を細かく説明することはできないから、単純化して示そう。

私は主人公を「探偵事務所」から「温泉」へ行かせ、そのあとで「橋のたもとにあるレストラン」へ行かせようとしていた。主人公の動きは、ずいぶん以前から構想していた。訪れる「温泉」で事件が起こり、主人公は決定的な変身を遂げる予定であった。しかし、「探偵事務所」から「温泉」へ行かせるシーンも、「温泉」から「橋のたもとにあるレストラン」まで行かせるシーンも、なんとなく「書きたくない」と感じられた。そういう風に物語を運ぼうとすると、何もかもが停滞し、面白くない。色々な小事件を付け加えてみたが、見苦しくなるばかりである。

「オッカムの剃刀」がきらめいたのは、さんざん悩んだ末だった。

私は主人公を「探偵事務所」から、そのまま「橋のたもとにあるレストラン」に行かせることにした。つまり剃刀で「温泉」を切り落としたのである。そうして「温泉」の場面で描かれるはずであったさまざまなことを腑分《ふわ》けして、「探偵事務所」と「橋のたもとにあるレストラン」両方の場面に混ぜてしまった。

それでようやく私は暗礁を乗り越えたのである。

「なぜもっと早く気づかなかったのか」と悔しい思いをした。

なかなか「オッカムの剃刀」を振るえなかったのは、「温泉」を切り捨てるにしのびなかったからだ。私は自分が愛着を持っているイメージを寄せ集めて作品を作る。わけてもその「温泉」の場面は、小説を構想していた当初から、ずっと「書こう」と思っていたものだった。しかし物語を書き進めるにつれて、その「温泉」を描かなくても、小説が成り立つことが分かってきたのである。それでも、構想していた頃からの長い付き合いを無下にできない。そういうわけで私は、主人公を「温泉」に行かせるための無駄なあがきを繰り返していた。数学の証明問題がどうしても解けず、えんえんと回り道をしているようなものだ。補助線を一本引けば解決することでも、その補助線が見つからなければたいへんな苦労をする。

書いているものが大きく改善されるのは、たいてい「オッカムの剃刀」を振るうときだ。なぜそのとき小説は改善するのか。剃刀で切り落とすべき何かが分かるとき、私には小説のかたちが見えるようになる。あるいは、小説のかたちが見えるからこそ、切り落とすべき何かが分かる。無駄を切り落とすことで、小説の姿はいっそうハッキリして、存在感を増す。「おまえにはもっと他に書くべきことがあるだろ?」と小説自身が次の行き先を教えてくれる。だからこそ小説を書くのはおもしろいわけである。

「オッカムの剃刀」。

たいへん大切なものだと分かっているのに、私の目は曇り、しばしば使い方を忘れる。

今後は、もっと上手にこの剃刀を使えるようになりたい。

第十五回　小説を書き終えることについて

一つの長編小説を書き終えた。

『聖なる怠け者の冒険』という小説である。

これは新聞の夕刊に毎日連載していたものである。新聞連載ということで私は気負いすぎた。気負いすぎると、人間というものは大きな失敗をしがちである。連載した小説は迷走し、絶え間なくやってくる締め切りに追われ、半年以上かかって形だけでも終わらせるのにたいへんな苦労をした。これは本当に惨《みじ》めな経験だった。「二度と新聞小説なんて書くものか」と思ったし、読んでくれている読者にも申し訳ないと思った。そのままのかたちで出版することは不可能だった。

その後、私が体調を崩してしまい、なかなか書き直すことはできなかった。書き直したくても、どこから手をつけていいか分からない。行き当たりばったりで書いた小説は、めちゃくちゃに食い荒らしたチーズのかたまりのようだった。つまり、中心に一本の軸が通っていないということである。こうなると、まずめちゃめちゃに開けた穴を元通りにふさぎ、それからおもむろに新しい穴を一つ掘っていくという風にしなくてはいけない。これは新しい小説を書くよりも難しい。

「どうすればいいのか？」

悩んでいるうちに時間が経ち、「連載した原稿は全部捨てて、頭から最後まで新しく書こう」と決心がついたのは、二〇一二年の五月である。それから書き始めて、二〇一三年の二月になって、ようやくすべてを書き終えた。九ヶ月かかったことになる。その間、ほかの仕事はほとんどしなかった。

一つの小説が書き終わるとホッとする。

「嬉《うれ》しい」という気持ちもあるけれど、「助かった」という気持ちの方が強い。

「これは本当に小説としてまとまるのだろうか？」という不安があり、いつなんどき執筆が止まってもおかしくない。とくに長い間、ひとりで籠もって書いていると、だんだん自信がなくなってゆく。私は自分の小説を信じたいと思っているけれど、「自分一人がおもしろいと思い込んでいるだけではないか？」という疑念がきざしてくる。

これはいつも経験することだが、ある場面が加わるか加わらないか、あるいは物語を語る順番といったちょっとしたことが、小説全体に影響して、私の自信を揺らがせる。昨日は途方に暮れていたのに、今日は「これはおもしろい」と自信に満ちていたりする。その逆もまたしかり。無数にある失敗の可能性をすりぬけていったから、小説を書き終わったとき、「助かった」と思うのだろう。暗礁だらけの海を船で渡り、向こう岸についたようなものだ。かつては今よりも技術がなかったけれど、自分が渡ろうとしているところが暗礁だらけであるということを分かっていなかったので、意外に平気なところもあった。しかし今は暗礁だらけと知ってしまった。

私にとって、小説とは人に読んでもらって初めて完成するものである。目指すものの姿は自分の中にあるが、読んでもらわなければ完成しない。あやふやなのである。短編であればすぐに読んでもらえるけれども、長編小説はなかなか、そのご褒美《ほうび》をもらうことができない。半年程度でも私は音を上げるのに、何年もかかって長編小説を書く人は雲の上の人のように思える。太平洋をヨット一つで渡っていく人たちみたいに思える。到底、私にはできない。

自分の書いたものの出来を判断する基準の一つが、その作品を読み直したとき「これはもう二度と書けない」と思うかどうか、ということである。私が小説を書くときには、計算できる部分と計算できない部分の両方があり、その計算できない部分がどれだけうまく作品に入りこんでいるか、ということが気になる。計算できない部分というのは、書いているときの自分の中から即興的に出てきたものである。きちんとそれが入っているなら、その作品は「二度と書けない」ものになるはずである。もし計算だけで組み立てるなら、労力さえ厭《いと》わなければ、同じ作品をもう一度書けるはずだ。『聖なる怠け者の冒険』については、ひとまず「二度と書けない」と感じることができた。

そこまで来れば、私としては合格である。あとは読者に読んでもらうばかりだ。

第十六回　美酒について

私は酒が飲めない。まったく飲めないというわけではないが、すぐに顔が赤くなる。無理に飲んでいると、顔色は赤から青へ変化していく。だから酒そのものが好きであるとは言えない。酒といっしょに出てくる美味《おい》しい食べ物と、酒を飲んで陽気になる人たちが好きなのである。だから、ひとりで酒を飲むということはない。また、酒癖の悪い人間といっしょに酒を飲むこともない。楽しくなければ意味がない。自分自身が酔うことは、あまり重要ではない。

自分では酒を飲まないにもかかわらず、身のまわりには酒飲みの人間が多い。祖父も酒豪であったし、父も酒豪である。学生時代の友人たちにも男女を問わずたいへんな酒豪がいて、さらに私の妻も身体《からだ》を壊す前は二日酔い知らずの酒豪であった。

出版社の担当編集者たちにも酒好きが多い。忘年会には各社の編集者が集まるが、一軒目から二軒目へと進むうち、誰もがべろんべろんに酔っぱらい、最後には何を喋《しゃべ》っているのかも聞き取れなくなる。翌日になってみれば、たいていの参加者は忘年会の後半をほとんど憶えていない。酔っぱらっていく人たちの間で、私はぽつんと座っている。不愉快ではない。まわりを見て、「おもしろいなあ」と思っている。

「飲みましょう、飲みましょう」と編集者が言う。

「まだ飲むのですか？」と私は言う。「どうせ明日になれば忘れてしまうくせに」

「忘れるもんですか」

「いや、忘れますね。経験から分かっている。今ここで注文したお酒のことを、明日になればあなたは忘れる。にもかかわらず、あなたは断固として飲む。聞きたいのですが、その記憶に残らないお酒は、いったい何のために飲むのですか？　完全な無駄になりませんか？」

「そんなことは知りませんよ。ともかく飲むんですよ」

そう言って編集者は飲む。

呆《あき》れたものである。

実際に酒を飲むよりも、小説の世界で酒を飲む方が好きである。酒について書かれた文章を読むのも好きだし、酒を飲んでいる人々を書くのも好きである。自分で書く登場人物たちは、私自身とちがって、いくら酒を飲んでも青い顔になることはない。豪快な飲みっぷりをする人々を書くのは痛快なことだ。

小説にある幻想の京都なら、目にしたこともない幻の美酒を用意できる。その酒がどんな味をしているのか、それを飲むのがどんな気持ちか、すべては空想から産み出せる。

現実の酒よりも、書かれた酒の方が私を気持ち良くする。酒好きの人たちに、この感覚が分かってもらえるだろうか。

私は小説の中で、しばしば「酒宴」を描く。深まっていく混乱、高まっていく熱気。まったく関係のなかった登場人物たちが結びつき、現実とは思えない現象が起こる。私の小説の中で登場人物たちが酒を飲み始めるということは、異世界への通路が開きつつあるということだ。酒宴は、この世とあの世をつなぐ通路である。もちろん、そういった非現実への通路は、他にもいろいろなものがあるだろう。しかし「酒」はもっとも手軽な小道具だ。

自身が酒飲みではないから、酔っぱらいの境地を描きたくなるのだろう。私にとって、酒宴は幻想的な場所である。酔っぱらいたちにとって酒がどれほど美味《うま》いものか、酔っぱらいたちの目に映る世界がいかに蠱惑《こわく》的か。そんなことを想像しているうちに、世界がちがって見えてくる。それが楽しい。

冒険しないから冒険を書き、幽霊を見ないから怪談を書き、空を飛べないから小説の中で空を飛ぶ。すべて同じようなものである。私は酔っぱらえないから酔っぱらいを書く。

もし私が、祖父や父や編集者たちのような酒飲みであったとしたら、小説の中でこんなにも酒を飲む人々を書くことはなかったろう。そんなことをするより、酒を飲みに行く方が楽しいはずである。

第十七回　花粉症について

海外で花粉症はどれぐらい一般的なのだろう。

花粉症は空気中に飛散する花粉によって引き起こされる、アレルギー性の鼻炎をはじめとする一連の症状のことである。毎年、この季節になると日本全国で大勢の人が苦しむ。私の身のまわりの人間の半分近くが花粉症である。

さて今回は何について書くべきかと考えていたのだけれど、花粉症がひどくて集中できない。あんまり腹が立ったので、花粉症について書くことにした。読者の方々にとってはどうでもいいことかもしれないけれども、どうか許されよ。なにしろ今の私には、花粉症のことしか考えられないのである。

花粉症で一般的な症状は鼻炎である。これも悲惨なものだ。自分の鼻の奥がどこか別の宇宙にあるタンクに通じているのではないかと思うほど、ティッシュで鼻をかんでもかんでも、始末がつかない日がある。ゴミ箱はすぐにティッシュペーパーでいっぱいになる。あんまりひどい場合は、医薬に頼らなければ日常生活もままならない。

鼻をかみながら、集中して何かを行うのは難しい。頭は熱をもったようにボンヤリとして、いつまでたってもスッキリしない。

とはいえ、鼻炎は症状の一つにすぎないのである。人によって、じつにさまざまな症状が出る。目が腫《は》れ上がる人もいるし、耳の奥が痒《かゆ》くなるという人もある。

私の場合、喉《のど》が痒くなる。

これが実に耐え難い。耐え難い！　うんざりだ！　花粉よ、消え失せろ！

高校生の頃から、春になると喉が痒くなって、「いったい何だろう」と思っていた。花粉症というものの存在は知っていたが、身近に「喉が痒くなる」と言っている人は一人もおらず、まさかそれが花粉症の症状だとは思わなかった。近年、インターネットの普及によって、同じ症状に苦しんでいる人々がいることをようやく知った。ためしにTwitterで検索してみれば、今のこの時点でも、「喉が痒い」と呟《つぶや》いている人々の多いこと。「ああ、同志よ！」と思うけれども、喉の痒みはおさまらない。日本全国に広がっていく痒い喉たちのことを考えると、心がざわざわして、いっそう喉が痒くなる。ああ！

鼻炎は医薬でおさえることができるけれども、喉の痒みはなかなかおさまらないようである。口の中に手を突っこんでかきむしるわけにもいかない。ひたすら、うずうず、いらいらしているばかりだ。

先日、両親や妹といっしょに奈良の南にある吉野《よしの》という地方に出かけた。吉野の桜は有名で、この季節になると大勢の観光客が訪れる。一生に一度ぐらいは、有名な吉野の桜を見てみようと思ったのである。たしかに、何十種類もの桜が咲き、桃色の霞《かすみ》のように山々の斜面を這《は》い上がっていく景色は、幻想的で美しかった。ところが、吉野は深い森であり、スギやヒノキといった木々がたくさん生えているところだ。いわば花粉の一大発生地である。

鼻炎の薬を飲んでいったにもかかわらず、現代医学の力は降り注ぐ花粉の猛威に対してあまりにも無力だった。父も妹も私も花粉にやられ、途中から桜どころではなかった。減っていくティッシュペーパーの残量を気にしながら、喉の痒みに悩み、へとへとになって帰った。我が父は目を腫らし、鼻水を垂らして怒り狂い、「もう二度と来るものか!」と叫んだ。ところで、母は持病のために免疫《めんえき》抑制剤を飲んでいるので、アレルギー反応が起こらず、花粉症とは無縁である。「これぐらい良いことがないと病気になった甲斐《かい》がない」と母は言った。

花粉症に苦しみながら山を歩くというのはひどく疲れる。吉野から帰ったあと、私は次の日も丸一日グッタリしていた。一年のうち、もっとも気候が良く、景色が美しくなる春が、花粉症によって台無しになるのは嘆かわしいことだ。桜もおちおち見に行けない。

喉の痒みにいらいらして、こんな文章を書いてしまった。読者の方々には申し訳ないことだが、少し気が晴れて、心なしか喉の痒みもマシになってきたようである。

第十八回　コンセプトについて

小説を書くとき、私は「コンセプト」を必要とする。書きながらコンセプトを発見するという天才的な作家もいるかもしれない。いつかそうできるようになれば素晴らしいと思う。しかしこれまでに何度か手痛い失敗をして、少なくとも今の自分にはできないと分かった。私は事前にコンセプトを見つけなければ何も書けない。

「コンセプト」とは、小説の土台である。その小説はどういう小説であるのか？　どういう点が自分にとって魅力的なのか？　どういう点で他の小説と異なるのか？　そういうことを規定する条件である。条件は一つとはかぎらない。いくつあってもいい。しかし曖昧《あいまい》なものや抽象的過ぎるものは避ける。「これは善と悪の戦いを描く小説である」と言っても、小説の姿は曖昧なままだ。「善と悪の戦いを描く」という条件では、いくらでも可能性が広がってしまう。コンセプトとは可能性を制限するものである。

たとえば、あなたがこれから家を一軒建てようとするとき、まず、ある区画の土地を買うだろう。その土地の境界を決めるものがコンセプトである。つまりコンセプトは、境界をさだめ、制限する。いくらでも土地が広がり、毎日くるくる変化していたら、とても家なんか建てられたものではない。

アイデアや書きたいことは無数にある。今でも無数にあるし、これからも無数に増える。アイデアが多すぎるということは喜ばしいことではない。何と何を組み合わせるべきか判断できないからだ。アイデアが多すぎる状態は、アイデアがない状態と同じである。何の方針もなくアイデアを組み合わせても、小説は果てしなく混乱していくばかりで、自分でも何がしたいのか分からなくなる。

コンセプトを発見することによって、無数のアイデアから有用なものを選びだす。すべてはそこから始まる。

それではコンセプトはどうやって見つければよいのだろうか。もし確実に見つけられる方法を知っているのなら、これは企業秘密と言えるから、私は誰にも明かすまい。とはいえ、方針のようなものはある。

なによりもまず、デタラメであることが大切だ。

普通の発想では到底結びつかないものが結びつけられるとき、良いコンセプトが生まれる。

私の書いた『夜は短し歩けよ乙女』は、京都の飲み屋街と『不思議の国のアリス』を結びつけることから始まった。『ペンギン・ハイウェイ』は、住宅地に生きる少年と、スタニスワフ・レムの『ソラリス』というSF小説を結びつけることから始まった。意識的にデタラメであることは難しいことだが、少なくともコンセプトに論理的な意味を求めてはいけない。これは経験則である。コンセプトは、美しかったり、愉快であったり、ワクワクするものであればそれでいい。頭で考えるものではなくて、心で感じとるものである。

意味不明だが魅惑的なコンセプトから仕事を始め、「この小説には意味がある」と読者に信じさせるところまで持っていく過程に、私の小説が成立する。

私が最初から意味のあるコンセプトを作ろうとするときは、調子の悪いときである。「どう書いても、とりあえず書き終われる」という安心感が欲しいのだ。しかし、こういった考え方では、手近にあるものを結びつけて、常識の範囲内で土台を作ってしまうことになる。飛躍がない分、もちろん思いつくのは容易である。そのかわり、そんなことは誰でも思いつく。だから面白くない。

コンセプトは、極端で、異様で、阿呆《あほう》で、逆説的であるべきだ。そのように私は自分に言い聞かせる。もちろん、小説を書いている過程で、そのコンセプトについて私はあれこれ考える。ほとんど意味不明であったものが、意味を持ち始める。だからこそ、小説を書き進めるのが楽しいのである。

コンセプトによって区切られた土地に建設されていく一軒の家。

それが私にとっての小説である。

家を建てながら、私は二階へ行きたいと願っている。二階があるなら、三階にも行きたい。どこまでのぼっていけるかは、建材の頑丈さや土地の大きさや間取りが関係する。しかし少なくとも、一階をウロウロしているだけで終わってしまうのなら、その小説は失敗であると言える。

小説を書きながら、私は階段を探しているのだ。

では、その「階段」とは何だろうか？

第十九回　物語の作り方について

私はデビューした頃から、自分は物語を作るのが苦手だと思っていた。正確に言えば、物語をどうやって作ればいいのか分からなかった。こういうことを書くと、「既に何作も書いているではないか」と言われるかもしれない。しかし事実である。コンセプトのもとに集めたアイデアを組み合わせて遊んでいるうちに、なんとなく一つの流れができて、それが物語になった。計算して組み立てていた部分も確かにあったが、どうして物語ができるのか分からない部分の方が多かった。

この作り方は時間がかかるし、不安が大きい。

「このままではいけない」

私はそう考えて、物語を作る効率の良い方法を学ぼうとした。「物語の作り方」について書かれた本をいろいろ読んでみた。アメリカのテレビドラマを観《み》て、どういう構造になっているのか分析した。しかし、そうやって物語を計算によって組み立てようとすると、とたんに小説を書くのがつまらなくなってきた。書かなくてもいいことを山ほど書いているような気分になる。理論的には面白くなるはずなのに書いていて面白くない。どれだけ労力がかかっても、以前のように手探りで作った方が書くのが楽しいし、作品も面白い。

小説と物語の関係は、生命体とDNAの関係によく似ている。

小説は有機的な生命体である。物語を計算で組み立てようとするのは、DNAを解析して人工生命を作ろうとするようなものではなかろうか。生命が生き延びていく手段としてDNAがあるように、小説が生き延びていく手段として物語がある。

描きたいイメージを集め、それらを組み合わせて新しい世界を作り出そうとして試行錯誤しているうちに、自分がこれまでに経験してきた物語たちが、物語の論理を天啓として与えてくれる。物語と物語が交配して次の物語を生む。機械的な手順で物語を組み立てて、「これで機能するはずだ」と主張しても、実際に機能してくれなければ意味がない。下手をすればフランケンシュタインの怪物ができる。

実にあたりまえの話である。

ここに肉体的に健康な若い夫婦がいるとしよう。

「そろそろ子どもを作ろうか」と夫が言う。

「そうね。元気な子どもを産みましょう」と妻も同意する。

「それでは試験管を用意しよう。次に我々のDNAを分析して、子どものDNA配列を合成して、それを必要なタンパク質といっしょに試験管に入れて、アレコレするんだ」

夫がそんなことを言いだしたら、子どもを作るまでの道のりは遠い。健康な普通の夫婦であれば、もう少し手っ取り早い方法をまずは試すだろう。

物語を計算して組み立てようとしていた私は、この妙な夫のようなものだった。

生命にとって一番大切なものは、DNAではない。「生きている」ということそのものである。DNAはそのための手段である。それと同じことで、小説にとって一番大切なものは、物語ではない。そこに生きた世界が感じられるということである。物語はそのための手段である。それが私の考えである。

小説の中に広がる世界は、小説を書きながら自分で実感していくほかない。その世界は文章で実際に書かれるまでは存在せず、それがどういった世界なのか、書く前に予想することは不可能だから。

「そういうわけで、私は物語を計算で作らなくなった」

そう宣言することができれば、この文章は美しく終わるのだが……。

しかし、まったく計算しないで小説を書くということは、それはそれで難しいことなのである。今のところ、私の書いている小説は、半分が計算によって組み立てられている。

この先、その割合がどのように変化していくかは、今のところ分からない。

第二十回　龍安寺《りょうあんじ》の石庭について

京都に龍安寺という臨済宗の寺があり、その「石庭」は有名である。石庭とは、土塀で囲まれた二百五十平方メートルほどの長方形の敷地に、箒《ほうき》で模様をつけた白い砂利が敷き詰められ、大小十五の石が散らばっているものだ。「庭」というけれども、せいぜい苔《こけ》が生えているぐらいで、草木は一本もない。寺を見物に来た人間は、縁側に座って庭を眺める。作者が誰なのか、どうしてこのような庭を造ったのか、石の配置にどういう意味があるのか、一切は謎《なぞ》に包まれている。

学生時代、京都に住んでいた頃、一度出かけていったことがある。縁側に座って砂利と石を眺めてみたけれども、何が良いのか分からなかった。美しいといえば美しいけれども、見たとたんに圧倒されるようなものではない。ただ「何もかもが謎である」ということに、漠然と心惹《ひ》かれただけだった。

それっきり、龍安寺を訪ねることはないまま、十年が経った。

ところで、私には長年にわたって続けている一つの習慣がある。毎日の生活の中で、

「これは小説に使えそうだ」と感じたことをメモ帳に書き留めることである。心惹かれる風景、読書中に見つけた奇妙な言葉、映画の一場面、妻の一言……じつにさまざまなものを書いておく。小説というものは書きながら発見していく事柄が大切だが、だからといって徒手空拳《としゅくうけん》で始めようとするのは無茶である。いきなり机の前に座って「書こう!」と宣言して書けるものではない。常日頃から、役立ちそうな材料をこつこつ集めておく。

この習慣は、私が中学生だった頃から続いてきた。中学生の頃、私はすでに将来は小説家になろうと決めていたので、思いつくことはなんでもメモしておき、いずれ小説を書くときに役立てたいと思ったのである。二十年近くメモをつけているから、なかなかの分量になっている。ほとんどのメモは小説には生かされずにそのまま放置されているのだが、なんとなく心強いものである。毎日、「小説のかけら」を探して歩くこと、そしてそれを記録すること。集まったメモをときどき見返したりしていると、あるときふいに、かけらとかけらが結びつく。その発見の感動は、小説を書く楽しみの一つである。

それにしても、私が書きためている「小説のかけら」とは何なのだろうか。

そして、それらのかけらが結びついたときに発見されるものは何なのだろうか。

それが私にとっては謎であった。

ここで話は、龍安寺の「石庭」に戻る。今年の始め頃、ある仕事でもう一度石庭を見に行く機会があった。とくに解釈をしてやろうというつもりはなかったのだけれど、十年ぶりに縁側に座って石庭を眺めた瞬間、「この庭には一つの石しかない」と思った。砂利の上に散らばっている十五の石は、あたかも水面に頭を出した氷山の一角のようなもので、その下には巨大な一つの石が隠されている。この庭で本当に大事なものは、目の前に散らばっている石ではなくて、それらが存在を示唆《しさ》している「見えざる大きな石」なのだ。

私はその解釈をたいへん気に入った。

石庭の解釈は、私が抱えていた謎に、ぴったりと結びついた。

私が毎日探し歩いてメモをしている「小説のかけら」は、石庭に散らばっている石のようなものだ。どうして私がそれらに惹きつけられるかといえば、私はそれらの石を通して、地下に埋まっている「見えざる大きな石」の存在を感じているからである。そして、石と石が結びつく発見の瞬間、私は「地下に大きな一つの石がある！」と確信する。それが小説の始まりだ。机に向かってもぞもぞと書いているうちに、地下に隠されていた石の姿が、いよいよ明らかになっていく。

そうやって掘り起こされる石は、ふだん我々の目に見えない「もう一つの世界」である。

第二十一回　アニメ「有頂天家族」について

二〇〇七年に出版した小説『有頂天家族』がアニメ化されて、今年（編集者注：二〇一三年）の七月からテレビで放送が始まった。私の小説がアニメ化されるのは、『四畳半神話大系』に続いて二度目である。

アニメ「有頂天家族」はたいへん面白く、私も毎週楽しみに観ている。これをきっかけに原作を読んでくれる人も現れる。本が売れるのは、ありがたいことである。『有頂天家族』は、「狸《たぬき》が主人公である」という破天荒な設定が読者を遠ざけていたようで、他の作品よりも話題になることが少なかった。そういう作品がこうして注目を浴びる機会を得たのは、作者としてはたいへん嬉しい。

それにしても、自分の書いた小説がアニメ化されるたび、妙な気持ちになる。

アニメーションの責任者は監督である。いったん監督に作品を預けると決めたかぎりは、よけいな口を出すのは慎むべきである。小説を出版して読者の読み方に委《ゆだ》ねたなら、無闇《むやみ》に作者が「これが正しい読み方だ」と主張するのはおかしい。監督もまた読者の一人である。極端なことを言えば、アニメーションは「監督はどのように原作を読んだか」ということに基づくべきであり、「原作者の意見」は無視すべきである。もし監督がトンデモナイ読み方をして、トンデモナイ映像を作るのであれば、それはそれでしょうがない。良いも悪いもない。私が堂々と「私の作品だ」と言えるのはあくまで原作となる小説のみであり、アニメーションがどのような形になるかということは、私には関係のないことだ。

ということを、私は頭では理解している。

しかしながら、私も一人の人間である。

小説を書いていたときに、自分の気に入っていた場面が、多大なエネルギーをかけて丁寧に映像化されていれば、嬉しくなってしまうのが人情である。とくにアニメ「有頂天家族」は、監督やスタッフの膨大な努力によって、原作の物語をほとんど変えず、舞台となる京都の風景も綿密な取材によって忠実に再現されている。これだけ原作に忠実に作られると、むしろ私は混乱してくるようである。アニメ作品として面白いのか、自分の妄想を具現化してもらえたから嬉しいのか、だんだん分からなくなってくる。アニメ「有頂天家族」を一番客観的に観ることができない視聴者は、おそらく私である。

映像化に際して私は監督に口を出さなかったし、また監督も私にアドバイスを求めることは極力避けたようである。だから、制作過程ではほとんど原作について話をする機会はなかった。アニメの放送が始まって、対談やオーディオコメンタリーの仕事を通して、ようやくあれこれ話をするようになった。監督だけでなく、制作会社のスタッフ、声優の方たちとも話をした。

監督もスタッフも声優も、それぞれが原作を読んで考え、その行間にあるものを想像している。声優はキャラクターを把握するために、監督は現場のスタッフたちに演出意図を伝えるために、作品を理論的に分析している。そういう人たちと話をするのは、面白いと同時に危険なことでもある。新しい視点を発見する機会である一方で、他人の分析によって自分の想像に限界を設けるということにもなる。そのことを今回の経験でつくづく感じた。じつに恐ろしいことである。

私は小説を書くとき、分からないことがたくさんある。どうしてそのイメージを描きたかったのか、どうしてそのように物語を運んだのか、分からないことがしばしばある。キャラクターについても同じことが言える。そのキャラクターが本当はどんな人物かということは私にとっても謎であり、外側から推し量っているにすぎない。あえて分からないようにすることも、しばしばある。そうしないと、自分が納得できる世界を作り出すことができないからである。

その「分からない」ところを、監督たちに理論で追及されると、じつに弱る。あれこれ喋っているうちに、どちらを向いても分からないことだらけで、自分が阿呆であるように思えてくる。ある程度は阿呆であることを認めるが、しかし私にとって小説というのはそういうものなのだ。分からないものは分からない。何もかも自分で説明がつけられる小説を書くことは、まったく面白いと思えない。

間の悪いことに、私は現在『有頂天家族』の続編を執筆している。

どうしたものか。

監督たちをいっそう困らせるべく、賢い阿呆になるほかない。

第二十二回　京都を書くことについて

私がデビューして以来、上梓《じょうし》した本は十二冊である。そのうち十一冊が小説であり、さらにそのうち十冊が京都を舞台にしたものである。これだけ同じ街を舞台にして書く作家は、同世代にはあまりいない。さらに言えば、私が書くのは京都という街のきわめて狭い範囲で、自転車でひとまわりできるぐらいの広さしかない。少しでも京都を知っている人ならば、すぐに分かることである。

これだけ京都を舞台にして小説を書いていると、「さぞかしあなたは京都が好きなのでしょう」と言われる。他人はまるで私が京都に詳しい人間であるかのように思い、京都についてコメントを求める。そうして、じつは私が京都について大したことは知らないということが分かると、とてもガッカリする。その顔を見ると、いつも申し訳ない気持ちになる。

残念ながら、小説に書いていることは、ほとんどが私の妄想である。

私が小説に書いている事柄で、現実的と言えるのは、風景と地名ぐらいだろう。私の小説の登場人物たちは、京都人が話すような方言も決して使わず、標準語とも言い難い、生活感のない言葉で会話する。きわめて作り物くさい世界である。

もし私の小説に何か新しいところがあったとすれば、これまでに京都を舞台に書いた誰よりも薄っぺらく京都を書いたことだろう。京都のような長い歴史の積み重なった街というのは、書き手を身構えさせるものである。いくらかでも知識のある人間は、京都という街の古いしきたりや行事を見過ごすことができない。「わざわざ京都を舞台にするからには、『京都らしさ』を書かなければならない」と考える。だから迂闊《うかつ》なことを書けないのである。

そんなことを考え始めれば、京都という街とその歴史が、ことあるごとにからみついてくる。そこで「京都と正面から戦わなければならない」と考えるのも一つの方針だが、「べつに戦う必要はない」と割り切って考えてもいい。

京都を舞台にして書き始めた私は、幸いというべきか、京都についてよく知らなかった。自分が生活している街としての京都には愛着があったけれども、それ以外の京都に興味はなかった。私は京都に憧《あこが》れて京都にやってきたのではない。これは私が「もう一つの古都」である奈良の出身で、京都に対抗心があったためかもしれない。

もし私が土着の京都人であったり、あるいは京都に憧れる余所者《よそもの》であったとすれば、こんなに軽々しく京都を舞台に小説を書くということはできなかっただろう。京都という街には、そういうしがらみの強さや、ゆるがぬ権威がある。自分の生活と関係のない場所を舞台にさだめ、わざわざ取材をして書くというやり方は好きではない。私は身近な場所を舞台にして書く。京都を舞台にして小説を書き始めたのは、京都が好きだったからというよりも、当時私が京都に住んでいたからにすぎない。

昔から、私は自分の暮らした街が好きになる。大阪、奈良、京都、ロンドン、東京、と色々なところで暮らしたけれども、どの街も好きになった。毎日を暮らしているうちに、季節は流れて、街はその表情を変えていく。どの街にも魅力的な側面があるものだが、そういうものは時間をかけなければ見つかるものではない。もちろん、その「魅力」というのは自分にとっての魅力であって、他人がどう感じるかということは関係がない。ハッキリ言ってしまえば、それは妄想なのである。何の変哲もない平凡な街角であっても、想像力を刺激されてワクワクするのであれば、それはその街の魅力と言える。宝物を拾い集めるようにして、それらの妄想を毎日集めていると、やがてそれらがつながり始め、もう一つの幻想の街が現れてくる。私が「街を好きになる」というのはそういうことだ。

京都を書きたいと思っているわけではない。私は、身近な風景に触発されて妄想した「もう一つの京都」を書きたいと思っている。妄想し続けた結果、「もう一つの京都」にはかなり詳しくなった。しかし、一般の人が期待するような京都、観光旅行によってタクシーに乗れば行ける具体的な京都のことは、ほとんど知らないままなのだ。私が知っている京都に行くためには、想像力を使う必要がある。残念ながら、このあたりのことは、なかなか理解してもらえないのである。

第二十三回　計画的無計画について

将棋の世界には「不調も三年続けば実力」という言葉があって、厳しい勝負の世界にふさわしい強い言葉だと思う。それだけに、今の私にとってこれほど恐ろしい言葉はないのである。思わず、「自分はいつ頃からスランプだったろうか」と考えて指折り数えてしまう。もう三年は過ぎているような気もするし、まだ大丈夫だという気もする。

スランプとは何かといえば、「無意識のうちに上手にできていたことができなくなること」であろう。もともと意識して上手にできていたことであれば、もう一度意識し直すことによって、不調を直すことも可能であろう。しかし意識していなかったポイントに問題が生じたとき、その解決は厄介である。自分が小説を書くという作業を分析し、それまで意識していなかった前提条件を探り出さなければならない。いわば、自分の「小説を書く」というシステムを再定義するわけである。

ところがここに落とし穴がある。そもそも小説を書くということをどこまでシステム化していいのか分からない。システム化できる領域と、システム化できない領域の間に線を引くというのは、たいへん難しい問題である。もし小説を書くことが完全にシステム化できるとしたら、ベルトコンベアにのってくる蒸し饅頭《まんじゅう》みたいにポコポコと小説ができてくるわけで、そんなことができるなら誰も苦労しない。だいたい、一から十まで計算できる小説を書くなんて、なんの面白みもないではないか。「書いてみないと分からない」から、わざわざ小説を書くのである。

興味深いもの、わくわくするもの、愉快なもの……そういったものを生み出すには、どうしたって飛躍が必要だが、飛躍そのものを計算することはできない。飛躍したあとに、それが正しい飛躍であったことが後づけで確認できるというだけのことである。飛躍するには、頭を空っぽにしなければならない。よく言えば「無意識」、悪くいえば「デタラメ」である。ぎりぎりの崖《がけ》っぷちまでは、計算して計画的に歩いていかなければならないが、計画することを諦《あきら》めなければ崖から飛ぶなんてできるわけがない。

いわば「計画的無計画」を守ることが、あらゆる場面で必要になる。

まず、どのような小説を書くか、そのコンセプトを決めるとき。コンセプトとは、我々が生きて暮らしている世界から、小説の世界を切り出すためのアイデアである。

そこには発見が必要だ。この段階でも、理詰めで思考しているばかりでは発見がなく、デタラメにならなければならない。

次に、どのような物語展開にするかということ。自分の描きたい情景、人物や台詞《せりふ》、文章表現といったさまざまな要素を、主人公の行動をもとにして結びつけていく。ここで私は、さまざまなパターンを組み立てては壊し、組み立てては壊す。そうやって試行錯誤しているうちに、ある瞬間、まるでパズルのピースがピタッと合ったかのように、あらゆるイメージが上手に組み合わされ、よけいなものが混じらない理想的な流れが浮かび上がる。

その流れを発見するまでの道のりでは、デタラメに付き合う力がモノを言う。そこで勇気を失うと、個々の要素が暗示している流れを見いだせず、いかにも安全な物語展開で決め打ちしたくなる。そうやって物語を作ると、いかにも頭でこしらえたようなものになりがちである。物語の流れというものは、組み立てるべきものではなくて、発見すべきものなのである。

そして、物語を文章で書いていく段階にも、デタラメは必要となる。たとえば今しがた自分が書いた文章から、次の文章へと飛び移ること。意外性のかけらもないのであれば書くことによる発見はなく、また意外性ばかりが連続しているのであれば、文章をコントロールすることは不可能である。デタラメに飛んで、それでもなおつながっているところに、小説の文章というものの気持ちよさがある。

小説というものは計画的無計画に書かなければならない。

そういうふうに考えたとき、私はようやくスランプを抜けられたような気がする。

もっとも、他の書き方をする人はおおいにそうすればいいと思う。この世の中には、あまりにも才能に溢《あふ》れ、縦横無尽に筆を走らせている無我の境地ではデタラメと計算の区別がまったく意味をなさない人も、大勢いるだろう。私はそういう人に憧れているのに、そういうふうには書けないのである。この一文は、デタラメな作家がデタラメを活用して書く方法について述べたにすぎない。

第二十四回　空転小説家

さて、今回をもってこのコラムはおしまいである。

この連載の続いていた二年間、私はひどい怠け者であった。日本国内では一切の連載をしていなかったので、このコラムが唯一《ゆいいつ》の連載であった。唯一の連載が海の向こうの雑誌であるというのも不思議な感じだった。

どうしてそんなことになってしまったかといえば、今から二年半前の夏に体調を崩したからである。おそらく精神的なものが理由だったのだろう。何年も絶え間なく締切に追われていたし、自分が書きたいと思うような小説が書けなくなって悩んでいたし、家庭のことでも悩みがあり、しかも三月には大震災があった。こういった心の問題は、どれが原因と軽々に言えるものではない。

ともあれ私は体調を崩して、すべての連載を停止し、東京の家と仕事場を引き払って、静かな奈良へ引き籠《こ》もった。

私は書き下ろしの小説をちまちまと書いていた。しかし近所の池に棲《す》んでいるカメたちのごとく、仕事はゆっくりとしか進まなかった。ぜんぜん書けない日も多かった。むしろ私は、自分は何が書けるのか、何が書きたいのか、そもそも小説とは何なのか、ということばかり考えていた。結論は出ない。太古の昔から変わらない奈良の山々と空を眺めてボンヤリするほかなかった。「いったい私は何をやっているのだろう」「このグローバル時代、全人類規模の大変化の渦中《かちゅう》にあって、こんなにノンビリしていてよいのだろうか」と考えたこともある。それでも奈良は平和であり、小説は遅々《ちち》として進まなかった。

この連載のタイトルを「空転小説家」としたのは、そういう自分の状況を表現するためである。連載を毎月書いていた二年間、私は空転し続けていた。

空転時代が終わったから、この連載も終わるのである。

私は小説というものを、世の中になくてはならないものだとは思っていない（そんなに傲慢《ごうまん》ではない）。かといって、なければいいものだとも思っていない（そんなに卑屈ではない）。私にとって小説というものは、あれば嬉《うれ》しいが無用の存在である。

そういったものを生み出すことを生業《なりわい》としている人間が、そのために睡眠時間を削って働いたり、身を削るようにして悩んだりというのは、おかしな話ではなかろうか。もういいではないか。飽き飽きである。「人生にとって小説とは何ぞや？」と悩んだり、あるいは「いかにして効率良く小説を書くか？」と考えたりしているうちに、いよいよ小説から遠ざかっていく。小説というイイカゲンなものは、そんなちまちました思案とは無縁のところにある。だから素敵なのだ。それなのに、さほど上等でもない頭をぎゅうぎゅう絞って私は何をしているのか。

この二年間、さんざん考えたけれども、小説とは何なのかよく分からなかったし、これからどのような小説を書いていけばいいのか、方針が立ったというわけでもない。振り返ってみれば、何のことだか分からない二年間であった。だからこその空転時代なのである。ときには「あの時間は無駄であった」と、アッサリ認めるほうが人生は楽である。そうなんでもかんでも意味を見出《みいだ》そうとする必要はない。

それにしても、この二年間で私はすっかり怠け者になった。

怠けることはいくらでも怠けられる。ただ、生きている。たとえ私が小説を書かなくても、太陽はのぼり、また沈む。四季はうつろい、毎日が美しい。

生きているのは良いことだ。

こんなふうに悟りでも開いたかのようなことを言っていると、「このまま小説を書かなくなるのではないか」と編集者たちが心配する。また、次作を我慢強く待ってくれる親切な読者もある。したがって、ただ「生きている喜び」を噛《か》みしめて安閑《あんかん》としているわけにもいかない。
空転時代を終えて、私は小説を進めてゆかねばならぬ。
それでは皆様、さようなら。

あとがき

ここまでお読みいただきまして、ありがとうございます。

本書に収録されているのは、小説家として出発した二〇〇三年以来、約十四年間にわたって新聞や雑誌や舞台パンフレット等さまざまな媒体に発表してきた文章である。内容から判断して省いた文章が一部あるものの、小説以外に書いた文章のほとんどすべてがこの一冊に収まっており、現時点における「森見登美彦エッセイ大全集」のようなものである（『美女と竹林』を除けば）。

そもそも私はあまりエッセイを書かない。下手をすると小説よりも手間がかかるため、それなら小説を書いている方がいいと思うからである。エッセイだからといって気楽に書けるわけではない。むしろエッセイの方が気を遣う。

本書を一気に読むのはオススメしない。長期間にわたって色々な状況で書いた文章だから、長さも内容もバラバラであり、肩に力の入った文章が多い。胃にもたれるし、続けざまに読むとすぐ飽きる。毎晩ちびちびと読んで、疲れたら止《や》めるべきである。ありったけの文章を集めたのだから、凸凹しているのは本書の味だと思って諦《あきら》めてください。

これらの文章を集めて構成するにあたっては、新潮社出版部の西山奈々子さんにたいへんお世話になった。「小説新潮」編集部の後藤結美さん、文庫編集部の青木大輔さんにもお力添えをいただいた。『太陽と乙女』というステキな題名は青木さんの発案である。深く感謝いたします。

本書に収められた文章はさまざまな媒体に掲載されたものである。こころよく単行本への収録を許可してくださった皆様に、この場を借りて厚く御礼を申し上げます。

平成二十九年夏　奈良にて　森見登美彦

このエッセイはフィクションです

読者のみなさま、こんにちは。

このたび『太陽と乙女』が新潮文庫に仲間入りすることになった。文庫化にあたって、親本刊行後に書いた文章を二篇収録している。

読み返してみて、あらためて「じつにエッセイは書きにくい」と思った。

毎度エッセイを書くときに感じる、このヘンテコな重苦しさはなんだろう。しばしばエッセイやコラムの依頼があるので、小説家ならそれぐらい片手間で楽々書けるにちがいないと、みなさん買いかぶっておられるようだが、そんなことはまったくない。たった数枚のエッセイに何日も費やし、その分だけ小説の完成が遅れていく。だから現在はエッセイやコラムの依頼をできるかぎり引き受けない（だからといって小説を書くのが速くなったわけではありませんが）。

「もっと気楽に書けばいいんですよ」と言われるかもしれない。

それができれば世話はないのである。

昨日は久しぶりに晴れたので長い散歩へ出かけた。私は一時間半の散歩を日課にしており、コロナウイルスという大災厄のせいで禁煙を余儀なくされた今、心の慰めといえば「散歩」と「妻」だけである。嗚呼《ああ》、今日もコロナの風が吹く。煙草《たばこ》も吸えないこんな世の中なんて……嘆きの歌を歌いつつ私は田舎道を歩いていった。そしてみなさんが今まさに読んでいる「文庫版あとがき」について考えたのである。

何か書かねばならない。しかし何も書きたくない。考えてみれば、このようなあとがきもエッセイのひとつといえる。どうしてエッセイは書きにくいのか——その理由を書いてお茶を濁そう。

一、私自身が面白い人間ではないから。

二、身辺に面白いエピソードがないから。

三、そもそも面白いエピソードがあれば小説にしたい。そのほうが儲《もう》かるから。

四、世の中に伝えたい個人的意見など何ひとつないから。

すぐに思い浮かぶ理由としてはこんなところだろう。

しかし今回はもっと根源的な理由について述べておきたい。

小説がフィクションであるなら、エッセイはフィクションではない。しかし私は必ず嘘《うそ》をつく。なぜなら私にとって、文章を書くことはすなわち嘘をつくことだからだ。エッセイを書こうとするたび、私は「嘘をつくな」と「嘘をつけ」という相矛盾する要求に引き裂かれることになる。リアルタイムで告白するなら今まさにそういう状態にある。この文章がそうなのである。本当のことを正直に書こうとすればするほど、なんだか嘘くさい感じがつきまとい、自分を正確に表現できているという気がしない。しかしこれが小説なら、嘘ばかり書いているにもかかわらず、正直にものを言っているという感じがひしひしとする。小説という世界においては、本気で嘘をつけばつくほど、正確に自分を表現できたと感じられるのである。

だからこそ小説というものがこの世にあるのだと私は思う。

かつて連載したエッセイ『美女と竹林《ちくりん》』や、ブログ「この門をくぐる者は一切の高望みを捨てよ」において、私は「森見登美彦氏」という人物の観察日誌的な三人称を使っている。わざわざそんなことをした理由は明白だろう。

「このエッセイはフィクションです」

そういう看板を掲げておかなければ、息苦しくて死にそうなのである。

エッセイ集のあとがきにこんな弁明がふさわしいとは思えないが、ようするに私が言いたいのは、小説家がエッセイを苦手とするのには根源的な理由があるということだ。エッセイを小説と同じくらいスラスラと面白く書ける小説家がいるとしたら、それはたしかに達人というべき人物だろう。しかしまったく信用ならない嘘つきである。用心することをおすすめしたい。

〇

ほかに書くこともないので、近況に触れてこの文章を終わるとしよう。

平成三十年に『熱帯』(文藝春秋)を上梓《じょうし》してからというもの、燃え尽きたような気持ちになっていた。『熱帯』は小説についての小説であった。「小説によって小説について語る」なんて血で血を洗うようなもので、そういう危険な題材に手をだすべきではない。作品の出来不出来はともかくとして、小説について考えることに疲れ果ててしまった。勝手にしやがれ、と思ったのである。

『熱帯』を書き上げてもスランプは脱出できなかった。しかしその苦闘のおかげで、万年スランプでも心穏やかに暮らす術《すべ》を身につけたとも言えるだろう。不調も三年続けば実力、灰になるまでスランプらしいと判明したからには、ジタバタしないでポカンとしているのが得策だ——田んぼの畦道《あぜみち》を歩きながらそんなことを考えていると、なんとなく光明《こうみょう》が見えてきたような気もするのだが、おそらくそれも気のせいであろう。戯論寂滅《けろんじゃくめつ》。

令和二年春　奈良にて　森見登美彦

この作品は二〇一七年十一月新潮社より刊行された。

文庫化にあたり、西東三鬼『神戸・続神戸』解説を二〇一九年七月刊行の同名新潮文庫より、「マンガ版『太陽の塔』あとがき」を同年十二月刊行、モーニングKC（講談社）『太陽の塔3』（原作・森見登美彦、漫画・かしのこおり）より、新たに収録した。

森見登美彦著

太陽の塔

日本ファンタジーノベル大賞受賞

巨大な妄想力以外、何も持たぬフラレ大学生が京都の街を無闇に駆け巡る。失恋に枕を濡らした全ての男たちに捧ぐ、爆笑青春巨篇！

森見登美彦著

きつねのはなし

古道具屋から品物を託された青年が訪れた奇妙な屋敷。彼はそこで魔に魅入られたのか。美しく怖しくて愛おしい、漆黒の京都奇譚集。

森見登美彦著

四畳半王国見聞録

その大学生は、まだ見ぬ恋人の実在を数式で証明しようと日夜苦闘していた。四畳半から生れた7つの妄想が京都を塗り替えてゆく。

森見登美彦著

森見登美彦の京都ぐるぐる案内

傑作はこの町から誕生した。森見作品の名場面と叙情的な写真の競演。旅情溢れる随筆二篇。ファンに捧げる、新感覚京都ガイド！

有栖川有栖著

絶叫城殺人事件

「黒鳥亭」「壺中庵」「月宮殿」「雪華楼」「紅雨荘」「絶叫城」——底知れぬ恐怖を孕んで闇に聳える六つの館に火村とアリスが挑む。

有栖川有栖著

乱鴉の島

無数の鴉が舞い飛ぶ絶海の孤島で、火村英生と有栖川有栖は「魔」に出遭う——。精緻な推理、瞠目の真実。著者会心の本格ミステリ。

朝井リョウ著

何者

直木賞受賞

就活対策のため、拓人は同居人の光太郎や留学帰りの瑞月らと集まるようになるが――。戦後最年少の直木賞受賞作、遂に文庫化！

朝井リョウ著

何様

生きるとは、何者かになったつもりの自分に裏切られ続けることだ――。『何者』に潜む謎が明かされる、発見と考察に満ちた六編。

彩瀬まる著

あのひとは蜘蛛を潰せない

28歳。恋をし、実家を出た。母の〝正しさ〟からも、離れたい。「かわいそう」を抱えて生きる人々の、狡さも弱さも余さず描く物語。

彩瀬まる著

朝が来るまでそばにいる

「ごめんなさい。また生まれてきます」――生も死も、夢も現も飛び越えて、すべての傷みを光で包み、こころを救う物語。

朱野帰子著

わたし、定時で帰ります。

絶対に定時で帰ると心に決めた会社員が、部下を潰すブラック上司に反旗を翻す！　働き方に悩むすべての人に捧げる痛快お仕事小説。

芦沢　央著

許されようとは思いません

入社三年目、いつも最下位だった営業成績が大きく上がった修哉。だが、何かがおかしい。どんでん返し100％のミステリー短編集。

伊坂幸太郎著

フィッシュストーリー

売れないロックバンドの叫びが、時空を超えて奇蹟を呼ぶ。緻密な仕掛け、爽快なエンディング。伊坂マジック冴え渡る中篇4連打。

伊坂幸太郎著

オー！ファーザー

一人息子に四人の父親!? 軽快な会話、悪魔的な箴言、鮮やかな伏線。伊坂ワールド第一期を締め括る、面白さ四〇〇％の長篇小説。

伊坂幸太郎著

首折り男のための協奏曲

被害者は一瞬で首を捻られ、殺された。殺し屋の名は、首折り男。彼を巡り、合コン、いじめ、濡れ衣……様々な物語が絡み合う！

乾　緑　郎　著

機巧のイヴ

幕府VS天帝！ 二つの勢力に揺れる都市・天府の運命を握る美しき機巧人形《オートマタ》・伊武《イヴ》。SF×伝奇の嘗てない融合で生れた歴史的傑作！

一　條　次　郎　著

レプリカたちの夜

新潮ミステリー大賞受賞

動物レプリカ工場に勤める往本は深夜、シロクマと遭遇した。混沌と不条理の息づく世界を卓越したユーモアと圧倒的筆力で描く傑作。

一　條　次　郎　著

動物たちのまーまー

混沌と不条理の中に、世界の裏側への扉が開く。『レプリカたちの夜』で大ブレイクした唯一無二の異才による、七つの奇妙な物語。

上橋菜穂子著
狐笛のかなた
野間児童文芸賞受賞
不思議な力を持つ少女・小夜と、霊狐・野火。森陰屋敷に閉じ込められた少年・小春丸をめぐり、孤独で健気な二人の愛が燃え上がる。

上橋菜穂子著
精霊の守り人
野間児童文芸新人賞受賞
産経児童出版文化賞受賞
精霊に卵を産み付けられた皇子チャグム。女用心棒バルサは、体を張って皇子を守る。数多くの受賞歴を誇る、痛快で新しい冒険物語。

円城塔著
これはペンです
姪に謎を掛ける文字になった叔父。脳内の仮想都市に生きる父。芥川賞作家が書くこと読むことの根源へと誘う、魅惑あふれる物語。

小野不由美著
屍鬼（一～五）
「村は死によって包囲されている」。一人、また一人、相次ぐ葬送。殺人か、疫病か、それとも……。超弩級の恐怖が音もなく忍び寄る。

小野不由美著
黒祠の島
私は失踪した女性作家を探すため、禁断の島を訪れた。奇怪な神をあがめる人々。凄惨な殺人事件……。絶賛を浴びた長篇ミステリ。

小野不由美著
月の影　影の海（上・下）
―十二国記―
平凡な女子高生の日々は、見知らぬ異界へと連れ去られ一変した。苦難の旅を経て「生」への信念が迸る、シリーズ本編の幕開け。

恩田 陸著
六番目の小夜子
ツムラサヨコ。奇妙なゲームが受け継がれる高校に、謎めいた生徒が転校してきた。青春のきらめきを放つ、伝説のモダン・ホラー。

恩田 陸著
球形の季節
奇妙な噂が広まり、金平糖のおまじないが流行り、女子高生が消えた。いま確かに何かが大きく変わろうとしていた。学園モダンホラー。

恩田 陸著
私と踊って
孤独だけど、独りじゃないわ——稀代の舞踏家をモチーフにした表題作ほかミステリ、SF、ホラーなど味わい異なる珠玉の十九編。

奥田英朗著
噂の女
男たちを虜にすることで、欲望の階段を登ってゆく〝毒婦〟ミユキ。ユーモラス&ダークなノンストップ・エンタテインメント！

小山田浩子著
穴
芥川賞受賞
奇妙な黒い獣を追い、私は穴に落ちた。仕事を辞め、夫の実家の隣に移り住んだ私の日常を夢幻へと誘う、奇想と魅惑にあふれる物語。

小野寺史宜著
ひりつく夜の音
青年との思わぬ出会いが、孤独な中年ジャズ奏者の停滞した時を静かに回す。再出発する人生にエールを送る実力派作家の感動作。

川上弘美著

ニシノユキヒコの恋と冒険

姿よしセックスよし、女性には優しくこまめ。なのに必ず去られる。真実の愛を求めさまよった男ニシノのおかしくも切ないその人生。

川上弘美著

なめらかで熱くて甘苦しくて

それは人生をひととき華やがせ不意に消える。わきたつ生命と戯れながら、恋をし、産み、老いていく女たちの愛すべき人生の物語。

角田光代著

笹の舟で海をわたる

不思議な再会をした昔の疎開仲間は、義妹となり時代の寵児となった。その眩さに平凡な主婦の心は揺れる。戦後日本を捉えた感動作。

角田光代著

平凡

結婚、仕事、不意の事故。あのとき違う道を選んでいたら……。人生の「もし」を夢想する人々を愛情込めてみつめる六つの物語。

金原ひとみ著

軽薄

私は甥と寝ている——。家庭を持つ29歳のカナと、未成年の甥・弘斗。二人を繋いでしまった、それぞれの罪と罰。究極の恋愛小説。

柏井壽著

祇園白川 小堀商店

レシピ買います

食通のオーナー・小堀のために、売れっ子芸妓を含む三人の調査員が、京都中からとびきりの料理を集めます。絶品グルメ小説集！

桐野夏生著
東京島
谷崎潤一郎賞受賞

ここに生きているのは、三十一人の男たち。そして女王の恍惚を味わう、ただひとりの女。孤島を舞台に描かれる、〝キリノ版創世記〟。

桐野夏生著
ナニカアル
島清恋愛文学賞・読売文学賞受賞

「どこにも楽園なんてないんだ」。戦争が愛人との関係を歪めてゆく。林芙美子が熱帯で覗き込んだ恋の闇。桐野夏生の新たな代表作。

京極夏彦著
ヒトでなし
―金剛界の章―

仏も神も人間ではない。ヒトでなしこそが悩める衆生を救う？　罪、欲望、執着、救済の螺旋を描く、超・宗教エンタテインメント！

京極夏彦著
今昔百鬼拾遺　天狗

天狗攫いか――巡る因果か。高尾山中に端を発する、女性たちの失踪と死の連鎖。『稀譚月報』記者・中禅寺敦子らがミステリに挑む。

櫛木理宇著
少女葬

ふたりの少女の運命を分けたのは、いったいなんだったのか。貧困に落ちたある家出少女たちの青春と絶望を容赦なく描き出す衝撃作。

近藤史恵著
サクリファイス
大藪春彦賞受賞

自転車ロードレースチームに所属する、白石誓。欧州遠征中、彼の目の前で悲劇は起きた！　青春小説×サスペンス、奇跡の二重奏。

重松 清著　ビタミンF　直木賞受賞

もう一度、がんばってみるか——。人生の"中途半端"な時期に差し掛かった人たちへ贈るエール。心に効くビタミンです。

重松 清著　青い鳥

非常勤の村内先生はうまく話せない。でも先生には、授業よりも大事な仕事がある——孤独な心に寄り添い、小さな希望をくれる物語。

柴崎友香著　その街の今は　芸術選奨文部科学大臣新人賞受賞

カフェでバイト中の歌ちゃん。合コン帰りに出会った良太郎と、時々会うようになり——。大阪の街と若者の日常を描く温かな物語。

柴崎友香著　わたしがいなかった街で

離婚して1年、やっと引っ越した36歳の砂羽。写真教室で出会った知人が行方不明になっていると聞くが——。生の確かさを描く傑作。

島本理生著　大きな熊が来る前に、おやすみ。

彼との暮らしは、転覆するかも知れない船に乗っているかのよう——。恋をすることで知る心の闇を丁寧に描く、三つの恋愛小説。

周木律著　雪山の檻　—ノアの方舟調査隊の殺人—

伝説のアララト山で起きた連続殺人。そしてノアの方舟実在説の真贋——。ふたつのミステリに叡智と記憶の探偵・一石豊が挑む。

太陽《たいよう》と乙女《おとめ》

新潮文庫　も - 29 - 5

令和二年七月一日発行

著者　森《もり》見《み》登《と》美《み》彦《ひこ》

発行者　佐藤隆信

発行所　株式会社　新潮社

郵便番号　一六二―八七一一
東京都新宿区矢来町七一
電話　編集部(〇三)三二六六―五四四〇
　　　読者係(〇三)三二六六―五一一一
https://www.shinchosha.co.jp

価格はカバーに表示してあります。

乱丁・落丁本は、ご面倒ですが小社読者係宛ご送付ください。送料小社負担にてお取替えいたします。

印刷・株式会社光邦　製本・株式会社大進堂

ISBN978-4-10-129055-3　C0195